IAN RANKIN

On ne réveille pas un chien endormi

TRADUIT DE L'ANGLAIS (ÉCOSSE)
PAR FREDDY MICHALSKI

ÉDITIONS DU MASQUE

Titre original :
SAINTS OF THE SHADOW BIBLE
Publié par Orion Books Ltd (Royaume-Uni).

ISBN : 978-2-253-08601-7 – 1re publication LGF

Les saints de la bible d'ombre me suivent
De bar en bar jusqu'en éternité…

Jackie LEVEN, *One Man, One Guitar*

Prologue

— Et on va où comme ça ?

— On roule, c'est tout.

— Oui, mais on roule jusqu'où ?

Rebus se tourna vers l'homme qu'il avait ramassé devant une agence de paris sur Clerk Street. Un dénommé Peter Meikle, dont la moitié de la vie d'adulte s'était passée derrière les barreaux de diverses prisons écossaises et anglaises, comme en témoignaient sa pâleur et sa contenance typiques d'un ex-taulard. Son visage avait besoin d'un bon coup de rasoir et ses yeux enfoncés dans leurs orbites étaient réduits à deux pupilles noires sur le qui-vive. Après quelques feux tricolores, ils longèrent la Commonwealth Pool avant de s'engager dans Holyrood Park.

— Ça fait un bail, dit Rebus. Qu'est-ce que tu deviens par les temps qui courent ?

— Pas de quoi vous faire des cheveux, vous autres.

— À ton avis, est-ce que j'ai l'air de m'en faire ?

— Vous avez la même tronche que le jour où vous m'avez envoyé au tapis en 1989.

— Ça remonte à si loin que ça ? fit Rebus d'un air faussement surpris en secouant la tête un peu trop fort.

Rends-moi justice, Peter, tu veux bien ? Ce jour-là, tu as refusé de me suivre, et tu étais plutôt à cran.

— Et pas vous, peut-être ?

Pas de réponse. Meikle revint à sa contemplation du paysage qui défilait au-delà du pare-brise. Par Queen's Drive, ils contournaient Salisbury Crags et ses à-pics de falaises en direction de St Margaret's Loch, le lac où quelques touristes essayaient de donner du pain aux canards et aux cygnes malgré une bande de mouettes qui semblaient à chaque piqué en chiper la meilleure part. Rebus mit son clignotant à droite et la Saab attaqua la montée en lacets sur les flancs d'Arthur's Seat, dépassant marcheurs et joggeurs tandis que la ville en contrebas disparaissait aux regards.

— On se croirait au beau milieu des Highlands. Difficile d'imaginer qu'Édimbourg se cache quelque part là-dessous, commenta Rebus en tournant la tête vers son passager. Tu n'aurais pas habité par ici, à un moment donné ?

— Vous savez parfaitement que si.

— Northfield, je crois bien.

La voiture ralentit. Rebus se rangea sur le bas-côté et s'arrêta, désignant de la tête un mur percé d'une grille ouverte.

— C'est là, le raccourci, non ? Quand on entre dans le parc à pied, en venant de Northfield ?

Pour toute réponse, Meikle, engoncé dans un anorak molletonné dont le tissu crissa, haussa les épaules et regarda Rebus ouvrir un paquet de cigarettes tout neuf, en sortir une, craquer une allumette et exhaler un panache de fumée avant de lui proposer le paquet.

— J'ai arrêté l'année dernière.

— J'ignorais, Peter.

— Ouais, c'est ça, à d'autres.

— Eh bien, puisque je ne peux pas t'inciter au vice, autant sortir une minute, répondit Rebus.

Il coupa le contact, défit sa ceinture et ouvrit sa portière.

— Et pour quoi faire ? demanda Meikle sans bouger d'un pouce.

Rebus se pencha vers l'intérieur de la Saab.

— J'ai un truc à te montrer.

— Et si ça m'intéresse pas ?

Rebus se contenta de refermer sa portière avec un clin d'œil, contourna la voiture et s'avança dans l'herbe pour franchir la grille. L'air songeur, comme fasciné par les clés toujours sur le contact, Meikle finit par se ressaisir, jura à mi-voix et sortit à son tour.

De l'autre côté du mur en périmètre du parc, Rebus contemplait les faubourgs est de la ville à ses pieds.

— Ça grimpe sec, dit-il en abritant ses yeux d'une main en visière. Mais à l'époque, tu étais plus jeune. Possible aussi que tu ne sois pas venu à pied – parmi tous tes potes, tu as bien dû en trouver un à qui emprunter une voiture. Il te suffisait de leur dire que tu avais quelque chose à transporter.

— C'est à propos de Dorothy, déclara Meikle sans ambages.

— Ça te surprend ? répondit Rebus avec un mince sourire. Il s'est écoulé presque deux semaines avant que sa disparition soit signalée.

— C'était il y a onze ans…

— Deux semaines, répéta Rebus. Tu nous as donné ta version et, selon toi, elle était partie chez sa sœur parce que ça ne marchait pas fort entre vous deux. Difficile de prétendre le contraire, vu que les voisins auraient eu du mal à ne pas entendre vos engueulades. Alors autant profiter de la situation et en tirer avantage.

À cet instant seulement, Rebus se tourna vers l'homme.

— Deux semaines, et en plus, c'est la sœur qui a fini par nous prévenir. Impossible de trouver la moindre trace de Dorothy quittant la ville – nous avons fait la tournée des gares de bus et de chemin de fer. On aurait dit que tu avais joué au magicien en la faisant disparaître dans une caisse. Sauf que quand on ouvre la caisse, il n'y a plus personne.

Il s'interrompit et se rapprocha de Meikle.

— Elle se trouve *quelque part* dans cette ville, reprit-il en tapant le sol du pied. Morte et enterrée.

— On m'a interrogé à l'époque, vous vous souvenez ?

— Suspect numéro un, confirma Rebus en hochant lentement la tête.

— Elle aurait pu sortir, aller boire un verre, rencontrer le mec qu'y fallait pas…

— Nous avons rendu visite à des centaines de pubs, Peter, montré sa photo, posé la question aux habitués…

— Peut-être qu'elle a fait du stop, alors – on peut se perdre à Londres.

— Là où elle n'avait pas la moindre amie ? rétorqua Rebus en faisant non de la tête. Sans jamais toucher à son compte bancaire ?

— Je ne l'ai pas tuée.

Rebus grimaça avec outrance.

— Il n'y a que nous deux ici, Peter. Je ne porte pas de micro caché ni rien ; c'est juste pour avoir l'esprit en paix, rien d'autre. Une fois que tu m'auras dit que tu l'as transportée jusqu'ici avant de l'enterrer, terminé, l'histoire s'arrête, on n'en parlera plus.

— Je croyais que les affaires classées, c'était fini pour vous.

— Où as-tu entendu ça ?

— Le service d'Édimbourg ferme, il est transféré ailleurs.

— C'est exact. Mais tout le monde n'est pas aussi bien informé que toi.

— Je lis les journaux, expliqua Meikle avec un haussement d'épaules.

— En prêtant une attention toute particulière aux problèmes de la police ?

— Je sais qu'il y a une réorganisation en cours.

— Mais pourquoi un tel intérêt pour ça, justement ?

— Vous oubliez que j'ai un passif avec vous autres ? Tant qu'on y est, pourquoi vous n'êtes pas encore à la retraite ? Vous devez avoir droit à une pension complète, non ?

— J'étais bien à la retraite – c'était exactement ça, le service des Affaires classées, une bande de vieux que ça démangeait encore de trouver les bonnes réponses. Et tu as raison, toutes nos archives ont été déménagées.

À présent, Rebus avait quasiment le nez collé à la figure de Meikle.

— Sauf que *moi*, je suis toujours là. Moi, je n'ai pas déménagé, Peter, et je me préparais justement à rouvrir ton dossier quand on me l'a enlevé des mains. Et tu me connais, j'aime bien terminer ce que j'ai commencé.

— J'ai rien à dire.

— Tu es sûr de ça ?

— Vous allez faire quoi ? Me plaquer contre un mur et me mettre K.-O. une nouvelle fois ? C'est comme ça que vous avez toujours aimé opérer, vous autres...

Rebus n'écoutait plus, son attention s'était déplacée vers la main droite de Meikle, crispée sur un téléphone portable qu'il lui arracha aussitôt pour constater que l'appareil était en mode enregistrement. Avec un sourire sinistre, il le balança dans un massif d'ajoncs. Meikle protesta à peine, juste une petite plainte.

— Alors c'est comme ça que tu veux la jouer, Peter ? demanda Rebus en écrasant son mégot contre le mur. Toujours à surveiller tes arrières au cas où un mec dans mon genre ferait son apparition ? À attendre le jour où un chien ira renifler là où il ne faut pas et se mettra à creuser ?

— Vous n'avez rien et vous n'êtes plus rien, cracha Meikle.

— Tu as tout faux. Je t'ai, toi, tu piges ? répondit Rebus en lui poignardant la poitrine d'un doigt. Et tant que tu restes une affaire non résolue, tu peux être sûr d'une chose, c'est que je vais être ton plus gros souci.

Sur ces mots, Rebus tourna les talons et rebroussa chemin. Meikle le regarda passer la grille et monter dans la Saab, démarrer et repartir dans un nuage de fumée. Il jura entre ses dents et descendit vers les ajoncs, à la recherche de son portable.

La petite fête saluant le départ du chef constable se déroulait dans la cantine du QG de la police de Lothian and Borders, sur Fettes Avenue. Le grand patron partait rejoindre son nouveau poste au sud de la frontière et personne ne semblait savoir s'il aurait jamais un remplaçant. Les huit divisions de la police écossaise devaient être intégrées en une force unique baptisée Police Scotland. Le chef constable de Strathclyde avait été choisi pour en prendre la tête, laissant sur le tapis sept de ses collègues qui cherchaient désespérément à se recaser.

On avait vaguement tenté, sans grand succès à vrai dire, de transformer la cantine en salle de fête – soit au total deux bannières, quelques rubans et même une douzaine de ballons – et les tables, garnies pour l'occasion de nappes en papier, proposaient aux invités bols de chips et de noisettes, ainsi que des bouteilles de vin et de bière.

— Le gâteau arrive dans une demi-heure, dit Siobhan Clarke à Rebus.

— Alors compte sur moi pour fiche le camp dans vingt minutes.

— Tu n'aimes pas le gâteau ?

— Si, mais les discours d'accompagnement, c'est pas mon truc.

Siobhan sourit et sirota son jus d'orange. Rebus n'avait quant à lui aucune intention de finir la bouteille de bière blonde qu'il tenait à la main – trop gazeuse, pas assez fraîche.

— Donc, sergent inspecteur Rebus, dit-elle, qu'est-ce que vous avez bien pu fabriquer cet après-midi ?

Il la regarda fixement.

— On va poursuivre encore longtemps cette mascarade ?

Il faisait référence à son grade à la Criminelle, simple sergent inspecteur face à Siobhan, à présent inspecteur à part entière. Une décennie auparavant, c'était l'inverse. Mais en postulant à un réengagement, Rebus avait été averti que vu la pléthore d'inspecteurs, il lui faudrait redevenir sergent. C'était à prendre ou à laisser, lui avait-on dit. Il avait donc pris.

— Je crois que je réussirai à la faire durer encore un moment, répliqua Clarke, avec un franc sourire. Et tu n'as pas répondu à ma question.

— Je suis passé voir un vieil ami.

— Tu n'en as aucun.

— Je pourrais t'en désigner une douzaine dans cette salle même.

Clarke balaya rapidement les visages.

— Et probablement autant d'ennemis.

Rebus parut réfléchir.

— Ouais, peut-être bien, concéda-t-il.

Mais il mentait. Une douzaine d'amis ? On était loin du compte. Siobhan était une amie, peut-être la plus proche qu'il eût jamais eue, malgré la différence d'âge et en dépit du fait qu'elle n'appréciait guère la plupart des musiques qu'il choisissait d'écouter. Il vit des gens avec lesquels il avait travaillé, mais quasiment personne dans le lot qu'il aurait invité chez lui, dans son appartement, pour bavarder autour d'un whisky. Venaient ensuite les quelques rares individus qu'il aurait volontiers giflés, comme les trois agents des Normes professionnelles, bien à l'écart du reste de la troupe, confirmant de fait leur statut de parias. Visiblement, ils étaient préoccupés, le visage soucieux : à l'instar des membres des Affaires classées, eux aussi craignaient pour leur boulot bien spécifique. Où allaient-ils se retrouver, une fois la réorganisation mise en place ? Lorsque soudain un visage sorti de son passé se faufila dans la foule et se dirigea droit sur lui, bras tendu, main en avant. Une main qu'il serra sans hésiter.

— Sacré nom d'un chien, j'ai failli ne pas te reconnaître, admit-il.

— Régime et exercice, expliqua Eamonn Paterson en tapotant ce qui lui restait de ventre.

— Dieu soit loué, j'ai cru une seconde que tu allais m'annoncer le genre de terrible maladie qui ne te laisse que la peau sur les os. Siobhan (Rebus se tourna vers elle), je te présente Eamonn Paterson. Il était sergent à la Criminelle alors que je n'étais encore que simple constable.

La poignée de main durait mais Rebus poursuivit les présentations :

— Siobhan est inspecteur, ce qui l'autorise à entretenir la douce illusion d'être mon chef.

Bonne chance avec ça, dit Paterson. Quand il n'était encore qu'une bleusaille, pas moyen qu'il écoute, malgré les coups de pied au cul !

— Il y a des choses qui ne changeront jamais, reconnut Clarke.

— Eamonn ici présent répondait au doux sobriquet de Porkbelly[1], dit Rebus. Tout ça à cause d'un séjour

1. Littéralement « panse de porc », « ventrèche » *(Toutes les notes sont du traducteur.)*

de vacances aux États-Unis : on racontait qu'il avait mangé tellement de ventrèche que le restaurant lui avait offert un T-shirt.

— Que j'ai toujours, d'ailleurs, dit Paterson, en levant son verre pour porter un toast.

— Il y a combien de temps que vous n'êtes plus dans la partie ? demanda Clarke.

Grand et mince, Paterson avait encore ses cheveux et elle ne lui aurait pas donné un jour de plus que Rebus.

— Presque quinze ans. C'est gentil à eux de continuer à m'envoyer les invitations, dit-il en saluant la salle avec son verre.

— Vous êtes peut-être la réclame vivante du parfait retraité.

— Ça pourrait être une des raisons, reconnut-il en riant. Alors comme ça, c'est aujourd'hui les derniers sacrements pour Lothian and Borders, hein ?

— Pour autant qu'on sache, dit Rebus avant de se tourner vers Siobhan : C'est quoi le nouveau nom ?

— Il y aura deux divisions : Édimbourg, plus Lothians and Scottish Borders.

— C'est complètement débile, marmonna Paterson. Il va falloir changer toutes les cartes de police et les inscriptions sur les véhicules – nom d'un chien, c'est comme ça qu'ils espèrent faire des économies ?

Il se tourna vers Rebus.

— Un petit passage chez Dod, ce ne serait pas trop pour toi ?

— Et pour toi ? se contenta de répondre Rebus en haussant les épaules.

— Une autre extrême onction, qui sait. On a travaillé ensemble à Summerhall, expliqua-t-il à Siobhan.

— Summerhall ?

— Un poste de police mitoyen de l'école de véto, sur Summerhall Place, précisa Rebus. Il a été démoli et remplacé par St Leonard.

— Bien avant mon époque, reconnut Siobhan.

— Pratiquement l'âge de pierre, confirma Paterson. Des hommes des cavernes comme nous, il n'en reste plus beaucoup, hein, John ?

— Mais depuis, j'ai appris à faire du feu, rétorqua Rebus en sortant sa boîte d'allumettes de sa poche avant de la secouer.

— Tu continues à fumer ?

— Il faut bien qu'il en reste au moins un.

— Il apprécie aussi un petit verre de temps en temps, glissa Clarke discrètement.

Paterson soumit Rebus à un examen de détail des pieds à la tête, au ralenti, comme au cinéma.

— Je n'avais pas compris que j'auditionnais pour Monsieur Univers, dit Rebus.

— Non, mais n'empêche, tu as rentré le ventre quand même, dit Siobhan.

— Pris en flagrant délit, ricana Paterson en donnant une tape sur l'épaule à son vieux collègue. Alors pour Dod, t'es partant ou pas ? C'est pas trop te demander ? Je pense que Stefan sera aussi des nôtres.

— Je trouve ça un peu morbide, répondit Rebus, avant d'expliquer à Siobhan que Dod Blantyre avait récemment eu une attaque.

— Il aimerait bien être présent à une dernière réunion de la vieille garde, ajouta Paterson, puis, menaçant Rebus d'un doigt, il insista : Tu ne vas quand même pas le décevoir ? Ni Maggie…

— Je verrai comment je me sens.

Paterson soutint le regard de Rebus, avant de renoncer. Il acquiesça lentement et lui tapota de nouveau l'épaule.

— Très bien, dans ce cas, dit-il en partant saluer un autre vieux visage du passé.

Cinq minutes plus tard, alors que Rebus se préparait à s'excuser pour aller en griller une dehors, plusieurs nouveaux arrivants firent leur entrée dans la cantine. On aurait dit un groupe de juristes, ce qu'ils étaient effectivement – des invités du bureau du procureur. Bien habillés, le visage rayonnant de certitudes, conduits par le procureur général d'Écosse en personne, Elinor Macari.

— Faut aussi qu'on leur fasse la révérence ou quoi ? murmura Rebus à Clarke, occupée à vérifier sa frange.

Macari faisait la bise au chef constable.

— Contente-toi de ne rien dire que tu puisses regretter.

— C'est toi le patron.

Apparemment, Macari avait fait plusieurs arrêts en chemin : salon de coiffure, institut de beauté et boutiques de vêtements… Ses grandes lunettes à monture noire accentuaient son regard incisif. Une seconde lui suffit pour balayer la salle et repérer ceux qui méritaient d'être salués. Le directeur du conseil de surveillance de la police eut droit aux mêmes embrassades que le chef constable, tandis que d'autres invités à proximité devaient se contenter d'une poignée de main ou d'un salut de la tête. Un verre de vin blanc avait fait son apparition mais Rebus doutait que ce fût autre chose qu'un simple accessoire. Il remarqua également que sa bouteille de lager était vide, alors qu'il s'était juré de modérer sa soif en attendant une boisson plus estimable.

— Tu gardes dans ta musette quelques belles paroles pour la dame, au cas où elle viendrait s'égarer de ce côté ? lui demanda Clarke.

— J'oserais dire que nous sommes hors de son orbite.

— C'est juste. Mais maintenant qu'elle est là, les présentations ne devraient pas tarder à suivre.

Rebus leva son paquet de cigarettes et indiqua du geste le monde extérieur.

— Tu vas revenir ?

Devant l'expression de son visage, elle fit la grimace, sachant combien sa question avait été stupide. Mais alors qu'il se préparait à quitter la cantine, Macari repéra des gens connus et se dirigea droit sur eux, obligeant Rebus à faire un écart. Elle fronça les sourcils, comme pour essayer de le situer, tournant même la tête pour le suivre du regard jusqu'à ce qu'il sorte. Mais ce faisant, elle avait rejoint sa proie et Siobhan n'en perdit pas une miette : la première juriste d'Écosse saisit Malcolm Fox par le bras et l'entraîna loin de son équipe des Normes professionnelles. Quel que puisse être le sujet de la conversation, celle-ci méritait à l'évidence un minimum d'intimité. Un membre du personnel de la cantine venait d'apparaître à l'entrée de la salle avec le gâteau, mais un geste du chef constable suffit pour lui signifier que la cérémonie allait devoir attendre que le procureur général soit prêt pour les agapes…

JOUR UN

1

Un camion de dépannage venait d'arriver avec, inscrit au pochoir sur les portières, le nom du ferrailleur local. La veille au soir, on avait établi un périmètre de pure forme, un simple ruban large de huit centimètres affichant le mot POLICE. Le semblant de cordon partait d'un arbre encore intact, rejoignait un piquet de clôture puis, de là, un autre arbre. Le chauffeur l'avait sectionné et préparait son treuil afin de remonter l'épave de la Golf Volkswagen le long de la pente jusqu'à la rampe du camion reposant sur le sol.

— L'après-midi est plutôt agréable, dit Rebus.

Il alluma une cigarette et examina les environs.

Une route de campagne étroite aux abords de Kirkliston. L'aéroport de Glasgow à proximité, emplissant le décor champêtre du grondement de ses avions, au décollage et à l'approche. Ils avaient pris la voiture de Siobhan, une Vauxhall Astra, garée sur le bas-côté opposé, ses feux de détresse allumés pour prévenir les automobilistes passant par là. Sauf qu'ils n'avaient pas vu un chat.

— La route est parfaitement rectiligne, disait Clarke. Pas de givre ni d'huile sur la chaussée. À en juger par les dégâts, ils devaient rouler sacrément vite.

Effectivement, l'avant de la Golf s'était transformé en accordéon après la collision avec le vénérable chêne. Ils longèrent la clôture démolie et s'engagèrent dans la pente. Le chauffeur du camion les salua d'un coup de menton sans pour autant demander qui ils étaient ni la raison de leur présence en ces lieux. Le classeur que portait Clarke était apparemment une raison suffisante – des représentants de l'autorité, alors autant les éviter au maximum.

— Le conducteur va bien ? demanda Rebus.

— Une conductrice, le corrigea Clarke. Carte grise au nom de Jessica Traynor. Adresse, sud-ouest de Londres. Elle est à l'hôpital, au Royal Infirmary.

Rebus fit le tour du véhicule. Une voiture pratiquement neuve, moins d'un an, couleur perle. À en juger par ce qu'il pouvait voir des pneus, ils étaient loin d'être usés. Plus de pare-brise, la portière côté conducteur ouverte tout comme l'abattant du coffre, les deux airbags à l'avant bien gonflés.

— Et on est ici pourquoi ?

Clarke ouvrit son classeur.

— Apparemment, parce que papa a des relations. L'ordre est venu d'en haut : veillez à ne rien laisser passer.

— Qu'est-ce qu'on pourrait rater ?

— Avec un peu de chance, rien du tout. Mais le quartier est célèbre, les gamins s'y prennent pour des pilotes de formule 1.

— Sauf qu'elle, ce n'est pas une gamine.

— En tout cas, elle conduit le genre de voiture qu'ils apprécient.

— Je ne pourrais pas te dire.

— Je crois que la Golf est toujours considérée comme une « caisse qui en jette ».

Rebus s'avança vers le camion de dépannage où le ferrailleur déroulait un câble d'acier muni à une extrémité d'un large crochet. Il lui demanda combien de Golf finissaient dans son compacteur.

— Quelques-unes, reconnut l'homme.

Salopette bleue pleine de taches huileuses sous une veste en cuir tout élimée, les paumes incrustées de cambouis et les ongles en deuil, une casquette de baseball si usée que son sigle était indéchiffrable, il avait le menton et la gorge couverts d'une épaisse barbe grisonnante. Rebus lui offrit une cigarette mais il fit non de la tête.

— Les routes du secteur servent souvent de pistes de course ?

— Parfois.

— Vous êtes au régime ou quoi ?

Le gars le regarda, interloqué.

— À voir votre économie de vocabulaire, on pourrait le croire, expliqua Rebus.

— Si je suis ici, c'est pour le boulot, point final.

— Mais ce n'est pas le premier crash de ce genre que vous voyez ?

— Non.

— Ça arrive souvent ?

L'homme réfléchit une seconde.

— Tous les deux mois, je dirais. Mais il y en a eu un la semaine dernière, de l'autre côté de Broxburn.

— Des courses de bagnoles ? À celui qui ira le plus vite ? Une idée sur la façon dont elles s'organisent ?

— Non, répliqua l'homme.

— Eh bien, merci d'avoir daigné partager vos précieuses connaissances.

Rebus retourna vers la Golf dont Clarke examinait l'intérieur par la portière restée ouverte.

— Jette un œil, dit-elle en lui tendant le cliché d'une bottine en daim marron, pointure de femme apparemment, reposant sur le plancher du véhicule.

— Je ne vois pas de pédales.

— C'est parce qu'elle se trouvait devant le siège du passager.

— O.K., dit-il en lui rendant la photo. Donc tu dis qu'il y avait un passager.

Clarke secoua la tête.

— Non, simplement que Jessica Traynor possédait une paire de Ugg. L'autre était encore à son pied.

— Ugg ?

— C'est comme ça qu'on les appelle.

— Et elle se serait défaite toute seule sous le choc au moment de l'impact ? Ou est-elle tombée quand les infirmiers ont sorti la fille du véhicule ?

— Quand la première voiture de patrouille est arrivée, l'agent a pris quelques photos avec son portable, dont celle de la bottine. À ce moment-là, Jessica se trouvait encore dans la voiture. L'ambulance n'est arrivée que quelques minutes plus tard.

— Qui a découvert Jessica ? demanda Rebus après réflexion.

— Une femme qui rentrait chez elle. Elle avait fini son service et revenait du supermarché de Livingston où elle travaille.

Siobhan lisait un feuillet imprimé dans son classeur.

— Portière du conducteur ouverte. Peut-être à cause de l'impact.

— Ou alors la conductrice a essayé de sortir.

— Elle était inconsciente. La tête dans l'airbag. Pas de ceinture.

Rebus s'empara des clichés de Siobhan et les examina pendant qu'elle poursuivait :

— L'employée de supermarché a appelé les urgences juste après 20 heures. Pas une lumière dans le ciel. Pas non plus de lampadaires publics, juste les lueurs d'Édimbourg au loin.

— Le coffre était fermé, constata Rebus en lui rendant les photos.

— Effectivement, confirma Siobhan.

— Maintenant, il ne l'est plus.

Il fit le tour de la Golf.

— Vous avez ouvert le coffre ? demanda-t-il au ferrailleur.

Il eut droit pour toute réponse à un non de la tête.

Le coffre était vide, à l'exception d'une trousse à outils rudimentaire.

— Des voleurs de passage, peut-être ? suggéra Siobhan. La voiture est restée là toute la nuit.

— Pourquoi ne pas avoir pris la trousse à outils ?

— Elle n'en vaut pas la peine. N'importe qui aurait pu l'ouvrir, John : le chauffeur de l'ambulance, notre gars…

— Je suppose.

L'abattant était intact et il parvint à le fermer sans problème : le système de verrouillage s'enclencha. Comme la clé était toujours sur le contact, il pressa le bouton d'ouverture du coffre et un déclic lui confirma que ça marchait.

— Le système électrique semble fonctionner, dit-il.

— Preuve d'une bonne conception, dit Clarke en fouillant dans ses papiers. Alors qu'est-ce qu'on en conclut ?

— On en conclut qu'une voiture qui roulait trop vite a quitté la route. Aucun signe de choc antérieur. Peut-être que la gamine était au téléphone à ce moment-là ? Tu sais que ce sont des choses qui arrivent.

— Ça mérite d'être vérifié, admit Clarke. Et la Ugg ?

— Parfois, une chaussure n'est qu'une chaussure.

Clarke vérifiait sur son portable un message qu'elle venait de recevoir.

— Apparemment, la propriétaire de la Golf est de retour parmi les vivants.

— Est-il utile que nous lui parlions ? demanda Rebus.

Un simple regard de Clarke lui fournit la réponse.

Jessica Traynor occupait une chambre particulière au Royal Infirmary. Elle avait eu de la chance, leur expliqua l'infirmière : une possible fracture à une cheville, quelques hématomes aux côtes et d'autres contusions mineures dues au choc.

— On lui a mis une minerve et un casque de contention.

— Mais elle peut parler ? demanda Clarke.

— À petite dose.

— Aucun signe d'alcool ou de drogue dans le sang ?

— Non, elle a l'air du genre saine. Mais elle est sous antalgiques, elle n'aura pas les idées bien claires. (Une pause.) Voulez-vous parler d'abord à son père ?

— Il est là ?

L'infirmière acquiesça.

— Il est arrivé au milieu de la nuit. Elle était encore aux urgences à ce moment-là…

Elle s'était immobilisée près d'une vitre qui permettait de voir l'intérieur de la chambre de Jessica. Le père était assis au chevet de sa fille et lui tenait la main en caressant son poignet. La jeune femme fermait les yeux. Son casque semblait avoir été fabriqué à partir d'épais carrés de mousse de polyuréthane maintenus en place par un ensemble de clamps métalliques. Le père releva la tête et vit les visages à la vitre. Il vérifia d'abord que sa fille dormait, reposa délicatement sa main sur le lit et se leva.

Il sortit de la chambre sans faire de bruit, en recoiffant de ses doigts son épaisse crinière de cheveux noirs et gris. Il portait un pantalon de costume à fines rayures – le veston était posé sur le dossier de la chaise à côté du lit – et une chemise blanche froissée dont il avait ôté les boutons de manchettes pour remonter les manches. Rebus douta fort que la montre de prix à son poignet gauche fût une imitation. Sa cravate était défaite et son col, ouvert aux deux premiers boutons, laissait apparaître des touffes de poils grisonnants.

— Monsieur Traynor, dit Clarke, nous sommes officiers de police. Comment va Jessica ?

Il avait des cernes sombres sous les yeux à cause du manque de sommeil et son haleine sentait le café de distributeur automatique.

— Elle va bien, finit-il par répondre. Je vous remercie.

Rebus se demanda si Traynor devait son bronzage à une machine à UV ou à des vacances d'hiver. Ski, probablement.

— On connaît maintenant les circonstances de l'accident ? demanda-t-il à Clarke.

— Nous ne pensons pas qu'un autre véhicule ait été impliqué, si c'est l'objet de votre question. Peut-être tout simplement une vitesse excessive…

— Jessica ne roule jamais vite. Elle a toujours été super prudente.

— C'est une voiture puissante, monsieur, avança Rebus.

Mais Traynor secouait la tête.

— Elle n'aurait jamais fait d'excès de vitesse, alors éliminons cette éventualité d'emblée.

Rebus examina les chaussures du bonhomme. Boots noires. Homme d'affaires qui réussit, jusqu'au bout des orteils. Accent anglais, mais pas aristo. L'âge de Jessica était inscrit dans les notes de Clarke : vingt et un ans.

— Votre fille est étudiante ? demanda-t-il.

Traynor confirma de la tête.

— À l'université d'Édimbourg ?

Nouvel acquiescement silencieux.

— Elle fait des études de quoi ? ajouta Clarke.

— Histoire de l'art.

— En quelle année est-elle ?

— Deuxième.

Traynor regardait sa fille sur son lit par la vitre et commençait visiblement à s'impatienter. Sa poitrine se gonfla et retomba presque imperceptiblement.

— Il faut que je retourne…

— Il y a quelques petites choses que nous aimerions demander à Jessica, lui signifia Clarke.

— De quel genre ? dit-il en pivotant vers elle.

— Uniquement pour nous assurer que nous disposons bien de tous les faits.

— Elle dort.

— Vous pourriez peut-être essayer de la réveiller.

— Elle a mal partout.

— Que vous a-t-elle raconté de l'accident ?

— Elle a dit qu'elle était désolée pour la Golf, répondit Traynor, les yeux de nouveau tournés vers sa fille. C'était son cadeau d'anniversaire. L'assurance coûte presque aussi cher que la voiture.

— A-t-elle dit quelque chose à propos de l'accident proprement dit, monsieur ?

Traynor fit non de la tête.

— Il faut vraiment que j'y retourne, dit-il.

— Puis-je vous demander où vous habitez, monsieur Traynor ?

La question venait cette fois de Rebus.

— Wimbledon.

— Sud-ouest de Londres ?

— Oui.

— Et lorsque vous avez appris l'accident de Jessica, il n'y avait plus de vols pour l'Écosse. Avez-vous pris le train ?

— Je dispose d'un avion privé.

— Donc vous êtes resté éveillé toute la nuit et une moitié de la journée ? Ce serait peut-être bien d'aller dormir un peu vous aussi.

— J'ai réussi à fermer l'œil une heure ou deux sur ma chaise.

— Quand même… Votre épouse n'est pas parvenue à vous rejoindre ?

— Nous sommes divorcés. Elle vit en Floride avec quelqu'un qui a la moitié de son âge et se donne le titre de « coach personnel ».

— Mais vous l'avez informée, pour Jessica ? vérifia Clarke.

— Pas encore.

— Ne pensez-vous pas qu'elle devrait être mise au courant ?

— Elle nous a abandonnés il y a maintenant huit ans – Jessica n'a même pas droit à un coup de fil pour Noël.

Des paroles chargées de bile. Traynor avait beau être épuisé, il n'était pas d'humeur à pardonner. Il se tourna vers les deux inspecteurs.

— Est-ce que tout ça, c'est parce que j'ai demandé un petit traitement de faveur ?

— Monsieur ? lâcha Clarke, les yeux étrécis à l'énoncé de la question.

— Il se trouve que je connais personnellement deux personnes à la Met – je leur ai téléphoné depuis l'avion pour m'assurer que tout serait fait selon les règles. Le problème, vous l'avez dit vous-même, c'est que ce genre d'accident pourrait arriver à n'importe qui.

Son ton se durcit.

— Aussi, je ne vois pas bien ce que vous pourriez gagner à interroger ma fille.

— Nous n'avons pas dit *en ces termes* que ça pourrait arriver à n'importe qui, intervint Rebus. Une longue ligne droite déserte, il y a forcément une raison qui explique pourquoi la voiture a soudain quitté la route. Les gars du coin aiment bien s'éclater en faisant la course à la nuit tombée…

— Je vous l'ai déjà dit, Jessica était d'une prudence extrême.

— Dans ce cas, il faut vous demander ce qui l'a poussée à rouler aussi vite. Une explosion de rage soudaine au volant ? Essayait-elle d'échapper à quelqu'un qui la serrait de trop près ? Autant de questions auxquelles elle seule peut répondre, monsieur Traynor. Des questions dont j'aurais pensé que vous aimeriez connaître les réponses vous aussi, ajouta Rebus après un silence.

Il attendit que l'argument fasse son chemin. Traynor passa une nouvelle fois sa main dans ses cheveux avant de lâcher un long soupir.

— Donnez-moi votre numéro de téléphone, se résigna-t-il à dire. Je vous passe un coup de fil dès qu'elle sera réveillée.

— On se préparait justement à aller boire quelque chose au café, lui dit Rebus. Donc, on sera toujours là si elle se réveille dans la demi-heure.

— On peut même vous apporter un sandwich si ça vous tente, ajouta Clarke en se radoucissant un peu.

Traynor fit non de la tête mais accepta la carte qu'elle lui tendait.

— Mon numéro de portable est au dos, dit-elle. Oh, encore une chose… pouvons-nous jeter un coup d'œil au téléphone de Jessica ?

— Quoi ?

— Je présume qu'il doit se trouver quelque part sur sa table de chevet…

L'air agacé, Traynor prit sur lui de retourner dans la chambre et revint quelques instants plus tard avec l'appareil.

— Je vous remercie, monsieur, dit Clarke en s'en saisissant.

Elle tourna aussitôt les talons et ouvrit la marche, Rebus dans son sillage.

Rebus sortit fumer une cigarette pendant qu'elle se chargeait des boissons. À son retour, il toussait comme un damné.

— Tu veux que je demande s'il reste un lit disponible au quartier des emphysémateux ? lui demanda-t-elle.

— Je n'étais pas tout seul dehors – difficile de savoir s'il y avait plus de membres du personnel que de patients, ou l'inverse, répondit-il en prenant une gorgée de son gobelet en carton. Je dirais du thé mais rien n'est moins sûr.

Elle hocha la tête et ils burent en silence. Le café ouvrait sur le parvis central de l'hôpital avec, à son opposé, une boutique où les gens faisaient la queue pour des sucreries et des paquets de chips. Un peu plus loin, un autre commerce spécialisé en nourriture bio n'avait pas un seul client.

— Qu'est-ce que tu penses de ce mec ? demanda Clarke.

— Qui ça ? Le sosie de David Dickinson[1] ?

— Plutôt George Clooney, sourit Clarke.

Rebus haussa les épaules.

— Il porte des costumes de prix et voyage en jet privé – il est bien naturel que je veuille l'épouser.

— Prends la file, dit-elle en souriant franchement cette fois. Une chose joue en sa faveur, cependant, il aime vraiment sa fille. Probablement à la tête d'une grosse entreprise mais il laisse tout tomber pour gagner le Nord au plus vite.

Rebus acquiesça en silence et se força à avaler une autre gorgée de thé avant de repousser son gobelet.

— Quand tu as parlé d'explosion de rage au volant, ça t'est venu comme ça, sans réfléchir ? voulut savoir Clarke.

— Je pensais juste aux raisons susceptibles de pousser un automobiliste à écraser le champignon.

— L'idée se défend. Tu crois qu'elle habite en ville ?

— Bien obligée ; peut-être même dans un appart acheté par Costard-à rayures.

— Alors pourquoi aller se perdre jusque là-bas, dis-moi ? Elle ne mène nulle part ou presque, cette route.

— Encore une chose à demander à la demoiselle, approuva Rebus. Son téléphone, ça donne quoi ?

— Des appels et des messages restés sans réponses.

— Aucun signe de texto au volant ?

Clarke secoua la tête.

1. Animateur de télévision, spécialisé dans les antiquités.

— D'un autre côté, si son père a l'esprit aussi vif que ses costards sont élégants…

— Il aurait pu décider d'effacer toutes les preuves de la stupidité de sa fille, confirma Rebus en hochant lentement la tête.

Le portable de Clarke tinta, un nouveau message.

— C'est Page, dit-elle en consultant l'écran. Il veut savoir où nous en sommes.

— Ça ne prendra pas longtemps.

Nouveau tintement.

— Parfait, le timing : Jessica est réveillée.

Clarke se leva de table.

— Tu emportes ton thé ? demanda Rebus.

— À ton avis ?

La même infirmière sortait de la chambre de Jessica Traynor à leur arrivée.

— Allez-y doucement, leur dit-elle à mi-voix.

— Justement, c'est ce qui fait notre célébrité, lui assura Rebus.

Sur son lit toujours à l'horizontale, la patiente contemplait le plafond. Elle bougea les yeux et cligna des paupières à plusieurs reprises pour se focaliser sur les nouveaux arrivants, les lèvres humides comme si elle venait de boire une gorgée de liquide de la carafe posée sur le plateau tout à côté. Son père avait repris sa place sur la chaise et lui tenait toujours la main.

— Jessica, commença Clarke. Je suis l'inspecteur Clarke et voici le sergent Rebus. Comment vous sentez-vous, si ce n'est pas une question stupide ?

— Comme si j'avais été renversée par une voiture.

— J'ai vu l'état de votre Golf. L'airbag vous a probablement sauvé la vie. C'est idiot de ne pas mettre sa ceinture.

Traynor se raidit en entendant ces mots.

— Je mets toujours ma ceinture de sécurité, protesta Jessica en ouvrant de grands yeux.

— L'automobiliste qui vous a trouvée, celle qui a appelé la cavalerie, dit que vous ne la portiez pas.

— La ceinture n'aurait pas pu se défaire à l'impact ? demanda Traynor.

— Je n'ai jamais entendu dire que c'était déjà arrivé, lui répondit Clarke en se retournant vers sa fille : Vous pouvez expliquer pourquoi une de vos bottines a été récupérée sur le plancher, devant le siège passager ?

— Je ne comprends pas, dit Jessica, ses yeux allant et venant d'un visage à l'autre.

— On vous retrouve à la place du conducteur, lui expliqua Clarke, mais une de vos Ugg s'est débrouillée pour atterrir on ne sait comment de l'autre côté de la console centrale. Une fois encore, c'est une première pour moi, je n'ai jamais vu ça.

Traynor se pencha vers sa fille.

— Les policiers m'ont demandé tout à l'heure si quelqu'un ne te suivait pas de trop près en roulant trop vite, ce qui t'aurait forcée à faire ce que tu as fait.

— Je ne sais pas ce qui est arrivé, insista Jessica dont les yeux se brouillaient de larmes.

— Est-ce qu'il y avait une course de voitures à ce moment-là ? suggéra Clarke. Vous leur avez peut-être fait obstacle et ils vous ont obligée à quitter la route ?

— Non…

Traynor s'était levé. Sa fille crispait les paupières et il lui demanda si elle avait mal.

— Je ne veux pas y repenser, lui dit-elle. Je ne veux plus me souvenir de quoi que ce soit. La voiture a quitté la route, un point c'est tout.

Tenant toujours sa main dans la sienne, Traynor se tourna vers les deux inspecteurs.

— Il vaudrait peut-être mieux que vous sortiez, maintenant. Pour lui laisser le temps de se remettre.

Son regard signifiait clairement que sa décision était sans appel. Clarke se montra réticente mais ce fut Rebus qui intervint.

— Nous avons juste besoin de l'adresse de Jessica à Édimbourg.

— Pourquoi ?

La question avait jailli du lit où Jessica serrait le poing de sa main libre, les paupières toujours fermées et le visage en souffrance.

— Nous en avons besoin, c'est tout, dit Clarke.

Traynor fit un geste vers le couloir.

— Jessica, essaie juste de te décrisper. Je vais raccompagner les policiers.

— Je ne comprends pas pourquoi ils sont encore là.

— Ils s'en vont.

Il pressa son poignet avant de le relâcher, son bras tendu invitant Rebus à ouvrir la marche.

Une fois la porte refermée, ils se retrouvèrent tous les trois dans le couloir et Traynor donna l'adresse que Clarke entra dans son téléphone.

— Pendant qu'on y est…, dit Traynor, main ouverte.

Clarke sortit le portable de sa fille et le lui rendit.

— Est-ce que Jessica a des colocataires ? demanda-t-elle.

— Une autre étudiante. Alice ou Alison, je ne l'ai rencontrée qu'une fois.

— Est-elle au courant pour Jessica ?

— J'imagine qu'elle serait ici si elle savait.

Rebus avait lui aussi sa question.

— Est-ce que Jessica voit quelqu'un ?

— Un petit ami ? Il y a eu quelqu'un, un certain Forbes. Elle n'en a pas parlé ces derniers temps.

— Forbes, prénom ou nom de famille ?

— Je n'en ai aucune idée, répondit Traynor, les yeux fixés sur la vitre et le lit, au-delà. Il faut que j'y retourne.

— Si elle vous confie quelque chose…

Il se retourna face à Rebus, acquiesça lentement et regagna la chambre de sa fille où il se rassit à la même place.

— Tu penses qu'elle n'était pas seule là-bas, suggéra Clarke.

— Je ne crois même pas qu'elle conduisait.

2

Dans son bureau placard – jadis cagibi de rangement à proximité de la grande salle du CID[1] – James Page, inspecteur-chef de son état, écouta leur rapport. Le poste de police de Gayfield Square appartenait à la division B de la ville, une appellation qui disparaîtrait bientôt, et Page craignait que le poste ne ferme lui aussi, avant d'être démoli et reconstruit. Le « square », le carré de verdure devant l'entrée, aurait mérité des tontes plus fréquentes. La circulation grondait dans les deux sens sur Leith Walk, au point que parfois les vitrages en façade tremblaient. Ce qui n'affectait en rien Page, son bureau ne disposant pas de fenêtre.

— Alors cette bottine, comment est-elle arrivée là ? demanda-t-il.

Rebus et Clarke étaient debout, dans l'espace trop exigu pour contenir un autre siège que le sien.

— Le conducteur de la voiture s'est enfui au plus vite, expliqua Rebus. Ce qui laisse deux possibilités. Soit Jessica a repris conscience un instant, réalisé qu'elle était seule et s'est traînée pour se mettre derrière le volant.

1. CID : *Crime Investigation Department*, la Crim' écossaise.

— Pour quelle raison ?

— Pour protéger l'autre individu. Nous allions forcément présumer que c'était elle qui conduisait.

Page réfléchit une seconde.

— Et la seconde option ? demanda-t-il.

— Que l'individu en question n'a pas perdu conscience, ou qu'il a repris ses esprits avant la fille, il a paniqué – pour une raison inconnue – et pris ses jambes à son cou. Non sans avoir au préalable défait la ceinture de sa passagère pour la tirer sur le siège, devant le volant.

— Sans prendre la peine de lui remettre sa ceinture de sécurité, ajouta Clarke.

— Et vous bâtissez tout ce scénario uniquement à partir d'un détail ? Parce qu'une bottine en daim ne se trouvait pas à la bonne place ? demanda Page.

Son regard passa de Clarke à Rebus, puis retour.

— Oui, répondit-elle.

— Eh bien, admettons que vous ayez raison, cela change quoi ?

— Le chauffeur était peut-être ivre ou défoncé, proposa Rebus.

— Ou alors il participait à une course de voitures illégale, dit Clarke. Ou encore, il était poursuivi – nous n'en saurons rien si nous nous arrêtons là sans chercher plus loin. Jessica a un appartement dans Great King Street, qu'elle partage avec une dénommée Alice ou Alison. On nous a également parlé d'un petit ami.

Page se grattait le nez en réfléchissant.

— Nous ne voulons pas non plus qu'on nous accuse de négligence, intervint Rebus. Un petit saut jusqu'à l'appartement devrait résoudre le problème.

— Nous avions prévu d'y passer ce soir, confirma Clarke. Cette Alice ou Alison est étudiante, possible qu'elle ait des cours dans la journée.

— Très bien, dans ce cas, dit Page, sa décision prise. Mais répondez à ceci : comment se fait-il qu'avec vous deux, rien ne soit jamais direct et simple ?

— C'est sa faute, dit Rebus en désignant sa supérieure.

— C'est sa faute, dit Clarke quasiment au même instant.

Arrivés dans la salle du CID, l'un et l'autre respirèrent à grandes bouffées, plusieurs fois de suite, tant le petit placard de Page manquait toujours d'air, ce qui n'empêchait pas leur chef de s'y sentir comme un coq en pâte, à croire que l'inconfort était aussi vital à son bien-être que l'oxygène. Deux constables, Christine Esson et Ronnie Ogilvie, s'affairaient à leurs paperasses. Clarke consulta son téléphone au cas où elle aurait reçu de nouveaux messages, pendant que Rebus se faisait un café.

— Plus de lait, l'avertit Esson.

— Vu la quantité qu'on consomme, on devrait se cotiser pour s'offrir une vache, ajouta Ogilvie.

— Et ça garderait l'herbe bien rase, admit Rebus en regardant Gayfield Square par la fenêtre, qui vibra au passage d'un poids lourd à l'autre bout de la rue.

Il proposa à Clarke de mettre la bouilloire en marche mais elle secoua la tête.

— S'il n'y a plus de lait, pas question.

— Il se pourrait que j'aie un sachet de lait en poudre quelque part dans un de mes tiroirs, proposa Esson.

— En poudre ? fit Rebus. La guerre est finie, non ? Je croyais que nous étions à l'aube d'une ère radieuse dans un pays tout neuf ?

— Seulement si tu te donnes la peine d'aller voter pour ça, le taquina Clarke.

— Je vais te dire la case que je suis prêt à cocher : un coup à boire après Great King Street.

Mais Clarke secoua la tête.

— Je suis invitée à dîner, dit-elle.

— Je croyais que c'était fini, avec machin, lui lança-t-il en désignant la porte de Page.

— Ça l'est.

Christine Esson décida que Rebus avait besoin de ses lumières.

— Une fille seule n'a pas vraiment le temps de mourir de faim dans cette ville.

— C'est l'expérience qui parle ? dit Ogilvie pour mettre son grain de sel.

— Alors c'est qui ? demanda Rebus à Clarke par-dessus le rebord de son mug.

— N'ai-je pas droit à une vie privée ?

— Si, absolument, dès que tu m'auras convaincu que ses intentions sont honorables.

Clarke roula des yeux et décida de se faire un café elle aussi. En pleine cogitation, Rebus ne bougea pas d'un pouce, pinça les lèvres et finit par s'approcher d'un pas tranquille pour lui susurrer à l'oreille :

— Un juriste.

Elle se raidit une seconde avant de verser une cuillerée de granules dans un mug propre.

— Oh ! là là ! s'exclama-t-il devant le regard qu'elle lui lança, du genre « explique-toi et vite ».

C'est quand Macari et son équipe sont entrés dans la cantine. Tu t'es légèrement redressée, tu as rectifié ta frange et j'ai pensé sur le moment que ce n'était pas forcément pour plaire à la dame. Je ne me souviens cependant pas qu'un des hommes ait eu l'air particulièrement resplendissant ou plein de charme.

— Alors tu fais un bien piètre détective.

— Je l'ai entendu dire. Alors, est-ce qu'il t'emmène dans un endroit chic ?

— Pourquoi tiens-tu à le savoir ?

— Il faut un peu de temps pour se mettre sur son trente et un… je pensais donc que je pourrais faire Great King Street en solo…

Mais Clarke n'était pas d'accord.

— Tu dois toujours « faire tes preuves », tu n'oublies pas ? Un sac de nœuds et tu retournes là d'où tu viens.

— Oui, patron. (Un temps de silence.) Donc il ne t'emmène pas dans un endroit chic ? Ce qui signifie qu'il est encore jeunot dans le métier. Ne viens pas me dire que tu t'es déniché un jeune étalon ?

— Tout le monde a son seuil de tolérance, dit-elle en lui frappant la poitrine d'un doigt.

Sauf qu'elle souriait, et Rebus aussi. Il se tourna vers Esson et Ogilvie.

— L'un de vous deux serait partant pour une petite surveillance ce soir ?

— Je te préviens, dit Clarke, en le frappant plus fort cette fois.

Great King Street était une large artère de New Town, qui s'étirait depuis Howe Street jusqu'à Drummond

Place. Lors de leur construction au début du XIXe siècle, les maisons à trois et quatre étages étaient probablement des habitations particulières mais nombre d'entre elles avaient été subdivisées en appartements. Rebus n'avait jamais été grand fan de New Town : d'abord, il fallait remonter une côte pentue pour regagner le centre-ville, ensuite, il n'y avait pas de jardins en façade et trouver à se garer était une horreur. La porte qu'ils cherchaient proposait quatre boutons d'appel sur le mur latéral, avec TRAYNOR/BELL tout en haut.

— Probablement le dernier étage, avec ma veine, marmonna Rebus.

— Il n'y aura peut-être personne, proposa Clarke pour le consoler.

Mais quand elle pressa le bouton, une voix crachota dans l'interphone.

— Mademoiselle Bell ? présuma-t-elle.

— Oui.

— C'est la police. Nous devons vous parler à propos de Jessica.

— *Je le savais !* La porte est ouverte, nous sommes au dernier étage.

— Je le savais, répéta en écho Rebus en tournant la poignée.

Arrivé au premier, il avait le souffle court et Clarke lui demanda comment il s'était débrouillé pour passer le barrage de l'examen physique. Il toussa une réponse et vit une tête apparaître par-dessus la rampe.

— C'est ici, dit Alice ou Alison Bell.

Lorsqu'elle les fit entrer, Clarke décida d'en avoir le cœur net.

— Alice, confirma l'étudiante.

Rebus s'attendait à de hauts plafonds et à de grandes pièces aérées, mais ne vit que des mansardes et un couloir étroit dans lequel la présence de deux vélos n'arrangeait pas les choses. Sans même prendre la peine de vérifier leur identité, Alice Bell leur montra le chemin et ils la suivirent le long de la cuisine minuscule jusqu'au salon. Un MP3 avec haut-parleur diffusait de la musique classique – violoncelle solo. Un autre violoncelle, réel celui-là, trônait sur son support dans un coin.

— Le vôtre ou celui de Jessica ? demanda Rebus, mais Bell se concentrait sur Siobhan.

— J'ai presque peur de poser la question, lâcha-t-elle tout de go.

— Elle s'en sortira sans problèmes, lui assura Clarke.

À l'annonce de la nouvelle, Alice parut tellement soulagée qu'elle faillit s'effondrer sur place. Elle se laissa tomber lourdement dans un fauteuil tandis que Clarke et Rebus s'installaient sur le canapé, blanc, moderne, tout juste à la bonne hauteur.

— Qu'est-il arrivé ? demandait Bell.

— Un accident de voiture. Vous étiez inquiète pour elle ?

— Je lui ai envoyé quelques textos – elle a séché un cours ce matin et ça ne lui ressemble pas.

— Vous étudiez également l'histoire de l'art, Alice ?

La jeune fille acquiesça. Elle portait un T-shirt sous un cardigan déboutonné et un jean noir. Pas de piercings à première vue, constata Rebus, ni de tatouages. Elle avait un visage rond, les joues un peu poupines comme les chérubins des peintures de jadis, un effet encore accentué par les boucles de sa chevelure châtaine.

— Il y a longtemps que vous connaissez Jessica ? demanda Rebus.

— Presque un an. Elle avait placardé des annonces dans tout le département – chambre à louer – et j'ai sauté sur l'occasion. Elle va vraiment s'en sortir ? reprit-elle après une pause.

— Coup du lapin, entorses et hématomes, expliqua Clarke. Apparemment, son père est convaincu qu'elle conduit prudemment.

— C'est la vérité.

— Sauf hier soir.

— Que s'est-il passé ?

— L'accident s'est produit de l'autre côté de l'aéroport, sur une route de campagne. Vous avez une idée de la raison qui l'a amenée là-bas ?

Bell fit non de la tête, demanda :

— Son père est ici ?

— Il se trouve avec elle au Royal Infirmary.

— Il faudrait que j'aille la voir.

— D'autres amis que nous devrions prévenir ? demanda Clarke.

— Son petit copain, par exemple, ajouta Rebus.

— Forbes ? (Sa voix monta d'un cran.) Personne n'a… ?

Elle s'interrompit brutalement, serra les mains entre ses genoux et fixa le plancher verni.

— Nous n'avons pas le détail des contacts de Jessica, lui confia Clarke.

— Je peux téléphoner à Forbes

— Pas de problème, mais nous aimerions également nous entretenir avec lui, dit Rebus avant de s'éclaircir la gorge. Quand avez-vous vu Jessica pour la dernière fois, Alice ?

— Hier, vers 16 ou 17 heures.

— Ici, à l'appartement ?

— Elle se préparait à partir.

— Pour où ?

— Je ne sais pas bien.

— Mais elle allait prendre sa voiture ?

— Je suppose.

— Et à votre connaissance, elle n'avait pas d'amis à Kirkliston ou Broxburn ?

— Je ne sais même pas où ça se trouve.

— D'où êtes-vous ?

— De Stirling.

Rebus réfléchit à ce qu'il venait d'apprendre et jeta un coup d'œil à Siobhan, ne sachant plus très bien comment poursuivre.

— Un numéro pour joindre Forbes, dit Clarke pour inciter Alice à continuer. Et son nom de famille.

— Il s'appelle Forbes McCuskey.

— McCuskey, répéta Clarke en ajoutant le nom au répertoire de son portable.

— Comme Patrick McCuskey.

Siobhan releva les yeux.

— L'homme politique ?

Voyant Bell confirmer de la tête, Siobhan jeta un regard en coin à Rebus qui lui répondit par un rictus. Bell sortit son portable de sa poche et y trouva le numéro de Forbes McCuskey qu'elle dicta à Clarke avant de demander :

— Vous pensez que je devrais lui téléphoner maintenant ?

— Si vous voulez.

Mais Bell y réfléchit à deux fois, retourna le portable dans sa main et dit qu'elle attendrait leur départ.

— Vous désirez toujours lui parler ? leur demanda-t-elle. Et vous êtes d'accord pour que je le prévienne ?

Clarke confirma que oui, d'un hochement de tête.

— Très bien.

Elle s'était remise debout, Clarke et Rebus sur ses talons quand elle s'engagea dans le couloir. Rebus eut presque envie de lui demander à voir la chambre de Jessica, tout en sachant pertinemment qu'il n'avait aucune raison valable de le faire. Arrivée à la porte, Alice leur serra la main à tous les deux et elle se préparait à refermer le battant lorsque Clarke se rappela qu'elle n'avait aucun moyen de la contacter si besoin était. La jeune femme lui donna son numéro et rentra dans l'appartement.

— Le prévenir, hein ? répéta Rebus.

— Oui, j'avais remarqué.

— Alors on fait quoi ?

Elle consulta sa montre.

— Il faut que je rentre chez moi me changer pour mon dîner à prix réduit.

— Après m'avoir déposé, cela va sans dire.

— À l'Oxford Bar, en haut de la colline.

— On finira par faire de toi une vraie détective…

Bia Bistrot était un petit restaurant de style français sur Colinton Road. Les gens du coin appelaient ce quartier Holy Corner, le Coin des Saints, à cause du nombre substantiel d'églises au croisement – Clarke en compta quatre, même si elle ignorait combien parmi elles continuaient à célébrer leurs services. Déjà installé à une table, David Galvin – grand et mince, costume sombre sur chemise blanche ouverte au col – se leva pour l'accueillir par un sourire rayonnant. En se penchant vers lui pour recevoir sa bise sur la joue, elle lui demanda s'il ne s'habillait jamais de façon plus décontractée.

— Je voulais le look *Reservoir Dogs*, expliqua-t-il. Smart mais dangereux.

— Belle réussite.

Galvin n'avait que deux ans de moins qu'elle et avait rejoint le bureau du procureur dès son arrivée à Édimbourg, cinq ans auparavant. Ils avaient travaillé ensemble sur une affaire l'automne précédent et c'est alors qu'il l'avait invitée à boire un verre, au prétexte qu'ils devaient revoir leurs notes. C'était devenu un code convenu et toutes les semaines ou à peu près, il lui adressait un message, demandant si elle pouvait lui accorder une soirée pour une « consultation ».

— Je ne suis jamais venue ici, dit-elle en examinant le décor.

— J'aime bien, et c'est à cinq minutes de chez moi.

— Pas de chez moi.

Son sourire s'évanouit.

— J'aurais dû penser à…

— Pas de problème, David, les taxis ne manquent pas.

Elle prit un menu et commanda un gin, citron vert et soda.

— Je pourrais moi aussi me laisser tenter, dit-il au serveur, puis, à Clarke : Une journée chargée ?

— Pas particulièrement. Et toi ?

— Toujours le même train-train, répondit-il avec un haussement d'épaules.

— Qu'as-tu pensé du pot de départ du chef constable ?

— J'ai apprécié d'y avoir été invité.

— Et c'est au procureur général que tu dois ce cadeau ?

— Elle aime se déplacer avec sa garde.

— Pour se sentir importante ? devina Clarke.

Nouveau haussement d'épaules. Galvin se concentrait sur le menu.

— Tout est bon ici, dit-il.

— Rillettes de saumon et ensuite épaule d'agneau, décida Clarke.

— Il ne t'a pas fallu longtemps pour te décider, dis-moi.

— Je ne suis pas du genre à hésiter.

On leur apporta leurs boissons et ils trinquèrent avant de goûter.

— Comment ça se passe avec ton vieux sparring-partner ? demanda Galvin.

— John ? Jusqu'ici, ça roule, il n'a pas commis d'impair.

— Il suit sans rechigner ? Il obéit aux ordres ?

— Tu penses à quelque chose de précis, David ? dit-elle en le regardant.

Galvin secoua la tête. Le serveur était tout près et prit leur commande. Le pain était sur la table et Clarke en rompit un morceau, réalisant soudain qu'il s'était écoulé pas mal de temps depuis son dernier repas.

— On commande du vin ? demanda son compagnon.

— Un verre de blanc m'ira très bien.

— Cuvée maison ? demanda le serveur.

— D'accord, dit-elle.

— Petit ou grand verre ?

— Grand.

— Même chose pour moi, dit Galvin.

Puis il s'appuya au dossier de sa chaise et ferma les yeux une seconde.

— C'est bon d'éteindre la machine ? devina Clarke.

— Je ne suis pas convaincu que les gens comme toi et moi puissent jamais l'arrêter vraiment, Siobhan. Le moteur continue à tourner…

— Tu ne dirais pas ça si tu me voyais affalée sur mon canapé avec un pot de crème glacée. Mais puisque nous sommes apparemment en train de parler boutique…

— Oui ?

— As-tu jamais rencontré Patrick McCuskey ?

— Le ministre de la Justice ? dit Galvin en haussant le sourcil. Nous ne gravitons pas dans les mêmes cercles. Je veux dire par là qu'il m'est déjà arrivé d'être dans la salle quand il prenait la parole.

— Je suis allée voir sur Google… Fervent partisan du Scottish National Party… le héraut de la campagne pour le oui au référendum… marié à une juriste du nom de Bethany…

— Elle est américaine, il me semble. Cabinet de droit commercial à Glasgow.

— Lui n'a pas de formation en droit, si je ne me trompe ?

— Il l'a étudié à l'université pour choisir finalement la politique – j'oserais dire qu'il a dû réviser dur avant d'accepter le portefeuille de la Justice. Pourquoi t'intéresses-tu à lui ?

— Il a un fils prénommé Forbes. Qui sort avec une étudiante, une certaine Jessica Traynor.

— Sans lien avec Owen Traynor ? l'interrompit Galvin.

Clarke se rendit compte qu'elle ignorait le prénom de Traynor.

— Qui est Owen Traynor ?

— Un homme d'affaires du Sud. Il y a eu un scandale le concernant il y a un moment de ça. Les journaux en ont parlé.

— Que s'est-il passé ?

— Une de ses compagnies a fait faillite et brûlé. En laissant des tas d'investisseurs très en colère sur le carreau.

— Et ?

— L'investisseur le plus furieux et qui criait le plus fort s'est fait tabasser sur son perron.

— Et ça s'est passé où, à Londres ?

Galvin, hocha la tête.

— Alors, qu'est-ce qui a attiré votre attention ?

— Ça m'a rappelé un cas d'espèce qu'on avait étudié en fac, c'est tout.

Clarke revoyait en esprit le père de Jessica.

— Mon Traynor a des amis haut placés à la Met.

— Possible que ce ne soit pas lui, dans ce cas. Mais tu me parlais de Forbes McCuskey

— Jessica Traynor a eu un accident de voiture. On l'a retrouvée à la place du conducteur mais nous ne sommes pas convaincus que ce soit elle qui conduisait quand c'est arrivé.

— Elle va bien ?

— Elle se remettra.

Galvin était songeur.

— Forbes a pris la fuite ?

— Nous n'en savons rien, nous ne lui avons pas encore parlé.

— Ça risquerait de ternir l'image du père.

— De l'embarrasser, à tout le moins.

— Sans même parler d'une possible infraction à la loi, dit Galvin, quelque peu intrigué.

— Nous ne transmettrons pas le dossier à tes services avant un moment, l'avertit Clarke par précaution. Comme je t'ai dit, nous n'avons pas de preuves concrètes pour l'instant ; en plus de quoi, notre chef n'aime pas les choses bâclées.

— Je sais, je l'ai rencontré. Il se fait toujours autant de bile pour l'avenir de Gayfield Square ?

— C'est vrai de nous tous.

— Tu n'as pas à t'en faire, Siobhan. Vous perdrez surtout des postes de civils.

— Il va falloir que je tape mes rapports moi-même ? Et que je prenne les empreintes ? Je devrais peut-être aussi m'habituer à pratiquer des autopsies… ?

Il s'interrompirent quand on leur servit les entrées et attaquèrent leur repas sans en dire beaucoup plus. En attendant le plat principal, Clarke sortit son téléphone avec l'intention de demander à Google ce qu'il savait d'Owen Traynor, mais elle n'avait pas de signal.

— La réception, ça va et ça vient, ici, expliqua Galvin. Difficile de croire par moments qu'on est en plein centre d'une ville.

— Une capitale qui plus est.

Elle referma son portable. Le serveur était de retour pour leur demander si le vin leur convenait.

— Très bien, répondit Clarke.

Elle remarqua au passage que Galvin n'avait pas touché à son verre. Pas plus qu'il n'avait fait grand mal à son apéritif.

— C'est pour avoir l'esprit clair demain matin ? le taquina-t-elle.

— Quelque chose comme ça.

Une demi-heure plus tard, alors qu'on desservait leurs assiettes, on leur demanda s'ils désiraient voir la carte des desserts. Clarke regarda son compagnon et fit non de la tête.

— Du thé ? Du café ?

Nouvel échange de regards.

— J'ai du café chez moi, proposa Galvin.

— Et le haut débit aussi ? s'enquit-elle.

— Et aussi le haut débit, confirma-t-il, avant d'ajouter, après un temps de silence : Serait-ce une prolongation de notre consultation ?

— Tout à fait, répondit Clarke avec un grand sourire.

Rebus se limita à un seul verre à l'Oxford Bar et prit un taxi pour regagner le parking de Gayfield Square où il récupéra sa Saab. Il avait conscience qu'il pouvait toujours changer d'avis, tout en sachant qu'il n'en ferait probablement rien. Les feux étaient rouges sur

South Clerk Street et s'il prenait à droite, il rentrerait au bercail. Mais quand le feu passa au vert, il continua tout droit, en direction de Cameron Toll et d'Old Dalkeith Road. À cette heure de la soirée, les parkings du Royal Infirmary étaient à moitié vides, mais il se gara devant une double ligne jaune, sortit le panneau ENQUÊTE OFFICIELLE DE POLICE de sous le siège passager et le coinça entre tableau de bord et pare-brise. Il prit un chewing-gum à la menthe, verrouilla la voiture et entra dans l'hôpital.

Il approchait de la chambre de Jessica quand la porte s'ouvrit. Il reconnut Alice Bell, accompagnée d'un jeune homme, cheveux en pétard, jean ample délavé et T-shirt au col en V. Rasé de près, les yeux vert pâle.

— Vous boitez on dirait ? remarqua Rebus en montrant la jambe gauche de Forbes McCuskey.

— Je me suis tordu la cheville.

— Et pas de coup du lapin pour faire bonne mesure ?

— C'est lui, le policer, dit Bell en lui serrant le bras.

— J'avais compris.

Rebus glissa les mains dans ses poches.

— Une petite conversation en tête à tête, ce serait possible, Forbes ?

— À quel sujet ?

— L'accident de Jessica.

— Pour quelle raison voulez-vous me parler ?

— La routine ; d'habitude, on aime bien interroger les témoins – un moyen de nous faire une image exacte des circonstances de l'accident.

— Mais je n'étais pas là, moi.

— Et votre cheville, c'est simplement une coïncidence ?

— Ça m'est arrivé il y a quelques jours de ça, dans l'escalier de Great King Street.

— C'est la vérité, se hâta de confirmer Alice Bell.

Rebus hocha lentement la tête, jaugeant du regard ses deux témoins, l'un après l'autre.

— Simple coïncidence, donc. Il n'empêche que nous aimerions entendre de votre bouche quelques détails supplémentaires.

— Ce soir ?

— Demain ça ira bien. Vous pourriez passer à Gayfield Square à 10 heures.

— 10 heures, ça devrait aller, décida-t-il après réflexion.

Rebus lui tendit une carte avec son numéro de téléphone.

— Au cas où vous auriez un empêchement. Et si vous avez besoin de retourner en ville, c'est sur mon chemin. J'y vais moi-même dans cinq minutes.

— Notre taxi arrive, dit Bell.

— À demain, alors.

— À demain, confirma McCuskey.

Le père de Jessica venait d'apparaître dans l'embrasure de la porte.

— Il y a un problème ?

— Tout va bien, monsieur, lui assura Rebus en suivant des yeux McCuskey et Bell qui se dirigeaient vers la sortie, avant de se retourner vers lui. Toujours pas couché, à ce que je vois ?

— J'ai trouvé un hôtel en ville. Ils m'envoient une voiture d'ici une demi-heure.

Ils rentrèrent ensemble dans la chambre.

— Re-bonjour, dit Rebus en guise de salut à Jessica Traynor.

— Hello, répondit-elle.

— C'était gentil à eux de passer vous voir.

— Oui.

— Vu l'effort que ça a dû demander à Forbes, avec sa jambe qui le fait souffrir et tout ça.

Elle ne daigna pas répondre.

— Y aurait-il un détail qui m'échappe ? demanda Traynor.

Haussement d'épaules de Rebus.

— Pas vraiment, monsieur. N'étaient quelques réflexions qui laissent à penser que ce n'était peut-être pas un conducteur bien prudent au volant.

Il se tourna vers la patiente, toujours étendue à plat dos. À voir ses cheveux, un bon shampooing n'aurait pas été un luxe.

— J'imagine qu'il n'était peut-être pas assuré, ou qu'il s'était chargé à quelque chose. De simples détails sans beaucoup d'importance au demeurant, tandis que s'enfuir du lieu de la sortie de route… et tripatouiller la scène de l'accident…

— En déplaçant Jessica pour la mettre sur le siège du conducteur, vous voulez dire ?

Le visage crispé, Traynor s'approcha du lit par le côté, dominant sa fille de toute sa hauteur.

— C'est ça qui s'est passé ? lui demanda-t-il. Ce petit merdeux t'a laissée là, sans même appeler une ambulance ? C'est ça ?

Jessica avait fermé les yeux.

— Il n'était pas là, dit-elle d'une petite voix, à peine un murmure. Il n'était pas là, il n'était pas là.

Traynor raccompagna Rebus jusqu'à l'entrée de l'hôpital.

— Nous l'interrogerons demain matin, expliqua Rebus. Nous verrons bien si cela peut faire avancer l'enquête.

— Et sinon ?

— Le mal est fait, mais ça n'ira pas chercher bien loin, à mon avis. On peut lui reprocher d'avoir roulé trop vite, peut-être, mais tant que lui ou elle refuseront de nous dire la vérité… Vous savez que c'est le fils d'un homme politique célèbre ?

— Vraiment ?

Rebus sourit.

— Vous avez prétendu un peu plus tôt que vous connaissiez à peine son nom, mais j'ai le sentiment que vous devez être du genre méticuleux – et il est évident que vous chérissez votre fille. J'oserais dire que vous auriez pris vos renseignements sur d'éventuels copains qu'elle aurait pu mentionner.

— O.K., d'accord, concéda Traynor, il est bien possible que je sache qui il est. Dois-je comprendre que vous me demandez de laisser tomber ?

— Bien sûr que non.

— Parce que je sais comment ça se passe avec la police et les politicards…

— Pas chez nous, monsieur.

— Vous en êtes sûr ?

Rebus confirma d'un hochement de tête et Traynor sembla se décrisper légèrement, le regard lointain, les yeux dans le vague. Puis, sur un clignement de paupières, il parut se réveiller, prit la main de Rebus et la serra.

— Essayez de dormir un peu, monsieur, lui conseilla ce dernier. Et la prochaine fois, offrez donc une trottinette à Jessica, qui sait.

Il eut droit à une esquisse de sourire, avant que Traynor ne tourne les talons et regagne l'intérieur de l'hôpital. Le portable de Rebus vibrait. Il ouvrit le message. C'était Siobhan.

Jette un œil à la bio d'Owen Traynor !

La bio d'Owen Traynor ? Rebus regarda s'éloigner la haute silhouette à la belle prestance avant qu'elle ne tourne au coin et disparaisse à sa vue. Il pianota le numéro de Siobhan. Personne ne décrocha. Il sortit du bâtiment, cracha son chewing-gum sur la chaussée et sortit une cigarette de son paquet.

JOUR 2

3

Forbes McCuskey se présenta avec quelques minutes d'avance. Il portait une capote militaire trois-quarts, bleu poudre avec des boutons en laiton, et à l'épaule, une sacoche en tweed Harris. Rebus le conduisit à une salle d'interrogatoire où Siobhan les attendait, son dossier relatif à l'accident déjà ouvert sur la table. Elle fit signe à McCuskey de s'asseoir en face d'elle. Pas de siège pour Rebus, mais c'était entendu entre eux – il préférait s'appuyer au mur, directement dans le champ de vision de la personne interrogée.

— Je suis l'inspecteur Clarke. Vous connaissez déjà le sergent Rebus.

— Donc vous êtes sa supérieure ? l'interrompit McCuskey.

— C'est moi la plus gradée dans cette pièce, effectivement.

McCuskey acquiesça. Il avait pris ses aises, assis bas sur son siège métallique, presque affalé, les jambes étendues devant lui, comme pour bien leur signifier qu'en ce qui le concernait, l'entretien ne le dérangeait guère. Clarke plaça devant lui une photo de la Golf.

— Jessica a eu une chance incroyable.

— C'est ce que je vois, dit Forbes, avec un nouveau hochement de tête.

— Encore heureux qu'une voiture se soit arrêtée. Le conducteur a appelé une ambulance.

— C'est bien.

— Si quelqu'un s'était trouvé avec elle, ce quelqu'un aurait eu la possibilité d'appeler les secours plus tôt. Ce qui aurait pu faire toute la différence.

— Mais elle n'aura pas de séquelles, c'est elle-même qui me l'a dit.

— Il n'empêche qu'elle mettra plus longtemps à se rétablir, rétorqua Clarke en lui laissant le temps de digérer son petit bluff. Vous ne trouvez pas bizarre qu'on l'ait retrouvée dans un coin aussi perdu ? Vous a-t-elle expliqué pourquoi elle était partie là-bas ?

— Elle a juste dit qu'elle avait envie de faire un tour en voiture.

— Son père nous a déclaré qu'elle n'était pas du genre à rouler vite…

— Peut-être a-t-elle dérapé sur une flaque d'huile.

— Quand nous avons vérifié, la chaussée était propre.

Siobhan fit mine de fouiller dans son dossier avant d'en sortir une autre photo.

— Ensuite, il y a ça.

— Oui ?

McCuskey plissait les yeux comme pour mieux se concentrer sur le cliché.

— Une de ses bottines, on l'a retrouvée sur le plancher de la Golf, devant le siège passager. Une idée qui pourrait expliquer comment elle a pu se retrouver là ?

Une moue aux lèvres, le jeune homme fit non de la tête.

— Voyez-vous, la conclusion évidente – évidente à nos yeux, je veux dire – est que Jessica n'était pas seule dans la voiture. Elle était à la place du mort. Et après la collision, le conducteur lui en a fait porter le chapeau : il l'a sortie de force de son siège, et l'a installée face au volant. Après quoi, il a filé.

McCuskey affronta le regard de Clarke.

— Et vous croyez que c'est moi ?

— Eh bien, est-ce le cas ?

— Que dit Jessica ?

N'obtenant pas de réponse, il lâcha un bref aboiement qui pouvait passer pour un rire.

— Je suis allé la voir hier au soir. Si je l'avais laissée là-bas en m'enfuyant, vous croyez qu'elle aurait été aussi heureuse de me voir ? Qu'elle aurait eu les larmes aux yeux quand je l'ai embrassée ?

— Comment vous êtes-vous fait votre entorse, Forbes ?

La question venait de Rebus et McCuskey se tourna vers lui.

— Je vous l'ai déjà expliqué, j'ai simplement raté une marche de l'escalier, chez Jessica.

— Vous avez vu un médecin ?

— Je m'en remettrai.

— Des bleus, peut-être aussi ? Des petites douleurs ?

— Je ne me trouvais pas dans la voiture avec elle. Je ne conduis même pas.

— Vous ne conduisez pas ? fit Clarke sans pouvoir s'empêcher de jeter un coup d'œil à Rebus.

McCuskey secoua la tête pour confirmer.

— Vos parents savent-ils que vous êtes ici ? reprit Rebus.

— Non.

— Leur avez-vous appris ce qui était arrivé à Jessica ?

— Pas encore.

— Et son père, alors, vous vous entendez bien avec lui ?

— Je l'ai rencontré hier soir pour la première fois.

— Il a sa réputation. Un petit tour sur Google éclairerait votre lanterne.

Rebus s'était rapproché de la table.

— Le genre d'individu dont il vaut mieux ne pas se faire un ennemi.

— Vraiment ?

— Un investisseur dans l'une de ses compagnies s'est mis à casser du sucre sur son dos et il a fini aux soins intensifs. À la suite de quoi, motus et bouche cousue sur celui qui l'avait roué de coups. Et ce n'est que l'une des histoires qui circulent. C'est pourquoi, tout à fait par mégarde, j'ai laissé échapper devant lui notre petite théorie, celle qui vous tient pour responsable.

— Quoi ?

Pour la première fois depuis son entrée dans la pièce, McCuskey parut inquiet. Clarke ne quittait pas Rebus des yeux, essayant de deviner s'il bluffait ou disait la vérité. Quand il croisa son regard, son visage resta impassible. C'était bien la vérité.

— Vous devez lui dire que vous vous trompez, insista McCuskey. Vous nous avez parlé, à Jessica et à moi – pourquoi irions-nous mentir ?

— Je l'ignore, répondit Rebus. Mais un détail de ce genre… ça commence petit mais ça peut faire boule de neige et ramasser au passage toutes sortes de petites saloperies, en dégringolant de la colline.

— Je ne peux pas avouer ce que je n'ai pas fait.

— Absolument, intervint Clarke en rassemblant ses clichés. Donc apparemment, nous en resterons là. Il nous faut simplement votre adresse et vous pourrez partir.

— Et ensuite il se passe quoi ? demanda McCuskey en la regardant dans les yeux.

Clarke haussa les épaules et referma son dossier.

— Si nous devons vous interroger de nouveau, nous vous le ferons savoir.

Elle lui tendit une feuille de papier et un stylo-bille.

— Votre adresse, s'il vous plaît.

Il était en train de la rédiger quand elle lui demanda s'il était étudiant.

Il acquiesça sans mot dire.

— Quelle matière ?

— Histoire de l'art.

— Comme Jessica et sa colocataire.

— Nous sommes tous les trois en deuxième année.

— C'est comme ça que vous vous êtes rencontrés ?

— Au cours d'une soirée.

Il avait fini de rédiger. Son écriture était à peine lisible.

— Arden Street ? vérifia-t-elle.

— Oui.

— Ça se trouve bien à Marchmont, non ?

McCuskey hocha la tête. Clarke et Rebus échangèrent un regard. L'appartement de Rebus était justement situé dans cette rue. Il jeta un œil au numéro de l'immeuble : à six portes de chez lui, en remontant, sur le trottoir opposé.

— Merci encore de vous être déplacé, dit Clarke en se levant de sa chaise.

McCuskey leur serra la main à tous deux et on appela un agent en uniforme pour le raccompagner.

— Alors ? dit Clarke une fois leur client parti.

— Sa petite amie le couvre.

— Mais son argument se tient – pourquoi irait-elle faire une chose pareille ?

— Elle est peut-être de celles qui aiment à pardonner. Il se pointe à son chevet, lui murmure quelques fadaises sucrées entre deux battements de cils, après quoi, ils mettent au point tous les deux leur petite histoire.

Clarke réfléchit un instant, l'air résolu, la bouche pincée, mince comme une lame.

— Et tu as réellement raconté toute l'affaire à Owen Traynor ? Après ton petit passage à l'Ox et quelques bières dans le gosier…

— J'ai fait un saut à l'hôpital pour voir comment se portait notre patiente. Juste au moment où McCuskey et Alice Bell sortaient de sa chambre. Simple coïncidence.

Clarke secoua lentement la tête.

— C'est exactement le genre de choses que tu ne devrais pas faire…

Elle s'interrompit en voyant apparaître James Page à la porte.

— Qu'est-ce que John ne devrait pas faire ? voulut-il savoir.

— Prendre le pari que les Raith Rovers[1] allaient monter de division, répondit Rebus.

— Je serais plutôt d'accord. (Petit silence.) Cet accident de voiture, nous en sommes où ?

— Nous n'avons pas beaucoup avancé, reconnut Clarke.

— Auquel cas il serait peut-être bon de laisser tomber, vous ne croyez pas ? Il n'y a rien pour nous là-dedans, inutile de gaspiller nos efforts.

— Le petit copain, dit Rebus, celui dont nous pensons qu'il était peut-être dans la voiture…

— Oui, alors ?

— C'est le fils de Pat McCuskey.

— Le ministre de la Justice ?

— Et tête d'affiche de l'Écosse indépendante.

Rebus connaissait l'opinion de son patron sur la question – comme tout le monde dans le bureau, il en avait eu plein les oreilles de ses arguments faisant valoir la nécessité absolue pour l'Écosse de rester partie prenante du Royaume-Uni.

— M. McCuskey dirige la campagne pour le oui.

Page digéra l'information.

— Qu'en pensez-vous, John ? Un petit coup de fil à un journaliste bienveillant ?

— Uniquement si nous pouvons trouver quelque chose qui tienne la route. Sinon ça paraîtra trop politique.

— Entièrement de votre avis.

— Attendez, intervint Clarke. Vous envisagez de vous servir du fils pour atteindre le père ? Plutôt inélégant comme procédé, vous ne trouvez pas ?

1 Équipe de football de Kirkcaldy.

— Nous savons tous comment vous, vous allez voter, Siobhan.

Clarke piqua un fard.

— Je pense juste que…

Mais Page lui avait déjà tourné le dos et s'éloignait, raide comme la justice.

— Un jour ou deux de plus, leur cria-t-il. Voyez ce que vous pourrez dénicher.

Clarke jeta un regard incendiaire à Rebus, qui écarta les bras en signe d'apaisement.

— Si seulement on n'avait que ça à fiche, fit-il valoir.

— Et le petit numéro que tu viens de nous servir, alors…, dit-elle, un doigt pointé en direction de Page.

— J'étais sûr et certain qu'il allait gober ça tout cru.

— Lui peut-être, mais pas moi.

— Je t'ai déçue, dit-il en essayant de prendre un air contrit. Mais tu dois admettre qu'un duo comme celui-là, Pat McCuskey et Owen Traynor, ça nous change de notre pitance ordinaire.

— Moi, je n'arrive toujours pas à comprendre comment un homme d'affaires aussi douteux qu'Owen Traynor parvient à obtenir des faveurs de la Met.

— La Met fait toujours sa propre loi, Siobhan, comme à la belle époque.

— Une époque à laquelle, de toute évidence, tu souhaites ardemment revenir. D'ici là, nous voilà réduits à remuer tout et n'importe quoi en pure perte.

— Sauf que parfois, c'est aussi comme ça qu'on tombe sur le filon.

— Et quel genre de pépites espères-tu dénicher cette fois ? répliqua-t-elle, les bras croisés sur la poitrine en signe de défi.

— C'est le remue-ménage qui fait tout le plaisir, répondit-il. Tu devrais savoir ça, à ton âge.

— Votre père n'est pas là ? demanda Rebus.

Jessica Traynor semblait avoir repris du poil de la bête. Son casque avait été remplacé par une simple minerve et la tête de lit légèrement relevée, de sorte qu'elle n'était plus obligée de contempler le plafond.

— Qu'est-ce que vous voulez ? demanda-t-elle.

— J'ai pensé vous dire un petit bonjour pour savoir comment vous alliez.

— Je vais bien.

— J'en suis ravi pour vous.

— Mon père est à son hôtel.

Il remarqua le téléphone dans sa main droite.

— Des nouvelles de Forbes, aujourd'hui ?

— Deux textos.

— Il m'a appris qu'il vous avait rencontrée au cours d'une soirée.

— C'est exact. J'y étais allée avec Alice et j'ai commencé à bavarder avec Forbes dans la cuisine.

— Comme dans la chanson, hein ?

— Quelle chanson ?

— Bien avant votre époque, admit Rebus en montrant le portable. Deux messages, dites-vous… laissez-moi deviner : le premier avant qu'il ne vienne nous parler et le second ensuite ?

Elle ignora sa pique.

— Je ne sais toujours pas ce que vous êtes venu faire ici…

Il haussa les épaules.

— Si je suis là, c'est parce que j'ai un problème avec les gens qui me mentent en face. Je me demande toujours de quoi ils peuvent bien avoir peur. Dans votre cas, c'est peut-être quelque chose d'important, ou alors rien du tout, mais tant que je ne le saurai pas…

— Quelle importance que Forbes ait été ou non dans la voiture ? demanda-t-elle sans le quitter des yeux.

— S'il se trouvait dans la Golf, cela signifie qu'il vous a plantée là. Sans téléphoner pour demander du secours ni tenter d'arrêter un automobiliste de passage…

— Je ne vois pas en quoi ces détails pourraient intéresser la police.

Nouveau haussement d'épaules de Rebus.

— Et votre père ? Ça ne l'intéresserait pas, lui ?

— Ça ne le concerne pas vraiment, vous ne croyez pas ?

— Bon, d'accord.

Il la vit qui consultait son écran. Peut-être avait-elle des messages… ou peut-être pas.

— Combien de temps encore avant qu'on vous autorise à sortir de l'hôpital ?

— Je dois d'abord parler à un kiné.

— Il vous dira probablement de vous tenir à l'écart des voitures rapides pendant un moment.

Il eut droit à un demi-sourire, tout juste.

— Et aussi des routes de campagne la nuit. Ce n'est pas pour rien que le West Lothian a si mauvaise réputation. On l'appelle les Badlands, les Mauvaises Terres.

— Badlands ? répéta-t-elle en levant les yeux.

— Parce que la loi ne s'y exerce guère.

— Voilà qui explique…

Rebus en attendit un peu plus mais elle se mordit les lèvres. Signe révélateur classique : elle s'était trahie en laissant échapper un renseignement.

— Jessica, s'il y a quoi que ce soit que vous souhaiteriez…

— Fichez le camp ! cria-t-elle, juste au moment où une infirmière entrait. Je veux qu'il s'en aille ! S'il vous plaît !

Rebus, les mains déjà en l'air en signe de reddition, gagna le couloir, frôlant l'infirmière au passage.

Les Badlands ?

Voilà qui explique…

Ça expliquait quoi, à vrai dire ? Il s'était passé un événement bizarre ce soir-là et il prit note mentalement de vérifier – la salle des communications du poste de Bilston Glen aurait les enregistrements de tous les appels signalant un incident. Des courses clandestines ? Des gens du pays essayant de faire peur à des touristes ?

— C'est peut-être quelque chose ou alors rien du tout, marmonna-t-il entre ses dents à la sortie de l'hôpital, en se préparant à allumer une cigarette.

Un taxi noir venait de s'arrêter. Son passager avait quitté la banquette arrière et se préparait à régler le chauffeur à la vitre côté passager. Erreur banale d'un individu habitué à un système différent – à Édimbourg, on payait avant de sortir du véhicule. Rebus s'approcha et attendit derrière Owen Traynor, apparemment toujours vêtu du même costume, mais sa chemise était propre. Le chauffeur lui rendit un peu de monnaie avec un reçu et l'homme pivota, surpris de découvrir Rebus juste en face de lui.

— Nom d'un chien, dit-il.

— Désolé, monsieur. Je partais justement.

— Vous êtes venu voir Jessica ?

Rebus acquiesça.

— Et alors ?

— Et alors quoi, monsieur Traynor ?

— Pensez-vous toujours que c'était son petit ami au volant ?

— Le scénario se défend.

— Eh bien, à moi, elle le dira peut-être.

Rebus en doutait fort mais il garda ça pour lui.

— Ce serait probablement plus simple pour tout le monde si nous abandonnions l'enquête, suggéra-t-il plutôt. Quelle que soit la vérité, Jessica soutient obstinément M. McCuskey.

— Oui, mais s'il lui a fait une chose pareille…

— Comme je viens de vous le dire, monsieur, mieux vaut laisser tomber, purement et simplement. Nous ne voudrions pas que quelqu'un se laisse aller à un acte stupide, n'est-ce pas ?

Traynor le fixa sans ciller.

— Vous voyez ce que je veux dire ? poursuivit Rebus.

— Je n'en suis pas très sûr, répondit Traynor, lentement, d'une voix traînante.

— Votre réputation vous précède, monsieur Traynor. Et j'aimerais bien savoir comment vous avez connu vos amis à la Met.

— Je suis peut-être tout simplement membre des bons clubs.

Il contourna Rebus et se dirigea vers l'entrée de l'hôpital.

— Ma ville, mes règles, lui cria Rebus.

Mais Traynor ne fit pas mine d'avoir entendu.

— Merci d'avoir accepté de me rencontrer, dit Malcolm Fox en se levant de table pour tendre la main à Siobhan. Que puis-je vous offrir ?

— Brian s'en occupe, répondit-elle avec un signe de tête vers le comptoir.

Le patron s'affairait déjà à la machine à expresso. Le café, situé sur Leith Walk, se trouvait à cent mètres à peine de Gayfield Square, mais à sa connaissance, aucun autre flic ne le fréquentait. Un lieu de rendez-vous sans risques, donc… plus ou moins.

Elle se glissa sur la banquette face à Fox. Ils s'étaient déjà rencontrés par le passé… brièvement.

— J'ai entendu dire que vous quittiez les Plaintes, dit-elle. Une perspective peu engageante, j'imagine ?

— En effet, confirma Fox en frottant une main sur le dessus de la table.

Encore une fois la fameuse réorganisation des services – les agents des Affaires internes étaient eux aussi concernés. Leur bureau d'Édimbourg ne tarderait pas à être supprimé, sans compter que Fox avait fait son temps dans cette unité. On le renvoyait au CID, où il travaillerait aux côtés d'hommes et de femmes sur lesquels il avait enquêté, dans des postes de police où il avait fouiné et serait accueilli avec méfiance, sinon par des insultes.

Le patron du café apporta son capuccino à Siobhan et demanda à Fox s'il voulait boire autre chose. Fox acquiesça.

— Café noir, sans sucre, lui rappela-t-il.

— Parce que vous êtes déjà tout sucre tout miel ? demanda Clarke en feignant l'innocence, à croire qu'elle ignorait tout du bonhomme : pour sa peine, elle eut droit à un sourire désabusé.

Elle se recula légèrement sur la banquette et se tourna vers les piétons sur le trottoir.

— Alors pourquoi suis-je en train de fraterniser avec l'ennemi ?

— Peut-être parce que vous savez pertinemment que je ne suis pas l'ennemi. Les Plaintes existent afin que les flics comme vous – les bons flics – puissent s'épanouir et prospérer.

— Je parierais que vous avez déjà servi ça à d'autres.

— Bien souvent.

Elle pivota vers lui et reconnut ce même sourire toujours aussi désabusé.

— Vous avez besoin d'un service, devina-t-elle.

Il lui répondit par un lent hochement de tête. Son café était sur la table et il frôla le bord de sa soucoupe du bout des doigts.

— Cela concerne John Rebus, déclara-t-il.

— Le contraire m'aurait étonné.

— Il faut que je lui parle.

— Je ne vous en empêche pas.

— Le problème, voyez-vous, Siobhan, c'est que j'ai besoin que lui accepte de me parler. Et si la requête vient de moi, il y répondra sans aucun doute par quelques mots choisis.

— Une requête ?

— Un ordre, en d'autres termes. Mais il ne viendra pas de moi, en tout cas pas en dernier ressort…

— Du procureur général alors ? suggéra-t-elle.

Surpris, Fox essaya de ne rien laisser paraître : comment pouvait-elle être au courant ?

— Je l'ai vue piquer droit sur vous au pot de départ du chef.

— Elle m'a confié un travail.

— Un travail pour les Plaintes ?

— Mon dernier, dit-il à mi-voix en fixant sa soucoupe.

— Et si vous vous décarcassez, elle vous récompense comment ? Une belle promotion ? Une ouverture qui vous permettra d'abandonner le terrain pour rejoindre la loge des dirigeants ?

— Vous ne manquez pas de talent, reconnut-il avec une admiration certaine.

Clarke comprenait à présent les allusions de David Galvin au cours du dîner au Bia Bistrot. *Comment ça se passe avec ton vieux sparring-partner ? Il suit sans rechigner ? Il obéit aux ordres ?*

— Vous pensez vraiment que je vais vous remettre John sur un plateau ?

— Ce n'est pas Rebus que je veux, ce sont des gens qu'il connaît, ou qu'il connaissait. Je retourne trente ans en arrière.

— Summerhall ?

Fox garda le silence et l'examina de plus près.

— Il en a parlé ?

Elle fit non de la tête.

— Alors comment êtes-vous au courant ?

Quelques secondes lui suffirent pour que tout se remette en place.

— Le pot de départ, ajouta-t-il presque pour lui-même. Eamonn Paterson était présent. Je l'ai vu en compagnie de Rebus…

— Dans ce cas, vous en savez autant que moi sur Summerhall. Et je ne suis toujours pas plus avancée quant à la raison pour laquelle je devrais vous aider.

— Quoi qu'il arrive, je finirai inévitablement par poser des questions à Rebus. Je pense simplement que les choses seraient grandement facilitées s'il y avait avec nous une sorte d'arbitre.

— Un arbitre ?

— Pour garantir qu'il n'y aura pas de coups bas – ni d'un côté ni de l'autre.

Elle but une gorgée de café, puis une seconde. Fox fit de même, presque comme s'il était son reflet en miroir.

— Est-ce que je dois prendre ça pour un geste d'empathie ? voulut-elle savoir.

— Quoi, ça ?

— Me singer pour me donner l'illusion d'être la dominante.

Il parut réfléchir une seconde avant de répondre.

— Que vous ayez saisi votre tasse m'a rappelé que la mienne était là, voilà tout. Mais merci du tuyau – j'y penserai la prochaine fois.

Elle le dévisagea en essayant d'évaluer le niveau du jeu qui se pratiquait à leur table.

— À propos, le café est bon, ajouta-t-il en buvant à gorgées bruyantes ce qui restait de sa tasse.

Elle ne put s'empêcher de sourire et reprit sa contemplation des piétons de passage, tout en réfléchissant aux choix qui lui restaient.

— Trente ans, ça fait long, finit-elle par dire.

— Effectivement.

— Quelque chose s'est passé à Summerhall ?

— Peut-être bien.

— Et John y était mêlé ?

— Indirectement ; je ne pense pas qu'il y soit resté aussi longtemps que ça. Il était plutôt novice dans le métier…

— Vous savez qu'il refusera obstinément de dénoncer des hommes avec lesquels il a travaillé ?

— À moins que je ne le persuade du contraire.

— Bonne chance avec ça, dit Clarke.

— C'est mon problème, pas le vôtre. J'apprécierais vraiment si vous pouviez le convaincre de s'asseoir à la même table que moi.

— Donc nous parlons de quoi, là ? Quelques dépositions modifiées ? Des déclarations mensongères devant le tribunal ? Des prisonniers qui s'emmêlent les pieds et se cassent la figure en chemin vers leur cellule ?

Elle attendit.

— C'est un peu plus grave que ça, dit-t il en reposant avec le plus grand soin sa tasse sur la soucoupe. Ainsi, Rebus ne vous en a jamais touché le moindre mot ?

— Vous voulez parler de Summerhall ?

Il hocha la tête.

— Pas le moindre, jamais, confirma-t-elle.

— Auquel cas, reprit Fox d'une voix plus basse en dépit du fait qu'ils étaient les seuls clients du café, il est possible que vous n'ayez pas entendu parler des Saints ?

— Uniquement du groupe[1].

— Là-bas aussi, c'était un groupe, en quelque sorte. Les Saints de la Bible d'Ombre, c'est le nom qu'ils s'étaient donné.

— Et ça veut dire quoi ?

— Je n'en suis pas très sûr, les dossiers du bureau du procureur général semblent peu fournis.

— Ça a une vague résonance maçonnique.

— Possible que vous ne soyez pas loin de la vérité.

— Et des agents de Summerhall en étaient membres ?

— Ils en étaient les seuls et uniques membres. À cette époque, quand on travaillait comme inspecteur de la Criminelle à Summerhall, on devenait automatiquement un Saint de la Bible d'Ombre…

1. Groupe de punk rock australien formé en 1974.

4

Assis dans sa voiture, Rebus ne quittait pas la maison basse des yeux. Il avait choisi de prendre la Saab, comme ça il ne pourrait pas boire, certes, en revanche, il aurait le loisir de ficher le camp sans demander son reste. Le ciel était dégagé, la lune brillait. À peine un degré au-dessus de zéro, la chaussée luisante de givre. Les mains crispées sur le volant, il n'avait encore vu arriver personne. Les deux fenêtres du rez-de-chaussée étaient illuminées, les lucarnes du toit plongées dans le noir, rideaux tirés. Il descendit doucement sa vitre et alluma une cigarette. Peut-être que personne ne viendrait, au bout du compte. 19 heures, lui avait-on dit. Il était déjà 22 heures. Et s'il décidait d'aller jusqu'à la porte pour s'apercevoir qu'il n'y aurait ce soir que lui, Dod Blantyre et Maggie ? Des retrouvailles des plus intimes, somme toute. Il tira sur sa cigarette, plissa les yeux quand la fumée les piqua. Est-ce que Dod serait cloué au lit ? Peut-être même le trouverait-il dans le salon, avec des toilettes portatives repoussées contre un mur ? Maggie épuisée à force de s'occuper de son mari, sentant son énergie se vider chaque jour un peu plus ? Allait-elle lui demander pourquoi il ne venait jamais les voir, pourquoi il n'envoyait jamais de carte de vœux à Noël, en réponse à celle qu'ils persistaient encore et toujours à lui adresser, sans faute, tous les ans ?

Dans l'espoir de te voir bientôt. Amitiés de la part de Dod et Maggie.

En premier le nom de son mari, toujours, mais c'était elle qui écrivait. Avait-il vraiment envie de passer la soirée confiné avec ces deux-là ? Leur restait-il au moins un sujet de conversation, mis à part un passé mille fois ressassé ? Aurait-elle préparé des sandwichs ou un genre de souper, de sorte qu'assis ou debout, il serait malgré tout contraint de tenir assiette, fourchette et verre en équilibre ?

— Quelle merde, marmonna-t-il en jetant sa cendre par la vitre.

— On jette des déchets sur la voie publique, gronda une grosse voix accompagnée d'un coup de poing sur le toit de la Saab.

Rebus jura, faillit lâcher sa cigarette et découvrit la silhouette voûtée et le visage ricanant d'Eamonn Paterson.

— Tu essaies de me faire mourir d'une crise cardiaque ou quoi ? lui lança-t-il en feignant de protester.

— Vieille astuce de flic, la capacité à se faufiler jusqu'à un suspect sans se faire repérer.

Rebus remonta sa vitre, ôta la clé du contact et ouvrit la portière.

— Ne me dis pas que tu es venu à pied ? demanda-t-il en sortant de la voiture.

— J'ai pris le bus, dit Paterson en montrant la Saab. Dois-je comprendre que tu te proposes de nous raccompagner, la soirée terminée ?

— Comme du temps de Summerhall.

— Ç'a dû t'arriver une ou deux fois tout au plus de nous ramener au bercail.

— Et aussi de nettoyer le vomi sur la banquette arrière.

— Mais ce n'est plus la même voiture, je me trompe ?

— Pas vraiment.

— Je crois me souvenir que ton épouse se plaignait de l'odeur. Pas moyen de la faire disparaître.

— J'ai fini par la vendre en faisant un prix à l'acheteur, confirma Rebus en hochant la tête.

— La voiture ou l'épouse ?

Paterson lui fit un clin d'œil et lui donna une tape sur l'épaule.

— Tu te sens d'aller rendre visite à l'invalide ? J'ai eu l'impression que tu n'étais plus très chaud, à te voir attendre sans bouger dans ta voiture.

— Je me faisais du mouron à l'idée de devoir jouer ça en solo.

— Comme si les Saints allaient faire une chose pareille.

Nouvelle tape sur l'épaule, puis Paterson ouvrit la marche vers la porte d'entrée de la maison.

Il s'écoula un moment avant que Maggie Blantyre ne réponde au coup de sonnette. Baignant dans la chaude lumière accueillante, elle semblait ne pas avoir pris une ride. Chevelure blond cendré jusqu'au cou dénudé, larges épaules et taille toujours fine, un maquillage parfait et beaucoup de bijoux, des bijoux de prix.

— Les garçons, dit-elle en leur ouvrant les bras. Venez vous mettre au chaud, il fait froid dehors.

Paterson eut droit à une bise sur les deux joues avant d'entrer, puis ce fut le tour de Rebus. Après quoi, le regard de Maggie s'accrocha au sien et sa main s'attarda sur sa joue pour en effacer les traces de rouge à lèvres.

— John, dit-elle. J'espérais sincèrement que tu serais des nôtres.

Elle lui prit le bras et le fit entrer à son tour, refermant la porte sur le monde extérieur.

— Débarrassez-vous, dit-elle.

D'un signe de tête, elle désigna la rampe de l'escalier drapée d'un pardessus en poil de chameau dont une poche laissait échapper un bout d'écharpe rouge.

— Stefan est déjà là ? supposa Paterson.

— C'est toi le détective, répondit Maggie en détachant lentement les mots. À toi de me dire.

— J'ai toujours pensé que son manteau en poil de chameau le faisait ressembler à un vendeur de voitures d'occasion.

Il suspendit son anorak. Rebus eut du mal à se défaire du sien, jusqu'à ce que Maggie lui vienne en aide. Un monte-escalier électrique était fixé au mur au pied des marches.

— Je ne savais pas si je devais apporter une bouteille, s'excusa-t-il.

— Non, vous êtes là, c'est tout ce qui importe, lui assura-t-elle en lui frôlant le bras une nouvelle fois. Maintenant suivez-moi.

Ils longèrent une petite salle à manger et entrèrent au salon. Assis dans un fauteuil tout à fait ordinaire,

Blantyre était habillé normalement avec, à sa portée, un grand verre de liquide orange posé sur un tabouret prévu à cet effet. Stefan Gilmour s'était levé du canapé et fit passer son verre de whisky de la main droite à la gauche.

— Salut, Porkbelly, dit-il.

Les deux hommes se serrèrent la main avant que Gilmour ne se tourne vers Rebus.

— John… Ça fait un bail.

— Stefan.

Rebus examina son ancien patron sous toutes les coutures. Soixante-dix ans passés, mais on lui en aurait donné dix de moins. T-shirt noir sous une veste sur mesure, pantalon en velours couleur rouille et mocassins marron. Les quelques cheveux dont il pouvait encore s'enorgueillir étaient soigneusement coiffés de façon à couvrir son crâne autant que possible. Des yeux bleus perçants et le teint rose d'un bébé en pleine santé.

— Tu restes en ville ? lui demanda Paterson, mais Gilmour secoua la tête.

— Mon chauffeur me ramène.

— Un chauffeur, voyez-vous ça ? Moi aussi, j'en ai un à ma disposition ce soir, dit Paterson, le doigt pointé sur Rebus.

Puis il se dirigea vers le coin de Dod Blantyre et lui serra l'épaule en guise de salut.

— Tu me pardonneras si je ne me lève pas, dit Dod d'une voix pâteuse.

Son visage était déformé, un côté plus bas que l'autre, l'empêchant d'articuler distinctement.

— Aucun problème, Dod.

Celui-ci acquiesça et tourna son attention vers Rebus.

— Et voici le fils prodigue, dit-il. Je me disais que la picole avait pris le dessus, ou alors que tu avais déménagé en Espagne.

— Je bosse dur, voilà tout, s'excusa Rebus avec un haussement d'épaules.

— En tout cas, tu es là. Maggie, va-t-on laisser cet homme mourir de soif ?

Un meuble à boissons était ouvert et Maggie semblait savoir d'avance que Paterson allait prendre un Highland Park.

— Même chose pour toi, John ? demanda-t-elle.

— Je préfèrerais un truc comme ça, répondit-il en montrant le verre posé à côté de Blantyre.

— Avec ou sans trois doses de vodka ?

— Sans, je te remercie.

— Dod sait qu'il ne devrait pas boire.

Elle prit une brique de jus d'orange et remplit son verre.

— Les médecins essaient de m'enlever tous les plaisirs de l'existence, gémit Blantyre.

Une nouvelle fois, Rebus dut tendre l'oreille pour distinguer les paroles de son ancien collègue.

— Allez vous asseoir, leur commanda Maggie en tendant son verre à chacun.

Il y avait juste assez de place sur le canapé pour les trois visiteurs et elle s'installa dans le seul fauteuil libre.

— À nous, dit-elle, en levant son verre à leur santé.

Puis elle se rendit compte de son omission, se releva et alla au côté de son mari. Elle prit son jus d'orange et le lui tint en l'air pendant qu'il buvait à la paille. Lorsqu'un peu de liquide glissa sur son menton, elle l'essuya du revers d'un doigt bagué.

— C'est gentil à vous d'être venus, dit-elle en se rasseyant. Pas vrai, Dod ?

— Ouais, reconnut-il. Les Saints de la Bible d'Ombre…

— Ça fait un moment que je n'avais pas entendu ces mots-là, commenta Stefan Gilmour, tout sourire.

— C'est parce que tu ne gravites plus dans les mêmes cercles à présent, lui rappela Paterson. Footballeurs et stars de cinéma…

— Pas autant que tu pourrais le croire.

— Toujours dans ton projet de construction d'hôtel à Dubaï ?

— On tient le coup et on attend que ça se passe, la tempête financière devrait bientôt se tasser, reconnut Gilmour.

Assis à l'autre bout du canapé, Rebus devait se pencher pour mieux voir son ancien patron. Du temps de Summerhall, Gilmour était inspecteur, le plus haut en grade, Paterson et Blantyre sergents et lui, tout en bas de l'échelle, simple constable, en même temps qu'un autre gars plus jeune, Frazer Spence. Mais Spence était décédé dix ans auparavant dans un accident de moto en Grèce. C'est à ses funérailles que les quatre Saints restants s'étaient retrouvés dans la même pièce pour la dernière fois.

— Qu'est-ce qui te trotte dans la tête, John ? lui demanda Maggie Blantyre en faisant tourner son verre de blanc.

— Je me disais que je n'aurais pas dû prendre ma voiture, répondit-il en affectant un intérêt hors de propos pour son jus d'orange.

— Laisse-la où elle est, alors, tu peux repasser la chercher demain.

Mais il refusa d'un signe de tête, sans s'expliquer.

— J'ai entendu dire que tu travaillais encore, intervint Dod Blantyre.

— J'ai été retraité un temps, je bossais un peu comme civil au service des Affaires classées.

— L'unité qui avait été montée par Gregor McGrath ?

— Elle n'existe plus, alors j'ai demandé à réintégrer le CID et j'ai eu de la veine.

— Comme les vieux tire-au-flanc qu'ils engagent chez B&Q[1], plaisanta Paterson.

— John n'a jamais rechigné au boulot, dit Blantyre.

— Ton attaque t'a effacé la mémoire, Dod ? pouffa Paterson. John était le plus paresseux d'entre tous. Soutiens-moi, John.

— Tu confonds John avec ce pauvre Frazer, l'interrompit Gilmour. C'est Frazer qui se défilait tout le temps pour aller faire les magasins.

— C'est vrai, ça ? fit Paterson, le front plissé en essayant de se souvenir.

— Ne donne plus de whisky à Porkbelly, conseilla Blantyre à son épouse. Il ne lui reste plus assez de synapses.

Éclat de rire général, puis tout le monde se concentra sur son verre. Ça se passe plutôt bien, songea Rebus.

---

1. Chaîne de magasins de bricolage.

Mais ces hommes-là, il les connaissait : l'humeur pouvait toujours changer…

— Est-ce que quelqu'un a encore sa Bible d'Ombre ? demanda Gilmour.

— Je ne sais pas ce que j'en ai fait, répondit Blantyre. Maggie pense qu'elle a peut-être fini à la poubelle quand on a nettoyé le garage.

— C'est une honte.

Blantyre se tourna vers Gilmour.

— Je parie que tu es content d'être parti quand tu l'as décidé – de l'argent à la pelle, bien plus que les pauvres bougres comme nous autres n'en auront jamais.

— Combien d'hôtels possèdes-tu maintenant, Stefan ?

La question venait de Maggie.

— Ils ne sont pas exactement ma propriété. J'ai juste réussi à me débrouiller pour devenir le patron de la compagnie.

— Mais combien ?

— Au dernier décompte, dix-sept.

— Les miles en avion, tu dois en avoir un paquet.

— Je suis au mieux avec le personnel d'Emirates.

Elle lui sourit, apparemment heureuse de son succès.

— Et tu sors toujours avec ton top model ?

— Elle n'est pas mannequin, elle travaillait à la télé.

— C'est du pareil au même – sans le look, ça ne marche pas.

Il acquiesça lentement.

— Nous sommes toujours ensemble, reconnut-il. Mais pas mariés.

— On se tient au courant par les journaux… Tous ces articles qui parlent de toi à propos du référendum.

— « Stefan Gilmour dit non », les parodia Paterson. Tu cherches à te faire anoblir, c'est ça ?

— Et ça en est où, intervint Dod Blantyre, ton fameux projet de racheter le club de Tynecastle avec ton pote footballeur ?

— Mais c'est un vrai interrogatoire que vous me faites subir, fit mine de se plaindre Gilmour. Et nous savons tous comment les séances de ce genre peuvent virer à l'aigre.

Il sourit et but une gorgée.

— Et toi, alors, John ? voulut savoir Maggie. Tu t'es séparé de Rhona, non ? Et tu as une fille unique… ?

— Fiche-lui la paix, à cet homme, protesta son mari, avant de glisser à Rebus : Trop de feuilletons à l'eau de rose, John… c'est là le problème.

— Est-ce que je mets les tourtes au four alors ? demanda Maggie en se levant.

Son mari confirma de la tête.

— Des tourtes ? s'enquit Paterson.

— Dod a pensé que ce serait un petit plus. La petite touche qui fait toute la différence. Il dit que vous n'avez mangé que ça durant deux ans, tous autant que vous êtes.

— Ça y ressemblait beaucoup, en tout cas, dit Paterson en tapotant le ventre de Rebus plutôt que le sien. Et c'est John ici présent et Frazer qui avaient la charge de les apporter.

— Je vous demande juste une minute.

Elle alla jusqu'au fauteuil de son mari et l'embrassa sur le front avant de gagner la cuisine. Dès qu'elle fut partie, Blantyre demanda qu'on ferme la porte. Stefan le fit.

— Vous trois, là-bas, approchez, commanda Blantyre.

Les trois hommes s'exécutèrent.

— Comme ça, je n'aurai pas à élever la voix.

— Qu'est-ce qui se passe, Dod ? demanda Gilmour en baissant le ton.

— La dernière fois que je suis passé voir les blouses blanches, j'ai refusé que Maggie m'accompagne. Donc, elle ignore que mon état ne va pas s'améliorer. Ce n'est pas seulement l'attaque. Des tas d'autres choses coincent dans la machine.

— Désolé d'entendre ça, dit Paterson.

— Il me reste quelques mois – en tout cas, je l'espère. Mais on m'a appris qu'ils risquaient de ne pas être aussi agréables que je l'aurais souhaité.

Il les regarda l'un après l'autre.

— Elinor Macari est sur le sentier de la guerre.

— Macari ? dit Gilmour.

— Le procureur général, lui précisa Rebus.

— Elle veut faire rouvrir l'affaire Saunders.

— Pourquoi, bon Dieu ?

— Parce qu'elle le peut. Si vous n'êtes pas au courant, l'autorité de la chose jugée qui interdit la remise en accusation pour un même délit est supprimée.

— J'ignorais, admit Gilmour.

— Pas tout à fait supprimée, se sentit obligé de préciser Rebus. Mais dans certains cas, un second procès peut être demandé.

— Mais ça remonte à trente ans, rétorqua Gilmour. On ne peut pas nous demander de nous souvenir…

— Ça ne les empêchera pas de poser la question, dit Paterson en se tournant vers lui. Tu aimerais voir ta photo dans les journaux, Stefan ? Et pas serrant contre toi une star de la télé, mais tout à côté d'un cliché de l'identité judiciaire avec la tête de Billy Saunders ?

— Est-ce qu'au moins Saunders appartient toujours au monde des vivants ? voulut savoir Gilmour.

— Macari ne s'attaquerait pas à lui, sinon, répondit Blantyre. J'ai la gorge sèche, est-ce que l'un de vous…

Paterson saisit le verre et inclina la paille vers les lèvres du malade. Gilmour sortit un mouchoir en coton propre et épongea son menton.

— Alors que fait-on ?

— Je me contente simplement de vous avertir, lui dit Blantyre. D'ici quelques mois, je n'en aurai plus rien à cirer. Vous autres, en revanche…

Gilmour se tourna vers Rebus.

— Parmi nous, tu es le seul à avoir encore ses entrées au CID, John. Peux-tu découvrir ce qui se passe ?

— Je peux essayer.

— Sans donner l'impression que tu cherches à garder certains faits bien planqués, ajouta Paterson.

— Bien planqués ? répéta Rebus, au moment où Maggie revenait dans la pièce.

— Oh ! fit-elle aussitôt, inquiète soudain à la vue de ses trois invités rassemblés autour de son mari. Est-ce qu'il… ?

— Tout va bien, expliqua son mari. J'avais juste un peu soif, c'est tout.

Elle pressa une main sur ses seins.

— Tu m'as fait peur. Encore un petit quart d'heure pour les tourtes, ajouta-t-elle en montrant la cuisine. Et je crois que je vais aller fumer une cigarette dehors.

— Je t'accompagnerais volontiers, dit Rebus, les yeux fixés sur Dod. Si tu n'y vois pas d'inconvénient…

— Pas de problème, répondit Blantyre, après seulement une infime hésitation.

Rebus suivit Maggie, traversa la petite cuisine et sortit dans le jardin sur l'arrière. Un patio, en réalité, son mobilier bâché en attente de jours meilleurs, et un morceau de pelouse au-delà. Elle alluma d'abord sa propre cigarette, puis lui tendit son briquet en or et croisa les bras comme pour se réchauffer.

— Tu veux que j'aille te chercher un manteau ? lui demanda-t-il.

Elle fit non de la tête.

— J'ai parfois trop chaud dans la maison. Dod aime bien monter le thermostat.

— Ça va, tous les deux ? Vous vous en sortez à peu près ?

— Qu'est-ce qu'on peut faire d'autre ? dit-elle en écartant une mèche de cheveux devant ses yeux.

— Mais ça ne doit pas être facile tous les jours.

— On peut changer de sujet ?

— Si tu veux.

Elle réfléchit un instant.

— Et puis non, restons sur ce sujet, précisément ; pourquoi êtes vous tous ici ?

— Je ne suis pas sûr de bien te suivre.

— C'était quand, la dernière fois que vous vous êtes retrouvés tous les quatre dans la même pièce ?

— À l'enterrement de Frazer.

— Et c'était il y a dix ans, alors pourquoi maintenant ? N'essaie pas de me raconter des salades, j'en ai assez entendu dans ma vie…

Quand elle se rapprocha d'un pas, il sentit son parfum.

— C'est parce qu'il est en train de mourir, c'est ça ? Il est en train de mourir et il croit qu'il peut garder ça pour lui ?

Elle lut la réponse dans ses yeux et se détourna en tirant sur sa cigarette avant de souffler par les narines, le visage brouillé dans le panache de fumée.

— Maggie, attaqua-t-il, mais elle secouait déjà la tête sans rien vouloir entendre.

Elle inspira profondément et tâcha de se ressaisir.

— Tu es toujours à la même adresse ? lui demanda-t-elle. Celle à laquelle j'envoie ma carte de vœux tous les ans ?

— Oui.

— Tu ne t'es jamais décidé à déménager ? Tu pensais que Rhona allait revenir ?

— Pas spécialement, dit-il avant de changer de position.

— Mais c'est pourtant vrai que nous aimons rester attachés à notre passé, tu ne trouves pas ? Dod continue encore aujourd'hui à parler de Summerhall, et j'ai parfois le sentiment qu'il a plus besoin d'un prêtre que d'une épouse.

Devant son regard, elle leva la main.

— Il m'épargne tous les détails sanglants. À époque différente, pratiques différentes, pas vrai ?

— Peut-être bien que c'est ce qu'on se disait, répondit-il, les yeux fixés sur le bout rougeoyant de sa cigarette.

— Mais il a appris quelque chose qui le tracasse, ne viens pas me raconter le contraire. Je ne parle pas uniquement du fait qu'il est mourant. Ça concerne les Saints ?

— Je préférerais que tu lui poses la question.

— Sauf que c'est à toi que je le demande, John, dit-elle après un sourire. Je pose la question à mon vieux pote.

Voyant qu'il ne répondait pas, elle se pencha vers lui, l'embrassa sur la bouche puis effaça d'un doigt toute trace compromettante.

— Il n'a jamais rien su, dit-elle, sa voix à peine plus forte qu'un murmure. À moins que tu ne le lui aies dit.

Rebus secoua la tête, sans rien ajouter.

— Vous n'étiez que des gamins, tous. Des gamins qui jouaient aux cow-boys, poursuivit-elle en laissant glisser un doigt différent le long de son visage et de son cou.

— Et toi, tu étais quoi, Maggie ? lui demanda-t-il tandis qu'elle dessinait les contours de son visage.

— La même qu'aujourd'hui, John. Ni plus ni moins. Toi, en revanche…

— Il est certain que j'ai pris un peu d'épaisseur.

Mais tu sembles aussi plus triste. Et c'est plus fort que moi, je me demande toujours pourquoi tu éprouves le besoin de continuer à faire le boulot que tu fais.

— Pourquoi, j'étais comment, à l'époque ?

— Électrique, comme si un câble te traversait le corps de la tête aux pieds.

— Encore heureux que j'y aie remédié depuis.

— J'en suis moins sûre que toi.

Elle tira une dernière bouffée de sa cigarette et balança son mégot dans une plante en pot toute proche.

— Mieux vaut rentrer avant que les langues se délient. Je ne veux pas dire par là que les Saints ne se font pas confiance…

Rebus termina sa propre cigarette et la laissa tomber à côté du mégot.

— C'est juste un nom qu'on se donnait, expliqua-t-il. Il ne signifie rien du tout.

— Essaie donc de raconter ça à Dod.

Elle s'immobilisa devant la porte, sa main tournant déjà la poignée.

— En ce qui le concerne, vous sortiez tous d'une bande dessinée.

— Je n'ai pas souvenir que beaucoup de super-héros aient jamais carburé aux tourtes.

— Et tu ne portes pas non plus ton slip par-dessus ton pantalon, lui concéda-t-elle. À moins que tu n'aies quelque chose à m'avouer…

Le domicile de Paterson était une propriété jumelée de style victorien sur Ferry Road. La plupart de ses voisins arrondissaient leurs fins de mois en prenant des locataires en bed and breakfast, de sorte que leurs jardins en façade s'étaient tous transformés en parkings.

Au contraire de celui de Paterson, qui sortait du lot avec ses arbres adultes et sa haie de houx épanouie. Veuf depuis sept ans, Paterson ne semblait pas vouloir déménager pour prendre quelque chose de plus petit.

— Les enfants n'arrêtent pas de me tarabuster, confia-t-il à Rebus dans la Saab.

Tout le whisky qu'il avait avalé le rendait somnolent et il avait du mal à finir ses phrases.

— Un bel appart moderne demande moins d'entretien, mais ça me plaît bien de rester là où je suis.

— C'est pareil pour moi, dit Rebus. Deux chambres d'amis dont je n'aurai jamais besoin.

— Arrivés à nos âges, qui s'en soucie ? Regarde ce pauvre Dod – tu ne sais jamais ce qui peut t'attendre au tournant. Mieux vaut aller de l'avant et ne pas trop…

Il ne trouva pas les bons mots et se contenta de frotter ses mains.

— Se préoccuper des détails matériels ? suggéra Rebus.

— Ouais, peut-être, dit Paterson en soufflant bruyamment. Mais Stefan s'en est bien sorti, non ? Des millions à la banque, il voyage en jet et voit du pays.

Rebus acquiesça.

— Et Maggie est toujours une femme adorable, Dod a eu de la chance de la trouver.

— Effectivement.

— Elle est encore très belle…

Il s'interrompit en plissant le front.

— J'essaie de me rappeler un poème – belle et autre chose et peut-être encore un truc ensuite.

— Tu me mets au supplice, là.

Paterson se tourna vers lui en essayant d'accommoder.

— Tu as le cœur froid, John. Tu l'as toujours eu. Je ne veux pas dire… (Il se creusa les méninges.) Qu'est-ce que je veux dire ?

— Froid, tu veux dire distant, toujours sur son quant-à-soi ? suggéra Rebus.

— Non, pas ça, non. Plus comme si tu n'avais jamais aimé afficher tes émotions, de peur d'éveiller un peu de sympathie.

— Et la sympathie n'a jamais été mon truc ?

— Absolument jamais, confirma Paterson. On était tous des battants, comme tous ceux qui s'engageaient dans la police à l'époque, et non pas des diplômés de l'université ou autres grosses têtes. Avec un demi-cerveau, on pouvait espérer rejoindre les rangs du CID…

Il se tut, s'attarda un instant sur le pare-brise.

— On est arrivés.

— Je sais.

— Comment ça, tu le sais ? lui demanda Paterson en tournant la tête.

— Ça fait bien cinq minutes qu'on est devant ta maison, répondit Rebus, main tendue. C'était bon de te revoir, Porkbelly.

— Tu es content d'être venu, alors ?

— Je n'en suis pas sûr.

— Et pour ce que Dod nous a appris, tu crois pouvoir… ?

— Peut-être. Mais je ne promets rien.

Paterson dégagea sa main.

— T'es un bon gars, conclut-il, à croire qu'il lui avait fallu tout ce temps pour en être sûr.

Sur ces mots, il poussa sa portière et se prépara à sortir.

— Ce serait plus facile si tu enlevais ta ceinture, lui fit remarquer Rebus.

Quelques secondes plus tard, une fois libéré de toute entrave, Paterson rejoignit sa porte en zigzaguant et, quand la lampe de sécurité s'alluma, le salua sans se retourner, en lui faisant signe qu'il pouvait partir. Un sourire las aux lèvres, Rebus engagea la première et tenta de calculer l'itinéraire le plus rapide.

Il lui fallut vingt minutes, accompagné par un CD de Mick Taylor, avec des feux qui semblaient systématiquement passer au vert à son approche. Son portable vibra dans sa poche mais il attendit d'être garé devant son immeuble pour le sortir et lire le texto. Siobhan Clarke.

Peut-on parler ?

Il décida de l'appeler depuis la voiture et elle décrocha immédiatement.

— Qu'est-ce qu'il y a ? demanda-t-il.

— Je suis passé deux fois à ton appartement, je voulais faire ça en direct.

— Faire quoi ?

— L'intermédiaire.

— L'intermédiaire ? répéta-t-il, sans être sûr d'avoir compris.

— De la part de Malcolm Fox. Il sollicite le plaisir de ta compagnie à un moment ou à un autre, demain si c'est possible.

— Et il est trop trouillard pour me le demander lui-même ?

— Quelque chose comme ça.

— Et tu fais l'intermédiaire parce que… ?

— Parce que parfois, un visage ami, ça aide… Mais je sais d'avance que tu vas lui répondre non.

— Vraiment ?

— Il est des Plaintes, John… Il y a de fortes chances que tu lui craches à la figure, tu es câblé comme ça.

Câblé… Il se rappela les paroles de Maggie : *Un câble te traversait tout le corps de la tête aux pieds*.

— Ce n'est pas tout à fait faux, dit-il.

— Que dois-je lui répondre alors ? En gardant à l'esprit que je suis une âme simple et une fleur fragile.

— Votre baratin, c'est de la daube, inspecteur Clarke.

— Mais tu vas quand même répondre non ?

— Demain, l'arrière-salle de l'Ox, midi pile.

Silence sur la ligne.

— T'es toujours là ? demanda-t-il.

— Je n'en suis plus très sûre.

— Midi demain, confirma-t-il.

— Direct, comme ça ?

— Direct.

— Je ne vais plus pouvoir fermer l'œil, pas tant que tu ne m'auras pas expliqué… Presque comme si tu étais déjà au courant.

— Tu crois ?

— Comme si tu savais qu'il allait se pointer, poursuivit-elle. Mais comment est-ce possible ? Je suis la seule à qui il en ait parlé.

— Les magiciens ne révèlent jamais leurs secrets, Siobhan.

— Tu sais que c'est à propos de Summerhall ? Et des Saints du Livre d'Ombre ?

— De la Bible d'Ombre, corrigea-t-il.

— Mais tu savais ? persista-t-elle.

— Il y a une chose que je ne sais pas, cependant…

— Oui ?

— Lors de l'entrevue de demain, tu seras de mon côté ?

— À ton avis ?

— Il serait peut-être plus sage de ne pas venir du tout.

— Et qui alors pourrait empêcher que tu lui colles un pain dans la figure, en guise de salut ?

— Je n'ai pas l'intention de lui coller quoi que ce soit, Shiv. Je veux entendre ce qu'il a à me dire.

— C'est à propos d'un dénommé Billy Saunders.

— J'en étais sûr, dit Rebus et il coupa la communication avant de sortir de sa voiture.

JOUR 3

5

Le lendemain à midi, Rebus était assis à une table en coin devant une pinte de bière IPA. L'Oxford Bar disposait de deux salles, comptoir dans la première, tables et chaises dans l'autre avec, alignés contre les murs du fond, des bancs d'église récupérés. On avait allumé un feu de charbon et une odeur de fumée imprégnait la pièce sans parvenir à masquer complètement les relents d'eau de Javel après le grand lessivage du matin. Malgré la large fenêtre donnant sur Young Street, la lumière naturelle ne filtrait au mieux que par intermittence. Rebus était seul dans l'arrière-salle et n'avait bu que deux gorgées de son verre tandis que Kirsty, la serveuse, officiait en solitaire au comptoir avec, pour unique compagnie, les infos à la télé. Lorsque la porte sur la rue s'ouvrit en grinçant, Rebus s'autorisa un mince sourire – Malcolm Fox ne pouvait être que ponctuel. Aussitôt entré, il repéra son client et, s'avançant vers sa table, tira une chaise et s'assit, sans se préoccuper de savoir si une poignée de main serait acceptée ou non. Siobhan était dans l'embrasure entre les deux salles, le doigt pointé sur le verre de Rebus. Il répondit non de la tête et elle battit en retraite vers le comptoir pour réapparaître quelques instants plus tard avec deux verres d'eau gazeuse.

— Merci d'accepter de me rencontrer, dit Malcolm Fox en veillant scrupuleusement à positionner sa consommation au milieu de son dessous de verre.

Clarke se faufila à côté de Rebus, en se cantonnant néanmoins à égale distance des deux hommes, et garda le silence.

— Je peux vous demander pourquoi ici ? demanda Fox.

— À Édimbourg, la tradition veut qu'on traite ses affaires au pub, et elle remonte à loin, expliqua Rebus. En outre, cela prouve le prix que vous attachez à ma petite personne.

— Et quel est-il, précisément ? demanda Fox en le fixant.

— Vous auriez parfaitement pu régler ça de manière très officielle, une simple convocation au QG aurait suffi, au lieu de quoi, nous voici, tous les deux, sur mon terrain. Pour vous, il était donc impératif de me rencontrer, c'était peut-être même une question de vie ou de mort.

Fox décida de ne pas relever.

— Si je suis ici, c'est à la requête du procureur général. Elle envisage de rouvrir d'anciennes affaires.

— Maintenant que l'autorité de la chose jugée n'a plus cours[1].

— C'est exact.

— Et elle a Billy Saunders dans le collimateur ?

---

1. La loi votée en 2011 est entrée en vigueur le 28 novembre 2011.

— Ce n'est qu'un début.

— Que t'a-t-il raconté précisément ? demanda Rebus à Siobhan.

— Ça remonte à trente ans, répondit Clarke. Saunders a été poursuivi pour avoir tabassé un homme à mort, mais le dossier de l'accusation s'est effondré. Par la suite, il a fait de la prison pour une autre inculpation et a confié à un codétenu que c'était bien lui qui avait commis le meurtre. Aucune importance, vu qu'on ne pouvait plus le juger une seconde fois.

— Mais on le peut désormais, ajouta Fox.

— Alors, qu'attend Elinor Macari ? demanda Rebus.

— Le dossier à charge contre Saunders s'est effondré à cause des agissements du CID de Summerhall. Manipulations de preuves et de pièces à conviction, interrogatoires conduits sans aucun respect des règles en vigueur…

— Je crois me rappeler que c'est notre inspecteur qui a accepté de porter le chapeau.

— Vous voulez parler de Stefan Gilmour ? En fin de compte, c'est vrai. Mais on a dit à l'époque qu'il avait aussi ses raisons, parce qu'il voulait étouffer l'affaire.

— Étouffer quoi précisément ? demanda Rebus.

— Billy Saunders servait d'indic à Summerhall. Vous avez décidé qu'il vous serait plus utile dans la rue que derrière les barreaux. Le mec qu'il a tué était une raclure du nom de Douglas Merchant, lequel était incarcéré en même temps que le partenaire de Saunders. Du point de vue de Summerhall, la mort de Merchant, c'était un bon débarras. Donc, vous vous êtes assurés que le dossier contre votre pote ne tiendrait pas la route.

— Personne n'a jamais pu prouver ça.

— À mon humble avis, personne n'a jamais vraiment essayé. Stefan Gilmour a remis sa démission, puis le poste de police a été condamné et les bulldozers se sont mis au travail. Plus de Summerhall, plus de Saints de la Bible d'Ombre.

— Qu'est-ce qu'il y a de si drôle ? demanda Rebus en voyant Fox réfréner un sourire.

— Vous ne trouvez pas ça un peu outrancier ? Qui a bien pu trouver un nom aussi ronflant ?

— Il avait déjà cours avant que je n'arrive à Summerhall, répondit Rebus en haussant les épaules.

— Donc dans les années 1970, voire 1960 ?

Nouveau haussement d'épaules.

— Qu'est-ce que vous espérez gagner à tout ça, mis à part quelques bons points de la part du procureur général ?

— On est en train de revoir les notes de l'affaire. Les preuves encore existantes seront réexaminées. Des interrogatoires des principaux acteurs…

— Ce n'est pas ce que je vous ai demandé.

— On m'a donné un boulot à faire et je le fais, expliqua Fox.

— George Blantyre a eu une attaque – bonne chance à vous pour le convaincre de répondre à vos questions. Et Frazer Spence est décédé il y a dix ans.

Fox confirma de la tête, lui signifiant qu'il était parfaitement au courant.

— Mais vous, vous êtes toujours là, rétorqua-t-il d'une voix plus mélodieuse, de même que Stefan

Gilmour et Eamonn Paterson. Plus quelques autres liés à l'affaire…

— Billy Saunders ?

— Il est chauffeur de taxi indépendant. (Petit temps d'arrêt.) Vous ne seriez jamais tombé sur lui par hasard ?

— Pas depuis un quart de siècle.

— Vous savez que ces choses-là peuvent se vérifier, l'avertit Fox.

— Alors vérifiez, répliqua Rebus, penché en avant, coudes sur la table. Mais n'espérez pas trouver grand-chose, hormis des toiles d'araignée et beaucoup de poussière.

— Puis-je considérer comme acquis que vous passerez le mot à vos ex-collègues en leur disant que je les contacterai bientôt ?

— Ils vous répondront que vous perdez votre temps, ainsi qu'une part substantielle de l'argent des contribuables.

Fox ignora sa réponse.

— Je crois que j'ai l'adresse de George Blantyre. Dénicher Stefan Gilmour ne posera pas de problèmes – les journaux ne parlent que de lui… Est ce qu'Eamonn Paterson habite toujours sur Ferry Road ?

— Pour autant que je sache.

— Je doute qu'il ait déménagé depuis la nuit dernière, dit Fox, le regard rivé sur Rebus. J'étais en reconnaissance, expliqua-t-il, et je vous ai vu le déposer chez lui. C'est bien de savoir que vous êtes toujours proches… Lorsque l'affaire Saunders a éclaté, vous n'étiez pas dans l'équipe de Summerhall depuis bien longtemps, n'est-ce pas ?

— Environ six mois, peut-être sept.

— Le tout jeune disciple qui rejoint les rangs des Saints ?

— C'est ça.

— Ce qui me laisse penser que vous n'étiez peut-être pas impliqué. Gilmour et les autres ne devaient pas savoir jusqu'à quel point ils pouvaient vous faire confiance.

— Vous m'en direz tant, fit Rebus en s'appuyant au dossier du banc qui protesta par un craquement.

— Vous voici depuis peu de retour parmi nous et donc, de nouveau, membre de la police. Un retour qu'un détail de ce genre pourrait compromettre…

— Dois-je comprendre que si je vous aide, vous me tiendrez en dehors de toute cette histoire ?

— Vous savez parfaitement que je ne peux pas vous promettre ce genre de chose, répondit Fox, d'un ton qui laissait supposer le contraire.

— Et tout ce que j'aurai à faire, c'est balancer quelques-uns de mes plus vieux amis ?

— Ce n'est pas ce que je vous demande.

— Un mec comme vous, Fox, il faut se le farcir. Permettez-moi de vous dire une chose que je sais, effectivement, dit Rebus, déjà sur le départ, glissant sur le banc, prêt à se lever. Vous êtes à un poil d'arriver au terme de votre séjour aux Plaintes. Ce qui veut dire que vous n'allez pas tarder à vous retrouver sur le terrain, en pleine bagarre, en compagnie de gens comme moi… que du plaisir en perspective, inspecteur. J'espère que vous n'êtes pas contre une petite mêlée ouverte à l'occasion…

— Serait-ce une menace ?

Rebus ne prit pas la peine de répondre, il enfilait son manteau. La pinte était là où il l'avait posée, tout juste entamée.

— Les interrogatoires officiels débuteront dans un jour ou deux, déclara Fox. Et faites-moi confiance, ceux-là seront rigoureux *et* enregistrés.

Il tourna la tête et le suivit des yeux alors qu'il descendait les quelques marches conduisant au comptoir en contrebas avant de pousser la porte ouvrant sur le monde extérieur.

À la table, le silence dura quelques secondes avant que Fox ne gonfle les joues et souffle bruyamment.

— Ça s'est plutôt bien passé, je dirais, commenta Siobhan.

— Dans la mesure où nous n'avons pas fini par terre à nous bagarrer comme deux chiffonniers, oui, je suppose.

Elle s'était levée à son tour. Fox lui demanda si elle désirait qu'il la raccompagne dans sa voiture, mais elle secoua la tête.

— J'aurai presque plus vite fait à pied, dit-elle. En plus, je pourrai m'aérer et me vider la tête de tous ces relents.

— De quoi ? De fumée ?

— Non, de testostérone.

— Merci pour votre aide, dans tous les cas.

— Je n'ai pas fait grand-chose.

— Vous avez fait venir Rebus ici.

— En réalité, je n'ai même pas eu besoin de le persuader.

Fox réfléchit un instant.

— Peut-être a-t-il été prévenu par Eamonn Paterson…

Clarke lui tendit la main, qu'il serra.

— Bonne chance, dit-elle.

— Vous êtes sincère ?

— Jusqu'à un certain point.

Une fois seul dans l'arrière-salle du bar, il remarqua que son verre n'était pas bien centré sur son sous-bock. Tout doucement, avec précaution, il le remit en place.

Rebus s'était arrêté à l'intersection avec North Castle Street, le temps de fumer une cigarette et d'appeler Eamonn Paterson à son domicile.

— C'est John, dit-il quand celui-ci décrocha.

— C'était bien hier soir, non ? Merci encore de m'avoir ramené.

— Je viens de parler à Malcolm Fox.

— Qui est-ce ?

— Il travaille aux Plaintes, ce qui fait de lui le chien d'attaque de Macari.

— Il n'a pas perdu de temps.

— Il nous a tous dans son collimateur. Il estime qu'on a délibérément bousillé le dossier à charge contre Saunders pour garder un bon indic dans les rues.

— Comme si on aurait été faire une chose pareille.

— Mais ce n'était pas ça, dis-moi ?

— Qu'est-ce que tu veux dire, John ?

— Je veux dire, il y avait autre chose – une chose qui vous a tous mis sur des charbons ardents. Des portes qui se fermaient à mon passage… des conversations qui s'arrêtaient net dès que j'entrais dans le pub.

— Tu imagines des trucs.

— Imagination ou pas, il va falloir vous le faire, le Fox. Il a beau ressembler à un nounours en peluche, aussi doux que ceux qu'on gagne à la foire, il a des griffes et il a passé sa vie à les affûter.

— Et pourquoi serions-nous même obligés de lui parler ?

— Parce qu'Elinor Macari fera en sorte de lui donner tous les pouvoirs nécessaires. En ce moment, il est en train de réquisitionner dossiers et pièces à charge qui remontent à trente ans. Il sera fin prêt quand il débarquera chez vous.

— Tu l'as dit toi-même, John, trente années… possible que pas un d'entre nous n'arrive à se souvenir d'un passé aussi lointain.

— Je doute que cela puisse vous tenir lieu de défense, Eamonn. Certainement pas en tout cas s'il y a quelque chose à trouver dans ces fameux dossiers. (Il s'interrompit.) Alors je te pose la question, là, tout de suite : est-ce qu'il risque de dénicher des trucs malsains ?

— Tu étais présent, John. Tu sais comment on travaillait.

— En partie.

Il vit Siobhan émerger de Young Street. Elle l'aperçut à son tour et lui fit signe de la main.

— Dès que tu seras prêt à remplir les blancs à mon intention, je te promets d'être tout ouïe – ainsi, je pourrais peut-être vous aider.

— John…

— Réfléchis-y, le coupa sèchement Rebus en refermant son portable. Salut, toi, dit-il ensuite à Siobhan.

— Je rentre à pied à Gayfield Square. Tu vas dans la même direction ?

— Pourquoi pas ?

Ils traversèrent la chaussée en faisant attention aux voitures et empruntèrent Hill Street.

— Alors, qu'est-ce que tu en as pensé ? finit-elle par lui demander.

— Tu me connais, Siobhan, je ne m'attarde jamais longtemps sur quoi que ce soit.

— Et pourtant, j'ai l'impression que tu as mis le doigt sur ce qui faisait mal à Fox. Pour lui, ce boulot, c'est juste reculer pour mieux sauter : il retarde le moment infâme où il se retrouvera consigné au CID… Ça ne te dérange pas, j'espère, que je fasse l'intermédiaire ?

Elle le vit hausser les épaules.

— En fait, rectifia-t-elle d'elle-même, je crois que le mot qu'il a utilisé, c'était « arbitre ».

— On était juste un groupe de mecs, Siobhan, typique du CID de l'époque.

— Sauf que votre gang avait un nom.

— Je n'ai jamais eu beaucoup de temps à consacrer à ça, au contraire des autres. Quand on partait enquêter sur le terrain, il y avait une cassette dans le lecteur. Toujours la même – les Skids qui chantaient *The Saints Are Coming*, les saints arrivent. Notre hymne obligé.

— Et si on oubliait de le diffuser ?

— Quelqu'un n'appréciait pas ; c'était Gilmour, d'habitude.

— Il est promoteur immobilier aujourd'hui, non ?

— Des hôtels surtout. Associé en affaires avec un footballeur célèbre.

— Il vaut des millions ?

— C'est ce qui se raconte.

— Je l'ai vu sur les affiches de la campagne pour le non… Tu le vois toujours ?

Rebus s'arrêta et lui fit face.

— Je l'ai vu hier soir.

— Oh ?

— Au domicile de Dod Blantyre.

— La petite soirée dont te parlait ton ami Porkbelly ?

Rebus acquiesça, son regard sondant celui de sa collègue.

— Tu peux répéter ça à Fox si ça te chante. Ses antennes vont se mettre à remuer dans tous les sens – vent de panique chez les Saints, réunion de toute urgence.

— Et c'était ça ?

Rebus se gratta la joue.

— Je n'en suis pas sûr, lui confia-t-il. Le prétexte était qu'on voulait tous reprendre contact avec Dod Blantyre.

— Parce qu'il a eu une attaque ?

— Il se trouve qu'il était au courant pour Macari. Et ils voulaient me voir pour savoir ce que je pourrais leur en dire.

Clarke hocha la tête. Elle voyait très bien.

— Raison pour laquelle tu as accepté de rencontrer Fox ? Et ce coup de fil que tu viens de passer…

— Je faisais mon rapport à Paterson, confirma-t-il.

Il reprit sa marche et Clarke finit par le rattraper.

— Tu essaies de jouer sur les deux tableaux à la fois, c'est ça ? dit-elle. Sous-entendu, tu ne sais pas vraiment ce qui s'est passé avec Billy Saunders.

— Je ne pense pas que ce soit aussi clair et direct que le croit Fox.

— Alors dis-le-lui.

— En jetant les autres dans la gueule du loup du même coup ? Pas tant que je ne suis pas sûr, dit-il en secouant la tête.

— Tu veux fouiller de ton côté ? Tu sais très bien que Fox risque de très mal le prendre, n'est-ce pas ?

— Je me fous bien de la manière dont ton ami Fox risque de prendre ça.

Clarke le saisit par le bras.

— Tu sais de qui je suis la véritable amie.

Rebus venait de s'arrêter à nouveau. Il regarda son avant-bras, serré par la main de Siobhan.

— Bien sûr que je le sais, répondit-il, d'une voix presque douce. Tu es l'amie de Malcolm Fox.

L'espace de deux ou trois secondes, elle eut l'air folle furieuse, avant qu'il n'explose en un grand sourire, toutes dents dehors.

— Tu peux vraiment être un sale connard par moments, dit-elle en lâchant sa prise pour le frapper du poing dans l'épaule.

Il fit la grimace et frotta le point d'impact.

— Tu t'entraînes à lever de la fonte ?

— Plus que toi en tout cas, le moucha-t-elle.

— Même gymnase que ton ami le juriste ? D'autres dîners à prix réduit dans un avenir proche ?

— T'es vraiment pas drôle.

— Alors pourquoi tu souris ?

Ils se remirent en marche.

— Fox prend en charge les dossiers de l'affaire, finit-elle par dire.

— Tout à fait.

— Donc, si tu as l'intention d'aller fouiller…

— Ça ne me coûtera que ma dignité, lui répondit Rebus.

— Mais tout à l'heure, dans le pub…

— Si je l'avais suivi immédiatement comme un petit chien, il aurait soupçonné quelque chose, expliqua-t-il, avant d'ajouter, après un bref coup d'œil à Siobhan : À voir ton regard, on pourrait prendre ça pour de l'admiration… un peu contrainte et forcée, il est vrai.

— C'est bien possible, reconnut-elle.

Pour autant, son regard ne changea pas d'un iota.

Le centre de communication avait vérifié ses enregistrements la nuit de l'accident de la Golf, sans rien trouver ayant rapport aux faubourgs ouest de la ville, sinon l'automobiliste qui avait appelé pour signaler la collision. Rebus leur demanda néanmoins les infos relatives au coup de fil et les nota dans son calepin. Il se rappelait que la femme rentrait chez elle, sa journée de boulot au supermarché de Livingston terminée. Il l'appela sur son mobile et la surprit au travail. Elle lui demanda comment allait Jessica Traynor.

— Elle se remet, répondit-il. J'ai cependant quelques petites questions si cela ne vous dérange pas. Quand vous vous êtes arrêtée, vous n'avez vu aucun signe de vie aux alentours ?

— Non.

— Rien qui aurait indiqué qu'elle n'était peut-être pas seule au moment de la collision ?

— Il y avait quelqu'un ?

— Nous essayons juste de nous faire une idée exacte des circonstances de l'accident, madame Muir.

— Elle se trouvait à la place du conducteur.

— Et sa portière était ouverte ?

— Je crois bien.

— Et le coffre ?

— Je n'en ai aucune idée. Je suppose qu'il a pu s'ouvrir sous le choc…

— Vous ne vous souvenez pas s'il était ouvert ou fermé ?

— Non, dit-elle avant de s'excuser pour demander quelques secondes plus tard si c'était important.

— Pas vraiment, lui assura Rebus. Et vous n'avez pas non plus vu d'autres véhicules ? Pas d'autres lumières dans cette direction ?

— Non.

— Je sais que c'est beaucoup demander, mais auriez-vous remarqué des voitures circulant dans le sens inverse, durant les quelques minutes qui ont précédé votre arrivée sur les lieux ?

— Je pensais à mon repas du soir. En plus, la radio marchait, et je devais chanter en même temps, probablement.

— Donc vous ne vous rappelez pas ?

— Non.

Il la remercia et raccrocha. Il était presque sûr qu'elle se serait souvenue d'un éventuel bolide conduit par un gamin sorti de nulle part en vrombissant. Il se leva de son bureau et passa voir Christine Esson assise un peu plus loin.

— Qu'est-ce que vous avez pour moi ? lui demanda-t-il.

Elle lui indiqua l'imprimante.

— Comme vous êtes de la vieille école, j'ai décidé de vous tirer ça sur papier.

— Pourquoi ? Nous sommes à court de papyrus ? dit-il en ramassant une liasse d'une trentaine de feuilles imprimées.

— Il y en avait plus, mais ça concernait surtout les fusions et les acquisitions – et des tas de doublons.

– Ça suffira amplement pour un début, dit-il en regagnant son bureau.

Il fit pivoter son fauteuil de manière à pouvoir allonger les jambes et se mit en devoir de lire la version Internet de la vie et des exploits d'Owen Traynor. Cinquante-deux ans, marié pendant dix-sept ans à Josephine Gray, avant un divorce plein de hargne, qui lui avait coûté bonbon. Mis en liquidation judiciaire avant l'âge de trente ans, mais s'était remis en selle en moins de dix ans. Né à Croydon, il avait un jour déclaré à un journaliste qu'il avait fait ses classes à la « dure université du porte-à-porte ». Plusieurs portraits du personnage parlaient de ses changements d'humeur intempestifs chaque fois qu'on abordait un sujet qui lui déplaisait. Un journaliste confiait même que Traynor l'avait menacé de le pendre par les pieds à sa fenêtre – en faisant passer ça pour une plaisanterie. Une plaisanterie qui n'en était plus vraiment une quand cet investisseur furieux avait commencé à faire du foin – agressé sur son pas de porte et direction les soins intensifs. Aucune plainte n'avait été déposée. Il y avait d'autres exemples de furies soudaines, quand Traynor se laissait emporter trop loin. Interdit de séjour dans au moins un hippodrome et un hôtel cinq étoiles à Londres.

Sacré tempérament, le monsieur.

Rebus pianota le numéro du Royal Infirmary et demanda comment se portait Jessica Traynor.

— Elle est sortie, lui répondit-on.

— Si vite ?

— Il y aura des séances de kiné, entre autres…

— Mais elle est capable de monter les escaliers ? dit-il en pensant aux trois volées de marches à gravir jusqu'à son appartement sous les combles sur Great King Street.

— Son père lui a réservé une chambre d'hôtel pour quelques jours.

Dans la chambre jouxtant la sienne, supposa-t-il. Il remercia l'infirmière, mit fin à la communication et feuilleta une nouvelle fois sa liasse de notes. Il se rendit compte que l'affaire était en train de disparaître, à croire qu'une grue l'avait chargée sur le plateau d'un camion pour la conduire à la ferraille. Il balaya le bureau du regard. Page était en réunion et avait emmené Clarke avec lui. Ronnie Ogilvie se préparait à témoigner devant le tribunal. Christine lisait des dépositions. C'était donc ça, ce à quoi il avait tant aspiré quand il était à la retraite ? Il avait oublié les passages à vide, les heures interminables consacrées à la lecture des paperasses, tout ce temps perdu à traîner comme une âme en peine. Il pensa à Charlie Watts – n'avait-il pas dit un truc à propos de sa vie comme

Rolling Stone ? Cinquante années dans le groupe, dix passées à taper sur ses tambours et les quarante de reste à attendre qu'il se passe quelque chose. Et Peggy Lee pour suivre : *Is That All There Is ?* C'est tout, rien de plus ?

— Au diable tout ça, maugréa-t-il en se levant de son fauteuil.

Il avait probablement fait acte de présence suffisamment longtemps, estima-t-il. Il tapota ses poches, vérifia qu'il avait ses cigarettes, ses allumettes, son téléphone.

— Vous partez déjà ? le taquina Esson.

— Juste quelques minutes.

— Jouer au chef, ça use, non ?

— Ça ne me gêne pas de faire comme si, lui répondit-il en se dirigeant vers la porte. D'ailleurs, j'ai une audition qui m'attend. Encore une. C'est ça, la vie d'artiste…

Le petit parking était en fait une sorte de courette délimitée par le béton gris du poste et il était quasiment le seul fumeur à en profiter. Il appela le QG de la police et demanda à parler aux Normes professionnelles – quel que soit le nom qu'ils avaient décidé de leur donner cette semaine. Le téléphone sonna une demi-douzaine de fois avant qu'on ne décroche.

— Sergent Kaye, s'identifia la voix au bout du fil.

Tony Kaye : il avait déjà eu affaire à lui.

— Votre petit ami est là ? Dites-lui que John Rebus aimerait lui dire deux mots.

— Il est en conférence.

— Il se prend pour Alan Sugar[1] ou quoi ! se plaignit-il.

— Une réunion, alors – désolé, j'ignorais que la grammaire était votre point fort.

— Le vocabulaire, ducon, pas la grammaire.

— Allez vous faire rembourser les cours de bonnes manières qu'on vous a donnés, vous voulez bien ?

— Aussitôt que j'aurai parlé à votre généralissime. Sa réunion impliquerait-elle par hasard l'odorante Mme Macari ?

— Comment le savez-vous ?

— Je suis détective. Un détective *décent*. Digne de ce nom, disons.

— Vous oubliez que je connais votre dossier. Les mots de six lettres ne manquent pas, mais « décent » a été biffé du dictionnaire le jour où vous êtes sorti de l'académie de police.

— Je crois que je suis un peu amoureux de vous, sergent Kaye. Permettez-moi de vous donner mes coordonnées, dit-il en dictant son numéro de portable. Dites aussi à Fox que je pense pouvoir l'aider. Demandez-lui de me rappeler une fois que Macari aura défait la fermeture de son masque de gimp[2].

Il coupa la communication avant que Kaye puisse réagir. Les yeux rivés sur l'écran de son téléphone, il se laissa aller à un large sourire. Il appréciait effectivement Kaye, et se demandait ce qu'un gars comme

1. Magnat britannique, fondateur d'Amstrad, célèbre pour ses prestations dans l'émission télévisée de la BBC *The Apprentice*.

2. Accessoire fétichiste en cuir, latex, en usage dans les jeux SM.

lui foutait aux Plaintes. Un message arriva. Il y jeta un regard. *Suce-moi*, disait-il, avec trois baisers à la suite.

Envoyé, vraisemblablement, depuis le portable personnel de Kaye. Rebus en profita pour ajouter le numéro à ses contacts et arpenta le parking entre les rangées de voitures pour finir sa cigarette en paix.

6

Il s'avéra finalement que le procureur général avait offert à Fox un petit bureau privé dans l'annexe de la Sheriff Court – le palais de justice de Chambers Street –, située à moins d'une minute à pied de son propre fief.

— Douillet, le petit nid, commenta Rebus en examinant les alentours.

Le bâtiment avait beau être relativement récent, il devait se creuser la cervelle pour se rappeler ce qui se trouvait là auparavant. En chemin, il était passé à côté d'avocats stressés bavassant dans leur portable, à proximité de leurs clients je-m'en-foutistes occupés, eux, à partager cigarettes et souvenirs de guerre en comparant leurs tatouages.

Dans la pièce surchargée de lambris, derrière un bureau beaucoup trop grand pour ses besoins immédiats, Fox était assis, raide comme un piquet, les mains crispées autour d'un stylo, le genre de posture affectée qui n'aurait convaincu personne, tant il était flagrant qu'il avait passé trop de temps à la préparer. Il en prit d'ailleurs conscience et reposa le stylo sur la table lorsque Rebus s'assit en face de lui.

— Voilà que d'un coup, vous pouvez m'aider ? s'enquit-il. Une conversion subite depuis l'heure du déjeuner, je dois dire, un vrai chemin de Damas. Vous avez fait vite.

Haussement d'épaules de Rebus.

— Vous allez vous débrouiller pour que la merde dégringole sur mes amis, et de bien haut, encore ; le moins que je puisse faire, c'est de m'assurer que vous n'avez pas la courante.

— Une métaphore saisissante.

— C'est ça, vos dossiers ? demanda Rebus en désignant deux grosses boîtes en carton à côté de Fox.

— Oui, milieu de 1983, la période au cours de laquelle Saunders a tué Merchant.

— *Prétendument* tué, rétorqua Rebus. Vous les avez déjà passés en revue ?

Hochement de tête pour toute réponse.

— Et si mon nom était apparu à un moment ou à un autre, j'imagine que je ne serais pas devant vous ?

Nouvel acquiescement silencieux.

— Il ne faut pas oublier néanmoins, précisa Fox, que jusqu'à un passé récent, vous travailliez à l'Unité des affaires classées. Vous auriez pu accéder à ces mêmes dossiers à n'importe quel moment, en vous assurant au passage qu'il n'y reste rien d'incriminant relatif à votre passage à Summerhall.

— Prenons pour hypothèse que je n'en ai rien fait et que j'ai les mains propres.

Dans ce cas bien particulier, alors, se sentit obligé d'ajouter Fox.

— Dans ce cas bien particulier, répéta Rebus. Et

me voici de nouveau au CID, comme la cinquième roue du carrosse…

— Une situation que vous ne voulez pas compromettre.

— C'est pourquoi je vous propose mes services – de cette façon, je peux vous garder à l'œil.

— Si vous n'avez jamais participé à rien dans cette affaire, vous n'avez rien non plus à craindre de moi.

— À moins que vous ne commenciez, vous, à merdoyer en chemin et moi, je me retrouverais logé à la même enseigne que tous les anciens de Summerhall.

Fox reprit son stylo-bille, un vulgaire Bic jaune bon marché, qu'il manipulait pourtant avec le même soin qu'un Montblanc.

— Donc, si je comprends bien, m'aider consiste en premier lieu pour vous à douter de mes compétences.

— Afin de nous épargner à tous deux la peine de mettre ça sur le tapis ensuite.

— Et entre-temps, je suis censé *vous* faire confiance ? Ces hommes sont parmi les premiers auxquels vous avez été liés intimement, au quotidien, des hommes que vous connaissez quasiment depuis le début de votre vie professionnelle. Pourquoi iriez-vous vous retourner contre eux en choisissant l'autre camp ?

— Ce n'est pas la raison de ma présence ici. Je veux juste m'assurer que vous n'allez pas déclencher une guerre ouverte.

— Les guerres, ce n'est pas mon style.

— C'est bon à savoir, parce que les Saints – tout retraités qu'ils soient – ne manquent pas de munitions.

— Mais *vous*, vous n'êtes pas retraité.

Rebus l'admit d'un signe de tête.

— Et à leurs yeux, je ferai partie de leur arsenal défensif.

— Ce que vous ne serez pas ?

— Ça, ce sera à vous de le décider, une fois que nous aurons commencé à mettre le nez dans ces dossiers, dit Rebus en montrant les cartons.

Fox le fixa un instant puis reporta son attention sur l'écran de son portable.

— Encore à peu près une heure avant de débaucher, dit-il.

— Tout dépend de votre pointeuse, rétorqua Rebus.

Nouvel examen détaillé, puis un hochement de tête.

— O.K., cow-boy, dit Fox avec un accent presque sudiste. Voyons un peu ce que vous avez dans le ventre.

Il souleva les caisses, les posa sur le bureau et ils se mirent au travail.

Bien que n'étant pas le plus proche du palais de justice, c'est le Sandy's Bell qui eut la faveur de Rebus, avec l'assentiment de Fox, lequel reconnut volontiers :

— Vous vous y connaissez probablement mieux que moi.

Ils prirent une petite table du fond encore libre et Rebus se chargea des boissons au comptoir, un Coca pour son nouveau collègue et une IPA pour lui. Fox se frottait les yeux en étouffant un bâillement. Il insista pour trinquer et Rebus avala deux bons centimètres de sa bière avant de claquer les lèvres.

— Vous ne touchez jamais à l'alcool ? demanda-t-il.

Fox fit non de la tête.

— Parce que vous n'avez pas le droit ?

Fox acquiesça avant de s'expliquer :

— Je n'en ai pas le droit et vous ne devriez pas vous non plus.

Rebus salua sa déclaration en levant son verre et but une seconde gorgée substantielle.

— C'est la picole qui a poussé votre épouse à vous quitter ?

— Je pourrais vous poser la même question, rétorqua Fox aussi sec.

— Et je serais au regret de vous dire que c'est bien la vérité, dit Rebus, plongé dans ses pensées. Ou ce n'est peut-être vrai qu'en partie seulement. Avec le métier que nous faisons... Je ne pouvais pas me permettre de vider mon sac à la maison pour relâcher la pression – tout au contraire en fait. Alors je me suis renfermé petit à petit. Et les seuls avec qui je pouvais parler étaient eux aussi policiers. C'est ainsi que la distance a commencé à s'installer...

Il souffla avant de hausser les épaules.

— Vous auriez pu envoyer promener l'alcool, lui dit Fox.

— Comme vous, c'est ça ? Et c'est la raison pour laquelle vous êtes toujours marié et heureux de l'être, avec une vie sociale si palpitante qu'elle ne vous laisse aucun répit ?

Un instant, Fox donna l'impression de prendre la mouche, puis ses épaules se relâchèrent.

— Touché, dit-il.

— Nous avons chacun un système bien à nous pour nous vider des merdes qui sont notre lot quotidien, proposa Rebus.

— Ce qui nous ramène aux Saints. Dans un petit groupe aussi restreint, on commence inévitablement à se dire que ses propres règles sont les seules qui vaillent.

— Je ne vous contredirai pas là-dessus.

— Et à cette époque-là, les paramètres aussi étaient différents, pas aussi stricts qu'aujourd'hui ?

— Disons qu'on disposait d'une marge de manœuvre. Une liberté d'action certaine, reconnut Rebus.

— En particulier si on donnait l'impression aux échelons supérieurs de courir de succès en succès. Les huiles ne risquaient pas de remettre en question vos méthodes.

Rebus repensa à Peter Meikle, à la petite balade en voiture autour d'Arthur's Seat. Il fit la moue et ne dit rien. Fox le remarqua mais reprit ses questions.

— C'est le système tout entier qui a changé, non ? Jadis, c'était les indics et les contacts. On perdait un mec comme Billy Saunders et d'un coup, les enquêtes restaient en plan et c'en était fini du respect tacite de la Grande Maison. Quoi qu'il ait pu faire, vous deviez le garder dans la rue.

— Vous ne cessez de dire « vous » comme si j'en étais moi aussi.

Fox leva la main en signe d'excuse.

— Je veux parler des Saints en général. Mais il fallait bien une hiérarchie et je dirais que tout en haut, c'était Gilmour – c'était lui l'inspecteur, après tout. Est-ce que Saunders était l'indic de Gilmour ?

— Il faudrait que vous posiez la question à l'un ou à l'autre.

Fox le fusilla du regard.

— C'est vrai que vous ne savez pas ?

— Admettons qu'il l'ait été – et puis après ?

Le regard de Fox ne s'adoucit pas.

— Existe-t-il au moins des informations utiles que vous connaissiez *effectivement* ?

— J'en connais des tas.

— Lesquelles, par exemple ?

— Je vous garde ça au chaud pour plus tard, dit Rebus en reprenant son verre.

— Supposez que je vous dise qu'il me les faut maintenant.

— Plus tard, répéta Rebus.

— Alors, je devrais peut-être me contenter de vous réexpédier à Gayfield Square.

— Peut-être. Mais réfléchissez d'abord à ceci : vous convoquez chacun des Saints pour interrogatoire et moi, je suis assis à côté de vous. Inévitablement, ils vont se demander si c'est bien la peine de nier ou de déformer la vérité.

— À moins que vous ne soyez leur espion dans la place depuis le début.

— C'est certainement un risque à courir, confirma Rebus en haussant les épaules. Mais vu le boulot que vous faites, vous estimez probablement avoir un talent bien affûté pour séparer le bon grain de l'ivraie dans les réponses qu'on vous fait.

Il soutint le regard de Fox, sans baisser les yeux.

— Donc demandez-vous si je suis digne de confiance ou non.

— Attendons, finit par répondre Fox. Attendons de voir, c'est tout.

— Mais nous commençons à les convoquer dès demain, c'est bien ça ?

— Nous les interrogerons quand *moi*, je l'aurai décidé, pas avant.

— C'est d'accord, dit Rebus en montrant son verre vide : À votre tour de régaler, à propos.

Mais Fox déclina sa proposition d'un signe de tête.

— Il y en a chez nous qui aiment bien rentrer à la maison, expliqua-t-il. On se retrouve à la Sheriff Court à 10 heures ?

— Il faudrait que vous régliez ce détail avec mon patron.

— James Page ? Il y a de fortes chances qu'il puisse se débrouiller sans vous, sergent Rebus…

— Il y a longtemps que tu es là ?

— Pas très. Je me trouvais dans le quartier, répondit Clarke dans l'entrée de l'immeuble de Rebus. J'envoyais un texto, ajouta-t-elle en lui montrant son portable.

— Mais tu habites à des kilomètres d'ici, dit-il.

— Je prenais un verre avec quelqu'un.

— Ton juriste ?

— À Morningside.

— Au Canny Man ?

— Au Montpelier.

Rebus fit la grimace : ce n'était pas sa tasse de thé.

— Où était-tu passé ? lui demanda-t-elle. Je suis revenue de ma réunion et Christine m'a dit que tu t'étais cassé.

— Je devais voir quelqu'un.

Elle réfléchit une seconde.

— Fox ?

Rebus acquiesça.

— Et il a des soupçons ?

— Sur quoi ? répondit-il en ouvrant sa porte. Tu entres ?

— Je ne te dérange pas ?

— Non, tant que tu ne viens pas me demander un vin blanc limé…

Il gravit en tête les deux volées de marches jusqu'à sa porte qu'il déverrouilla avant de ramasser son courrier en tas et d'allumer la lumière du vestibule. Elle le suivit jusqu'au salon. Le cendrier à côté de son fauteuil était plein de mégots. Deux bouteilles de bière vides et un verre à whisky vide lui aussi traînaient par terre.

— Une tasse de thé ? lui demanda-t-il.

— Je te remercie.

Pendant qu'il s'occupait à la cuisine, elle replaça plusieurs 33-tours dans leurs pochettes respectives et se préparait à ramasser les bouteilles quand il réapparut.

— Je m'en charge, dit-il.

— Je prends le cendrier.

Elle le vida dans la poubelle de la cuisine tandis qu'il posait les cannettes sur le plan de travail près de l'évier. Il lui tendit un mug.

— Tu as de la chance, dit-il. C'était hier, la date de péremption du lait.

— Je m'en contenterai.

Ils retournèrent au salon.

— C'est bon, là ? Tu es bien ? Ou est-ce que tes tocs exigent d'autres actions intempestives ?

Elle ne dit rien, s'installa sur le canapé et résista violemment à l'envie de remettre les journaux posés en vrac à côté d'elle en pile bien proprette. Rebus posait un disque sur la platine en baissant le son. Miles Davis, reconnut-elle – avant qu'il ne vire bizarre.

Rebus faillit sortir une cigarette de son paquet mais se souvint à temps qu'elle n'aimait pas la fumée.

— Alors comme ça, te voilà le second de Fox ? finit-elle par demander.

— Pour ainsi dire.

— Avec accès au dossier Saunders ?

Elle le regarda acquiescer lentement.

— Et aussi aux autres affaires ayant trait à Summerhall.

Haussement d'épaules cette fois.

— T'est-il venu à l'esprit que Fox pouvait lui aussi jouer une carte très personnelle ?

— Quel genre de carte ?

— Du genre, essayer de découvrir ce que tu essaieras de cacher, un rapport qui disparaîtrait par hasard sans laisser de traces…

— C'est à envisager.

— Tu as vraiment réussi à le convaincre que tu étais dans son camp ?

— Pas totalement – il est logique de penser qu'il a des doutes.

Elle se pencha en avant sur le canapé.

— Et risque-t-il réellement de dénicher un lièvre ? Une chose qui finira par te mettre en cause toi aussi ?

Rebus réfléchit.

— S'il fouine assez profond, il est possible qu'il mette au jour un ou deux squelettes. Le problème, tu vois, c'est que nombre des seconds rôles ont quitté la scène, pour disparaître sans laisser de trace ou endosser leur costume de sapin. Et donc, même en admettant qu'il trouve, il ne sera pas au bout de ses peines : il aura un sacré mal de chien à bâtir une accusation qui se tienne.

Clarke ne le quittait plus des yeux.

— Summerhall avait les mains sales ? Jusqu'à quel point ?

Il étudia la surface de son thé.

— Suffisamment. T'as jamais vu cette série, *Life on Mars* ? La vie sur Mars ? Ça faisait penser à un documentaire…

— Obtenir des aveux en tabassant le suspect ? Monter un dossier sur de fausses preuves ? S'assurer que les méchants passent à la casserole à tout prix, et peu importe le motif ?

— Tu envisages d'écrire ma biographie ?

— Ce n'est pas une plaisanterie, John. Dis-moi ce qui est arrivé à Billy Saunders.

Rebus souffla sur son thé, but une gorgée et haussa les épaules.

— Ça s'est probablement passé comme tout le monde semble le penser.

— Foirer délibérément le dossier d'accusation pour qu'il puisse rester en liberté et être utile ?

Rebus acquiesça.

— Et donc il va falloir déterrer tout ça pour le mettre au grand jour, afin que le procureur général ait de quoi justifier une seconde inculpation, déclara Clarke. Sauf qu'il existe un autre scénario possible.

— Je sais, dit Rebus. Saunders passe un marché. Et en échange d'une inculpation moindre, il balance Summerhall.

— Ce qui ferait tache sur la belle image de Stefan Gilmour.

— Exactement comme si on donnait une mitraillette à une vache – les balles pourraient partir dans toutes les directions.

— Et tu risquerais d'être touché par ricochet ?

Nouveau haussement d'épaules.

— Moi, je n'étais pas là tout en y étant, en quelque sorte – tu vois ce que je veux dire ?

— Tu étais dans l'équipe mais pas dans la même pièce, c'est ça ?

Rebus se remit lentement debout, alla jusqu'à la stéréo et parut fasciné par le disque tournant sur la platine dont le bras de lecture se dirigeait presque imperceptiblement vers le centre du vinyle.

— Ça se passait il y a trente ans, Siobhan. Tout était… (Il se tourna vers elle.) Est-ce qu'il est utile de faire remonter tout ça à la surface ?

Elle le regarda.

— Ce n'est pas tout, n'est-ce pas ? Il y a autre chose… D'accord, le mec était un indic mais il venait de tabasser un gars à mort. Je crois deviner que même à l'époque, ton instinct t'aurait poussé à te laver les mains d'un individu de cet acabit. Un délit moins grave… peut-être aurais-tu demandé qu'on lui accorde l'indulgence… mais un meurtre ?

Il regagna son fauteuil et s'y affala de tout son poids.

— Tu sais que j'ai raison, dit-elle à mi-voix. Et je pense qu'à ce moment-là, tu le savais aussi. Saunders devait connaître des choses sur Stefan Gilmour. Quand tu as vu Gilmour l'autre soir, comment t'a-t-il paru ? Lorsque Blantyre lui a appris qu'on rouvrait l'affaire, comment a-t-il réagi ?

— Bien, il a réagi normalement.

— Peut-être que jouer la comédie fait partie de ses talents. Tu l'as vu à la télé, faisant campagne pour que l'Écosse reste dans l'Union ?

— Je doute que, de sa part, ce soit de la comédie.

— Mais c'est un rôle qu'il joue.

— Il a démissionné après l'affaire Saunders.

— Je sais.

— Il a fait ce qu'il fallait.

— A-t-il gardé le contact avec Saunders ?

— Pour quelle raison ?

— Si Saunders avait effectivement un moyen de faire pression sur lui… (Elle laissa son hypothèse faire son chemin.) Et désormais, Saunders sait que Macari est sur le sentier de la guerre avec Gilmour dans son viseur…

— Et il voudra peut-être parler à Stefan.

— Dans tous les cas, Gilmour doit disposer de quelques avocats zélés.

Rebus acquiesça lentement.

— Si Saunders a bien un moyen de pression sur Gilmour – quelque chose de solide –, as-tu la moindre idée de ce que ça pourrait être ?

— Non.

— Et si, en fouillant suffisamment profond, tu tombes sur la vérité, tu l'apportes sur un plateau à Malcolm Fox ou tu organises une nouvelle réunion des Saints ?

— Ça demanderait réflexion.

— Et tu crois pouvoir faire ça sans que Fox l'apprenne ?

— Je me fous pas mal qu'il l'apprenne.

— Tu es sûr ?

Rebus secoua la tête.

— Mais je sais ce que dirait Miles Davis si c'était le cas.

Clarke plissa les yeux.

— Et que dirait-il ?

— Il dirait : *Et puis après ?*

JOUR 4

7

— Nous ne pourrons pas interroger Saunders, déclara d'emblée Malcolm Fox.

Il était assis à son bureau dans l'annexe de la Sheriff Court et ôtait le couvercle d'un gobelet de thé.

Un petit geste de Rebus qui, après s'être frayé un chemin dans la foule à l'entrée partagée entre juristes et clients – sans confusion possible entre les deux groupes –, était arrivé le premier pour trouver porte close, verrouillée à double tour. Avant que Fox ne débarque, il avait eu le temps de faire un saut jusqu'à un café sur le pont George-IV pour en rapporter son petit cadeau. Il avait demandé s'il pouvait disposer d'une clé, mais devant le refus silencieux de Fox, il n'avait pas insisté, laissant la question en suspens. Il avait eu droit ensuite à la nouvelle concernant Saunders.

— Et pourquoi ça ? demanda-t-il.

Il goûta son propre thé et constata qu'il n'en méritait pas le nom.

— Parce que le procureur général a éliminé cette option dès le départ. Je ne dois m'intéresser qu'à Summerhall, rien de plus.

— C'est l'évidence même que Saunders fait partie du lot.

— Mais c'est l'équipe de Macari qui aura la charge d'interroger M. Saunders.

— Voilà qui ne va pas faciliter votre travail, n'est-ce pas ? poursuivit Rebus sans s'émouvoir.

— Peu importe, c'est ce que veut le procureur général.

— Et vous n'avez pas insisté ? s'étonna Rebus.

— Je ne suis pas comme vous. Une personne d'autorité me dit de faire quelque chose, je ne remets jamais sa décision en question, j'exécute.

Fox aspira bruyamment une gorgée de thé et la savoura.

— Je continue à penser que cela nous aiderait à poser les bonnes questions aux Saints si nous pouvions d'abord entendre la version de l'affaire de la bouche de Saunders, reprit Rebus.

— Je ne prétends pas le contraire. Une fois que Saunders aura été interrogé par l'équipe de Macari, nous pourrons consulter la transcription de l'entretien.

— Donc, si je comprends bien, nous allons devoir attendre que ces messieurs en aient terminé avant de faire venir nos clients ?

— Je doute fort qu'il soit très commode de faire venir George Blantyre jusqu'ici.

— Alors quoi ? On l'interroge à son domicile ?

— Vous êtes sûr de pouvoir faire ça ? demanda Fox après un long regard.

Rebus acquiesça.

— Et bien sûr, n'oublions pas votre propre interrogatoire.

— Cela va de soi.

— En fait, ce serait peut-être une bonne chose de nous en débarrasser au plus vite…

Fox attrapa son attaché-case, le posa sur le bureau et l'ouvrit pour en sortir un bloc de feuilles.

— Vous ne pensez pas qu'il vaudrait mieux en finir avec les dossiers d'abord ? dit Rebus en les montrant de la tête.

— Je les ai déjà lus et relus à plusieurs reprises, expliqua Fox.

Il feuilleta les pages de son bloc. Des dizaines en tout, remplies de sa fine écriture bien nette. Devant le nombre de points d'interrogation qui les ponctuaient et la quantité de surlignages, Rebus se demanda s'il ne s'était pas laissé prendre au petit jeu de Fox, à l'image d'un poisson trop gourmand devant une ligne trop bien appâtée. Fox le dévisageait, le visage pincé par un sourire en trait de crayon.

— Qui sait, ça pourrait m'aider à savoir à qui j'ai vraiment affaire, se justifia-t-il. À voir jusqu'où vous êtes prêt à aller pour vous rendre utile.

— Pas d'enregistrement ? Pas de vidéo ?

— Rien d'aussi officiel, répondit Fox avec le même mince sourire. Donc…

Il jeta un œil à ses feuilles en ôtant le capuchon de son stylo.

— Vous étiez constable de la Criminelle à votre arrivée à Summerhall ? Et c'était en octobre 1982 ?

— Novembre, le corrigea Rebus.

— Tout à fait.

Il vit Fox porter une petite coche en marge de la page. *Tu le savais déjà. Tu es en train de me tester, tu surveilles le moment où je vais me mettre à débiter des mensonges...*

— Et connaissiez-vous quelqu'un parmi les autres policiers du CID, avant cela ?

— J'en avais rencontré un ou deux.

— Plus précisément ?

— Blantyre et Paterson.

— Et vous les aviez connus comment ?

— Probablement au tribunal – l'ancienne Sheriff Court. À traîner nos guêtres en attendant de déposer.

— Et ensuite, il y avait le Club de la police ?

— Je n'y ai jamais mis les pieds. Ça parlait trop boutique.

— Vous étiez déjà un habitué de l'Oxford Bar ? Beaucoup de flics le fréquentaient à l'époque – certains étaient de Summerhall ?

— Je n'en ai pas le souvenir.

— L'équipe du CID était pratiquement établie quand vous avez débarqué ?

— Vous êtes sûr de ça ?

Fox laissa passer la question avec un autre de ses sourires et fit mine de se plonger dans ses notes.

— L'inspecteur Gilmour était là depuis deux ans, ainsi que Blantyre. Au moment de votre arrivée, le sergent Paterson et le sergent Spence avaient pratiquement déjà huit mois d'ancienneté dans le service.

Fox releva la tête.

— Et pourtant ils vous ont accueilli dans le cocon à bras ouverts ? Sans la moindre réserve, sans aucune défiance ?

— Ils ont été très bien.

— Et il s'est écoulé combien de temps avant votre initiation ?

— Vous voulez dire chez les Saints ?

Ce fut au tour de Rebus de sourire.

— Vous semblez en faire tout un plat, de ces fameux Saints, dit-il.

— Vous voulez dire que ce n'était rien du tout ?

— Si, mais juste un nom, sans plus. D'autres équipes du CID avaient leur version personnelle de la chose – la Division F, c'était les Cow-Boys, la Division C les Robinsons.

— Avouez quand même que c'est un peu moins alambiqué que les « Saints de la Bible d'Ombre ». Reconnaissez-le, c'est autrement plus pompeux et même un peu sinistre… Voire prétentieux.

— Quand vous étiez écolier, vous n'avez jamais fait partie d'une bande ? Peut-être vous a-t-on snobé en vous tenant à l'écart, avec juste le droit de regarder à la récré ?

— Je vous demandais depuis combien de temps vous étiez dans le groupe avant que les Saints n'arrivent dans la conversation.

— Une semaine ou deux, pas plus.

— Et il y a bien eu une initiation ?

— Que vous a-t-on raconté ?

— Tout et n'importe quoi, depuis six pintes descendues l'une après l'autre jusqu'au massacre d'innocents.

— Des bobards, tout ça.

— Mais la réputation des Saints était établie et apparemment pas usurpée ; il n'y avait pas grand monde qui désirait passer une nuit en cellule ou se faire embarquer pour interrogatoire.

Fox s'interrompit, tourna quelques feuillets de son bloc.

— C'est vrai aussi ce qui se racontait sur la salle d'interrogatoire B ?

— Qu'est-ce qu'elle avait de si particulier ?

— Des taches brunes et rouges sur les murs et par terre ? Une odeur d'urine rance ? Des mots comme « au secours » gravés dans la table ?

Rebus ne put que sourire à ce souvenir.

— Les taches nous étaient fournies gracieusement par la baraque à frites locale : sauce brune et ketchup. Et c'est nous qui avions gravé ces mots nous-mêmes.

— Afin que les suspects puissent disposer d'un peu de lecture quand ils marinaient dans leur jus ?

— Ça les mettait un peu mal à l'aise, je dirais.

— Et l'urine ?

— Je ne me rappelle plus aujourd'hui qui en avait eu l'idée. Mais du coup, il est certain que le registre des plaintes pour brutalités policières présentait tout de suite moins d'attrait. Pareil pour la chaise. Quelqu'un avait scié un bon centimètre à un pied. Impossible de se décontracter une fois assis là-dessus.

Il regarda Fox.

— Non pas que j'excuserais des actes de ce genre de nos jours.

— Il n'empêche, répondit Fox en gribouillant une note personnelle, que je comprends comment on peut se laisser séduire. (Pause.) Comment pratiquaient les Affaires internes en ce temps-là ?

— Les Plaintes ? De manière pas très rigoureuse. Tant qu'on obtenait des résultats, les têtes pouvaient toujours se tourner dans l'autre direction. Mais déjà à l'époque, les gars dans votre genre étaient à nos yeux des ordures.

— J'apprécie votre sincérité.

— Je vous en prie.

Son portable tinta et il consulta l'écran. Siobhan Clarke.

— Ça ne vous dérange pas que je réponde ?

Fox n'apprécia guère, mais Rebus passa outre.

— Qu'est-ce que je peux pour toi ? demanda-t-il aussitôt.

— McCuskey est au seuil de la mort, lui annonça Clarke.

— Quoi ? dit-il, plissant les yeux.

— Apparemment, un cambriolage qui aurait très mal tourné.

— Seigneur !

— On l'emmène au Royal Infirmary.

— Triste ironie du sort.

— Que veux-tu dire ?

— Même endroit que sa copine.

— Je ne te parle pas du fils, mais du père, *Pat* McCuskey ! Comme notre bien-aimé ministre de la Justice.

— Juste une coïncidence, alors ?

— C'est la question que je me pose. Il a été attaqué à son domicile dans la matinée.

Et ?

Sa maison est située de l'autre côté de l'aéroport par rapport à la ville.

— Non loin du lieu de la collision ?

— Tout près, en fait, reconnut Clarke.

— Tu te rends là-bas ?

Rebus fit signe à Fox qu'il avait besoin de son stylo. Clarke lui dicta l'adresse, qu'il nota sur le côté de son gobelet en carton. Il referma son portable et rendit le stylo à Fox.

— Le ministre de la Justice a été attaqué chez lui, expliqua-t-il.

— Oh ?

— Il faut que j'y aille.

— Pourquoi ? demanda Fox en le fixant.

— Une affaire sur laquelle je travaille avec l'inspecteur Clarke.

Il n'en dit pas plus mais précisa néanmoins :

— Il ne s'agit pas d'une ruse ou d'une fausse excuse, rappelez-la si vous ne me croyez pas.

— Je ne suis pas sûr que même vous oseriez tomber aussi bas.

— Vote de confiance, ou je ne m'y connais pas.

Rebus se leva et attrapa le gobelet avec l'adresse.

Une fois dehors, il vida le reste de thé froid dans le premier égout venu.

La maison, une propriété édouardienne d'un étage constituée de plusieurs corps de bâtiments et sans voisins immédiats, était située au bout d'une allée gravillonnée, sur un vaste terrain qui incluait un paddock et des écuries. Sur la route d'accès étroite s'alignaient déjà des véhicules de journalistes et de curieux. On installait des caméras, on vérifiait le texte des communiqués, on connectait les microphones. Un agent en uniforme posté aux grilles en fer forgé examina avec soin la carte de Rebus avant de le laisser entrer. Un grondement assourdi indiquait le départ d'un avion de l'aéroport et Rebus s'attarda un instant sur le jet plein de passagers qui montait vers le ciel, à moins d'un kilomètre de distance, avant de reporter son attention sur la maison. Comme les gravillons s'étiraient pratiquement jusqu'à la porte d'entrée, il aurait été difficile à un véhicule à moteur, ou même à des intrus à pied, de s'approcher en douce sans se faire entendre. Même si, à l'évidence, il ne savait rien de la disposition des lieux sur l'arrière ; or, il était rare que des cambrioleurs s'attaquent à une porte d'entrée.

Une camionnette de scène de crime était garée à côté de quatre autres voitures. Il devina à qui la Land Rover encore récente devait appartenir, les autres étant très certainement celles des visiteurs. Il laissa glisser un doigt sur le flanc de l'Astra de Clarke en s'avançant vers la porte béante. Le vestibule lambrissé de bois lui rappela les tentatives de rénovation au tribunal de la Sheriff Court, à un détail près, ici, c'était de l'authentique. Les armoiries au pied de l'escalier tournant avaient probablement été placées là pour bien montrer que le propriétaire ne manquait pas d'humour. Un vase avait dégringolé de son haut tabouret et gisait en mille morceaux sur le parquet. Des voix étouffées sortaient du salon et il se dirigea vers elles jusqu'à ce qu'on lui ordonne de s'arrêter. Une jeune femme en combinaison intégrale blanche lui tendit une paire de chaussons en papier avec élastiques et lui recommanda de ne toucher à rien. Clarke vint au-devant de lui, elle aussi en combinaison et chaussons, l'air très solennel.

On filmait en vidéo, on prenait des photos, on passait les surfaces à la poudre à empreintes.

— Il a été découvert gisant par terre dans cette pièce. Sa secrétaire personnelle s'est fait du souci quand elle n'a pas pu le réveiller ce matin, il avait une réunion prévue à 8 h 30. Son chauffeur habituel était là mais il a trouvé la porte fermée et aucun signe de vie nulle part.

Elle vit l'expression de son visage.

— Ils sont entrés par-derrière – une porte-fenêtre dont une vitre a été cassée. Peut-être pensaient-ils trouver la maison vide…

Rebus balaya la pièce du regard. Une télévision de prix à écran plat intacte. Des papiers jonchant le sol. Un tapis persan plein de plis.

— Alors qu'est-ce qu'ils ont pris ? demanda-t-il.

— Un ordinateur portable, apparemment, plus ses deux téléphones mobiles. Des tiroirs ont été ouverts dans la chambre, il manque peut-être des bijoux.

— L'épouse ?

— Elle est en chemin, elle revient de Glasgow. Elle y a passé la nuit de manière à pouvoir inviter des clients à dîner et les revoir ce matin.

— Des clients ?

— Elle est avocate – américaine de naissance.

Clarke lui indiqua une photo encadrée du couple ramassée par terre qui trônait désormais sur le dessus du piano demi-queue. Une photo de mariage : robe décolletée blanc cassé pour elle, costume traditionnel des Highlands pour son conjoint rayonnant.

— A-t-on prévenu le fils ?

— On a laissé un message sur son portable, lui demandant de rappeler.

— Possible qu'il n'en fasse rien, s'il croit que c'est à propos de l'accident.

— J'ai dit que ce n'était pas la raison et j'ai insisté sur ce point.

Il vit une autre photo, l'épouse de McCuskey à cheval. Sans la tenue obligée, juste un jean et une chemise à carreaux, tête nue.

— Que disent les toubibs ?

— Il a reçu un coup de matraque, ou alors il s'est cogné la tête quand ils ont tenté de se saisir de lui. Une bosse grosse comme un œuf d'autruche sur l'arrière du crâne et ils craignent une hémorragie interne.

— Donc ça pourrait être très sérieux.

Clarke acquiesça lentement.

— S'ils sont venus à pied, ça pourrait expliquer qu'ils n'ont pas emporté grand-chose. D'un autre côté…

— D'ici, on peut rejoindre la civilisation à pied.

— Donc ils auraient pu avoir une voiture qui les attendait.

— Des agents en uniforme sont en train de quadriller les environs.

— Combien de temps avant que tu ne t'adresses aux médias ?

— Ce ne sera pas moi. Page est en route.

— Et il s'arrêtera en chemin pour un nouveau costard et une coupe de cheveux ?

Elle ne put s'empêcher de sourire.

— Les hommes politiques voudront un briefing, l'avertit-il. N'oublie pas, McCuskey est un des leurs.

— J'ai déjà eu le bureau du Premier ministre au bout du fil. Monsieur désire se rendre à l'hôpital en personne, en plus de quoi ils envoient quelqu'un qui veillera à ce qu'on ne laisse rien passer.

— L'ordinateur contient-il quelque chose que le gouvernement n'aimerait pas voir divulgué ?

— Ils vont me recontacter à ce sujet.

— Après tout, c'était le ministre de la Justice.

— Et leader de la campagne pour le oui.

— Je doute fort que les unionistes aient quelque chose à voir avec tout ça.

— Pour autant, il n'est pas impossible qu'ils essaient d'engranger un peu de capital politique au passage, tout comme Page a voulu le faire quand il a appris l'identité de Forbes.

— Je dirais que ce plan-là n'est plus d'actualité – alors poubelle. Concentrons-nous plutôt sur le cambriolage proprement dit. Pourquoi le situer à toute force ce matin, et non pas la nuit dernière ?

— McCuskey a parlé à son épouse vers 23 h 30, il était déjà couché à ce moment-là. Quand on l'a découvert ce matin, il portait un pantalon de costume et une chemise, sans cravate ni veste. Un pot de café dans la cuisine et une demi-banane sur le plan de travail.

Rebus hocha la tête, il était d'accord.

— Alors où elle est, la vitre qu'ils ont brisée ?

Clarke l'emmena dans le vestibule et tourna à gauche. Deux portes, une ouvrant sur une cuisine moderne, l'autre sur la salle à manger de cérémonie dont la porte-fenêtre donnait sur un vaste patio. Des débris de verre sur la moquette, concordant avec une attaque venue du dehors.

— Si McCuskey avait entendu un bruit, dit Rebus, il ne serait pas venu vérifier, tu crois ?

— Peut-être.

— Mais on l'a retrouvé dans le salon, non ? La télévision était peut-être allumée ? Les infos du matin. Du café, une banane, et d'un coup, quelqu'un débarque dans la pièce et l'agresse.

— Ça se défend.

— Mais la télé était éteinte ? Qui est arrivé en premier, d'abord ?

— Sa secrétaire personnelle – elle dispose d'une clé.

— Il faudrait lui poser la question à propos de la télé.

Clarke acquiesça, ajoutant ça à sa liste.

— Difficile de savoir quoi d'autre a pu disparaître avant que son épouse ne soit là, dit Rebus d'un air distrait.

Ils se regardèrent quand un crissement de gravillons signala l'approche d'un nouveau véhicule.

— Mieux qu'un chien de garde, commenta Rebus.

Ils allèrent de conserve accueillir le nouvel arrivant, mais ce n'était que l'inspecteur-chef Page.

— Qu'est-ce que cet individu fiche ici ? demanda-t-il aussitôt à Clarke en désignant Rebus du doigt.

— J'étais justement sur le point de vous poser la même question, monsieur, rétorqua Rebus.

— Sortez d'ici, lui ordonna Page. Il n'y a rien pour vous.

— Aïe aïe, capitaine !

Rebus lui offrit une parodie de salut avant de glisser en douce un clin d'œil à Siobhan. Page passa devant lui au pas de charge, Clarke sur ses talons, et Rebus dut admettre qu'il s'était trompé sur le bonhomme : pas de nouveau costard ni de passage chez le coiffeur.

Juste des chaussures cirées de frais et une bouffée de crème à raser dans son sillage.

Livré à lui-même, Rebus comprit qu'il ne lui restait que deux solutions, la première étant de retourner passer sur le gril plutôt gentillet que lui mitonnait Fox. C'est pourquoi il défit ses sur-chaussures qu'il fourra dans sa poche et choisit la seconde option, à savoir inspecter de plus près le reste de la propriété.

Il n'y avait pas grand-chose à voir sur l'arrière de la maison, hormis Clarke qui montrait à Page la vitre cassée de la porte-fenêtre. Il décida de traverser la vaste pelouse en direction d'une rangée d'arbres d'un âge vénérable qui masquaient les bâtiments depuis la route de campagne courant tout du long. Derrière les arbres se dressait une clôture noire luisante avec soubassement en pierre et il jeta un coup d'œil entre les barreaux. Si une voiture s'était garée par là, elle aurait bloqué une partie de la voie, et donc n'importe quel automobiliste contraint de contourner l'obstacle s'en souviendrait. Trois agents en uniforme inspectaient sans grande conviction les hautes herbes.

— Trouvé quelque chose ? leur demanda-t-il.

— Rien pour l'instant.

Rebus poursuivit son tour du périmètre. Le problème était qu'une fois la clôture escaladée et les arbres passés, il fallait franchir environ quatre-vingts mètres de pelouse exposée à tous les regards. O.K., au point du jour, tout aurait été sombre et des lampes de sécurité étaient placées aux endroits stratégiques.

Toutes équipées de détecteur de mouvement, apparemment, conclut-il après examen. Autre hypothèse : les intrus étaient arrivés à pied par la grille d'entrée et l'allée gravillonnée – sans faire grand bruit et masqués aux regards par les épais buissons qui l'encadraient de part et d'autre. Malgré tout, une voiture devait les attendre quelque part dans les environs. Il revint sur ses pas et emprunta l'allée. Il vit du mouvement derrière le portail, la meute de journalistes sentant aussitôt qu'il avait peut-être des nouvelles à leur communiquer. Mais il secoua la tête à leur intention et se fraya un passage dans la foule. Il cherchait un emplacement sur le bas-côté, un chemin, un endroit où cacher un véhicule. Il en trouva rapidement deux qui convenaient, où le sol était creusé d'ornières, et occupé à présent par des voitures de journalistes. Deux mecs l'avaient suivi et lui posaient des questions qu'il laissait délibérément sans réponse. Quand soudain il entendit un remue-ménage à l'entrée de la propriété : ses deux suiveurs allèrent se joindre à la meute lorsque Page et Clarke firent leur apparition. L'agent de faction ouvrit les grilles et tout le monde comprit qu'une déclaration officielle était imminente.

Avant de commencer, Page jeta un coup d'œil à ses chaussures, comme pour bien vérifier qu'elles reluisaient toujours autant. Il attaquait son speech quand Clarke aperçut Rebus et se dirigea dans sa direction.

— Possible que ça les calme pour un moment, dit-elle à mi-voix.

— L'épouse en tout cas prend tout son temps.

— Elle est probablement à l'hôpital, en ce moment même.

— C'est là que tu vas ensuite ?

Elle confirma de la tête.

— En attendant, j'y ai envoyé Ronnie Ogilvie, juste au cas où McCuskey reviendrait à lui.

— Des nouvelles de ce côté-là ?

Elle secoua la tête.

— Je me demande dans quelle chambre on l'a mis. Ce serait une belle coïncidence si c'était celle que Jessica vient de quitter.

— Ce ne serait pas la première ni la dernière dans l'affaire qui nous occupe, Siobhan.

— Non, effectivement, lui concéda-t-elle en le regardant.

— Et pourtant, ni l'un ni l'autre nous n'avons encore prononcé son nom…

— Owen Traynor… Avec son investisseur roué de coups après une petite fâcherie.

— Qui a fini aux soins intensifs, ajouta-t-il.

— Est-ce qu'au moins Traynor est toujours en ville ?

— Pour autant que je sache, il a installé Jessica dans son propre hôtel.

— Nous savons lequel ?

— Une demi-douzaine de coups de fil au maximum et tu auras ta réponse.

— Tu veux bien les passer ?

— Ce sera toujours ça de fait, non ?

— Tu ne préférerais pas retourner travailler sur Fox ?

— *Avec* lui, la corrigea-t-il.

— Je sais ce que je dis. Tu te trouvais là-bas quand je t'ai appelé ?

— Oui.

Clarke hocha la tête et regarda Page dans ses œuvres, se gorgeant de questions l'une après l'autre, énonçant ses réponses avec clarté à l'intention des micros tendus tout en s'assurant que les caméras le cadrent sous son meilleur angle.

— Il faut le reconnaître, c'est un pro, admit-elle.

— Pro tout ce que je déteste, rétorqua Rebus en sortant son portable.

Il s'éloigna de quelques pas, à la recherche d'un coin d'où il pourrait passer ses coups de fil en toute tranquillité.

8

Le Caledonian Hotel ne portait plus ce nom-là. S'il fallait en croire les panneaux de part et d'autre de l'entrée, il s'appelait désormais le Waldorf Astoria et venait tout récemment d'être rénové de fond en comble. Situé à l'extrémité ouest de Princes Street, il offrait une vue imprenable sur le chambardement causé par la construction du tramway. Shandwick Place aussi bien que Queensferry Street avaient été fermées à la circulation pour permettre l'avancement du chantier et les piétons se voyaient aiguillés vers l'équivalent de plusieurs labyrinthes expérimentaux, se faufilant tant bien que mal le long d'étroites passerelles bordées par de hautes parois grillagées derrière lesquelles les trams attendaient. Rebus avait laissé sa Saab juste devant l'entrée, avec le panneau POLICE sur le tableau de bord, bien que le portier l'ait averti que ce détail ne lui éviterait pas un PV.

— J'ai déjà vu un corbillard s'en prendre un, un jour, et aussi une ambulance.

— Deux éléments obligés de la riche tapisserie d'Édimbourg, lui avait-il répondu en pénétrant dans le hall.

Après un coup de téléphone à Owen Traynor, la réception lui dit de prendre l'ascenseur jusqu'au deuxième étage. La porte de la chambre était ouverte et Traynor l'attendait sur le seuil. En bras de chemise, les manches remontées, sans boutons de manchettes une fois encore. Pas de cravate. Des bretelles bleu foncé. Des chaussures montantes noires brillant comme des soleils.

— Qu'est-ce qu'il y a encore ? aboya-t-il en guise de bienvenue.

— Puis-je entrer ?

Traynor hésita avant de lui céder le passage, non pas dans une chambre mais vers une suite dont le salon avait été aménagé en bureau provisoire. L'ordinateur était tout neuf – son emballage encore visible sous la table de travail – et sur le canapé s'entassaient divers achats dont les sacs indiquaient l'origine, Ede & Ravenscroft et Marks & Spencer. À en juger par ce que montrait l'écran, Traynor s'intéressait aux tableaux et aux graphiques.

— Comment va Jessica ? demanda Rebus.

Elle est dans sa chambre, le kiné est avec elle.

— Pourrait-on lui parler si c'est possible ?

Il eut droit à un regard peu amène, puis Traynor consulta sa montre.

— Cinq minutes avant la fin de la séance. J'imagine que vous nous apportez quelques nouvelles ?

Il eut droit pour toute réponse à une grimace.

— Vous voulez un verre ? demanda Traynor en désignant le minibar.

— Un peu tôt.

— Vous êtes sûr ?

— Vous vous êtes renseigné sur mon compte ?

— Pour ça, l'Internet est une vraie merveille, inspecteur.

— Sergent seulement, en fait.

— Et pourquoi donc ? Je veux dire, vous étiez bien inspecteur à part entière dans le temps, non ? Qu'est-ce que vous avez fait pour vous les mettre à dos ?

— Je suis resté dans les parages.

— Une chose pour laquelle vous êtes doué, apparemment, à en juger par ce qui se raconte…

— J'ignorais que le Web en savait autant sur ma petite personne.

— Sauf qu'au bout du compte, on ne sait plus très bien ce qu'on doit en retenir. Je parierais que vous avez fait des recherches sur moi. Il ne faut pas croire tout ce qu'on lit, ajouta-t-il, le regard dur.

— Juste la plus grande partie ? hasarda Rebus.

— Ah oui, mais quels détails plus précisément… ?

On frappa et Traynor alla ouvrir. Un jeune homme était planté devant la porte.

— Alors comment va-t-elle ? demanda Traynor.

— Je lui ai donné quelques exercices à faire et j'aimerais qu'elle essaie. Rien de bien contraignant pour l'instant.

Traynor acquiesça et sortit son portefeuille de sa poche arrière. Le kiné leva la main.

— Nous vous enverrons la facture, monsieur Traynor.

— Très bien.

Il lui déposa néanmoins un billet de vingt livres au creux de la paume.

— Même heure demain ? demanda-t-il.

— Naturellement.

Avec un sourire, le jeune gars fourra le pourboire dans sa poche et gagna l'ascenseur.

— Pas de la Sécu, apparemment ? devina Rebus.

— Pas de danger que ça arrive, répliqua Traynor en se retournant vers lui pour l'examiner de plus près. Vous êtes sûr que vous voulez parler à Jessica ? Vous ne pouvez pas simplement me dire de quoi il s'agit ?

— Je crains que non, répondit-il en pensant très fort : *Je tiens à voir sa réaction...*

Après avoir vérifié qu'il avait bien les cartes-clés des deux chambres, Traynor verrouilla sa porte et frappa à celle de sa fille, puis introduisit la carte dans la fente de la serrure.

La chambre de Jessica était plus petite, mais avec suffisamment d'espace néanmoins pour un canapé et des fauteuils. Sur une table, un vase garni de fleurs fraîches. La jeune fille portait une robe toute simple, ses jambes nues étaient encore marquées d'hématomes des suites de l'accident, une cheville sanglée par un strapping, et elle avait toujours sa minerve. Elle était étendue sur le lit, le torse relevé par trois énormes oreillers. La télé était allumée, une chaîne de vidéos musicales. Elle coupa le son avant de remarquer Rebus.

— Oh, fit-elle.

— Re-salut, mademoiselle Traynor.

— Qu'est-ce que vous voulez ?

— Quelque chose qui apparemment exige notre présence à tous les deux pour être entendu, expliqua son père.

Il croisa les bras : il était fin prêt. On ne proposa pas à Rebus de s'asseoir, ce qui lui allait très bien, mais il s'assura d'abord qu'il avait bien le père et la fille en ligne de mire avant de leur annoncer la nouvelle.

— Tôt ce matin, dit-il, Patrick McCuskey a été attaqué à son domicile.

Il n'en dit pas plus et se contenta de jauger les réactions chez ses deux interlocuteurs. Jessica porta une main à sa bouche grande ouverte comme pour étouffer sa surprise.

— Le père de Forbes McCuskey ? demanda Owen Traynor. Le mec du gouvernement ?

— Le mec du gouvernement, confirma Rebus, sans quitter Jessica des yeux.

— Et il… il va bien ? demanda-elle.

— Les chaînes d'info en savent probablement plus que moi, répondit Rebus en désignant la télé de la tête.

Elle en trouva une aussitôt : on y diffusait un reportage sur le Moyen-Orient, mais le bandeau défilant en bas de l'écran affichait : *Le ministre de la Justice écossais hospitalisé après un cambriolage à son domicile d'Édimbourg*.

— Sauf que nous n'appelons pas ça un cambriolage ici, rectifia-t-il.

— Forbes va bien ? demanda Jessica. Il était là quand… ?

— Apparemment, le père devait se trouver seul. Connaissez-vous la maison, mademoiselle Traynor ?

— J'y suis allée plusieurs fois… Pour Bethany, ça doit être affreux.

— J'en reviens justement, dit Rebus. Ce n'est pas très loin de l'endroit où votre voiture a quitté la route.

Le jour de l'accident, vous ne vous rendiez pas là-bas, par hasard, ou alors vous en reveniez ?

— Qu'est-ce que vous racontez ? intervint Traynor.

Le voyant avancer d'un pas, les poings serrés, Rebus leva les mains en signe de reddition.

— Papa, tout va bien, intervint aussitôt Jessica. Ce policier ne fait que son métier…

Mais Rebus ne baissait pas les yeux devant le regard furieux de Traynor.

— Je suppose que vous en revanche ne connaissez pas la maison ? lui demanda-t-il.

— Non.

— Vous n'y êtes jamais allé ?

— Non.

— Pas la moindre envie de rendre une petite visite au jeune Forbes à propos de la collision ? Peut-être ne l'avez-vous pas trouvé et vous avez alors décidé de vous en prendre au père pour lui montrer de quel bois vous vous chauffiez ?

— Non.

— Seul problème, vous n'avez pas de voiture, donc vous avez dû logiquement débarquer en taxi ou dans un véhicule de location, auquel cas il restera des traces écrites…

Traynor secouait la tête, lentement mais sûrement.

— Papa ? Qu'est-ce qu'il raconte ?

— Rien, Jessica. Je ne sais même pas où ces gens habitent, précisa-t-il à Rebus.

Lequel eut l'air dubitatif.

— Quand vous avez fait vos recherches en ligne sur le copain de votre fille, un clic ou deux auraient suffi pour vous conduire à Pat McCuskey. Un personnage à tout le moins public, donc j'imagine que l'adresse de son domicile n'aurait pas été bien difficile à dénicher.

Un petit sourire furtif éclaira le visage de Traynor avant qu'il ne se tourne vers le lit de sa fille.

— Il croit que j'ai eu un coup de sang et que je suis allé voir la famille McCuskey pour leur sonner les cloches.

— Mais tu ne l'as pas fait, dis, papa ?

— Non, dit-il en pivotant sur place face à Rebus pour lui faire la même réponse : Ce n'est pas moi qui ai fait ça.

— Dans ce cas, il ne peut s'agir que d'une affreuse coïncidence, n'est-ce pas, Jessica ? demanda Rebus.

Il ne la quittait pas des yeux, à la voir tortiller comme elle le faisait la télécommande dans sa main, ses yeux rivés sur le boîtier.

— C'est une coïncidence, répéta-t-elle.

Mais Rebus se rendit compte, subitement, qu'elle n'en croyait pas un mot.

— Il est dans le coma, annonça Fox en voyant Rebus entrer dans le bureau qu'ils partageaient. Son état est cependant stabilisé, il ne risque plus de passer l'arme à gauche à n'importe quel moment.

Rebus cilla, surpris.

— Comment le savez-vous ?

Fox leva son téléphone et le secoua gentiment.

— Les miracles du wi-fi.

— C'est tout juste si j'ai un signal sur le mien, marmonna Rebus en voyant l'étalage de papiers qui occupait toute la surface du bureau. Quelqu'un n'a pas chômé, ici.

— L'inspecteur-chef Page aurait-il décidé que vous étiez de trop dans l'enquête sur McCuskey ?

— Je sais, c'est dur à encaisser, répondit Rebus.

En réexaminant les paperasses, il constata que les deux boîtes d'origine avaient de la compagnie, une dizaine de petites sœurs s'étaient jointes à elles.

— C'est quoi tout ça ? demanda-t-il.

— Le CID de Summerhall dans son intégralité, depuis la fin des années 1970 jusqu'au milieu des années 1980.

— Vous êtes sûr que c'est tout le paquet ?

— Dois-je comprendre que des trucs auraient dû disparaître ?

— Je dis simplement que le classement n'était pas toujours une priorité.

— Ni l'écriture manuscrite, à en juger par ce que j'ai pu voir.

Rebus avait ouvert un dossier de 1983 et vit son propre nom en tête d'une transcription d'interrogatoire. Violences conjugales à une adresse de Dumbiedykes. Les noms du suspect et de la victime ne lui disaient rien du tout.

— C'est tellement loin tout ça… de l'histoire ancienne, dit-il.

— Certaines procédures ne semblent pas avoir changé depuis l'âge de pierre, le conforta Fox.

Mais on se concentre toujours sur l'affaire Saunders, non ?

— Oui, sur le meurtre de Douglas Merchant.

Fox posa doucement la main sur un dossier substantiel.

— Ça, ça ne faisait pas partie des trucs qu'on a passés en revue hier, déclara Rebus.

— Déterré de frais.

— Je peux… ?

— Faites donc.

Rebus se saisit du dossier – il faisait son poids –, s'assit et dégagea un peu d'espace sur le bureau avant d'ouvrir la couverture.

— Ça sent le moisi, dit-il.

— Certaines pages étaient soudées entre elles, il a fallu les décoller.

— Mais vous y avez déjà jeté un coup d'œil, non ?

Acquiescement de Fox.

— Et combien de fois mon nom y apparaît-il ?

— Pratiquement jamais.

— Ce qui explique que vous me laissiez le feuilleter sans réserve ? (Un temps de réflexion.) Voyez-vous, si j'étais joueur, je parierais volontiers que vous en avez relevé le contenu exact. Ainsi, si je pique quelque chose, vous saurez, et ce sera l'info dont vous avez réellement besoin.

Le visage de Fox ne laissa rien trahir.

— Lisez, c'est tout, dit-il. Ensuite, on pourra en parler.

— C'est quasiment inutile, répondit Rebus. Une affaire comme celle-là, je ne risque pas de l'oublier. Elle a failli détruire les Saints et Stefan Gilmour s'est retrouvé sans travail.

— Au bout du compte, elle n'a pas fait grand mal à grand monde, sinon au cher disparu M. Merchant, précisa Fox en désignant le dossier. Vous trouverez des photos là-dedans – des photos de famille. La femme et les gosses. Il avait aussi des sœurs, trois au total, qui déclarent qu'il s'était toujours bien occupé d'elles, depuis qu'elles étaient toutes petites. Pour autant que je sache, elles sont encore de ce monde. Peut-être pensent-elles à lui de temps à autre parce qu'il continue à leur manquer…

— Vous auditionnez pour la télé ?

— Je me contente de regarder la réalité de la situation. Quelqu'un est tué, il y a des répercussions – des tas d'existences en sont affectées. Il ne s'agit pas uniquement des Saints, John. Les Saints se sont fait taper sur les doigts et voilà tout.

Rebus réfléchit un moment à son explication puis demanda quand le procureur général avait l'intention d'interroger Billy Saunders.

— Bientôt. Très bientôt.

— C'était un voyou et un escroc, ne l'oubliez pas. Peut-être l'est-il resté. Comment sauront-ils qu'il ne leur dévide pas des boniments fabriqués de toutes pièces ?

— Ce n'est pas mon problème, répondit Fox avec un haussement d'épaules.

Rebus feuilletait le dossier au hasard. L'encre de certains feuillets mal dactylographiés avait passé et il se rappela la machine à écrire – son *o* intempestif qui trouait le papier à chaque frappe. Les passages manuscrits avaient déteint là où l'humidité avait fait son œuvre. Il trouva une photo du mort – un cliché carré brillant bordé d'un liseré blanc. Pris dans un pub quelque part, Merchant, les yeux vitreux, qui levait un verre de whisky avec un large sourire édenté.

— Vous le connaissiez ? demanda Fox

— Merchant ?

Rebus fit non de la tête, toujours penché sur la photo.

— Mais vous avez probablement dû rencontrer Billy Saunders vu que c'était lui l'élève vedette du poste, il faisait encore ses classes pour devenir indic à part entière.

— Les choses ne se passaient pas de cette façon, expliqua Rebus. Lorsqu'on disposait d'un contact dans la rue, homme ou femme, on le gardait pour soi dans la mesure du possible. Sinon, un collègue pouvait tenter de venir braconner sur votre terrain. On arrangeait des rencontres dans les parcs ou alors on tombait sur eux par hasard dans un bar, un lieu où on ne pouvait pas surprendre les conversations. Ils demandaient du feu et glissaient un nom au passage pendant qu'on craquait l'allumette. Pas de téléphones mobiles à l'époque, donc les rencontres n'étaient jamais faciles à organiser. Mais il fallait impérativement que ce soit face à face, de manière à pouvoir regarder l'indic droit dans les yeux.

— Et en quoi était-ce un impératif ? demanda Fox, sans cacher sa curiosité cette fois.

— Parce que en général, quand ils vous donnaient un nom, il y avait une raison cachée. Peut-être parce qu'ils voulaient coller quelqu'un dans la merde – un concurrent, par exemple, ou un mec qui leur avait mis des bâtons dans les roues.

— Donc l'argent n'était pas toujours leur seule et unique motivation ?

— De l'argent, il n'y en a jamais eu beaucoup. Mais il y avait un autre truc, certains d'entre eux faisaient ça pour l'adrénaline, le shoot que ça leur donnait. Et parfois il pouvaient vous allonger une histoire juteuse rien que pour le plaisir.

— En d'autres termes, vous dévider un paquet de mensonges ?

Rebus acquiesça.

— Et qui était votre indic en ce temps-là ?

— À vrai dire, je n'en avais pas. Je commençais tout juste à renifler le bon client, entre ceux qui savaient des choses et les autres, celui qui serait susceptible de me refiler un bon tuyau.

— Il y avait un reporter pour le *Scotsman* du nom de Albert Stout…

— Je me souviens de lui – un vrai fléau.

— Il a travaillé dur sur l'affaire Merchant, plus quelques autres.

— Il haïssait la police.

— J'ai eu effectivement cette impression en lisant quelques-uns de ses articles, à voir sa façon bien à lui de tordre les faits.

— Il n'est quand même plus de ce monde, si ?

— Quatre-vingt-sept ans et toutes ses dents, il vit à Gullane, à côté d'un terrain de golf.

— Nom d'un chien. Il fumait ses deux paquets par jour… Vous allez le rencontrer ?

— Il est sur ma liste. Tout comme le légiste qui a fait l'autopsie de Douglas Merchant.

Rebus se creusa la mémoire pour retrouver le nom.

— Avant le professeur Gates ?

— Son prédécesseur, absolument ; le professeur Norman Cuttle, qui se trouve également avoir quatre-vingt-sept ans et tout son allant.

— On ne pourra pas vous reprocher de ne pas être pointilleux, dit Rebus, en veillant au choix de ses mots, pour que sa phrase ne sonne pas trop comme un compliment. Avant ou après que vous aurez vu Stefan Gilmour et les autres ?

— Tout dépend des disponibilités. À propos, nous venions à peine de démarrer, ce matin…

— Vraiment ?

— Il reste des tas de blancs et j'aimerais que vous m'aidiez à les remplir.

— Est-ce que les heures sup comptent pour un et demi après 17 heures ?

— C'est *vous* qui avez proposé vos services…

— J'ai fait ça, hein ? reconnut Rebus en s'appuyant au dossier de sa chaise.

Ce soir-là, dans l'arrière-salle de l'Oxford Bar, assis à la même table en coin que lors de sa rencontre avec Fox, Rebus en était à la moitié de sa première pinte d'IPA quand Eamonn Paterson apparut et lui proposa de compléter son verre. Il déclina l'offre et, après être passé au comptoir, Paterson le rejoignit avec une pinte pour lui et deux paquets de cacahuètes salées.

— Ne viens pas dire ensuite que je ne t'ai jamais bien traité, plaisanta-t-il. Alors, finalement, tu as réussi à te glisser les pieds sous la table, non ? ajouta-t-il en reprenant quasiment les termes du message que Rebus lui avait envoyé.

Celui-ci acquiesça lentement, se pinça l'arête du nez et étouffa un bâillement.

— Cependant j'ai beau faire, je n'ai pas encore gagné toute sa confiance, reconnut-t-il. Tout est verrouillé à double tour et Fox est le seul à avoir la clé.

— Mais il a envoyé ses invitations, note bien, dit Paterson. Il veut me voir demain à 15 heures.

— Et tu sais qui d'autre il invite à la fête ? demanda Rebus.

— Qui ça ?

— Albert Stout et Norman Cuttle.

— Ben merde alors !

Paterson gonfla les joues et souffla bruyamment.

— Il se garde Stefan pour la bonne bouche, poursuivit Rebus.

— Qu'est-ce qui te fait dire ça ?

— Saunders était la propriété de Stefan. Il est logique de penser que c'est Stefan qui aurait tiré les ficelles pour éviter à son indic une inculpation pour meurtre.

Rebus s'interrompit et dévisagea Paterson par-dessus le rebord de son verre.

— À moins que tu ne m'affirmes le contraire, ajouta-t-il.

— John…

— En réétudiant tous ces vieux dossiers, je me suis rappelé qu'à ce moment-là, je devais encore faire mes preuves pour gagner votre confiance. Possible qu'il y ait des trucs que vous vouliez garder pour vous, encore aujourd'hui. Pénétrer dans le bureau de Fox, ç'a été comme de m'avancer à l'aveuglette dans un champ de mines – je détesterais m'apercevoir tout à coup que l'un de mes vieux potes du temps des Saints disposait d'une carte détaillée de tous les emplacements où elles avaient été enfouies.

— Je ne te cache rien, John, répondit Paterson à voix basse.

— Et tu peux te porter garant de Stefan et de Dod ?

Paterson réfléchit avant de hausser les épaules.

— Tout le monde a un squelette ou deux – tu devrais le savoir mieux que personne. Tu entends encore leurs ossements qui cliquètent, John ? Parce que moi, je les entends… mais je ne suis pas prêt à révéler ça à quiconque, dit Paterson, le regard soudain plus dur. Déniche ce que tu peux, c'est tout, et viens nous le dire. De cette façon, nous serons *tous* couverts.

Il laissa ce qui restait de bière dans son verre, se leva et fourra les mains dans les poches de son manteau.

— Et n'oublie pas de finir les cacahuètes, elles coûtent assez cher…

Rebus le regarda s'éloigner. Trente années et quelques depuis qu'on lui avait présenté cet homme, et voilà qu'il se demandait d'un coup s'il le connaissait vraiment.

Facile d'en rejeter la faute sur Fox.

Peut-être même un peu trop.

Il alla au comptoir et y resta en compagnie de trois ou quatre habitués, scotchés devant le bulletin d'information régional. Il y vit Page donner sa conférence de presse dans les règles de l'art avant de céder la place à un reportage montrant une voiture qui arrivait au domicile des McCuskey, Bethany à la place du passager et, au volant, son fils Forbes. Tous deux crispés, le visage soucieux.

— Ainsi donc, tu sais conduire, petit salopard, marmonna-t-il en finissant sa bière avant d'en commander une autre.

Pendant qu'on la lui tirait à la pompe, il alla fumer une cigarette dehors. Derrière lui, sur l'écran de télévision, le Premier ministre affirmait au micro « son effroi après un si grand choc ».

— Et quelles peuvent en être les conséquences pour les indépendantistes ? lui demanda le journaliste.

Mais la porte se referma avant qu'il ait pu entendre la réponse. La voiture de Clarke s'arrêta contre le trottoir alors qu'il lui restait encore la moitié de sa cigarette.

— Que veux-tu boire ? lui demanda-t-il.

Elle refusa d'un signe de tête.

— J'ai rendez-vous, expliqua-t-elle.

— Encore avec le juriste ?

— Qui sait ?

Elle avait changé de tenue, et même retouché son maquillage. Sans oublier le parfum, subtil mais perceptible.

— Alors, comment ça s'est passé avec Owen Traynor ? lui demanda-t-elle.

— Il a tout avoué, déclara-t-il d'un ton péremptoire.

Une seconde, elle se trouva prise au dépourvu avant de faire la tête.

— Désolé de te décevoir, Shiv, mais il dit qu'il n'a rien à voir avec tout ça.

— Tu le lui as demandé entre quat'z-yeux ?

— Et devant sa fille, ajouta-t-il. Elle a d'ailleurs réagi de façon intéressante.

— Que veux-tu dire ?

— J'ai senti que les rouages tournaient à plein régime dans sa petite tête. Sans bien savoir ce qu'elle pouvait en faire. Entre-temps, papa s'est recréé un petit bureau personnel, de sorte qu'il peut poursuivre ses activités, quelles qu'elles puissent être.

— Sous-entendu, il n'est pas près de partir ?

— Ça y ressemble.

— Il n'a pas l'intention de changer d'air, comme quelqu'un qui serait coupable ?

— Il y a autre chose. Tu étais à la maison quand l'épouse est arrivée ?

— Non.

— C'est le jeune Forbes qui conduisait.

Il fallut un instant à Clarke pour digérer l'information.

— Difficile étant donné la situation de l'amener au poste pour un nouveau tête-à-tête, tu ne crois pas ?

— Avec son père en soins intensifs, tu veux dire ?

— Page en ferait un caca nerveux.

— Il ne voudrait pas salir sa belle histoire d'amour avec les médias.

— Il a exigé qu'on vérifie tous les dossiers de cambriolage dans la ville et la moitié du bureau est dessus. Et qu'on convoque aussi tous les vieux artistes de la pince pour interrogatoire.

Elle se tourna vers lui.

— Je ne le sens pas bien, ce ne sont pas des mecs du coin qui ont fait ça. À ton avis ?

— Cet homme veut des résultats rapides, c'est comme ça qu'il gardera la cote auprès des politiques.

— Est-ce que tu peux faire passer le mot ? Voir si quelqu'un a entendu quelque chose ?

— Je n'ai plus les contacts que j'avais jadis.

— Le problème, c'est que tous ceux à qui j'ai posé la question sont dans le même cas. Un talent qui s'est perdu, semblerait-il.

— Avons-nous une liste de ce qui a été volé ? demanda Rebus.

— Ça ne devrait pas tarder.

— Trouve-m'en une copie, je verrai ce que je peux faire.

— Merci. Autre chose que je devrais savoir ?

— Juste que Foxy et moi sommes devenus les meilleurs amis du monde.

— Tu m'excuseras, mais j'ai des doutes là-dessus, dit-elle sans pouvoir s'empêcher de sourire.

— Alors disons simplement que le glaçon commence à se dégeler.

— Tu es sûr de ça ?

Trois petits temps de silence.

— Non, pas vraiment, reconnut-il.

Le sourire était toujours là quand elle passa la première en le saluant d'un petit geste des doigts de la main droite.

De retour dans le pub, Rebus s'entendit demander si Alistair Darling était lui aussi convoqué pour interrogatoire, vu qu'il dirigeait la campagne pour le non.

— Ouais, ou alors son pote, Stefan Gilmour, ajouta un autre client.

— Un mec comme lui a assez de fric pour se sortir de tous les sacs de nœuds possibles, rétorqua le premier. Tu comprends, quand on dit qu'on veut racheter un club de foot et qu'on retire ses billes du projet, ça te laisse un peu de monnaie dans la poche, non… J'ai pas raison, John ?

— Absolument, Dennis, confirma Rebus en tendant son dernier billet de cinq livres au barman.

Seule dans l'appartement de Great King Street, Alice Bell s'aspergea le visage d'un peu d'eau puis s'essuya avec une serviette face à son reflet dans le miroir de la salle de bains. Elle avait les yeux rouges d'avoir trop pleuré et savait que l'oreiller de son petit lit à une place serait humide au toucher. Elle avait fermé les volets de sa chambre avec l'intention de se couper du reste du monde autant qu'il était possible. Elle eut l'impression que ses genoux risquaient à tout instant de céder sous elle quand elle se dirigea vers la cuisine, ses mains frôlant la cloison pour s'y appuyer le cas échéant. Son mug de thé vert à la main, elle s'installa à son bureau dans le salon. Ordinateur portable, notes, livres, à quoi ça rimait, tout ça ? Elle avait la gorge serrée, son cœur battait la chamade. Lorsque la sonnerie du téléphone brisa le silence, elle faillit s'étrangler de surprise. Voyant le nom de Forbes apparaître à l'écran, elle prit l'appel.

— C'est moi, dit-il. Comment tu vas ?

— C'est moi qui devrais te poser cette question. Je suis désolée pour ton père. J'ai essayé de t'appeler un peu plus tôt…

— Je sais, et je t'en remercie. Je ne pouvais pas répondre.

Elle l'écouta souffler bruyamment.

— Et ta mère ? demanda-t-elle.

— Elle tient le choc. Un vrai petit soldat.

— C'était un cambriolage ?

— Bien sûr, que veux-tu que ce soit ?

— C'est sans rapport avec ?

— Inutile d'aborder ce sujet-là, Alice, O.K. ?

— Si tu es sûr.

— Je ne suis sûr de rien, c'est l'évidence même, non ?

Un temps de silence, puis d'une voix plus calme, il reprit :

— Écoute, faut que j'y aille. Tu es passée voir Jess ?

— Elle dormait.

— Tu as parlé à Owen ? Tu sais qu'il me rend responsable ? Il me l'a dit lui-même au téléphone.

— Il faut que tu gardes tes distances avec lui.

— C'est ce que j'ai bien l'intention de faire. Jess devrait rentrer chez elle d'ici un jour ou deux et avec un peu de chance, il foutra le camp plein sud.

— J'ai l'impression que tout ça, c'est ma faute, dit Alice à voix basse.

— Nous sommes tous dans le coup, ensemble, Alice. Unis comme les doigts d'une main et tout le tralala. Je te parle demain, d'accord ?

— O.K., répondit-elle en l'écoutant raccrocher.

Elle posa son portable sur le bureau et le fixa.

— Désunis, c'est la chute, murmura-t-elle en refermant le couvercle de son ordinateur.

JOUR 5

9

Le lendemain matin, Rebus entama sa tournée des pubs à l'heure de l'ouverture, en veillant à ne consommer que des boissons sans alcool. Clarke lui avait transmis sur son portable la liste des objets volés ainsi que leurs photographies gracieusement fournies par la compagnie d'assurance de McCuskey : collier de perles, broche ancienne, montres Rolex. L'ordinateur portable n'était pas donné, mais celui qui l'avait emporté avait laissé derrière lui le câble d'alimentation. Idem pour les deux téléphones portables disparus – leurs chargeurs étaient restés branchés. Pat McCuskey n'avait pas encore repris conscience, même si les bulletins d'information le concernant évitaient d'employer le mot « coma ». Au moins un tabloïd en profitait pour en remettre une nouvelle couche sur le crime et son châtiment, mais le ministre faisait la une de tous les journaux.

Les pubs que Rebus visitait étaient tous situés dans les quartiers les moins reluisants de la ville, entre Granton et Gorgie et depuis le Inch jusqu'à Sighthill. Certains parmi les plus anciens avaient mis la clé sous la porte et il les trouva barrés de planches sinon démolis ou encore remplacés par des fast foods

Il avait le sentiment de jouer à l'explorateur de retour sur ses lieux de prédilection et très surpris de constater aujourd'hui que certains secteurs totalement sauvages avaient été domestiqués. Ceux qui subsistaient encore ne roulaient pas sur l'or, sans plus de clients fidèles ou presque, leur personnel en rejetant la faute sur les supermarchés avec leurs boissons à prix cassé autant que sur l'interdiction de fumer dans les lieux publics.

— Beaucoup de vieux habitués préfèrent rester à la maison, à tirer sur leur clope devant les retransmissions des courses, en compagnie d'une douzaine de cannettes en « offre spéciale »…

Ça ne s'arrêtait pas là, d'ailleurs : des choix de vie différents s'étaient traduits par des coupes claires dans le réseau de visages qui lui restaient en mémoire. Quelques-uns avaient passé l'arme à gauche sans même qu'il l'apprenne, d'autres, devenus séniles, avaient rejoint de la famille sous des climats lointains. « Je l'ai pas vu depuis un bon moment », s'entendait-il répondre. Ou alors : « Je le vois plus jamais par les temps qui courent. » Dans certains pubs, le personnel n'avait pas la plus petite idée de qui il parlait. « Dans le temps, il venait toujours boire ici, insistait-il. Un grand mec, avec une épaisse tignasse grise, il travaillait dans les bus… »

Et de nouveau, des têtes qui faisaient non. Même les vieux, habitués à lever le coude dès 11 heures du matin, avaient bien du mal à se souvenir de Big Tony, de Shug the Spit ou encore de Ecky Shake. Rebus récitait la liste des objets volés à qui voulait prêter une oreille compatissante et laissait sa carte avec son numéro de portable. Il avait adressé un texto à Fox lui demandant s'il avait besoin de lui avant 15 heures pour l'interrogatoire de

Eamonn Paterson. Réponse de Fox : *Vous lui avez donc parlé. Impossible de le savoir, autrement.*

— Tu te débrouilles comme un chef, John, marmonna-t-il pour lui-même.

Il se dirigeait vers le dernier pub de sa tournée déprimante quand son portable sonna. Un numéro qu'il ne reconnut pas, mais il répondit quand même.

— Salut, toi.

La voix de Maggie Blantyre, instantanément reconnaissable.

— Salut, Maggie. Tout va bien ?

— Parfait. Tu es dans ta voiture ?

— Je vais à Silverknowes.

— Pour y expier tes péchés, c'est ça ?

— Quelque chose comme ça. Je ne savais pas que tu avais mon numéro.

— Porkbelly me l'a donné.

— Oh.

— Ne sois pas si inquiet – je lui ai dit que tu avais oublié quelque chose l'autre soir.

— Alors, comment va Dod ?

— Rien de neuf. (Un silence.) C'était chouette de te voir à la maison.

— Sympa de rattraper le temps perdu, même si les circonstances ne s'y prêtaient pas vraiment.

— Ton gars, ce Fox, je l'ai eu au téléphone et il m'a demandé si Dod serait prêt à répondre à quelques questions. Dod m'a dit que tu étais au courant.

— En quelque sorte.

— Et s'il ne tient absolument pas à lui parler… ?

— Je suppose que son médecin pourrait lui faire un petit mot.

— C'est ce que je pensais. (Nouveau silence.) Ce n'est pas qu'il ait des choses à cacher, c'est juste qu'il ne se sent pas d'attaque pour ça.

— Compris.

— Mais est-ce que Fox verra les choses de la même façon ?

— Ça n'a pas vraiment d'importance, tu ne crois pas ?

— Dod ne veut pas se retrouver au cimetière en laissant derrière lui une carrière salie de manière indélébile. Tu peux comprendre ça, non ?

— Naturellement.

Elle parut se décontracter un peu, comme soulagée de savoir qu'il partageait son fardeau.

— On pourrait peut-être se retrouver et prendre un pot après Silverknowes – ce serait un plaisir de te voir.

— À la maison tu veux dire ?

— Il y a un café sur Roseburn Terrace. Il m'arrive de sortir une heure pour me changer les idées et je m'installe là-bas. Dod semble se débrouiller sans moi…

— Ils font à manger ?

— Que des sandwichs et des pommes de terre au four.

— Alors je te retrouverai là-bas à 13 h 30.

— En supposant toujours que tu puisses supporter de quitter Silverknowes.

— En supposant, répéta Rebus avec un sourire.

Il avait cinq minutes d'avance mais elle était déjà là, assise à une table près de la fenêtre embuée de condensation.

— John, l'accueillit-elle.

Elle se leva pour lui faire une bise sur la joue. Suivie aussitôt par son geste familier, un doigt qui effaçait les traces de rouge.

— J'ai commandé un pot de thé, ça te va ?

— Parfait.

Elle ne voulut rien manger mais Rebus demanda à la serveuse un croque-monsieur. Quand il se retourna, le regard de Maggie le détaillait de la tête aux pieds.

— Aurais-tu laissé une marque sur moi ? lui demanda-t-il en se frottant la joue gauche.

— Je songeais au passé, tout simplement. Vous formiez une belle bande, tous, un vrai groupe de copains.

— C'est le boulot qui voulait ça

— S'il n'y avait eu que ça…

— En dépit de quoi je suis là.

— Te voici, effectivement, dit-elle en levant sa tasse, puis son sourire s'évanouit. Il y a des moments, je me pose des questions…

— À propos de quoi ?

— Comment les choses auraient pu tourner, si je m'étais montrée un peu plus courageuse.

— Toi et moi, tu veux dire ? À l'époque, je crois me souvenir qu'on était d'accord l'un et l'autre sur un point : on avait perdu la tête tous les deux.

— Mais à y repenser…

— Le passé est un endroit dangereux, Maggie…

— Je le sais bien – regarde ce que ce Fox essaie de faire.

— Ce n'est pas lui, le responsable, mais le procureur général. Madame veut refaire passer Billy Saunders en jugement et pour que la chose puisse arriver, elle a besoin de savoir au préalable que rien ne lui reviendra en pleine poire devant le tribunal.

— Joli tableau que tu me décris là.

Le téléphone de Rebus vibrait.

— Je dois prendre ça, s'excusa-t-il en lisant le nom de Clarke sur l'écran.

— Je t'en prie.

Il se leva et sortit du café.

— Siobhan ? dit-il en guise de bonjour.

— Pat McCuskey vient de mourir, dit-elle sans la moindre émotion.

— Merde.

— C'est désormais une enquête sur un meurtre. On rassemble une équipe à Torphichen.

Le QG de la division C, sur Torphichen Place. Logique : le poste avec personnel permanent le plus proche du lieu du crime. Une fois la réorganisation en place, une unité appelée Division criminelle spéciale se chargerait des enquêtes pour crimes graves, mais pour l'instant, elle n'existait pas encore.

— Je peux être là dans cinq minutes, dit-il.

— Ton nom n'a pas été mentionné, John. Je ne veux pas dire qu'on n'aura pas besoin de toi dans un futur proche…

— Mais toi, tu es dans le coup ?

— Pour l'instant, oui.

— Et Page ?

— Non, pas lui, ni Esson ni Ogilvie non plus. Apparemment, ils n'ont besoin que d'un inspecteur en supplément.

Il avait profité de l'occasion pour allumer une cigarette et vit par la fenêtre qu'on lui apportait son croque-monsieur. Il fit signe qu'on le laisse sur la table.

— Comment peut-on être sûr qu'il s'agit bien d'un meurtre ?

— Je suis d'accord, il aurait pu tomber et se fracasser le crâne. On y verra plus clair après l'autopsie.

— D'un autre côté, dire que c'est un meurtre risque de remuer l'eau qui dort, en mettant un peu de pression sur ceux qui ont fait ça. Du menu fretin, des mecs qui ne s'attendaient peut-être pas à trouver quelqu'un dans la maison…

— As-tu réussi à faire passer le mot en ville ?

— J'ai fait de mon mieux… Tu sais, les médias vont faire feu de tout bois, ils seront partout.

— Sans parler des collègues de McCuskey. À propos, c'est bien sa secrétaire qui a éteint la télé, tu ne te trompais pas.

— Des infos sensibles dans l'ordinateur ?

— Il est protégé par un mot de passe.

— Dans ce cas, ce n'est pas vraiment Fort Knox.

— Petit problème, cependant : la campagne pour le oui, ce n'est pas tout à fait la même chose que notre gouvernement actuel.

— Donc il pourrait s'y trouver des trucs que son bureau ignore ?

— On est en train de vérifier… et je crois bien que le fils est devenu désormais intouchable.

— Oui et non… Je continue à penser qu'il est étrange que tout cela se produise si peu de temps après l'accident de voiture.

— On pique juste assez d'objets de valeur pour faire croire à un cambriolage ?

— Quelque chose dans ce goût-là.

— Tu crois que je devrais en toucher un mot à l'inspecteur-chef Ralph ?

— C'est Nick Ralph le patron, à Torphichen ?

— C'est le nom que j'entends prononcer.

— Bonne réputation. Et s'il t'a demandée en personne, c'est du sérieux et pas des paroles en l'air.

— Flûte !

— D'un autre côté, me laisser sur la touche n'est pas à porter à son crédit.

À l'intérieur du café, Maggie Blantyre semblait s'agacer en voyant le croque-monsieur refroidir. Il hocha la tête à son intention, tira une dernière bouffée sur sa cigarette et d'une pichenette, balança ce qui en restait dans le caniveau.

— Faut que j'y aille, dit-il à Clarke.

— Si jamais tu entends quoi que ce soit à propos des objets volés…

— Je te refile l'enfant pour que ton instit puisse te remettre un bon point.

— Tu ferais bien, sinon c'est un pinçon garanti la prochaine fois que je te vois à la récré.

Rebus coupa la communication et rentra.

— Excuse-moi, dit-il.

Mais Maggie était déjà debout et enfilait son manteau.

— Il faut que j'y aille, expliqua-t-elle. J'ai laissé de l'argent pour mon thé.

Il vit la pile de pièces bien régulière à côté de sa soucoupe.

— On a eu à peine le temps de se parler, protesta-t-il.

— Peut-être que finalement, ce n'était pas vraiment une bonne idée.

Elle lui sourit et frôla sa cravate du bout des doigts.

— Mais je suis sûre que Dod aimerait te voir, si l'envie te prend de nous rendre visite.

— Maggie…

— Assieds-toi et mange, dit-elle.

Il eut droit à une petite tape sur la poitrine en guise d'au revoir et elle disparut.

Il resta planté là un instant à se demander si elle souhaitait qu'il lui emboîte le pas. Histoire de le voir sortir un peu de sa réserve. Mais son estomac criait famine et il devait être à la Sheriff Court pour 15 heures. La serveuse lui demanda si tout allait bien.

— C'est nickel, lui répondit-il en se rasseyant à la table.

Il vit une trace de rouge à lèvres sur la tasse de Maggie et l'argent qu'elle avait laissé suffisait à régler toute l'addition.

— Terrible nouvelle, dit Eamonn Paterson.

— Terrible, approuva Fox.

Les trois hommes étaient dans le bureau de la Sheriff Court où Fox n'avait préparé qu'un magnétophone à cassettes. Pas de vidéo. Rebus remarqua qu'aucun effort n'avait été fait pour ranger l'avalanche de papiers – c'était même tout le contraire. Fox s'était assuré que l'endroit ait l'air d'un joyeux bordel à l'image d'un atelier, comme si on avait pris et repris les feuillets dans le désordre afin d'en tirer la substantifique moelle et de la compiler. Il avait sorti son bloc A4 – ou peut-être en était-ce un autre. Des pages et des pages d'écritures à l'intérieur, certaines en capitales, d'autres soulignées. Pas de gribouillis distraits, pas une seule réflexion de perdue. Précision et diligence.

Et tout ça pour impressionner un homme qui savait reconnaître les ficelles dès qu'il les voyait. Au point d'ailleurs qu'il avait fait un clin d'œil à Rebus en voyant Fox bidouiller son magnétophone en faisant durer le plaisir. Si des petits jeux du même genre étaient prévus au programme, Paterson ne déparerait pas dans la partie, il ne s'en laissait pas conter aussi facilement.

— C'est bien agréable de constater que les technologies d'autrefois sont encore en pratique, dit-il en désignant le magnéto.

— Uniquement quand l'usage l'exige, répondit Fox en relevant la tête. J'ai oublié de vous demander, thé ou café ? Le sergent Rebus peut s'éclipser un instant et nous rapporter quelque chose…

— Je n'ai besoin de rien, répondit Paterson avec un nouveau clin d'œil subreptice à son ancien collègue.

Fox venait d'établir les rôles : Rebus en domestique et lui en maître de maison.

— Sommes-nous prêts à commencer, dans ce cas ?

— Ce sera quand vous voudrez, dit Paterson en croisant les mains sur sa poitrine.

Fox enclencha la machine et, le regard fixe et résolu, débuta son interrogatoire par quelques secondes de silence avant de lancer une première question.

— L'arbalète, c'était votre idée ? demanda-t-il.

— Quelle arbalète ?

— Summerhall ne possédait pas son arbalète personnelle ? Pour des parties de fléchettes, jusqu'au jour où la cible a volé en morceaux ?

Paterson sourit à ce souvenir.

— Je ne me rappelle pas qui a eu cette idée.

— Vous aviez confisqué l'arme après une arrestation et au lieu de la classer comme pièce à conviction, vous l'avez gardée un long moment. C'est seulement avant le début du procès qu'on s'en est préoccupé : comme elle restait introuvable, quelqu'un a pensé à vous rendre visite et à poser la question…

— O.K., vous avez bien fait vos devoirs, fiston, est-ce qu'on peut passer aux choses sérieuses ?

— Mais il s'agit justement d'une chose *très sérieuse*, monsieur Paterson. Tous autant que vous étiez, vous donniez l'impression de gouverner le CID comme s'il s'agissait de votre petit fief personnel – vos règles et celles de personne d'autre. La lampe rouge dans la salle d'interrogatoire B ? Dans le cas d'un individu suffisamment crédule, vous disiez que c'était un détecteur de mensonges et il vous suffisait de l'allumer. Je me demande combien d'aveux vous avez obtenus de cette façon…

Paterson continuait à sourire avec bienveillance.

— La rangée de bouteilles équipées de leur doseur dans le bureau de l'inspecteur Gilmour, cachées derrière une bibliothèque – vous êtes même allés jusqu'à monter le bloc de rayonnages sur roulettes pour accéder à la gnôle plus vite.

— Il faudrait que vous lui posiez la question.

— Sauf que c'est à vous que je la pose, dit Fox avant un nouveau coup d'œil à ses notes. Oh, voyons un peu, une autre petite pratique intéressante, qui consistait à signer des dépositions tapées à la machine au lieu de les rédiger à la main. Une déposition dont censément vous aviez été le témoin, sauf que vous n'étiez pas là du tout. Ou si vous l'étiez, effectivement, Gilmour se serait assuré que tout le monde ait la même version à raconter – parce c'est lui qui l'aurait rédigée, personnellement. Tout ce que vous aviez à faire, vous autres, c'était apposer votre paraphe.

Le regard de Paterson se tourna vers Rebus.

— John, dis à cet homme…

Mais Fox claqua la main sur le bureau.

— Le sergent Rebus est ici à titre d'observateur. C'est moi, celui que vous devez convaincre.

— Vous convaincre de quoi ? répondit Paterson, ses yeux fouillant ceux de Fox. J'ai comme l'impression que votre opinion est déjà toute faite – typique de ces foutues Plaintes. Vous devriez nous remercier et nous donner des médailles, le boulot, on le faisait bien, on était doués pour ça. On débarrassait les rues des méchants. Point final.

— Vous n'avez pas débarrassé les rues de Billy Saunders. Les preuves à charge contre lui ont disparu. Les dépositions étaient bourrées d'inexactitudes. Les témoins changeaient leur version après vous avoir parlé…

— Nous pouvons tous nous mettre d'accord sur le fait que des erreurs ont été commises, et à cause d'elles, Stefan Gilmour a eu droit au supplice de la planche. Ç'a été fini pour lui, après ça.

Fox se pencha en avant de quelques centimètres.

— Que croyez-vous que Billy Saunders donnera comme version ?

— Où voulez-vous en venir ?

— Le bureau du procureur ne manquera pas de l'interroger. Peut-être que Saunders voudra passer un marché, en échange d'une accusation plus clémente ?

— Et puis après ?

— Cela fait trente ans qu'il refuse de parler, mais il pourrait estimer que l'heure est venue de manger le morceau sur ce qui s'est réellement passé.

— Passer aux aveux, vous voulez dire ?

— Peut-être pas pour le meurtre, mais sur la façon dont toute l'affaire a été étouffée par la suite.

— C'était bien plus un ratage dans les grandes largeurs qu'une affaire qu'on aurait étouffée.

— Vous croyez que c'est comme ça que lui présentera les faits ?

— Je me fiche pas mal de ce qu'il fera.

— Quand est-ce que vous l'avez eu dans votre champ de vision pour la dernière fois ?

— Billy Saunders ? Ça doit remonter à vingt ans, vingt-cinq peut-être.

— En dépit du fait que vous viviez dans la même ville ?

Fox s'interrompit, refit son cinéma en faisant mine de consulter ses notes.

— Lorsque l'inspecteur Gilmour a démissionné, qui a pris M. Saunders en charge ?

— Vous voulez dire, pour qui il faisait l'indic ? demanda Paterson. (Il jeta un regard à Rebus.) Pas d'atomes crochus avec aucun d'entre nous, pas vrai, John ?

— Pas que je me souvienne, répondit Rebus, contraint et forcé.

— Et moi qui croyais qu'il se serait senti en dette avec vous autres, commenta Fox. Je veux parler de tous les petits tuyaux dont il vous avait fait cadeau au fil des années, le fait que vous lui ayez épargné une inculpation pour meurtre…

— Pas intentionnellement, rectifia Paterson.

— Quand même, il vous avait été utile et d'un coup, soudainement, vous lui laissez la bride sur le cou ?

— À croire presque que ça cachait quelque chose, dit calmement Rebus pour mettre son grain de sel.

— Toi aussi, tu étais là, John, le moucha aussi sec Paterson. Et tu en dis quoi ?

— C'était un autre pays.

— Mais c'est justement là que vous vous trompez tous les deux, dit Fox en les regardant tout à tour. Il s'agissait très exactement du même pays – sauf que vous le traitiez comme si vous en étiez les maîtres. Des tas de mauvaises habitudes ont été prises et le temps qui s'est écoulé depuis ne remet pas forcément les pendules à l'heure pour faire de vous des innocents.

— Il ne faut pas oublier que le passage des années peut jouer de sales tours à la mémoire d'un homme – les souvenirs, ça se dégrade, souligna Paterson. Quelle que soit l'histoire que Saunders racontera, il n'y aura aucun moyen de savoir si c'est la vérité.

— Cependant, sa mémoire à court terme devrait encore être fidèle, non ?

— Que voulez-vous dire ? demanda Paterson, les sourcils froncés.

— Le bureau du procureur l'a convoqué pour un entretien à l'heure du déjeuner. Vous êtes bien sûr qu'il s'est écoulé un quart de siècle depuis la dernière fois que vous avez posé les yeux sur Saunders, tous les deux ?

Il attendit que Paterson et Rebus confirment et acquiescent.

— Eh bien, au dire de M. Saunders, un autre membre de votre groupe lui a téléphoné, ce matin, pour être exact.

Il fallut un instant à Rebus pour deviner le nom.

— Stefan Gilmour ? dit-il.

— Lui-même, en personne, confirma Fox.

— Qu'est-ce qu'il voulait ?

Il se demandait quels morceaux précisément M. Saunders se préparait à manger.

— Stefan lui a *parlé* ? fit Paterson, incrédule, devant Fox qui opinait lentement du chef.

— Apparemment, on ne se défait jamais totalement de certaines mauvaises habitudes, commenta-t-il en se replongeant dans ses notes.

Après encore dix minutes pénibles et crispées, l'interrogatoire toucha à sa fin. Fox remercia Paterson et lui dit que Rebus allait le raccompagner.

— Je suis sûr que vous ne manquerez pas d'avoir une petite discussion tous les deux une fois hors de portée de mes oreilles indiscrètes.

Ni l'un ni l'autre ne prirent la peine de le nier. Dès qu'il fut sur Chambers Street, Paterson sortit son portable et appela Stefan Gilmour.

— Directement sur boîte vocale, maugréa-t-il.

Il laissa néanmoins un message lui demandant de le rappeler, avant de conclure :

— Tu sauras de quoi il s'agit, sale con.

— Succinct mais parlant, dit Rebus.

Paterson fixa le ciel et lâcha un son juste assez bref pour ne pas se transformer en grognement.

— Il croit qu'il joue à quoi en faisant ça, John ?

— À toi de me le dire.

— Est-ce qu'il veut vraiment nous plonger dans la panade jusqu'au cou, tous autant qu'on est ?

— Mais Fox a raison, néanmoins. Ce n'est pas simplement un bon indic qu'il fallait garder dans les rues, il y a autre chose.

— C'est toi-même qui l'as dit, pas Fox ! gronda Paterson en lui piquant la poitrine d'un doigt.

— Uniquement parce qu'il me l'avait déjà dit lui-même un peu plus tôt.

— Tu es censé être dans notre camp, John.

— Ah ouais ? Et Stefan alors, il joue pour l'équipe en appelant Billy Saunders dans notre dos ?

— Dieu seul le sait, marmonna Paterson, les épaules basses.

— La Bible d'Ombre, c'était il y a bien longtemps, Porkbelly. En ce temps-là, il était logique de se serrer les coudes – ce n'est peut-être plus aussi vrai aujourd'hui.

— Tu me demandes de faire bande à part avec toi contre Stefan ?

Paterson secouait la tête, lentement, avec force et conviction.

— Je dis qu'il faut qu'on fasse ce qui est juste et bien.

— Alors, dis-moi, John, est-ce que c'était « juste et bien » d'avoir une relation avec la femme de Dod Blantyre ? Est-ce que c'était « juste et bien » que ceux d'entre nous qui étaient au courant gardent le secret sans rien dire à personne ?

— Il ne s'agit pas de ça aujourd'hui, répondit Rebus, sans pouvoir empêcher ses joues et son cou de rougir.

— Mais si, il s'agit exactement de ça, de secrets, de mensonges encore et toujours, et de toutes ces merdes qu'on a partagées ou qu'on nous a servies. Tout à l'heure, dans le bureau, je ne t'ai pas entendu admettre que tu avais toi aussi apposé ta signature au bas de dépositions qui n'étaient pas les tiennes. Mais nous savons l'un et l'autre que ça s'est produit. Des tas de choses se sont produites à l'époque et une seule fissure dans le barrage pourrait bien suffire à tout faire s'effondrer.

Il s'interrompit, toisa Rebus de la tête aux pieds.

— Alors, tâche de bien savoir de quel côté tu es, John. Stefan, tu me le laisses, je me charge de lui, il ne risquera plus jamais de s'approcher de Saunders, ni de près ni de loin.

Rebus remarqua que Paterson lui tendait la main. Il la serra pour une poignée de main virile que son ex-collègue prolongea interminablement.

— Très bien dans ce cas, finit par dire Rebus en se libérant.

Il suivit Paterson des yeux quelques instants puis rentra dans le bâtiment et se dirigea vers les toilettes. Devant le miroir zébré de traces savonneuses, il inspecta son visage avec soin et trouva un léger barbouillis de rouge sur sa joue gauche, qu'il se dépêcha de frotter en jurant. Fox l'avait peut-être remarqué mais n'avait pas relevé. En revanche, ce petit détail n'était pas passé inaperçu de Paterson, qui avait vite deviné l'identité de la femme responsable de ce petit cadeau – Maggie ne lui avait-elle pas demandé le numéro de portable de son vieux copain John ?

Fox était dans le bureau où il faisait un peu de rangement maintenant que le spectacle était terminé.

— Vous avez bien avancé ? lui demanda Rebus.

En guise de réponse, Fox lui offrit une question de son cru.

— Avez-vous appelé Stefan Gilmour ?

— Non, reconnut Rebus. Paterson lui a laissé un message.

— Contacter Saunders, c'est d'une stupidité insigne.

— Je n'irai certainement pas dire le contraire, le rassura Rebus en s'affalant dans un fauteuil.

— Et vous-même, sergent Rebus, en êtes-vous arrivé à quelques conclusions personnelles ?

— À propos de quoi ?

— De deux choses l'une : ou vous êtes avec moi ou vous êtes avec eux, il faut choisir. Jusqu'à aujourd'hui, peut-être pensiez-vous pouvoir changer de rôle à votre convenance en fonction du moment et des circonstances ?

— Je ne suis parvenu qu'à une seule conclusion pour l'instant et elle vous concerne : des faux-culs dans votre genre, on n'en fait plus.

— Il faudrait que je le sois, alors, pour prendre ça pour un compliment.

— À certains égards, c'en est un, probablement, dit Rebus avec un sourire las.

— Désolé pour la menace, tout à l'heure, quand j'ai fait de vous le garçon de courses.

— Vous faisiez simplement savoir à Paterson qui était le patron.

— Et aussi à vous, qui sait ?

Rebus acquiesça.

— Et il se passe quoi maintenant ?

— Il faut transmettre notre premier interrogatoire à qui de droit pour qu'il soit retranscrit. Je vous en laisse le soin, si cela ne vous dérange pas. Je rencontre Elinor Macari dans peu de temps, à l'heure tapante.

— Pour entendre ce que Billy Saunders a pu raconter d'autre ?

— C'est exact.

— Vous voulez que je ferme, ensuite ?

Fox l'étudia un instant avant de secouer la tête.

— Toujours aussi peu confiance en moi ? demanda Rebus en feignant d'être blessé par ce refus.

Fox ne répondit rien. Il glissa dans sa mallette un épais dossier qui rejoignit son bloc.

— C'est bien que vous vous soyez finalement débarrassé de ce rouge, conclut-il en rabattant les fermoirs.

10

Parmi les visages qu'elle avait remarqués devant le domicile des McCuskey, Clarke en reconnut quelques-uns, regroupés sur l'étroit trottoir de Torphichen Place, où les contractuels s'en donnaient à cœur joie, verbalisant à tour de bras voitures et camionnettes sans pour autant que leurs propriétaires semblent s'en préoccuper le moins du monde. Garés en double ou triple file en stationnement interdit, les véhicules réduisaient la chaussée à une seule voie et l'embouteillage inévitable laissait aux conducteurs bloqués tout le temps de se repaître de la meute médiatique.

Une fois dans le poste de police, après avoir ignoré toutes les questions hurlées dans sa direction, elle montra sa pièce d'identité et, au son du vibreur qui en commandait l'ouverture, poussa la porte donnant accès au reste du bâtiment. Au premier, tout l'espace disponible était en cours de réquisition par l'équipe des Crimes graves – bureaux à déplacer, chaises supplémentaires à trouver, systèmes de communication à connecter. Elle se fraya un passage dans la cohue et se présenta à son pivot immobile, l'inspecteur-chef Ralph, plus d'un mètre quatre-vingts, des cheveux sombres séparés par une raie médiane, une barbe soigneusement taillée. Sans même se donner la peine de lui serrer la main ou de lui adresser un mot de bienvenue, il lui annonça tout de go qu'un briefing était prévu dans dix minutes et que d'ici là, elle devait se rendre utile.

— Olivia vous montrera, expliqua-t-il en désignant de la tête la jeune femme chargée d'une imprimante qui passait à côté de lui.

— Olivia Webster, se présenta l'agente sans s'arrêter, Clarke lui emboîtant aussitôt le pas. J'ai le grade de constable.

— Je suis l'inspecteur Clarke.

— Siobhan Clarke – je sais qui vous êtes.

— Nous nous sommes déjà rencontrées ?

Longue chevelure brune, yeux gris et teint pâle, Webster secoua la tête.

— C'est juste que j'ai entendu citer votre nom.

Elle déposa l'imprimante sur un bureau près d'un moniteur.

— Je ne suis ici que depuis six semaines ; transférée de Dundee.

L'air intrigué, elle contemplait les deux appareils sur le bureau.

— Un clavier, peut-être ? suggéra Clarke.

— Je savais bien qu'il manquait quelque chose, dit Webster avec un sourire, en balayant la salle du regard. Il doit bien y en avoir un quelque part…

Elle repartit aussi vite, abandonnant Clarke un peu perdue, incapable de décider ce qu'elle pouvait ou devait faire. Elle jeta un coup d'œil par une fenêtre, et aussitôt la meute de journalistes la remarqua et lui adressa de grands gestes.

— Comme la place manque pour une conférence média, lui expliqua l'inspecteur-chef Ralph en la rejoignant, nous utiliserons l'hôtel au coin de la rue.

— Bonne idée.

Il la regarda plus attentivement.

— Vous vous trouviez sur les lieux après la découverte du corps de Pat McCuskey.

C'était un constat plus qu'une question.

— C'est pourquoi je veux que vous vous concentriez sur l'effraction proprement dite – les indices matériels, si vous préférez.

Clarke acquiesça.

— Il y a déjà un policier qui travaille sur les objets volés, dit-elle, il fait passer l'info un peu partout.

— Bien.

— Nous pourrions peut-être le faire venir ?

— Pour l'intégrer à l'équipe, vous voulez dire ? fit-il en agitant la main vers le chaos général derrière lui. Selon vous, nous manquerions de personnel ?

— Ça me semble logique, dans la mesure où il est aussi impliqué dans l'enquête préliminaire.

— Ce ne serait pas par hasard votre vieil ami ? Le trop célèbre John Rebus ?

— Non seulement John dispose de contacts, mais il était également avec moi quand nous avons été appelés sur la scène d'un accident de voiture non loin du domicile des McCuskey. La jeune femme qui a été sortie de l'épave se trouve être la petite amie de Forbes McCuskey et lui comme moi, nous ne sommes pas certains qu'elle ait été seule dans la voiture quand c'est arrivé.

Ralph resta songeur.

— Ce serait une sacrée coïncidence.

— Exactement ce que nous avons pensé. Une nouvelle fois, si Rebus se trouve parmi nous, il aura déjà effectué une grosse partie du travail préparatoire.

— Laissez-moi y réfléchir, une fois que j'en aurai terminé avec mon topo « motivation des troupes ».

Il consulta sa montre puis, se concentrant sur l'agitation qui régnait dans la pièce, parut satisfait de l'avancement du chantier. Olivia Webster avait déniché un clavier qui avait connu des jours meilleurs et s'affairait à le connecter. Un autre agent avait essuyé le grand tableau blanc et y fixait maintenant des clichés de la scène de crime. McCuskey ayant été évacué en ambulance avant qu'on puisse prendre des photos de lui, seul un descriptif de la scène était disponible : le ministre avait été trouvé gisant sur le sol du salon, le nez dans la moquette, les jambes à un angle bizarre. Le premier cliché était un gros plan de la vitre brisée de la porte-fenêtre du patio, le second de la chambre sens dessus dessous. Non, il y avait deux chambres distinctes, en fait. Clarke s'approcha du tableau et étudia les photos de ce qui devait être, autrefois, celle du fils – elle se mordait les doigts de ne pas l'avoir examinée quand elle était sur place. Des posters de groupes de musique sur les murs, des rayonnages de romans, un lit double avec un duvet rouge écarlate. Le duvet avait été jeté au sol, un poster déchiré en deux, quelques livres éparpillés de-ci de-là. Des tiroirs sortis à moitié. Et pourtant, rien ne méritait d'y être volé. La preuve d'une colère soudaine ? Comme si Forbes McCuskey était lui aussi une cible, au même titre que ses parents ? Clarke repensa à Owen Traynor. Fallait-il le convoquer pour un entretien plus officiel ?

L'inspecteur-chef Ralph claquait des mains, appelant tout son personnel à cesser ses allées et venues, et tous les regards se tournèrent vers lui. Les agents occupés dans le couloir et les pièces au-delà apparurent un à un et se joignirent à la foule. Clarke se retrouva dos collé au tableau blanc, son champ de vision bouché par le sommet du crâne de Nick Ralph, avec, autour d'elle, un concert de portables qui tintaient et vibraient.

— Il serait peut-être bon de couper tout ça, ordonna Ralph.

Elle sortit le sien de sa poche. Message de Fox. Ça pouvait attendre. Elle éteignit l'appareil et se concentra sur l'exposé qui allait suivre.

— On commence, dit Nick Ralph.

En fin d'après-midi, Rebus quitta son appartement et se dirigea vers un magasin sur Marchmont Road où il savait trouver bacon et cigarettes. Il était pratiquement arrivé au bout d'Arden Street quand il repéra Forbes McCuskey sur le trottoir opposé. L'ayant reconnu à son tour, le jeune homme resta un instant immobile avant de s'avancer à grandes enjambées vers lui.

— Vous me suivez ? Vous m'avez pris en filature ?

— Je passais juste, répondit Rebus, peu enclin à révéler qu'ils habitaient tous deux la même rue.

— Je pourrais très bien prendre ça pour du harcèlement.

— Ce n'est pas le cas. Désolé pour votre père, à propos.

La colère du jeune homme s'apaisa un peu, ses bonnes manières reprenant le dessus.

— Merci, dit-il.

— Nous ferons tout ce qui est en notre pouvoir pour retrouver son agresseur.

Forbes McCuskey hocha la tête sans conviction. Maintenant qu'il faisait face au policier, prêt à l'affrontement, il hésitait, ne sachant plus que faire.

— Y compris interroger le père de Jessica, poursuivit Rebus sans s'émouvoir outre mesure.

— Pour quoi faire ?

— Parce que sa fille a été tout récemment victime d'un accident de voiture et qu'il n'est pas convaincu que ce soit elle la responsable. Parce que, par le passé, il a également démontré qu'il avait le sang chaud.

— Et donc, il attaque *mon* père pour se venger ?

— Seulement après avoir constaté que vous n'étiez pas à la maison.

McCuskey commença à secouer la tête, et cessa aussi vite.

— Eh bien, j'imagine que vous devez envisager toutes les possibilités…

— Vous pouvez être sûr que ce sera fait, répondit Rebus en montrant l'immeuble de McCuskey. J'aurais pensé que votre mère aurait besoin de vous.

— Tante Dorothy est avec elle. Je viens juste récupérer quelques affaires.

— Votre maman tient le coup, dans la maison… ?

— Je lui ai suggéré d'aller à l'hôtel.

— Pas le Caledonian, j'espère ?

— C'est là que se trouve Jessica..., acquiesça Forbes en comprenant l'allusion.

— Dans la chambre voisine de son père. Vous êtes passé la voir ?

McCuskey fit non de la tête.

— Mais elle vous a contacté, après avoir appris... ?

— Oui, je lui ai parlé hier, confirma McCuskey sans le quitter des yeux. C'est vrai que vous n'étiez que de passage ?

— J'habite un peu plus bas, reconnut finalement Rebus, ne voyant pas pourquoi il se tairait plus longtemps. J'allais chez Mariotta. Je suis au numéro 17, premier étage – au cas où vous voudriez me parler.

— Vous parler ? À quel sujet ?

— M'expliquer par exemple pourquoi vous nous avez menti.

— En quoi vous ai-je menti ?

— Vous avez dit que vous ne saviez pas conduire, or je vous ai vu au volant, avec votre mère comme passager.

Le jeune homme secoua la tête.

— J'ai dit que je ne conduisais pas, je n'ai jamais dit que je ne saurais pas si j'y étais obligé.

— Vous essayiez de nous égarer sur une fausse piste, monsieur McCuskey. Et tout ce que vous avez réussi à faire, c'est éveiller un peu plus ma curiosité à propos de la nuit de l'accident.

— Vous n'allez quand même pas revenir là-dessus encore une fois ?

— L'enquête n'est pas close, et après ce qui est arrivé à votre père…

Rebus laissa la fin de sa phrase en suspens et s'en fut.

— Numéro 17, lui rappela-t-il. Mon nom est à côté de la sonnette…

Une fois rentré chez lui, Forbes McCuskey sortit son portable de sa poche et passa un coup de fil.

— C'est moi, dit-il. Ouais, je vais bien, je suppose, poursuivit-il après un silence, en réponse à une question. Un peu engourdi, je dois dire. Mais je viens de parler à ce Rebus.

Il écouta un instant, alla jusqu'au frigo de la cuisine et chercha quelque chose à boire.

— Apparemment, il habite ma rue et ça me gonfle, et en plus, il continue à radoter à propos de l'accident. Mais voilà l'info – aux dernières nouvelles, il semblerait que ce soit le père de Jessica qu'on soupçonne d'avoir été derrière le cambriolage. Ce qui pourrait arranger nos affaires, la pression serait moins grande et ce serait plus cool pour nous.

Il s'interrompit pour écouter la réponse, tout en avalant son lait à grandes gorgées, à même le carton.

— Non, je ne parle pas de cette pression-là. Et puisqu'on est sur le sujet, ce serait bien si j'appelais Jess…

Il coupa l'appel et gagna sa chambre où il s'écroula sur son lit pour contempler le plafond. Il avait un peu de dope sous son matelas et savait qu'il la fumerait dans un moment. Peut-être s'offrirait-il un peu de vin aussi, ou alors une dose de tequila. N'importe quoi pour ne plus penser à son père et à ce qui était arrivé – ce qui *aurait pu* arriver.

— Sale petit con, marmonna-t-il pour lui-même en se couvrant les yeux de l'avant-bras. Qu'est-ce qui t'a pris d'aller faire un truc pareil ?

Lentement, les larmes se mirent à couler.

— Je peux monter ?

— Où êtes-vous ? demanda Siobhan Clarke.

— Devant chez vous.

Elle alla jeter un œil à la fenêtre de son appartement, au premier étage d'un immeuble fonctionnel non loin de Broughton Street. Fox était planté au milieu de la chaussée, son portable collé à l'oreille.

— Que se passe-t-il ? voulut-elle savoir.

— Je préférerais vous en informer de vive voix.

Elle inspecta le salon d'un coup d'œil rapide – présentable, plus que présentable, à vrai dire. Mais elle n'avait aucune envie de le partager avec Fox.

— Je descends, dit-elle au téléphone. On peut aller au bar, au coin de la rue.

— Je ne bois pas, lui rappela Fox. Et il ne s'agit pas vraiment d'une visite d'agrément.

— Deux minutes, répondit-elle en fermant son portable avant de se demander si c'était bien la peine de s'arranger un peu avant de sortir.

Le bar s'appelait Le Sous-Sol car il se situait effectivement en contrebas de la rue avec, pour seul accès, un petit escalier en pierre de quelques marches au départ du trottoir. Il y faisait sombre et le mobilier ressemblait aux décors d'*Alien*. Il existait bien un autre pub, traditionnel celui-là, à peu près à égale distance dans la direction opposée, mais Clarke avait choisi celui-ci simplement parce qu'elle savait d'avance que Fox s'y trouverait moins à son aise. Les clients étaient jeunes, la musique aussi discordante que les tables et les chaises étaient anguleuses. Clarke commanda un verre de vin blanc et Fox un jus de tomate épicé.

— Je ne m'entends plus penser, protesta-t-il.

Clarke céda et l'emmena dehors dans la minuscule courette où se retrouvaient habituellement les fumeurs. Un banc était fixé au mur devant deux tables au plateau latté et quelques fauteuils en osier se partageaient le reste de l'espace. Ils s'assirent face à face avec leur verre. La soirée était fraîche et Clarke s'enveloppa de son manteau bien serré, heureuse de constater qu'elle s'était mieux préparée que Fox, en simple complet bleu foncé, chemise et cravate.

— Mieux ? demanda-t-elle.

— Moins de bruit, ça c'est sûr, répondit-il en boutonnant sa veste. Je vais être bref, il s'agit de vous et de David Galvin.

Elle eut la réaction qu'il attendait : des yeux juste un peu élargis et sa main qui s'arrête en portant son verre à la bouche.

— Que vient-il faire là-dedans ?

— Il travaille pour le ministère public.

— Je le sais parfaitement.

— Il est adjoint du procureur général.

— Cela va de soi, tout le monde le sait.

— Et vous êtes ensemble tous les deux ?

— En quoi ça vous concerne, sacré nom d'un chien ?

Il leva la main pour la calmer.

— Logiquement, cela ne devrait me concerner en rien ; sauf que les Normes professionnelles ont été contactées anonymement et que l'information nous a été transmise par la voie hiérarchique.

— Un message anonyme ?

Fox acquiesça.

— De toute évidence, de quelqu'un qui travaille avec Galvin. Un individu qui a peut-être une dent contre lui.

— Que dit le message ?

— Il informe simplement les Normes professionnelles qu'on vous voit beaucoup ensemble tous les deux et que vous vous connaissez intimement…

Si elle avait été plus calme et moins en colère, elle aurait peut-être trouvé les termes amusants, au lieu de quoi, elle garda un visage de pierre en lui demandant de poursuivre.

— C'est à peu près tout. L'auteur du message dit que nous devrions peut-être nous intéresser de plus près à votre relation, au cas où nous y trouverions des manquements à l'éthique.

— Tels que moi influençant David et *vice versa* ?

— Je suppose.

Fox changea légèrement de position, son verre toujours intact devant lui.

— Y a-t-il beaucoup de gens qui soient au courant pour vous et M. Galvin ?

— Je n'en ai parlé à personne, répondit-elle. Ce qui ne veut pas dire, précisa-t-elle avec un regard glacial, que nous ayons des choses à cacher…

— Naturellement… Et en ce qui le concerne lui ?

— Apparemment, il est possible qu'il en ait touché un mot à *une* personne au moins.

Elle prit son téléphone.

— Je ferais bien de lui parler, dit-elle en fixant son écran éclairé. Dès que j'aurai du réseau.

— Il serait peut-être préférable d'attendre demain matin, lui conseilla Fox. Accordez-vous le temps de la réflexion.

— Toujours aussi précautionneux, hein ? Ne jamais rien faire sur un coup de tête ?

— Ça fait partie du métier.

Elle reposa son portable au bout de quelques secondes, saisit son verre et en but deux gorgées avant de lui demander comment les choses se passaient avec Rebus.

— Difficile à dire.

— Parce que vous ne pouvez pas me répondre, ou parce que vous ne savez pas ?

— Plutôt la deuxième hypothèse que la première. Je ne sais toujours pas à quoi m'en tenir avec lui. Je lis dans ses yeux tellement de réflexions cachées et des rouages qui tournent et retournent sans jamais s'arrêter…

— Je connais ce sentiment, dit-elle en levant de nouveau son verre. On dirait un de ces sorciers des échecs capables de jouer une douzaine de parties en même temps.

— L'analogie n'est pas mauvaise, reconnut-il avec un sourire. Et s'il donne l'impression qu'il risque de perdre ne serait-ce qu'une seule de ces parties…

— Il est temps de se faire tout petit avant que les pièces ne se mettent à voler.

Ils souriaient désormais tous les deux et la fraîcheur du soir ne semblait plus aussi désagréable.

— Merci de me mettre au courant, dit Clarke en rompant le silence. Je veux parler du message mystère. C'est quoi, la prochaine étape ?

— Il va se retrouver au fond d'une corbeille déjà bien pleine. Possible qu'il ne revoie jamais le jour. Avec la réorganisation, des tas de documents vont finir aux archives.

— Et c'est éthique, ça ?

— Vous pensez que Rebus a déjà un peu déteint sur moi, c'est ça ?

— Il peut avoir cet effet.

Elle remarqua que son verre était vide.

— Un autre ? lui demanda-t-elle.

— Je n'ai même pas entamé le premier. Mais écoutez… et ne vous méprenez pas sur ce que je vais dire ou quoi que ce soit…

— Dites, l'incita-t-elle.

— Je me demandais si vous aviez mangé – parce que moi pas et je meurs de faim.

— Il y a tout ce qu'il faut sur Broughton Street, et pour vous dire la vérité, un curry tomberait à pic…

JOUR 6

11

Le lendemain matin, Rebus fit un saut à Gayfield Square. Inutile d'arriver à la Sheriff Court avant Fox et de trouver porte close. Les constables Esson et Ogilvie s'étaient préparé un pot de café et – cerise surprise sur le gâteau – il ne vit pas trace de Page.

— Il boude, expliqua Esson.

— Parce que c'est Nick Ralph qui a eu droit à la sucette ? devina Rebus.

— En plus de ça, il ne peut même plus se défouler sur vous, vu que le procureur vous a escamoté.

— Je me sens presque désolé pour lui, conclut-il en buvant une gorgée de café.

Esson eut droit à une grimace qui se passait de commentaires.

— C'est Ronnie qui l'a acheté, se dépêcha-t-elle de dire.

— Je n'avais pas vu le mot « décaf » sur le paquet, protesta le coupable, quand Rebus se retourna sur lui.

— Ni « bon marché » et « dégueu », apparemment. Les trois réunis, c'est un exploit, mon gars. Félicitations.

Son portable se mit à tinter. Esson et Ogilvie échangèrent un drôle de regard.

— Pour votre gouverne, les renseigna-t-il, cette sonnerie, c'est B.B. King. Alors ne commencez même pas. Pas de commentaires. Bonjour, inspecteur Fox, que puis-je pour vous ?

— Elinor Macari désire nous voir. Dans combien de temps pouvez-vous être ici ?

— À la Sheriff Court, vous voulez dire ? Dix minutes avec le vent dans le nez. Qu'est-ce qui se passe ?

— Vous vous souvenez que votre ami a contacté Saunders ? lui demanda Fox.

— S'il faut en croire Saunders, précisa Rebus. Nous n'avons pas encore entendu la version de Gilmour.

— Eh bien, cela ne saurait tarder. Billy Saunders a complètement disparu de la circulation.

— Disparu ?

— On a retrouvé sa voiture ce matin dans une zone industrielle désaffectée à Niddrie. Le mec qui dirige le service de taxis privés n'a pas eu le moindre contact avec lui depuis hier soir. Saunders était de nuit. Apparemment, pour sa dernière course, il a chargé un client devant un pub appelé le Gimlet.

— Tout près de Calder Road ?

— J'aurais dû me douter que vous connaissiez.

— J'y suis passé poser quelques questions concernant les objets volés au domicile des McCuskey.

— Eh bien, la destination était Niddrie Marischal Road.

— Pays de bandits, lui apprit Rebus. Le passager a un nom ?

— Robinson.

— Probablement un faux.

— Qu'est-ce qui vous fait dire ça ?

— Si ce mec boit au Gimlet, il y a de fortes chances qu'il trafique quelque chose. Et on ne va pas à Niddrie pour ses restaurants étoilés Michelin. Donc M. Pas-net allait probablement y magouiller des trucs pas nets.

— Et il ne voulait pas que son nom apparaisse, au cas où on mettrait le nez dans ses petites affaires ?

Rebus l'entendit presque hocher la tête pour approuver.

— Dix minutes, vous avez dit ?

— Il y aura du café ?

— Puisque nous parlons du sanctuaire privé du procureur général, je crois savoir qu'elle dispose d'une machine à expresso.

— Quand il le faut, vous savez vous montrer convaincant, mon salaud. J'arrive…

La secrétaire d'Elinor Macari apporta le plateau.

— Ça sent bon, dit Rebus en acceptant un petit mug blanc.

Il y avait même quelques biscuits sur une assiette et il en choisit un. Macari était assise derrière son bureau et ne désirait pas de café, préférant boire de l'eau plate à même la bouteille, à croire qu'elle venait de passer au moins une heure dans une salle de gym, tant sa peau reluisait. Une fois la secrétaire repartie, elle demanda à Fox de lui faire son rapport.

— Il serait peut-être bon de laisser la parole au sergent Rebus, lui répondit Fox.

Rebus s'exécuta et donna son opinion sur le Gimlet et sa clientèle. Après quoi, Madame le Procureur jeta sa bouteille vide dans une corbeille et pressa les mains l'une contre l'autre.

— Un plan d'action peut-être ? dit-elle, les yeux vrillés sur Rebus.

— Il n'a pas disparu depuis bien longtemps. Peut-être a-t-il un rencart quelque part, ou alors il rentrera au bercail au bout d'un jour ou deux après s'être fait ratiboiser dans un casino ou en jouant aux cartes.

— Ou alors on l'a grassement payé pour aller se terrer à l'abri. Connaissons-nous quelqu'un qui aurait suffisamment de fonds pour cela ?

— Nous parlerons à Stefan Gilmour, intervint Fox. Nous rechercherons également le dernier client de Saunders, au cas où il se trouverait mêlé à l'affaire.

— Quoi d'autre ? demanda le procureur.

— Nous pouvons interroger sa famille et ses amis, demander à son fournisseur d'accès une liste des appels qu'il a passés ou reçus sur son portable…

Elle acquiesça, l'air à peu près satisfaite.

— Puis-je me permettre de poser une question ? dit Rebus.

— Laquelle, sergent Rebus ?

— Vous avez interrogé Saunders, n'est-ce pas ? Est-ce qu'il aurait pris peur ?

— C'est possible, concéda Macari. Une seconde séance était prévue aujourd'hui.

— C'est peut-être pour ça qu'il s'est fait la belle… Vous a-t-il révélé des choses ?

— Il était très réticent.

— Étiez-vous prête à lui proposer un marché ?

— Pas dans l'immédiat. Mais en ce qui vous concerne, je suis heureuse de pouvoir vous rassurer, votre nom n'a pas été cité – c'est la seule raison pour laquelle vous vous trouvez assis devant moi. Malcolm m'a expliqué ses raisons de vous faire participer à l'enquête et je comprends pourquoi il peut vous trouver utile… jusqu'à un certain point.

— Je crois deviner que je serai prévenu quand ce point sera atteint ?

— Croyez-moi, vous le saurez, sans l'ombre d'un doute.

— Très bien. Mais d'ici là, avons-nous gagné notre café avec biscuit ?

Pour sa peine, il eut droit au genre de regard qu'elle aurait daigné accorder à un rameur hors d'usage. Fox se remettait déjà debout et reposait sa tasse sur le plateau.

Rebus suivit le mouvement, avec juste un petit arrêt pour piquer au passage un deuxième biscuit. Macari ne lui fit aucune réflexion mais son regard ne les lâcha pas jusqu'à ce qu'ils quittent le bureau. Une fois la porte fermée, elle tendit le bras, prit le dernier biscuit et l'étudia sous toutes les coutures pendant une bonne demi-minute avant de le croquer d'un grand coup de dents gourmand, l'air absolument ravie.

Le Gimlet ne devait pas ouvrir avant une heure, aussi prirent-ils la Saab de Rebus pour rejoindre Niddrie. Les bâtiments les plus endommagés avaient été démolis et remplacés, mais il existait néanmoins sur le site des espaces vides et c'est dans l'un d'eux que la Ford Sierra avait été retrouvée abandonnée.

— Avec la clé toujours sur le contact, précisa Fox quand ils se garèrent tout à côté. Encore heureux que les gamins du coin n'aient pas eu envie de la prendre pour une virée.

— Et pour quelle raison, à votre avis ?

Fox haussa les épaules puis expliqua :

— En tout cas, le propriétaire de la compagnie de taxis a envoyé quelqu'un récupérer la Ford ce matin.

— Ce qui signifie que les pièces à conviction auront été contaminées.

— Des pièces à conviction ?

— Ce sont les choses qu'on récupère pour monter un dossier qui pourra être présenté au tribunal.

Fox lui décocha un regard noir.

— Vous croyez qu'il a pu arriver quelque chose à Saunders ? demanda-t-il.

— Pas vraiment, répondit Rebus.

— Mais c'est une éventualité à envisager ?

— Quand quelqu'un veut prendre ses distances, en temps normal, il choisit une gare de bus ou de chemin de fer. Ce que Saunders n'a pas fait. Il a laissé sa voiture au fin fond de nulle part.

— Pour nous égarer délibérément ?

— Ou alors il avait un pote pas loin qui pouvait le planquer chez lui.

Rebus plissa les yeux à cause de la fumée de sa cigarette.

— Donc nous interrogeons la famille et les amis ?

— Et aussi son patron ; essayez de lui tirer les vers du nez au cas où il saurait autre chose sur l'appel en provenance du Gimlet.

— Sans oublier le pub lui-même, il doit bien y avoir là-bas quelqu'un qui connaisse l'identité du client du taxi.

— Seul accroc au programme, et pas des moindres, obtenir d'eux qu'ils acceptent de répondre à nos questions. Le gin tonic et les pulls en cachemire, c'est pas vraiment le genre de la maison.

— Mais vous êtes connu là-bas ?

— Cela ne veut pas dire que j'y sois accueilli à bras ouverts.

— Alors c'est peut-être moi qui devrais poser les questions ?

— J'aimerais beaucoup voir ça.

— Je me ferai un plaisir de vous satisfaire, assura Malcolm Fox avec conviction, sans se rengorger pour autant.

Ils se rendirent d'abord au domicile de Billy Saunders, une maison de Blackhall des plus banales, mitoyenne des deux côtés, à la façade crépie incrustée de cailloux. Saunders était toujours marié à Bettina, la femme à cause de laquelle Douglas Merchant avait été tué.

— Il serait préférable de ne pas me présenter, confia Rebus à Fox.

— Au cas où il lui aurait parlé de vous ?

Rebus acquiesça.

Elle était chez elle mais les accueillit sans grand enthousiasme. Ils restèrent debout dans le salon, tous les fauteuils étant occupés, par du linge ou par des chats, certains d'entre eux posés même sur les piles. Elle était sûre que Billy allait revenir. Il en avait probablement plein le dos du travail de nuit et devait roupiller quelque part pour récupérer.

Avait-il des amis à Niddrie ?

Il n'en avait pas.

Et tout se passait bien à la maison ?

S'ils voulaient savoir s'il y avait d'autres femmes, qui serait assez bête pour aller faire une chose pareille ?

Elle savait qu'on montait un dossier à charge contre Billy ? Est-ce qu'il lui avait paru préoccupé ?

Pourquoi, ils ne le seraient pas, eux ?

Des adresses où ils seraient susceptibles de le retrouver ? Et aussi un exemplaire de sa dernière facture de portable…

Et ce serait tout pour ces messieurs ?

C'est alors que Rebus s'éclaircit la gorge et glissa le nom de Douglas Merchant dans la conversation.

— Oui, et alors ? Vous voulez savoir quoi ?

— Billy est censé lui avoir réglé son compte parce qu'il couchait avec vous.

Bettina lâcha un grognement porcin.

— C'était des conneries, tout ça, juste des bruits qui ont couru, et Billy a vu rouge.

— Alors c'est bien lui qui a tué Douglas Merchant ? intervint Fox.

— Je n'ai pas dit ça, rétorqua-t-elle, le regard peu amène. Billy pouvait se mettre en rogne, mais il n'aurait pas fait de mal à une mouche, c'est bien pour ça que le procès s'est cassé la figure. C'était pas le bon mec dans le box des accusés.

— Et pourtant, il a reconnu qu'il était coupable, il l'a dit à un compagnon de cellule.

— En taule, les mecs racontent tout et n'importe quoi, c'est pas vrai peut-être ? Ils font courir le bruit qu'ils ont descendu quelqu'un, comme ça, les autres taulards leur cherchent moins de crosses.

— Vous avez l'air d'en connaître un bout sur le sujet.

— J'ai passé des années au parloir pour ses beaux yeux, quand il était en prison.

— Si et quand il vous contactera, vous nous le ferez savoir ?

— Vous êtes en tête de ma liste.

— Je ne suis pas tout à fait sûr de vous croire, lui répondit Fox.

Il la remercia malgré tout.

Même topo lorsqu'ils se rendirent au bureau de taxis. La Ford était garée dans l'allée et ils purent y jeter un coup d'œil. Pas trace de dégâts, rien qui indiquerait une éventuelle bagarre.

— Moi, je vois les choses comme ça, leur déclara le patron de Saunders, ses gros bras nus croisés sur la poitrine. Le client n'a pas un rond alors il se tire. Billy lui cavale après, et c'est là qu'il lui arrive un truc. Comme il est pas au mieux de sa forme, il aurait pu s'emmêler les pinceaux et se casser la figure. Autre solution, il s'est retrouvé pris dans une embuscade.

Il haussa les épaules, à croire que ce genre d'incident était inscrit en toutes lettres dans le contrat d'embauche.

De retour dans la Saab, Fox demanda à Rebus si le moment était venu d'aller tenter leur chance au Gimlet.

— Je pense que vous êtes prêt, dit Rebus en démarrant. L'endroit était naguère la propriété d'une brute du nom de Frank Hammel. Un lieu de passage obligé quand on cherchait une télé ou une chaîné hi-fi volées.

— Où est-il aujourd'hui ?

— Hammel n'est plus dans la partie.

— À vous entendre, on croirait presque que quelqu'un lui a forcé la main.

— On pourrait dire ça…

Une fois arrivés à destination, Fox voulut entrer le premier, mais Rebus posa une main sur son bras.

— Petit changement de plan – vaudrait peut-être mieux que je parle d'abord.

Il avait déjà été reconnu, non par la jeune femme tatouée derrière le comptoir, mais par le jeune homme bien habillé assis sur un tabouret en face d'elle, qui interrompit sa conversation en les voyant entrer.

— Darryl Christie, dit-il.

— Monsieur Rebus.

Christie ne bougea pas de son siège et le regarda de la tête aux pieds.

— Je peux faire quelque chose pour vous ?

Ignorant la question, Rebus se tourna vers Fox.

— Ce jeune morveux tout maigrichon est la raison pour laquelle Frank Hammel a lâché cet endroit en même temps que beaucoup d'autres du même acabit. Je sais ce que vous pensez, il a tout juste l'air d'avoir quitté les bancs de l'école, mais ne vous y fiez pas.

Comme pour appuyer l'argument, Christie passa la main sur les boutons d'acné qui grêlaient son menton et sourit de toutes ses dents, dont quelques-unes semblaient toujours de lait. Rebus balaya la salle du regard à la recherche d'éventuels gros bras.

— Vos gars ne sont pas là pour veiller sur vous ? À moins que le vieux dans le coin avec son petit verre de rhum ne soit passé maître dans l'art du déguisement.

— La ville est calme et plaisante, monsieur Rebus. Et le personnel revient cher.

— Auriez-vous par hasard été présent hier soir, monsieur Christie ? l'interrompit Fox. Vers 20 h 45 un de vos clients a appelé un taxi. Nous essayons d'en retrouver le chauffeur.

— Demandez plutôt à Lavinia, lui conseilla Christie en montrant la barmaid.

— Je ne travaille que de jour, rectifia l'intéressée.

— En effet, dit Christie en se reprochant son erreur d'un *tsst* du bout des dents. Ça devait être Colin ou Johnny, alors.

— Plus aussi le portier ? demanda Rebus.

— Très certainement Deano, dit Christie après réflexion. Vous pensez qu'il a pu repérer le taxi ? Et c'est quoi, le problème avec le chauffeur ?

— Cela ne vous concerne pas, monsieur Christie, dit Fox, presque sur un ton d'excuse.

— Vous me plaisez bien, lui déclara le jeunot. Vous avez la bonne attitude – il est probable que vous ne copinez pas avec Rebus depuis assez longtemps. Et parce que vous avez fait bonne impression…

Il sortit son portable et passa trois coups de fil : un à chaque barman, un au portier. Négatifs sur toute la ligne.

— Personne n'a rien vu, annonça-t-il, un mince sourire aux lèvres.

— C'est fou ce que ça me surprend, maugréa Rebus entre ses dents.

— Qui sait, si vous aviez l'obligeance de me confier quelques informations supplémentaires…

Christie s'adressait à Fox déjà prêt à répondre, bouche entrouverte, lorsque la voix de Rebus claqua sèchement :

— Ne lui dites rien du tout. Nous ferons ça à la dure. Ce n'est pas comme s'il me devait quelque chose…

— Parce vous avez mis Kenny Magrath au trou ? demanda aussitôt Christie en descendant de son tabouret. Pour ça, je suis censé vous remercier ?

Mais Rebus lui avait déjà tourné le dos, sa main sur le bras de Fox.

— On y va, lui dit-il.

Une fois dehors, il monta dans sa voiture, claqua violemment sa portière et étrangla le volant entre ses deux poings.

— Un petit passif, tous les deux ? devina Fox.

— Annette McKie était sa sœur. Elle a été tuée par Kenny Magrath et j'ai expédié le mec en prison.

— Et Christie ne vous doit rien ?

— Parce qu'il voulait se faire Magrath – probable que ce soit encore le cas.

Fox acquiesça, il avait compris.

— Peut-être que si j'étais entré tout seul…

— Il vous aurait joué le même jeu. Vous avez entendu son ton de voix quand il a appelé ses gars ? Pas question après ça qu'ils nous révèlent le moindre détail significatif. Il ne voulait rien nous dire.

— Vous croyez qu'il a quelque chose à voir dans la disparition de Saunders ?

— J'aimerais bien, dit Rebus, l'œil méchant rivé à la devanture peu engageante du pub.

— Mais vous êtes sûr du contraire, ce qui nous ramène à notre point de départ.

— Nous faisons ça à la dure désormais, je vous l'ai dit.

— Et ça signifie quoi ?

— Ça signifie que nous déposons une requête afin de pouvoir vérifier les coups de téléphone de Saunders.

— Après quoi, on attend en se roulant les pouces ?

— Qu'en pensez-vous ?

— Je crois qu'il serait bon d'aller à Glasgow et de nous inviter à un petit entretien avec un homme d'affaires bénéficiant de tas de relations qui a pour nom Stefan Gilmour.

— Bingo, dit Rebus.

Fox jeta un dernier regard au Gimlet.

— Je dois vraiment vous croire quand vous me dites que ce gamin est bien une pointure de la pègre dans cette ville ?

— Le monde change, Malcolm. Dehors les vieux, place aux jeunes, comme on dit.

— Sauf vous, cela va de soi. L'exception qui confirme la règle, naturellement ?

— Naturellement, confirma Rebus en mettant le moteur en marche.

— Ai-je besoin d'un avocat ?

— Aucune accusation ne pèse sur vous, monsieur Traynor. On ne vous a pas lu vos droits.

Ralph et Clarke avaient conduit Owen Traynor, en costume mais sans cravate, dans un tout petit bureau à peu près rangé au premier étage de Torphichen Place. Derrière la porte résonnaient les bruits de pas des membres de l'unité des Crimes graves qui, sous le prétexte d'emprunter le couloir, essayaient en réalité de surprendre quelques bribes de la conversation.

— Passer au milieu de tout ce beau monde quand je suis arrivé, c'était déjà une punition, protesta-t-il. S'il s'agit de l'accident de Jessica…

— En un certain sens, vous ne vous trompez pas, l'interrompit Ralph. L'inspecteur Clarke me dit que votre fille se remet bien ?

Traynor acquiesça.

— Mais il reste toujours des points à éclaircir sur les causes de cette collision.

— Elle a dérapé sur une plaque de verglas ou quelque chose comme ça.

— Donc, c'était bien elle au volant ?

— C'est ce qui se raconte.

— L'expression ne manque pas d'intérêt, intervint Clarke. J'ai le sentiment que vous n'êtes pas tout à fait convaincu par la version de votre fille.

— La faute en revient à votre ami Rebus – c'est lui qui a cherché midi à quatorze heures. Résultat, il a tout embrouillé en faisant de Forbes McCuskey un suspect possible. Après quoi, il est venu me demander si j'avais quelque chose à voir dans le cambriolage au domicile de ses parents.

— Et c'est le cas ?

Traynor la fusilla du regard.

— Je savais bien que c'était pour ça, grommela-t-il. Vous ne savez plus où donner de la tête et il vous faut un suspect, alors la première tronche venue fera l'affaire pour porter le chapeau – n'importe laquelle !

— Nous nous intéressons simplement à cette coïncidence, monsieur Traynor, expliqua l'inspecteur-chef Ralph, tout calme et raison.

— Pour autant que je sache, le seul lien entre ces deux événements est le fils, mais ce n'est pas *lui* que je vois sur le gril. Ça ferait mauvaise impression dans les journaux, pas vrai ? Et donc maintenant, au lieu de la sienne, c'est *ma* photo qu'on verra à la une !

— Uniquement pour confirmation, poursuivit Ralph en ignorant son éclat : vous n'avez jamais rencontré Patrick et Bethany McCuskey ? Vous n'êtes jamais allé chez eux ?

— Je ne savais même pas où se situait leur maison avant de voir l'endroit aux informations.

— Et vous ne rendez pas Forbes McCuskey responsable de ce qui est arrivé à Jessica ? ajouta Clarke.

Traynor la fixa d'un regard noir.

— En aucun cas, déclara-t-il, en détournant les yeux, de sorte que Siobhan sut qu'il mentait.

— Je crois savoir que vous avez des amis à la Met ? reprit Nick Ralph en se penchant un peu en arrière.

— Vous n'imaginez pas sur qui on peut tomber quand on joue au golf, répondit Traynor en tirant sur un bouton de manchette.

— Pour autant, vous avez quand même connu quelques désagréments dans le passé ?

— Qui dit ça ?

— Vous avez bien eu des problèmes d'insolvabilité, non ?

— Je suis toujours retombé sur mes pieds et j'ai rebondi.

— Au contraire de certains de vos investisseurs.

— Qu'est-ce que ça vient faire ici ?

— C'est tout simple : le fait est que vous vous emportez facilement.

— Ça ne veut pas dire que je passe mon temps à distribuer des coups aux hommes politiques. D'ailleurs j'ai passé la matinée dans ma chambre d'hôtel, le personnel peut en témoigner.

Traynor regarda les deux inspecteurs tour à tour, comme s'il les mettait au défi de mettre en doute sa parole.

— Donc, vous perdez votre temps – et plus important, vous me faites perdre le mien.

— Appréciez-vous Forbes McCuskey ? demanda Clarke dans le silence.

— Il paraît bien, ce petit.

— Et s'il s'avère que c'est bien lui le responsable de l'accident, au lieu de Jessica, et qu'il s'est enfui sans lui porter secours… ?

— Elle dit que ça ne s'est pas passé comme ça.

— Peut-être craignait-elle votre réaction, si vous découvriez la vérité.

Une fois encore, elle eut droit à un regard peu amène, puis Traynor reporta son attention sur Ralph.

— Nous en avons terminé ? lui demanda-t-il.

— À moins que vous ne vouliez ajouter quelque chose.

— Rien du tout.

Olivia Webster fut appelée afin de raccompagner le visiteur. Clarke et Ralph se postèrent dans le couloir pour surveiller son départ.

— Je n'aimerais pas prendre ce monsieur à rebrousse-poil, reconnut Nick Ralph. D'un autre côté, je n'ai rien vu chez lui qui pourrait suggérer qu'une effraction de domicile soit dans son style.

Il se frotta le menton d'un air songeur.

— Du nouveau à propos des objets volés ?

— Rien encore.

Un agent apparut dans l'embrasure d'une porte, cherchant à attirer l'attention de l'inspecteur-chef.

— Un appel du bureau du Premier ministre, dit-il.

— Magnifique, marmonna Ralph en s'éloignant dans le couloir d'un pas martial.

12

Rebus et Fox avaient rejoint les faubourgs de Glasgow en bénissant le GPS du portable de ce dernier. La télévision du café qu'ils avaient choisi diffusait, sur la chaîne d'informations, un reportage enregistré devant le poste de police.

— Je n'ai jamais réussi à me dépêtrer des routes par ici, lui disait Fox quand on lui apporta sa soupe écossaise épaisse.

— Bienvenue au club.

Rebus se recula un peu pour permettre au serveur de placer sa tourte à la viande devant lui et constata qu'elle était servie avec un accompagnement de frites et de salade, sans oublier le petit pain rond avec le beurre.

— Aidez-moi, gémit-il. C'est trop.

— Vous assumez, mon gars, répondit Fox en glissant sa serviette dans sa ceinture avant de jeter un coup d'œil à l'horloge au mur et d'ajouter : Et vous disposez d'environ vingt minutes avant qu'on lève le camp.

Après quoi, cuillère en main, il attaqua sa soupe.

— Aviez-vous toujours pensé finir aux Plaintes ? demanda Rebus.

— C'est le cas de beaucoup d'entre nous, vous croyez ?

— Peut-être pas, mais vous me semblez particulièrement doué pour ce travail – à en juger par le nombre de flics qui vous détestent.

— Vous compris ?

— Peut-être moins qu'avant.

Fox ajouta un peu de poivre blanc à sa soupe.

— Il faut que quelqu'un s'assure que nous ne prenons pas de libertés – le jeu de mots est voulu.

— Et il a déjà souvent servi, je n'en doute pas une seconde. Mais maintenant que nous nous connaissons un peu mieux, si vous deviez m'alpaguer, vous en sentiriez-vous plus mal ?

— Peut-être, reconnut Fox en relevant les yeux de son assiette.

— Mais vous m'épingleriez malgré tout, c'est ça ?

— Si besoin, oui.

— Quel foutu boulot quand même. Imaginons que je me sois trouvé face à un couillon quelconque refusant obstinément de passer aux aveux… et voilà qu'il finit par cracher le morceau, sauf qu'en cours de route, j'ai été obligé de commettre une ou deux indélicatesses en ne suivant pas la procédure à la lettre…

Fox sourit.

— Vous croyez vraiment que ça vous place du côté des anges ?

— Pas vous ?

— Je ne me contente pas d'additionner deux et deux, John. Chaque situation est différente et les circonstances sont prises en compte.

— Ça me paraît pourtant bien un baratin de comptable, tout ça, répondit Rebus, souriant lui aussi.

Fox consulta à nouveau l'horloge.

— Vous ne pensez pas que Stefan nous accorderait volontiers un peu de marge avec l'horaire ? lui demanda Rebus.

— Vous le feriez, à sa place ?

— Excellent argument, fut-il bien obligé d'admettre en se replongeant dans sa tourte à la viande.

— Hé, regardez !

Fox lui montrait l'écran. Devant le poste de Torphichen, les journalistes commençaient à s'agiter en voyant qu'un homme essayait de les contourner pour entrer dans l'immeuble. Le plan de coupe suivant montra le même individu quittant le bâtiment, tandis que le commentateur expliquait qu'il s'agissait de « l'homme d'affaires Owen Traynor, vivant au sud-ouest de Londres, dont la fille Jessica est la petite amie du fils de Patrick McCuskey »…

— Un point pour toi, Siobhan, marmonna Rebus à mi-voix, avant de renoncer au reste de sa tourte pour s'attaquer à ses frites.

L'hôtel de trois étages, tout chrome et verre fumé, était situé à proximité de la M8 et de la M74, un endroit où les commerciaux pouvaient aisément s'arrêter pour leurs réunions, un repas ou une nuit. Stefan Gilmour et son associé, l'ex-footballeur Barney Frewin, l'avaient construit sur un terrain vierge et il n'était ouvert que depuis trois semaines. Dans le hall d'entrée, un mur présentait une série de photos encadrées des invités à la soirée d'inauguration officielle, y compris Frewin et plusieurs de ses potes footballeurs, passés et présents, plus la petite amie de Gilmour et quelques-uns de ses copains du show-business.

— C'est toujours une beauté, reconnut Fox, avant d'ajouter, en sentant le regard de Rebus sur lui : j'avais l'habitude de la voir à la télé…

Ils étaient sur le point de s'annoncer à la réception lorsque Stefan Gilmour en personne s'avança vers eux, en saluant Rebus de la voix. Les deux hommes se serrèrent la main et Rebus présenta Fox.

— Essayons de faire vite, dit Gilmour sans préambule, l'air impatient.

Il était en manche de chemise. Il appela l'ascenseur et, après un aller-retour de sa carte-clé dans la fente, appuya sur le bouton marqué PH.

— Penthouse, expliqua-t-il. La suite avec terrasse. Elle est libre aujourd'hui, alors autant en profiter.

Les portes coulissèrent et ils se retrouvèrent dans une entrée privée dont les portes ouvraient sur un salon, une salle de bains et une chambre. Les baies vitrées, du sol au plafond, étaient censées offrir une vue imprenable sur le centre de Glasgow et les collines au-delà, mais tout ce qu'en vit Rebus se limita à des autoroutes et à des zones industrielles.

— Impressionnant, dit Fox tandis que Gilmour s'installait sur un des canapés, bras étirés sur le rebord du dossier.

— Je viens de voir Owen Traynor à la télé, dit-il. C'est quoi, le problème ?

— Tu le connais ? demanda Rebus.

— On avait pour projet de bâtir ensemble un hôtel à Croydon ; ça ne s'est jamais concrétisé, mais

Traynor faisait partie du groupe de promoteurs. Et voilà qu'il apparaît à Édimbourg comme un cheveu sur la soupe…

— Il est originaire de Croydon, dit Rebus.

— D'où sa présence dans le groupe, il pouvait nous être utile, John.

— Aussi passionnant que cela soit, intervint Fox, ce n'est pas la raison de notre présence.

— Alors pourquoi êtes-vous ici ? demanda Gilmour en croisant les jambes.

Rebus resta debout près d'une fenêtre tandis que Fox choisissait le fauteuil.

— C'est à propos de Billy Saunders, dit Fox.

— Je sais, c'était idiot de ma part de lui téléphoner, dit Gilmour, les bras toujours étirés, en levant les mains en signe d'excuse.

— Comment as-tu eu son numéro de téléphone ? lui demanda Rebus.

— Le mec conduit un taxi, John, tu crois vraiment que j'ai dû me démener pour le trouver ?

— De l'argent a peut-être changé de mains, non ?

— Pas de commentaire.

— Eh bien, l'interrompit Fox, vous daignerez peut-être nous « commenter » la soudaine disparition de M. Saunders ?

Gilmour eut l'air de tomber de haut.

— Sa voiture a été retrouvée abandonnée dans une friche industrielle, expliqua Rebus. Juste au moment où le procureur général se préparait à l'interroger plus en détail.

— Holà ! attendez ! dit Gilmour en se penchant en avant, les coudes sur les genoux, les mains serrées.

Vous n'allez pas me rendre responsable, *moi*, de ce qui lui est arrivé !

— Que lui avez-vous dit exactement ? voulut savoir Fox.

— Je voulais juste savoir…

Il s'interrompit, fixant Fox d'un œil circonspect.

— Je ne suis plus flic, et ça fait trente ans. Rien ne m'empêche de demander à cet homme ce qu'il se préparait à répondre dans le cadre d'une enquête officielle.

— Demander plutôt que menacer ?

— Les menaces, ce n'est pas mon style.

Gilmour se remit debout d'un bond, montra Fox du doigt et posa sa question à Rebus :

— Comment fais-tu pour traîner tes guêtres avec cette raclure de bidet ?

— Donc tu as demandé à Saunders ce qu'il allait déclarer au procureur ?

À moins d'un mètre de son ancien collègue, Gilmour finit par acquiescer sans rien dire.

— Et alors ? l'incita à poursuivre Rebus.

— Alors rien du tout, il a refusé de me parler. Je doute que notre petite conversation ait duré plus de vingt secondes. (Un temps de réflexion.) Je parierais que vous avez demandé à voir la liste de ses appels téléphoniques. Jetez-y un coup d'œil, vous verrez que je ne mens pas.

— Tu l'as rappelé ?

— J'ai essayé, mais il a refusé de prendre la communication.

— Et à aucun moment, vous n'avez tenté de lui proposer de quoi le motiver dans le bon sens ? ajouta Fox depuis son fauteuil.

— Un pot-de-vin, c'est bien ça ? (Gilmour secoua la tête.) Je vais vous dire ce que je crois, moi. Je crois que vous lui avez fichu la trouille. Trente ans après les faits, voilà soudain qu'il se retrouve une nouvelle fois dans le box des accusés. À sa place, j'aurais probablement fait comme lui, j'aurais fichu le camp.

— Malgré tout, monsieur Gilmour, intervint Fox, ça ne va pas être facile pour vous. Vous possédez tout ça, aujourd'hui, dit-il en montrant du geste la pièce et les alentours. Ce que vous avez fait autrefois, dans votre esprit, c'est du passé, point final. Votre vie désormais, c'est ça, à moins que Saunders ne se présente à la barre et révèle au monde quel genre d'individu vous étiez.

— Un bon flic, voilà ce que j'étais, le genre à risquer sa peau et sa réputation, le genre de flic dont le public sait qu'il lui garantit des nuits un peu plus sûres.

Gilmour alla se planter devant le fauteuil de Fox.

— Alors que j'entends dire à votre sujet que vous n'avez jamais réussi à être à la hauteur de la tâche au CID, que vous avez quasiment dû vous mettre à genoux, nom de Dieu, et supplier qu'on vous affecte aux Plaintes.

Fox se releva lentement, les joues empourprées.

— Vous savez que nous n'en resterons pas là ? L'enquête peut se poursuivre, avec ou sans Billy Saunders. Et je vais continuer personnellement à décortiquer votre petite bande jusqu'à son dernier membre.

— Il parle de nous, John, là, lança Gilmour à Rebus.

— Mais vous serez ma priorité, ajouta Fox comme s'il se sentait obligé de mettre les points sur les *i*.

Saunders était votre indic et je suis d'avis que c'est vous qui lui avez sauvé la mise. Que vous ayez reçu de l'aide pour ça n'entre pas en ligne de compte.

— Douglas Merchant était une ordure qui n'a eu que ce qu'il méritait. On devrait nous donner des médailles, au lieu de nous menacer d'aller en taule.

— Continuez donc à vous en persuader, lui conseilla Fox. Plus vous vous le répéterez, votre ami Paterson et vous, moins vous en serez convaincus.

— En avons-nous terminé ? Parce que je n'ai rien entendu qui risque de m'empêcher de dormir, ne serait-ce que cinq minutes. Billy Saunders peut raconter ce qu'il veut, ce sera sa parole contre celle du CID de Summerhall. Vous n'aurez droit qu'à des bruits de couloir, rien d'autre.

Gilmour releva le menton, presque pied à pied avec Fox. Fox se préparait à répliquer quand les portes de l'ascenseur se mirent à vibrer avant de s'ouvrir.

— Tu es là, mon grand ? (Une voix de femme, un peu chantante.) À la réception, on m'a dit de monter et d'attendre…

Elle entra dans la pièce et s'immobilisa, la bouche ouverte en un *o* parfait.

— Votre rendez-vous suivant, je présume ? demanda Fox sans quitter Gilmour des yeux.

— Je crois qu'il est grand temps que vous sortiez d'ici, répondit Gilmour, la voix glaciale.

La femme était jeune peut-être vingt-cinq ans. Fausse rousse, en manteau court qui cachait très certainement une robe plus courte encore. Rebus crut l'avoir vue sur l'une des photos de l'entrée, enlacée par un bras de footballeur. Son parfum envahissait la pièce, en chassant tout l'oxygène.

— Nous partons, déclara Rebus en se dirigeant vers la sortie.

Gilmour détourna la tête, évitant tout contact visuel, mais ce n'était pas un problème, et si Fox lui lança une dernière pique en guise d'au revoir, Rebus ne l'entendit pas. Les deux hommes se tenaient côte à côte alors que les portes de l'ascenseur se refermaient et commencèrent à descendre. Pas un mot ne fut échangé jusqu'à ce que Rebus s'arrête devant les photos du jour de l'inauguration et vérifie qu'il avait vu juste.

— Tromper une femme comme ça, lui confia Fox en secouant la tête, le bout d'un doigt sur le visage de l'amie de Gilmour.

Dans la suite-terrasse, Gilmour reçut un appel. Il allait le refuser quand il lut le nom sur l'écran.

— Je suis à toi dans une minute, aboya-t-il à la nouvelle venue en battant en retraite dans la salle de bains. Ça fait un bail.

— Tu en as mis du temps avant de décrocher.

— Je n'ai pas une minute à moi. Que puis-je pour toi ?

— J'ai besoin d'un service. Connaîtrais-tu encore du monde dans la police d'Édimbourg ?

— Possible.

— J'aurais bien besoin d'un visage amical.

— C'est à quel sujet, Owen ?

— Je tiens à savoir ce qui s'est réellement passé le soir où Jessica a eu son accident de voiture.

— Éclaire ma lanterne.

— C'est ma fille, Stefan. Sa voiture a quitté la route et les flics semblent croire que c'est son petit copain qui était au volant. Et juste après ça, son père se fait attaquer à son domicile et c'est moi qu'ils convoquent pour interrogatoire.

— Le père en question, c'est Pat McCuskey ?

— J'ai juste besoin de quelqu'un qui me tiendra au courant de l'avancement de l'enquête.

— Le meilleur gars que je puisse te proposer, c'est un nommé John Rebus.

— N'importe qui sauf ce salopard ! grogna Traynor, toutes dents dehors.

— Tu l'as donc rencontré, c'est ça ?

— Suffisamment pour avoir envie de le gifler. Alors tu vas pouvoir m'aider ?

— Je n'en suis pas sûr.

— T'étais déjà un petit fumier dans le temps, Stefan, et tu l'es resté.

— Je suppose que je peux toujours demander autour de moi, tirer quelques ficelles.

— N'en fais pas trop, surtout ! Appelle-moi quand tu auras du neuf, dit-il avant de raccrocher.

Gilmour contempla le téléphone muet.

— Inutile de me remercier, le sermonna-t-il.

Il entendit sa visiteuse mettre de la musique dans le salon, mais au lieu de la rejoindre, il verrouilla la porte de la salle de bains et s'assit sur le couvercle des toilettes, la tête entre les mains, à se demander comment résoudre le problème Billy Saunders.

Lorsque son téléphone sonna ce soir-là, Rebus sut d'avance qui l'appelait. La tourte à la viande lui plombait toujours l'estomac comme un bloc compact et il s'était décidé pour un dîner liquide sous la forme de deux bouteilles de bière IPA. Il entamait la seconde quand il décrocha.

— Je voudrais te présenter mes excuses, dit Stefan Gilmour.

— Pour quoi ?

— Ce n'est pas ce que tu crois, John.

— Est-elle à ranger dans la catégorie des WAGs[1], les épouses et petites amies des sportifs, celles dont je lis les exploits encadrés de rouge dans les tabloïds ?

— Elle a un talent certain pour se faire inviter un peu partout.

— Avec moi, ton secret est à l'abri.

Silence sur la ligne.

— Je suis sérieux, dit Rebus. En revanche, je ne te garantis rien du côté de Fox.

Il entendit Gilmour inspirer brièvement, dents serrées.

— J'ai besoin de savoir dans quel camp tu es, John.

— Ouais, par les temps qui courent, c'est apparemment la question qui est sur toutes les lèvres.

— Je n'arrive pas à croire que tu voudrais voir un résidu de fange comme Fox me cisailler les pattes.

C'était un constat plus qu'une question.

— Un peu de confiance ne serait pas de trop, rétorqua Rebus. Et ça pourrait aider. Alors, si tu me disais quel genre de prise Saunders avait sur toi ? Tu comprends, je pense que c'est ça, la raison du coup de fil que tu lui as passé – peut-être pour lui dire que

1. Wife and Girlfriends.

ce n'était plus à l'ordre du jour, ou alors c'est toi qui avais quelque chose sur lui.

— Il n'y a jamais eu de « prise » d'aucune sorte, John.

— Je crois que tu mens.

— Alors, il n'y a plus grand-chose à ajouter. Et il est probablement inutile aussi que je te demande d'intercéder auprès de ton nouvel ami Fox ?

— Tu veux dire, lui demander d'oublier la WAG ?

— Ce serait l'affaire d'une caisse ou deux de pur malt – tu prends toujours un petit whisky de temps à autre, non ?

— Tu ne peux pas acheter tout le monde, Stefan. Et si tu me considérais comme ton ami, tu n'aurais même pas éprouvé le besoin d'essayer…

— Bien envoyé, dit Gilmour, comme s'il baissait les bras. Je pense simplement que c'est de la folie de gaspiller du temps et de l'argent sur une affaire qui n'aboutira à rien. Et même si elle passait en jugement, cela ne servirait qu'à une chose, redonner un peu de bouffant aux plumes d'Elinor Macari. Parce que pour elle, c'est une question d'ego d'abord et avant tout – sa manière à elle de dire au monde qu'elle avait raison de réintroduire la clause de double inculpation. Rien à voir avec la justice, John… nous sommes juste les pions que nous avons toujours été, rien de changé de ce côté-là.

— Aujourd'hui Stefan, tu n'es plus vraiment un pion à proprement parler.

— Mais c'est pourtant ce qu'elle veut faire de moi. Et tu sais pourquoi ? À cause de la campagne pour le non. Elle doit sa nomination au SNP[1] dont elle a toujours été une fidèle. Et voilà que soudain se présente à elle l'occasion de décocher quelques flèches à la personnalité en vue de la campagne pour le non.

— Toi, en l'occurrence.

— Qui d'autre !

— T'a-t-on demandé de commenter le décès de Pat McCuskey ?

Gilmour parut déconcerté par le changement de sujet.

— Oui, finit-il par reconnaître.

— Tu as dû en découdre avec lui lors des débats publics, non ?

— Tout le temps. Mais c'est un mec adorable. Une fois le débat terminé, il était toujours partant pour un verre en privé et une partie de rigolade.

— Tu sembles l'avoir bien connu, dis-moi. Sa famille aussi ?

— Les familles étaient tenues en dehors de ça… Mais j'ai effectivement rencontré Bethany à deux ou trois reprises.

— Tu lui as envoyé tes condoléances ?

— Naturellement. Et je suis d'avis que c'est là-dessus que la police devrait concentrer ses efforts, et non pas sur des individus du genre de Billy Saunders.

— Vois-tu une seule raison qui expliquerait pourquoi on voudrait attaquer McCuskey ? demanda Rebus.

— C'était bien un cambriolage, non ?

— Nous n'en sommes pas sûrs à cent pour cent.

---

1. Scottish National Party.

Gilmour resta quelques instants plongé dans ses réflexions.

— Mais tu ne penses pas sérieusement qu'Owen Traynor risque de devenir le suspect numéro un ?

— Nous n'éliminons rien pour l'instant.

— Pénétrer par effraction chez quelqu'un et claquer le père à cause et à la place du fils ?

— Il est déjà arrivé des choses plus étranges, répondit Rebus. Donc, dis-moi ce que tu penses de McCuskey ?

— Comme je t'ai dit, c'était un mec chouette.

— Pas de squelettes dans ses placards ?

— Aucun qui me vienne à l'esprit… Dis-moi, le jour du vote, tu as l'intention de mettre ta croix dans la case indépendance, John ? Si la campagne pour le oui met la main sur Susanna…

— Ton invitée dans le penthouse ?

— Je saurai que ça ne peut venir que de toi ou de Fox.

— Et aussi de la personne de la réception qui l'a laissée prendre l'ascenseur sans vérifier ? Elle a toujours un boulot ou elle n'est déjà plus là ? Parce que si tu l'as virée, il faudra ajouter son nom à ta liste. C'est comme ça que ça se passe, Stefan, dès qu'on commence à mentir, à tricher et à faire ses coups en douce – ça finit par demander beaucoup de travail, mine de rien.

— Et chez toi, John, pas de squelettes dans ton placard ? glousa amèrement Gilmour. Il t'en faudrait un de très grande taille pour pouvoir tous les stocker.

La ligne fut coupée, Gilmour tenait apparemment à avoir le dernier mot. Rebus sirota sa bière et alla retourner le 33-tours sur la platine. Rory Gallagher : *Sinner Boy*. Il porta un toast au guitariste et s'affala dans son fauteuil pour réfléchir un peu. Avant de saisir son téléphone et d'appeler Clarke.

— Qu'est-ce que tu veux ? le rembarra-t-elle d'emblée.

— Je tombe mal ?

— Je te rappelle dans une demi-heure, dit-elle en raccrochant.

— T'as fait fort ce soir, John, se dit-il à lui-même en portant la bouteille à ses lèvres.

Clarke attendait que Galvin revienne des toilettes du bar de New Town où ils se trouvaient – son choix à elle, son territoire à elle. Ils avaient démarré poliment et Galvin avait paru s'excuser… avant de lever les bras au plafond en lui demandant pour quelles raisons il devrait s'excuser :

— Ce n'est quand même pas moi qui ai appelé les Plaintes !

Après quoi, la scène avait commencé, mais sans jamais un mot plus haut que l'autre, car à New Town, ces choses-là ne se faisaient pas.

Brutalement, il avait repoussé la table, qui l'avait heurtée à la taille au passage, et s'était levé pour soulager un besoin pressant. Ou alors, se dit-elle, pour remettre de l'ordre dans ses idées sans être dérangé. Pendant son absence, elle repensa à la réunion à laquelle elle avait participé un peu plus tôt à Bute House, sur Charlotte Square. Juste Nick Ralph et elle, plus le Premier ministre et un de ses conseillers spéciaux. Sans rien leur proposer à boire, le Premier ministre, avec sa belle cravate décorée de minuscules drapeaux en sautoir, avait aussitôt voulu connaître les derniers développements – même si, de toute évidence, on l'avait tenu informé heure par heure de l'avancement de l'enquête – et exigé « une action rapide et définitive ». Toutes les trente secondes ou à peu près, un membre de son équipe frappait et entrait pour lui tendre des petits morceaux de papier qu'il lisait. Parfois, il hochait la tête, parfois il repliait le bout de papier avant de le glisser dans sa poche. Pas facile comme travail, quand il s'agit de diriger un pays tout en essayant de planifier les choses en fonction d'un avenir dont plus de la moitié de ses concitoyens semblaient ne pas vouloir.

— Rapide et définitive, avait répété le Premier ministre. Montrons au monde ce que la police écossaise est capable de faire maintenant que notre nouveau système est en place.

— Pas tout à fait encore, l'avait corrigé Ralph, fusillé du regard en retour.

Clarke regarda Galvin qui ressortait des toilettes en se frottant les mains, comme pour rassurer son monde : il n'avait pas oublié de les laver. Il regagna la table et, sans même prendre la peine de s'asseoir, secoua la tête lentement, comme si Clarke l'avait déçu, et quitta le bar sans se retourner.

— Connard, dit Clarke à mi-voix.

Elle but une autre gorgée de vin et appela Rebus.

— Désolée pour tout à l'heure, dit-elle.

— Ai-je besoin de savoir ?

— En aucun cas.

— On dirait que tu es dans un pub.

— Toujours aussi futé, je vois.

— Seule ?

— Depuis trente secondes, soupira-t-elle en se frottant les sourcils. Alors que puis-je pour toi, John ?

— J'ai vu Owen Traynor à la télé – c'est bien de l'avoir fait venir au poste, joli travail.

— Le résultat est maigre. On l'a juste mis en rogne, apparemment.

— C'est bon, la rogne. Ça veut dire qu'il ne réfléchit plus.

— En tout cas, on n'a rien tiré de lui. Et toi alors ?

— Billy Saunders s'est fait la malle. Il reste introuvable.

— Intéressant.

— Fox pense que Gilmour lui a peut-être refilé quelques billets pour qu'il aille se faire voir ailleurs.

— Et alors ?

— Stefan nie.

— Et pour ce qui est de toi et de Fox ? Vous n'en êtes pas encore venus aux mains ?

— On se supporte, apparemment… Puis-je me permettre de glisser une autre petite grenade dans ton terrier ?

— Si tu te sens obligé…

— Stefan Gilmour connaissait Pat McCuskey, j'entends par là qu'il le connaissait bien.

— Cela va sans dire, répondit-elle, puis : Tu ne suggères pas… ?

— Bien sûr que non. Mais ça m'a fait réfléchir un moment. Je sais que dès le départ, nous avons éliminé les motifs politiques, mais vue sous un autre angle, la politique écossaise n'a jamais été aussi méchante. Il y a quantité de têtes brûlées en liberté qui nourrissent pour la plupart des tas de griefs et de rancunes. Ton patron ne me semble pas homme à négliger un mobile possible…

— Je lui en ferai part, dit-elle, en se frottant toujours les sourcils.

— Tu es sûre que tu ne veux pas de ma compagnie ?

— Je vais bien, John.

— Un rapport avec ton ami juriste ?

— Je t'ai dit, je vais bien.

— Bon… mais si tu as besoin d'une épaule pour boire…

Elle sourit d'un air fatigué en coupant la communication. Plus de vin, elle n'en voulait plus. Un verre avait suffi pour lui donner des aigreurs d'estomac. Cinq ou dix minutes de marche et elle serait de retour à son appartement. Elle paya l'addition et sortit dans l'air tonique de la nuit, sous un ciel sans nuages. Elle se rappela que Rebus lui avait dit qu'il sillonnait la ville en voiture chaque fois que le sommeil se faisait attendre. Sans vraiment de but précis, à simplement apprécier la balade nocturne et les sensations qu'elle faisait naître. Elle pourrait faire ça. Ou alors se vautrer sur son canapé et suivre un programme quelconque à la télé. Ou avec un bouquin – c'était quand, la dernière fois qu'elle avait ouvert un livre ? Mais comme elle tournait le coin pour s'engager dans sa rue, une portière de voiture s'ouvrit.

— Siobhan ?

Elle tressaillit, jetant des regards à droite et à gauche. Prudence est mère de sûreté. Mais elle reconnut la propriétaire de la voix et se dirigea vers l'Alfa Roméo à la ligne chic.

— Qu'est-ce que vous faites là ? demanda-t-elle.

— À votre avis ?

Le sourire qui accompagnait la question était chaleureux et professionnel. Laura Smith – petite, les cheveux bruns coupés court – était le reporter criminel en chef du journal *The Scotsman* et, depuis les dernières compressions de personnel, la seule et unique représentante de sa catégorie.

— Montez, lui dit-elle.

Avant que Clarke ait pu soulever une quelconque objection, elle avait regagné son volant et refermé sa portière. On entendait la musique de la stéréo mais avec le moteur coupé, l'habitacle s'était refroidi.

— Vous êtes là depuis combien de temps ? voulut savoir Clarke en se glissant à la place du passager.

— Peut-être une demi-heure.

— Vous auriez pu attendre la moitié de la nuit.

— C'est le boulot qui veut ça.

— J'ignorais que vous connaissiez mon adresse.

Voyant Smith hausser un sourcil, elle comprit aussitôt qu'elle venait de dire une ânerie. Une journaliste chargée des affaires criminelles disposait de toutes les ressources nécessaires.

— Vous voulez me poser des questions sur l'affaire McCuskey, comprit Clarke.

— Vous avez convoqué Owen Traynor au poste.

— Difficile de contester vos dons d'observatrice.

— C'est un homme qui a un passé.

— Cela ne fait aucun doute.

Clarke la regarda tambouriner sur son volant du bout des doigts, en rythme avec la musique. Elle ne reconnut pas l'air, un truc qu'elle aurait classé dans la catégorie « disco » si la chose existait encore.

— Et il a une fille prénommée Jessica, poursuivit Smith, qui a bousillé sa Golf il y a tout juste quelques jours de ça. Une belle ligne droite pourtant et malgré ça, elle perd le contrôle de son véhicule.

— Une fois encore, vous êtes si bien informée que c'en est presque effrayant.

— Inutile de vous moquer.

Smith coupa la musique et se tortilla sur son siège pour lui faire face.

— Le petit ami de Jessica s'appelle Forbes McCuskey, dont le père trouve la mort lors d'un cambriolage à son domicile… Ensuite, vous convoquez Owen Traynor au poste pour interrogatoire. Laissez-moi deviner quel aurait pu être son mobile…

— Nous ne faisons que vérifier quelques détails, Laura.

— Je n'en doute pas une seconde. Comment ça s'est passé avec le Premier ministre, à propos ? ajouta Smith, ravie de lire la surprise sur le visage de Clarke. J'ai des espions partout, expliqua-t-elle.

— Il veut qu'on mette la main sur celui qui a fait ça.

— Ça peut se comprendre. Entre-temps, il va devoir se trouver un nouveau visage pour incarner la campagne pour le oui sans qu'on lui reproche de manquer de cœur. Est-ce que Rebus se tient à carreaux ?

— Je ne suis pas sa mère.

— Comment s'est-il débrouillé pour mettre son nez dans l'affaire Saunders ?

— Ne le prenez pas de trop haut, Laura, dit Clarke, l'air mauvaise. Je n'aime pas les arrogants.

— Je suis juste bien informée, pour reprendre votre expression, la corrigea Smith. Vous savez que Gilmour a démissionné de la police à cause de Saunders ? Et le voilà aujourd'hui capitaine du vaisseau amiral du non…

— Vous allez imprimer tout ça ?

Smith réfléchit un instant.

— Quelques vérités bien senties ne seraient pas de trop. Après les conclusions du rapport Leveson[1], les avocats ne se gêneront plus pour rédiger n'importe quoi, même sans confirmation.

— Je suis trop proche de l'enquête, dit Clarke en secouant la tête. Je serais vite la coupable désignée…

— Vous savez que je peux faire en sorte que cela n'arrive pas – tout est dans la manière de présenter les choses.

— Là, pour l'instant, je ne suis pas sûre d'en savoir beaucoup plus que vous, lui rétorqua Clarke.

— Mais le moment viendra où ce sera le cas. Le journal est sans cesse remis à jour en ligne, même si je n'ai que dix minutes d'avance sur la meute, cela signifie que c'est moi qui publie en premier.

Face à Clarke qui secouait obstinément la tête sans en démordre, Smith afficha une moue déçue.

---

1. Du nom du juge de la cour d'appel auquel a été confiée la mission de vérifier les pratiques de la presse après le scandale des notes de frais des députés britanniques et celui des écoutes téléphoniques pratiquées par l'hebdomadaire *News of the World*.

— Je ne suis pas venue les mains vides, lui annonça-t-elle. C'est peut-être important ou ce n'est peut-être rien du tout, mais en gage de ma bonne foi…

— Quoi ? lui demanda Clarke.

— Et vous n'allez pas vous contenter de me planter là et de m'oublier aussi vite ?

— Crachez le morceau.

Smith resta muette quelques secondes avant de prendre une profonde inspiration.

— Le bruit court que Forbes McCuskey est l'intermédiaire indispensable quand on cherche à se procurer des substances illégales de qualité supérieure. Les soirées chic des étudiants de la haute, dans tous ces beaux apparts payés par papa-maman.

— Le fils du ministre de la Justice ?

— Délicieux, non ? Je l'ai entendu de la bouche de deux contacts normalement fiables. J'ai même établi une surveillance – j'avais un photographe avec moi et tout. Mais je ne l'ai jamais pris sur le fait.

— Donc nous parlons là de rumeurs sans preuves ? dit Clarke, toujours sceptique, mais appâtée. Et où se les procure-t-il ?

Smith répondit par un haussement d'épaules.

— Il n'est pas sûr qu'il les trouve à Édimbourg – vous connaissez des dealers qui pourraient refiler leur came à des petits revendeurs ?

— Je vais vérifier.

— Un conseil cependant, c'est un fils qui pleure son père, n'oubliez pas.

— Ça veut dire que vous, vous ne pouvez rien faire de votre côté ?

Smith confirma d'un hochement de tête.

— Sinon, est-ce que je me servirais de ça comme monnaie d'échange ? demanda-t-elle, toujours avec ce même sourire chaleureux et très professionnel.

Le coup de téléphone réveilla Rebus, endormi dans son fauteuil. Il ne reconnut pas le numéro mais décrocha quand même, en se frottant les yeux de sa main libre pour y voir un peu plus clair.

— John Rebus, dit-il.

— Vous devez cesser de harceler mon père !

— Jessica ?

Il alla jusqu'à la platine et releva le bras de lecture. Face 2 de *Beggars Banquet* – comment avait-il pu s'endormir pendant une telle musique ?

— Je ne savais pas que vous aviez mon numéro.

— Vous avez donné votre carte à Forbes.

— C'est vrai.

— Alors écoutez-moi, fichez-lui la paix, une bonne fois pour toutes.

— À Forbes ou à votre père ?

— Papa n'a rien fait – il ne mérite pas ça…

On aurait cru qu'elle luttait pour ne pas éclater en sanglots.

— Est-ce qu'il en rejette la faute sur vous, Jessica ? lui demanda-t-il.

— Bien sûr que non… mais je vois bien que ça le ronge de l'intérieur. On a cité son nom à la télé et maintenant, des tas de gens lui téléphonent.

— Vous êtes toujours à l'hôtel ?

— Je pars demain.

— Vous regagnez votre appartement ? Et que va faire votre père ?

— Il a besoin de retourner à Londres. Et pas besoin de cette épée de Damoclès au-dessus de sa tête.

— Alors dites-moi ce qui s'est passé.

— Qu'est-ce que vous voulez dire ?

— Le soir de l'accident…

Silence, au point qu'il crut un instant qu'elle avait raccroché. Avant d'entendre de la friture sur la ligne, quand elle souffla bruyamment.

— Je ne peux pas. Ils vont me tuer.

— Qui va vous tuer ?

Il lui laissa le temps de répondre, en pure perte.

— Vous êtes la fille d'Owen Traynor, personne ne va vous tuer.

— Je ne peux pas, c'est tout. Alors n'insistez pas.

— Attendez-vous à me voir devant votre porte dès demain. Est-ce que Forbes est impliqué ? Ou peut-être son père ?…

Mais cette fois, elle avait réellement mis fin à la conversation. Il la rappela aussitôt mais n'eut droit qu'à sa messagerie. Il ajouta son numéro à sa liste de contacts avant de tapoter son portable contre sa joue en se repassant leur conversation.

Ils vont me tuer.

C'était qui, *ils*, nom de Dieu ?

Aucune mention de Forbes McCuskey, hormis cette menace plurielle indéfinie. Owen Traynor savait-il ou soupçonnait-il quelque chose ? Si on menaçait sa fille, que ferait-il ? Piquerait-il un coup de colère ? Avait-il des amis qu'il pourrait mettre dans le coup ?

Attendez-vous à me voir à votre porte…

Il se revit tout d'un coup à son entrée au domicile de Dod Blantyre, avec Maggie debout dans l'embrasure, l'air radieuse. Les paroles qu'elle avait prononcées à son intention dans le café. *Comment les choses auraient pu tourner, si je m'étais montrée un peu plus courageuse*. Et celles de Stefan Gilmour : *Et chez* toi, *pas de squelettes dans* ton *placard ?*

Quand on commence à mentir, à tricher, à faire les choses en douce…

Il avait l'impression de nager en plein brouillard : trop de connexions, trop défectueuses, dans un câble effiloché.

Il se prépara un mug de thé, colla *Solid Air* sur la platine et s'affala à nouveau dans son fauteuil, prêt à une longue nuit de cogitation.

JOUR 7

13

— Cette Laura Smith, elle ne serait pas en train de t'embobiner pour mieux t'appâter ?

Rebus s'était installé dans un café de Morrison Street, à mi-chemin entre Torphichen Place et la gare ferroviaire de Haymarket. Un quartier de la ville qu'en temps normal il tâchait d'éviter un maximum, parce que la plupart de ses rues semblaient interdites à la circulation à cause des chantiers du tram. Il avait trouvé la dernière place disponible dans un parking souterrain en bordure de la West Approach Road, et rejoint le snack à pied.

En ce milieu de matinée, on servait en café et petits pains les voyageurs frais débarqués du train. Pas de table à proprement parler, rien qu'une longue étagère près de la fenêtre et une rangée de hauts tabourets étroits. Siobhan Clarke s'était perchée sur l'un d'eux tandis que lui choisissait de rester debout. Il avait ôté le couvercle de son gobelet de café fumant et soufflait dessus tandis que Clarke déchiquetait la mie élastique de son croissant qu'elle enfournait morceau après morceau dans sa bouche.

— C'est possible, lui concéda-t-elle. Mais pourquoi se donner toute cette peine ?

— Et tout ce qu'elle sait se résume à Forbes McCuskey fourguant sa dope à ses potes étudiants ? Nous ne savons pas en quelles quantités ni même s'il s'agit d'herbe ou d'héroïne.

Clarke secoua la tête.

— Je me demande bien ce que je vais pouvoir faire de ça, finit-elle par avouer.

— Tu veux dire : est-ce la peine d'en informer Nick Ralph tel quel, ou est-ce qu'on essaie d'y ajouter quelques détails plus significatifs ?

— Je me demande, dit-elle en vérifiant l'heure sur son portable.

— Conférence de presse ?

Elle hocha la tête.

— Un hôtel de la rue, dans vingt minutes.

— Résultats de l'autopsie ?

— Je crois qu'il faudra attendre un peu. Tu as eu une nuit difficile ?

— Pas particulièrement.

— Est-ce que tu es allé dormir dans ton lit, au moins ?

— Juste à temps pour profiter du concert de l'aube.

Il lui parla du coup de fil de Jessica Traynor.

— Une revente de came qui aurait mal tourné ? proposa Clarke, l'air un peu mieux réveillée.

Sa boisson de choix – un triple expresso – était déjà finie et son genou tressautait.

— Possible, dit Rebus. Tu te souviens du coffre de la bagnole ? Fermé dans les premiers clichés de la scène de l'accident…

— Mais grand ouvert à notre arrivée. Quelqu'un y aurait pris quelque chose ?

— Forbes McCuskey panique et prend la fuite. Avant d'y réfléchir à deux fois, après quoi, il s'attarde dans le coin. Une fois que l'ambulance a emmené Jessica et que la voiture de patrouille est partie…

— Il revient, ouvre le coffre et prend ce qui se trouve à l'intérieur ?

Clarke avait ouvert grand les yeux.

— Et comme il se trouve à proximité de la maison de ses parents, il emporte la drogue là-bas ?

Rebus acquiesça, il avait abouti à la même conclusion.

— Peut-être que les premiers propriétaires voulaient la récupérer – si la vente avait mal tourné ? proposa-t-il.

— Forbes n'est pas là mais ils tombent sur son père ? poursuivit-elle.

— C'est au mieux une devinette, Siobhan, guère plus, l'avertit-il, ayant consacré une moitié de la nuit à mettre en place les pièces du puzzle.

— Nous devons absolument avoir un petit entretien avec Forbes, tu ne crois pas ?

— Il serait peut-être plus facile de commencer par sa petite amie, répondit-il. Elle regagne son appartement aujourd'hui, sans papa dans les parages.

— Ce qui fait d'elle le maillon faible, c'est ça ?

Elle hocha la tête sans paraître tout à fait convaincue et vit qu'il n'y avait plus de queue au comptoir.

— J'ai besoin d'un autre café à emporter.

— Tu es sûre de ça ? dit-il en lui montrant son genou. Tu as la jambe qui tremblote plus que la voix de Neil Young.

— Tu sais qu'il passe à Glasgow – Neil Young, je veux dire ?

— Le 13 juin.

— Tu as ton billet ?

Il fit non de la tête.

— Rien que des places debout.

— Et à ton âge, tu as besoin d'un siège confortable ? conclut-elle en souriant.

— Il y a des choses que je ne supporte pas et pour lesquelles je refuse de me mettre debout, répondit-il. Tu devrais le savoir, depuis le temps…

Il l'accompagna jusqu'à l'hôtel et se cantonna dans le fond de la salle pendant les quelques minutes que dura la présentation de l'inspecteur Nick Ralph. Deux politiciens arrivistes qui avaient pris le train des élections en marche s'étaient apparemment joints à la meute habituelle des journalistes. Il reconnut leurs visages pour les avoir vus lors de débats tardifs à la télé, mais ne gardait pas le moindre souvenir de leurs voix – dans ces cas-là, il coupait systématiquement le son et se passait un disque à la place. Outre leurs portables ou leurs iPad en lieu et place de calepins, ces gens-là donnaient toujours l'impression de mourir d'ennui. Peut-être aspiraient-ils aux feux de la rampe, à un poste d'élu à Westminster ? Il se sentait presque désolé pour eux en ressortant de l'hôtel et regagna sa voiture d'où il appela Fox pour s'assurer que le bureau n'était pas fermé.

— Je me suis dit qu'on pouvait boucler pour la journée, répondit ce dernier. Tout est prêt pour les interrogatoires d'Albert Stout et de Norman Cuttle, ils nous attendent.

— Vous voulez que je leur apporte quelque chose, un cornet auditif ou un sachet de pastilles à la menthe ?

— Ils m'ont paru en pleine forme quand je les ai eus au téléphone.

— Alors où êtes-vous en ce moment ?

— Au bureau d'Elinor Macari. Elle me tient au courant pour Billy Saunders.

— Et alors ?

— C'est le poste de Craigmillar qui mène la danse, sans véritable enthousiasme apparemment.

— Le mec n'a pas disparu depuis assez longtemps, dit Rebus comme pour les justifier.

— Mais Macari leur a quand même expédié un de ses adjoints pour les remuer un peu. Le pauvre gars va devoir leur coller aux basques pendant toute l'enquête.

— La colle était jadis monnaie courante à Craigmillar, se permit d'ajouter Rebus. Ça reniflait à tout va. Alors je vous retrouve chez Macari ?

— Pourquoi pas ?

Pourquoi pas, effectivement, se dit Rebus. Il coupa son portable et tourna à gauche au feu.

Albert Stout habitait seul dans une maison édouardienne avec vue imprenable sur le terrain de golf de Muirfield. Même en l'état, la bâtisse devait valoir son pesant de cacahuètes, sauf que pour la rendre vivable, les nouveaux propriétaires allaient devoir tout rénover de fond en comble. Les radiateurs de chauffage central avaient le même âge que les murs et dégageaient autant de chaleur qu'une vieille allumette Bluebell, une odeur d'humidité persistante imprégnait tout l'intérieur, les cadres des fenêtres partaient en morceaux et les bordures des moquettes étaient moisies. Partout traînaient des livres et des journaux. Stout avait expliqué qu'il rédigeait ses mémoires.

— Le journalisme traditionnel vit ses derniers jours, c'est ma façon de dire salut et bon vent.

— Connaissez-vous Laura Smith ? demanda Rebus.

— Je me suis laissé dire qu'elle faisait plutôt bien son boulot, vu les circonstances.

Traînant des pantoufles, il les conduisit dans le salon. Encore du bazar – courrier non ouvert, boîtes de photographies, assiettes et tasses qui traînaient partout.

— Quelqu'un passe toutes les semaines faire un peu de ménage, s'excusa-t-il.

— Vous n'avez pas d'autre aide ? demanda Fox.

— Le conseil municipal a bien essayé de me trouver une âme sœur, mais je suis trop bien installé dans mes routines. Ils ont quand même fait mettre un dispositif d'appel quelque part, un bouton que je peux presser en cas d'urgence, dit-il en regardant en vain autour de lui pour tenter de le retrouver.

Des taches de gras maculaient son cardigan et son pantalon en velours, et à voir ses bajoues couvertes d'un chaume de barbe, il ne s'était pas rasé depuis plusieurs jours. Ce qui lui restait de cheveux gris partait dans tous les sens, mais l'œil était vif. Lorsqu'ils s'assirent tous les trois, il agita un doigt en direction de Rebus.

— Je me souviens de vous maintenant, dit-il. Vous m'avez offert plus que mon comptant de colonnes au fil des années.

— J'espère que ce n'est pas une façon élégante de me jeter aux orties, rétorqua Rebus. Vous fumez toujours vos deux paquets par jour ?

— Le médecin m'a dit que je devrais arrêter, répondit Stout avec une grimace.

— Nous désirons vous parler d'une affaire précise, intervint Fox qui avait choisi de s'asseoir sur le bord du canapé plutôt que de déplacer les piles de revues dans son dos. Le CID de Summerhall et la mort de Douglas Merchant. Vous avez fait plusieurs articles sur lui…

— Parce que c'était un scandale. Les policiers de l'époque se comportaient comme des petits tyrans. Sans vouloir vous offenser, ajouta-t-il en jetant un coup d'œil à Rebus.

— Je ne le suis pas, lui assura froidement celui-ci.

— Ils rédigeaient de faux aveux, entôlaient des innocents, déposaient de fausses preuves… tout le monde savait ce qui se passait mais on ne pouvait rien y faire.

— Vous voulez parler de la presse ?

— Le procédé était on ne peut plus direct, on offrait un verre à un sergent de permanence ou à un flic du quartier de détention préventive et ils ne se faisaient pas prier pour balancer tous les bruits de couloir. Sauf que les journaux n'en parlaient quasiment jamais ensuite.

— Pour quelle raison ?

Les rédacteurs en chef jetaient ça au panier. Un mec haut placé au QG les contactait par téléphone et l'article passait à la trappe.

— Les rédacteurs en chef étaient de mèche avec les huiles ?

Stout acquiesça et fourra les mains dans les poches de son cardigan.

— Mais les articles que vous avez publiés sur le meurtre de Merchant sont quand même parus dans le *Scotsman*, intervint Fox pour l'inciter à poursuivre.

— Pas tous, je vous le garantis, loin de là. Seulement quelques-uns. Et pas au début mais par la suite, quand tout danger était écarté, vous comprenez ? Un gradé avait déjà démissionné.

— Stefan Gilmour ? dit Fox sans le quitter des yeux.

Le vieil homme hocha la tête.

— Mais ça ne lui a pas fait grand mal au bout du compte, vous ne croyez pas ? grommela Stout. Il serait nommé bientôt chevalier que ça ne m'étonnerait pas.

— Les policiers de Summerhall prétendent que des erreurs ont été commises, sans plus, proposa Fox.

— Absurde, objecta aussi vite Stout. Il fallait protéger Billy Saunders.

— Parce qu'il était l'indic de Stefan Gilmour ? Ou estimez-vous que ça cachait quelque chose ?

— Ça m'a traversé l'esprit. Des hommes comme Saunders, il y en avait des tas à l'époque, la perte d'un indic aurait difficilement pu faire trembler le petit univers de Gilmour.

— Alors dites-moi le fond de votre pensée.

— Avez-vous essayé de lui poser la question, à lui ? dit-il en désignant Rebus du doigt. Il me semble me souvenir que vous étiez à Summerhall en même temps que Gilmour.

— Je suis autant dans le noir que tout le monde, répondit Rebus. Mais il est prévu d'interroger Eamonn Paterson et George Blantyre.

— Sans oublier Gilmour lui-même, naturellement, ajouta Fox.

— Mais pas Frazer Spence, dit doucement Stout. Pauvre petit gars. C'était l'un des miens, vous le saviez ?

— Un de ceux qui acceptaient de se faire payer un verre ? voulut vérifier Fox.

Stout hocha la tête à nouveau.

— Seulement quelques années après l'affaire Merchant, pas avant, mais oui…

Il parut se perdre dans ses pensées l'espace d'un instant.

— Sauf qu'il était réticent à parler de Summerhall. Et il se fermait comme une huître dès qu'il entendait le nom de Merchant.

— Il était au courant de quelque chose ?

— Il avait la trouille. Non, tourmenté serait plus juste, comme si un truc le taraudait sans répit, comme s'il avait fourré ça dans un casier fermé à double tour qu'il ne voulait plus jamais voir s'ouvrir.

— Est-ce que Summerhall figurera dans vos mémoires, monsieur Stout ? demanda Rebus.

Fox parut agacé par son interruption.

— Peut-être sous forme de post-scriptum à publier après ma mort – de cette façon, personne ne pourra plus me poursuivre en justice.

L'œil du vieux journaliste brillait.

— Vous avez travaillé avec Spence, John, disait Fox. Savez-vous pourquoi il avait l'air si « tourmenté » ?

— Aucune idée.

— Personne dans ce poste de police n'était complètement innocent, affirma Stout d'un ton amer, les yeux sur Rebus.

— En revanche, nous savons que les journalistes ont toujours été des parangons de vertu, répliqua celui-ci.

— Un ou deux étaient de vraies ordures, concéda Stout. Mais chez vous autres, c'était devenu une institution, entre le mensonge, les violences et les menaces.

— Vous pouvez parler, espèce de vieux…

— Sergent Rebus, intervint Fox d'une voix plus forte. Il serait peut-être bon que vous alliez prendre l'air.

Ils s'affrontèrent du regard durant quelques secondes, puis Rebus se leva.

— C'est peut-être ce que je vais faire. L'atmosphère commence à devenir un peu trop faux-cul à mon gré. Je vous laisse poursuivre avec ce vieil hypocrite.

Une fois dehors, il arpenta la courte allée gravillonnée, tirant sur sa cigarette comme un forcené. Il se passa bien cinq ou six minutes avant que Fox ne réapparaisse, sans même que Stout ait daigné le raccompagner pour saluer son départ.

— Ça va ? lui demanda Fox.

— Foutu prêcheur de mes deux, commença Rebus. Vous pouvez être sûr que son livre ne manquera pas de mensonges ni de demi-vérités. À l'occasion, Albert Stout ne s'interdisait pas de peloter une dactylo au passage, ou de proposer un deal quand il voulait connaître le nom de l'amant ou de la maîtresse de quelqu'un.

Fox déverrouilla sa Volvo et monta. Rebus regretta de n'avoir pas pris la Saab toujours garée à Chambers

Street. Il attendit quelques secondes de plus, aspirant tout ce qui restait de vie à sa cigarette avant de la jeter et de s'installer à côté de Fox.

— Ça y est, c'est fini ? Vous vous sentez plus léger ? lui dit Fox, pas tout à fait mécontent de le voir aussi remonté.

— On y va et on en reste là, vous voulez bien ?

Fox démarra. Rebus avait déjà remarqué que cet homme ne dépassait jamais tout à fait la vitesse autorisée, se cantonnant à 58 dans une zone à 60, à 44 quand la limite était 45 et la seule fois qu'il lui avait suggéré d'appuyer sur le champignon, Fox avait au contraire levé le pied. Aussi ne dit-il pas un mot sur le trajet de retour vers le centre-ville, direction Colinton et le domicile du professeur Norman Cuttle. Fox mit les infos à la radio et éteignit presque aussitôt.

— Tout ce qu'on entend semble se résumer à un seul et unique sujet, le référendum, rouspéta-t-il. M. Stout s'est montré plutôt intéressant sur ce sujet, après votre départ. Il a consacré tout un chapitre au vote de 1979 et aux années qui ont suivi. Le SNP était au creux de la vague à ce moment-là et quelques-uns de ses membres avaient décidé de reprendre les choses en main. J'ai mené une enquête sur ces gens-là il y a quelques années…

— Une affaire pour les Plaintes ?

— C'est comme ça que tout a débuté. Déjà entendu parler du Dark Harvest Commando, le commando de la Moisson noire ? De la SNLA[1] ? Ils avaient mis la main sur des tas d'armes, envoyé des bombes

1. Scottish National Liberation Army

explosives à des hommes politiques et à la princesse Di. Ils ont même adressé de l'anthrax sous enveloppe au gouvernement de Londres.

— J'en ai un vague souvenir.

— Stout a couvert certains des procès. Un homme intéressant.

— C'est un connard et le fait que vous ne sachiez pas faire la différence est révélateur de celui que vous êtes, si je puis me permettre…

— Pensez-vous qu'il ait dit vrai à propos des rédacteurs en chef qui passaient des articles à la trappe ?

— Ce sera votre nouvelle fouille archéologique – les huiles trop proches des directeurs de journaux ?

— Je partirais du principe qu'ils sont tous morts aujourd'hui.

— Je ne suis pas certain que cela vous arrêterait.

— Ceci est ma dernière mission pour les Normes professionnelles.

— À moins que vous ne puissiez convaincre le procureur général de vous garder en fonction à un poste à déterminer.

— Ce qui pourrait tout aussi bien marcher pour vous, vous savez.

— Comment ça ? demanda Rebus, interloqué, en se tournant vers lui.

— Jusqu'à récemment, vous enquêtiez sur des affaires classées. Si la double inculpation pour un même délit entre en vigueur, les « fouilles archéologiques » ne manqueront pas et il faudra quelqu'un pour les organiser. Quel meilleur candidat qu'un homme ayant l'expérience des affaires classées ?

— Je préfère que mes corps émettent encore un peu de chaleur.

— Votre enterrement, proposa Fox en haussant les épaules.

— Ce qui veut dire ?

— Ce qui veut dire que vous retournerez au CID, mais ce sera une course contre la montre – encore deux ou trois ans et vous serez de nouveau confronté à la barrière de l'âge, bon partant pour une nouvelle retraite. Ce qui serait sans importance si vous travailliez pour le procureur général.

— Je connais beaucoup de flics qui bossent pour des avocats, ce n'est pas la joie, apparemment, à les entendre.

— Ils sont chargés des enquêtes préliminaires, vous voulez dire ? Ce n'est pas de cela que je parle.

— Ce serait la mort, déclara Rebus en remettant la radio en marche.

— Une chose qu'il serait bon de garder pour vous au cours de notre prochaine visite, lui conseilla Fox, tandis que démarrait une chanson des Waterboys.

Le professeur Norman Cuttle était désormais résident permanent dans une maison médicalisée avec vue sur les espaces verts de Colinton Dell et dans la salle de télévision où il se trouvait, un chariot de service proposait thé et biscuits à ses occupants. Il se leva lentement de son fauteuil pour accueillir ses deux visiteurs avant de leur suggérer qu'ils se « retirent » dans le jardin où il y aurait moins de bruit.

Moins de bruit, certes, mais aussi un air plus frisquet. Non que Rebus s'en plaignît : il avait dû quitter manteau et veste dès son entrée dans le hall, où une soignante lui avait expliqué que le thermostat était toujours à fond sinon les résidents se plaignaient. Il se rappelait le bungalow surchauffé à l'atmosphère suffocante de Dod Blantyre, et la pauvre Maggie obligée de s'en échapper pour une bouffée d'air frais.

Le professeur Cuttle avait pris place sur un banc en bois tout neuf et la même soignante lui offrit une couverture de voyage écossaise dont elle lui enveloppa la poitrine et les jambes. Le banc en question portait une plaque identifiant le généreux donateur, un ancien patient de la maison.

Qui y était probablement décédé, présuma Rebus.

Moins souple qu'Albert Stout et beaucoup plus décharné, Cuttle portait un appareil auditif, son crâne presque trop visible sous sa peau veinée de bleu aussi fine qu'une feuille de papier à cigarette. Rebus se souvenait de lui : un homme gentil qui prenait grand soin des cadavres laissés à sa charge et les respectait comme si des membres de la famille du défunt s'étaient rassemblés à son côté. Rebus en revanche ne lui disait plus rien et il s'en excusa auprès de lui.

— Nous ne nous sommes pas vus souvent, le rassura celui-ci. J'ai beaucoup mieux connu votre successeur.

— Le professeur Gates ?

Rebus acquiesça et boutonna son manteau. Une bise froide soufflait du nord et le ciel se chargeait de nuages. Comme Fox et Cuttle s'étaient installés sur le banc, il n'avait nulle place où s'asseoir et se posta sur le côté pour ne pas leur boucher la vue sur les terres et les bois.

— Nous sommes ici pour discuter avec vous de Douglas Merchant, lui rappela Fox pour le sortir de sa léthargie.

— Oui, j'y ai beaucoup réfléchi. On a parlé de lui aux infos à propos de la disparition de Billy Saunders.

— C'est vous qui aviez procédé à son autopsie.

— En compagnie du professeur Donner ; c'était lui, le légiste en chef.

— Je suppose que vous ne vous souvenez pas bien des détails…

Fox ouvrit l'attaché-case qu'il tenait et en sortit une mince chemise en papier kraft qui contenait le rapport d'autopsie.

Cuttle plissa les yeux devant les feuillets, l'air soudain très absorbé.

— Ces pages ont été rédigées par Donner, dit-il. Cette écriture si fine et pourtant parfaitement lisible. J'ignorais qu'on conservait ces papiers-là aussi longtemps.

— Nous avons de la chance que ceux-ci aient survécu, dit Fox.

— Je suis bien d'accord.

— Vous avez témoigné au cours du procès ?

— Oui. Sauf qu'ensuite, le dossier de l'accusation a volé en éclats.

— Pour contamination des pièces à conviction ?

Cuttle acquiesça.

— Le sang de la victime avait bien été retrouvé sur des vêtements que possédait Billy Saunders… Le seul problème, c'est que lesdits vêtements avaient dû probablement être placés dans un sac contenant des articles appartenant à la victime.

— Ce qui impliquait que le sang ait pu passer des uns aux autres ?

— C'est ce qu'on craignait.

— Une erreur de débutant, classique.

Fox observa Cuttle en train de feuilleter les pages de la chemise, y compris des photos du défunt, prises à la fois sur la scène de crime et la table d'autopsie.

— Merchant a été tué dans l'allée derrière le pub où il avait bu ce soir-là, expliqua-t-il. Une heure ou deux auparavant, il s'était violemment pris de bec avec Billy Saunders et celui-ci avait quitté le pub. Il a été appréhendé, ivre et éclaboussé de sang, dans une rue, à huit cents mètres de là. Il a raconté qu'il avait trébuché sur le cadavre et était reparti, complètement horrifié, en titubant tout le long du chemin. Il a aussi déclaré à la police qu'il ignorait totalement que le cadavre était celui de Douglas Merchant.

— Mmm, se contenta de dire Cuttle, en réussissant le tour de force de charger cette simple syllabe d'un scepticisme manifeste. Billy Saunders avait les jointures écorchées et une lèvre explosée, deux séquelles logiques après une bagarre. Plus quelques coupures, résultat des coups qu'il aurait pu recevoir au passage. Les recherches d'ADN n'étaient pas aussi avancées qu'aujourd'hui – nous n'avons jamais réussi à faire correspondre la peau retrouvée sous les ongles des deux protagonistes…

— Mais vous étiez pratiquement certain que Billy Saunders était le coupable ?

— Mmm, répéta Cuttle.

— Et que des policiers du CID de Summerhall l'avaient aidé à échapper à la prison ?

— Je ne peux pas faire de commentaire là-dessus.

Rebus s'éclaircit la gorge.

— Lorsque l'inspecteur Fox vous a demandé si Saunders avait bien commis le meurtre, vous n'avez pas semblé totalement convaincu – ou est-ce que mes oreilles me jouent des tours ?

— Par certains côtés, ses explications se tenaient, mais les gens n'ont pas mis longtemps à s'accorder sur l'évidence la plus manifeste – les deux hommes s'étaient disputés et Merchant couchait avec la femme de Saunders.

Cuttle haussa les épaules et resserra la couverture autour de lui.

— La barre de fer retrouvée sur la scène de crime n'a fourni aucune empreinte utilisable, dit-il.

— On raconte que quelqu'un l'aurait essuyée, le coupa Fox.

— Sans qu'on n'ait jamais rien pu prouver, cependant. Tout ce dont nous parlons en ce moment restera toujours du domaine de l'hypothétique.

— Si Billy Saunders n'est pas le coupable, qui est-ce ? demanda Fox.

— Une question à laquelle seule la police peut répondre, à moins que…

— À moins que ce ne soit la police la responsable, c'est ça ? dit Fox, penché vers le vieillard.

— Cela expliquerait la nécessité de trafiquer les pièces à conviction avec, pour conséquence, un sentiment de culpabilité, parce que personne ne voulait voir un innocent aller en prison pour le crime…

Fox arracha la chemise des mains de Cuttle.

— Pourquoi est-ce que je ne lis aucune de ces réflexions dans ce rapport ?

— Parce que, répondit calmement Cuttle, ce n'est pas moi qui l'ai rédigé.

— Mais vous en aviez pourtant discuté avec le professeur Donner ? Vous lui aviez fait part de vos réserves ?

— C'est bien possible.

— Et c'est lui qui a choisi de les ignorer ?

Nouveau haussement d'épaules de Cuttle.

— À l'époque, nous ne savions plus où donner de la tête à cause de la surcharge de travail : des tas de voyous qu'on retrouvait morts ou qui avaient succombé à leurs blessures ; pas assez de personnel à la morgue – je ne me souviens même plus si c'était à cause des grèves ou des arrêts maladie. Peu de temps après, la morgue a dû fermer, vous savez ? On avait trouvé de l'amiante dans les murs.

Son regard se perdit dans le vide un instant, puis il cligna des yeux et se tourna vers Rebus.

— Est-ce que le professeur Gates est encore de ce monde ?

Rebus fit non de la tête, ajouta :

— Je crois que je vous ai vu à son enterrement – ça ne remonte pas à hier.

— Je ne me rappelle pas. C'est drôle, d'habitude, je me souviens du passé lointain, mais n'essayez pas de me demander ce que j'ai mangé hier soir.

— Il faut que je vous pose une question délicate, professeur, dit Fox, en pressant les paumes de ses mains l'une contre l'autre. Est-ce que quiconque de Summerhall a jamais tenté de faire pression sur vous ?

— Des pressions ?

— Vous demander de changer un détail dans un rapport ou de faire votre possible, en déposant devant le tribunal, pour aider la défense plutôt que l'accusation ?

— Rien de la sorte, dit Cuttle en secouant la tête avec énergie. Jamais rien de la sorte.

Fox insista, en vain, Cuttle continua à nier en secouant la tête si fort que Rebus craignit qu'il ne se blesse.

— Tout va bien ? demanda une voix.

Une nouvelle soignante était apparue dans le jardin. Le soleil n'allait pas tarder à se coucher, la lumière commençait à baisser.

— Ce serait peut-être une bonne idée de rentrer, vous ne pensez pas ? dit-elle.

— Si, répondit le professeur, je le sens bien dans mes vieux os.

Fox et la femme l'aidèrent à se remettre debout.

— Une bonne tasse de thé vous attend à l'intérieur. *Pointless* ne va pas tarder à la télé – vous l'aimez bien ce jeu, non ?

— Vous êtes sûre ?

— Eh bien, nous le saurons bientôt…

Fox et Rebus s'attardèrent près du banc.

— Vous en savez assez ? demanda Rebus.

Fox rangeait la chemise dans sa mallette.

— Vous avez entendu ce que cet homme a dit : il est possible que Saunders n'ait même pas été coupable, déclara-t-il

— C'est une blague ou quoi ? fit Rebus.

— Nous cherchons une raison qui expliquerait pourquoi Gilmour s'est tant démené pour sauver la peau d'un indic. Cette théorie vaut largement toutes celles que j'ai entendues.

— Pourquoi Gilmour irait-il tuer Merchant ? Pourquoi un autre que Billy Saunders irait tuer Merchant ?

— Vous avez raison, ce n'est peut-être pas Stefan Gilmour. Mais un de ses proches, qui sait ?

Rebus leva les yeux au ciel.

— Vous savez quel idiot vous faites de penser une chose pareille ? dit-il.

— Vous aimeriez tant vous en convaincre qu'il est inutile d'en chercher la raison bien loin. Si Gilmour protégeait effectivement quelqu'un, revoilà tous les Saints sur la sellette… y compris vous, John.

Rebus tendit aussitôt le bras, prêt à empoigner le manteau de Fox, mais ce dernier ne manquait pas de réflexes. Il attrapa sa main et la repoussa avant de se mettre en garde, sur la pointe des pieds.

— Vous tenez absolument à faire ça ? lui demanda-t-il. Vous avez vingt ans de plus que moi et vous seriez incapable de remonter les marches des Scotsman Steps si un verre ne vous y attendait pas au sommet.

— Alors que vous, vous êtes en parfaite condition physique, je suppose ?

— Pas nécessairement, John, il me suffit juste d'avoir un tout petit peu plus la pêche que vous…

Rebus prit un moment pour réfléchir avant de sourire d'un air résigné.

— O.K., Action Man, dit-il. Annulez la mission…

— Vous savez qu'à ma place, vous envisageriez les mêmes hypothèses.

— Sauf que je ne voudrais pas être à votre place. Ni dans vos godasses.

— Et pourquoi ? fit Fox en plissant les yeux. Qu'est-ce qu'elles ont, mes godasses ?

— Elles sont marron, répondit Rebus avec un regard aux pompes préférées de Fox. Un truc que j'ai appris de Tonton Frank ?

— Jamais de chaussures marron ?

— Jamais de chaussures marron, confirma Rebus.

— Et c'est qui, Tonton Frank ?

— Frank Zappa, dit-il, avant d'ajouter, devant le visage sans expression de Fox : le musicien.

— Je n'écoute quasiment jamais de musique.

— Encore une faute de goût à porter à votre débit, déclara Rebus en secouant la tête.

Ce soir-là, Rebus et Clarke se donnèrent rendez-vous à Great Greek Street.

— Les résultats de l'autopsie sont arrivés, lui dit-elle. Aucun signe d'agression physique sur McCuskey. Il s'est brisé le crâne contre le coin de la cheminée et l'hémorragie a fait le reste.

— Mais c'est toujours considéré comme un meurtre ?

Elle haussa les épaules.

— Le bureau du procureur n'a pas encore pris de décision. Mais quels que soient les intrus qui ont fait irruption chez lui, ils pourront toujours prétendre pour leur défense qu'il était déjà inconscient à leur arrivée. Il a trébuché et il est tombé, peut-être en entendant la vitre se briser.

Rebus acquiesça.

— Aucune marque sur le corps ?

— Rien de concluant… Tu es prêt ?

Il fit signe que oui et elle pressa la sonnette de l'appartement de Jessica Traynor.

— Oui ? répondit la voix d'Alice Bell.

— C'est l'inspecteur Clarke. Jessica est là ?

— Qu'est-ce que vous lui voulez ?

— Nous voulons lui parler.

— Elle est censée être en convalescence.

— Cela ne prendra que cinq minutes, Alice.

Quelques secondes plus tard, le vibreur retentit, déverrouillant la porte. Clarke ouvrit le battant d'une poussée et attaqua l'escalier tournant, Rebus sur ses talons.

Alice les attendait, plantée sur le seuil. Clarke lui sourit et demanda comment allait Jessica.

— Plutôt pas mal, je suppose.

— Ce n'est pas trop dur pour elle, toutes ces marches ?

— Je doute qu'elle les utilise avant une bonne semaine.

Bell les fit entrer. Jessica – sans sa minerve – était allongée sur le canapé du salon, sa cheville toujours sous strapping, avec la télécommande de la télé, son iPad et son portable à portée de main. Des livres ouverts traînaient sur l'unique table de la pièce, à côté d'un ordinateur portable dont l'écran affichait ce qui ressemblait au premier paragraphe d'une dissertation. Bell s'assit à la table, Clarke et Rebus choisissant de rester debout.

— Si vous pouviez nous accorder une minute avec elle, dit Rebus à Bell.

— Je veux qu'elle soit présente, protesta Jessica.

— Il est toujours préférable de dire certaines choses en privé, l'avertit Rebus, mais elle refusa de la tête.

— Vous vous remettez ? demanda Clarke.

— C'est ce qu'on me dit. Je prends du codamol pour la douleur. Ça me fait planer juste comme il faut.

— Sur ordonnance du médecin ? voulut savoir Rebus. Ou c'est votre petit copain qui vous fournit ?

— C'est censé vouloir dire quoi, ça ?

— Le bruit court qu'il revend des drogues, Jessica, expliqua Clarke.

— Conneries ! aboya Traynor. Qui vous a dit ça ?

— Selon vous, ce ne serait pas vrai ?

— Bien sûr que ce n'est pas vrai, intervint Alice. Nous le saurions sinon, vous ne croyez pas ?

— Probablement, oui, admit Clarke. Mais je pourrais comprendre que vous refusiez de l'admettre.

— Au cas où vous ne le sauriez pas, dit Jessica Traynor, puis-je vous apprendre que le père de Forbes McCuskey vient tout juste de mourir ? Et vous allez le traîner jusqu'à un poste de police et l'accuser d'être un dealer ? Tout ça parce que quelqu'un vous a dévidé un ramassis de conneries ?

Rebus avança d'un pas vers le canapé.

— Lorsque vous m'avez appelé hier soir, Jessica, vous étiez sur le point de me révéler quelque chose. « Ils vont me tuer », avez-vous dit. Comme s'il y avait là-dehors des gens dont vous avez peur, des gens contre lesquels votre père ne peut pas vous protéger.

— Elle vous l'a déjà expliqué, intervint de nouveau Alice en se levant de la table. Elle prend des antalgiques et la moitié du temps, elle ne sait plus ce qu'elle raconte.

Elle alla s'asseoir sur le rebord latéral du canapé, à côté de la tête de Jessica dont elle caressa doucement les cheveux.

— Dans son état, elle ne devrait même pas vous adresser la parole.

Le regard de Rebus ne quittait pas Jessica.

— Qui sont-ils ? lui demanda-t-il. Qui voudra vous punir si vous acceptez de nous parler ? Étaient-ils présents le soir de l'accident ? En veulent-ils également à Forbes ?

— Il est temps que j'en reprenne un, je pense, lui répondit-elle en sortant un flacon de cachets qu'elle gardait sous elle sur le canapé. Tu veux bien aller me chercher un peu d'eau ?

Alice Bell se leva et se dirigea vers la cuisine. Dès qu'elle eut quitté la pièce, Rebus s'approcha de Jessica et s'accroupit devant elle, son visage à quelques centimètres du sien.

— Nous pouvons vous aider, dit-il. Nous sommes peut-être les seuls à pouvoir le faire. Il suffit pour cela que vous nous fassiez confiance.

Malgré ses yeux vitreux, elle l'écoutait.

— Parlez à Forbes, poursuivit-il. Faites-lui savoir que vous êtes de notre côté. Et ensuite, passez-nous un coup de fil…

Il se remettait debout lorsque Alice revint avec un verre à moitié rempli.

— Je crois qu'il est temps que vous partiez, dit-elle avec fermeté.

La sécurité enfant du flacon posant des problèmes à son amie, elle le lui prit des mains et se chargea de l'ouvrir.

— Il faut y aller modérément avec ce genre de choses, lui recommanda Clarke.

— Je vais me gêner, tiens ! répliqua Jessica.

D'une secousse, elle fit tomber trois petits cachets dans sa paume et les glissa d'un coup dans sa bouche avant de prendre le verre et de boire un peu d'eau. Après quoi, elle lâcha un soupir satisfait, reposa la tête sur l'oreiller et ferma les yeux.

— N'en prenez pas trop, l'avertit Clarke.

— Il est temps de partir, répéta Alice Bell en leur montrant la porte.

Siobhan Clarke était allongée sur son propre canapé, un programme de cuisine à la télé et sur son giron un plateau avec un repas micro-ondes, quand le téléphone sonna. C'était Laura Smith qui venait aux nouvelles.

— Le bureau est fermé pour la nuit, lui dit-elle en piquant une fourchette de nourriture.

— J'ai entendu dire que les résultats de l'autopsie n'étaient pas concluants.

— Alors vous en savez autant que moi.

— Vous réussissez vraiment à décompresser ? Chez vous, je veux dire ?

— Je ne ferais pas de vieux os dans ce métier, sinon.

— Ça doit être moi, alors. J'ai l'impression que mes journées de travail sont de plus en plus longues.

— Je vous plains. Le rédacteur en chef vous mène à la trique ?

— Il ne s'agit pas de lui. C'est juste le boulot.

— Alors éteignez votre téléphone et allez marcher, ou voir un film…

— Un coup de pouce du hasard serait le bienvenu. Le tuyau que je vous ai donné, vous en avez tiré quelque chose ?

— Forbes et ses drogues ? Tout le monde nie apparemment.

— Vous me surprenez. Et l'entretien avec Owen Traynor… ?

— Simple routine, rien de plus.

— J'ai un peu discuté avec le service politique, au journal, vous savez qu'il est ami avec Stefan Gilmour, n'est-ce pas ?

— Bien sûr, mentit Clarke, son intérêt soudain éveillé, espérant juste que sa voix ne la trahirait pas. Mais chapeau pour votre service politique, je suis impressionnée.

— Dans la mesure où il est tête d'affiche de la campagne pour le non, les partisans du oui ont un petit dossier sur Gilmour. Le nom de Traynor s'y trouve. Une sorte d'opération financière à risques, il y a quelques années.

— Pas vraiment pertinent, dit Clarke en gribouillant une note rapide en marge de la une de l'*Evening News*.

— On pourrait toujours en tirer un certain capital politique. Maintenant que Pat McCuskey n'est plus là, les gens du oui aimeraient bien dénicher quelques casseroles chez son équivalent dans le camp du non.

— Je n'en doute pas une seconde.

Silence sur la ligne, suivi par un soupir de la journaliste.

— Je gaspille ma salive, n'est-ce pas ?

— C'est la vôtre, Laura. Vous en faites ce que vous voulez.

— Je vous ai donné Forbes McCuskey, ne l'oubliez pas.

— Je ne l'oublierai pas.

Clarke coupa l'appel et confronta le plat affiché sur l'écran avec celui qu'elle avait dans son assiette.

— Ça ne se compare pas, dit-elle, en reprenant une bouchée de son repas du soir.

JOUR 8

14

Nous ne savions plus où donner de la tête… des tas de voyous qu'on retrouvait morts ou qui avaient succombé à leurs blessures. Ces quelques mots du professeur Cuttle lui trottaient toujours dans la tête, aussi, le lendemain matin, Rebus se replongea-t-il dans les dossiers de Summerhall. Malcolm Fox avait été convoqué à une réunion avec Elinor Macari quelque part dans le bâtiment. Dehors, ciel noir et pluie battante. Suspendu à une patère, son manteau s'égouttait et ses chaussures séchaient, posées en équilibre sur un radiateur. Il allait et venait dans le bureau, les chaussettes encore humides, entre boîtes d'archives et registres, à la recherche d'informations pertinentes remontant aux semaines qui avaient conduit au meurtre de Douglas Merchant.

— Je ne vous interromps pas, j'espère ? lui dit Fox à son retour, les mains prises par deux grands gobelets en carton pleins de thé. Je ne me rappelle plus si vous prenez du sucre, ajouta-t-il en sortant quelques sachets de la poche de sa veste.

— Merci, dit Rebus en ôtant le couvercle de son récipient. La machine à café de Macari est en carafe ?

— Je préfère le thé, dit Fox, avant de faire une grimace à la première gorgée, à cause du liquide trop chaud.

— Vous aviez laissé la porte ouverte.

— J'ai peut-être tout simplement oublié de fermer à clé.

— Ou alors vous commencez à me faire confiance, qui sait ?

Fox souffla sur son thé.

— Je vais vous dire, John. Vous teniez absolument à réintégrer la police à n'importe quel prix. On vous a répondu que vous perdriez du grade et vous avez dit d'accord. Chez vous, ce n'est pas une question de statut ; c'est juste le boulot en soi. Est-ce que j'ai raison ?

— Plus ou moins, répondit Rebus. Donc je ne me trompe pas, vous commencez *vraiment* à me faire confiance.

— La confiance, ça marche dans les deux sens, répondit Fox en désignant les piles de dossiers étalées un peu partout. Alors, dites-moi ce qui vous tient aussi occupé.

— J'essaie de reconstituer une chronologie, expliqua Rebus sans plus de précision, avec l'espoir que son flou artistique lui épargnerait de plus amples détails. Que voulait le procureur général ?

— Billy Saunders reste introuvable. Il n'a pas utilisé son portable, mais sa carte a servi à retirer deux cents livres à un distributeur de billets.

— Quand ça ?

— La nuit de sa disparition. Une succursale de la Bank of Scotland à Newington.

— Donc il est toujours en vie et en fuite, ou alors…

— Quelqu'un a pris sa carte de crédit et l'a obligé à lui donner son code.

— Macari penche pour quoi ?

Petit rictus de Fox, presque une grimace.

— Elle veut que Stefan Gilmour soit interrogé officiellement.

— Parce qu'il a eu des mots avec Saunders ?

Fox acquiesça.

— Alors nous le faisons venir au poste ?

— Je serai seul cette fois, plus un de ses adjoints. Gilmour et vous, vous êtes trop proches.

— Merci pour le vote de confiance.

— Mais vous savez que j'ai raison, répondit Fox en reportant son attention sur les dossiers. Rappelez-moi pourquoi nous avons besoin d'une chronologie…

— Je croyais que vous en vouliez une.

— Vraiment ? dit-il, en fronçant les sourcils.

— Je me disais que vous vouliez peut-être me garder occupé, mentit effrontément Rebus.

— Très bien, finit par conclure Fox.

Voyant que Rebus était en chaussettes, il se tourna vers le radiateur.

— Les chaussures marron ont au moins ceci de bien qu'elles ne prennent pas l'eau, ajouta-t-il pour tout commentaire.

Rebus ouvrit un registre et se mit à lire.

Il se rappelait la plupart des enquêtes mais pas toutes. Un incendie criminel à Craigmillar… une série de petits magasins de quartier attaqués par un drogué armé d'une seringue… plusieurs agressions sexuelles en pleine nuit dans les Meadows (sans lien formellement établi entre elles et restées non résolues). Un constable qui n'était pas de service attaqué par une meute de supporters de foot dans un pub de Forrest Road. Un cadavre de clodo découvert à Greyfriars, apparemment tabassé à mort. Des vols avec violences à des distributeurs de billets, des mendiants agressifs, un gang de pickpockets d'Europe de l'Est. Ensuite, le vol de cannabis dans un entrepôt de la police à Dumbiedykes et la voiture volée qui avait servi à défoncer la devanture d'un magasin de spiritueux.

La routine. De quoi ne pas s'ennuyer.

Son propre nom apparaissait de temps à autre, tout comme sa signature, au bas de rapports qu'il avait pu – ou pas – taper à la machine. En comparant le registre des détentions provisoires à celui des suspects arrêtés, il découvrit qu'une moitié inférieure de page avait été arrachée.

Il fit signe à Fox de s'approcher.

— Jetez un œil, qu'on fasse les choses dans les règles, dit-il. C'était comme ça quand je l'ai ouvert.

— J'avais déjà remarqué, répondit Fox en confirmant d'un signe de tête.

La dernière entrée sur la demi-page restante donnait le signalement d'un suspect incarcéré une semaine avant le meurtre de Merchant et la première entrée sur la demi-page suivante était datée du même jour.

— Il manque à peu près quatre heures, dit Fox. Depuis la fin de l'après-midi jusqu'au milieu de la soirée.

— Que s'est-il passé à votre avis ?

— Si l'agent responsable des détenus était encore là, je lui poserais la question.

— Il est décédé ?

— Un certain Magnus Henderson.

— Je me souviens de lui, dit Rebus. Un type rougeaud, toujours le mot pour rire, mais quand il faisait à un gars une clé à la tête, le mec comprenait vite qu'il n'avait rien du Père Noël.

— Il s'était retiré sur la Costa del Sol. Mort il y a deux ans d'une crise cardiaque, expliqua Fox en pointant le registre du doigt. Vous croyez qu'il y avait là quelque chose de compromettant qu'il fallait faire disparaître ?

— Je suis pratiquement sûr que ç'a été votre première réaction.

— C'est vrai, à moins qu'un des autres Saints ou vous-même n'acceptiez de passer aux aveux…

Rebus répondit d'un haussement d'épaules.

— Ce ne sont là que des rapports d'arrestation, dit-il, la réponse se trouve peut-être dans d'autres papiers.

— Ou alors le sergent en charge des détentions s'est trompé et a arraché la page pour éviter de se faire remonter les bretelles.

— Peut-être que le prisonnier a piqué une rogne et voulu s'emparer du registre, suggéra Rebus. Je pourrais essayer de me renseigner.

— Auprès de vos vieux potes ? Vous croyez vraiment que Stefan Gilmour accepterait de reconnaître un truc pareil ? Ou Eamonn Paterson ?

— Probablement pas.

Le téléphone de Rebus sonna.

— Bonjour, inspecteur Clarke, dit-il en décrochant. Alors, ce temps te ravit, j'imagine ?

— Tu es au courant ?

Rebus crispa la mâchoire et fixa Fox.

— Au courant de quoi ?

— Du corps repêché dans le canal ce matin. La carte bancaire dans sa poche dit qu'il s'appelle Billy Saunders.

— Billy Saunders est mort ?

Fox sortit son portable et pianota un numéro.

— Ça y ressemble, disait Clarke. Mais le corps n'a pas encore été identifié officiellement.

— On l'a sorti du canal ?

— Une section tranquille près de Dumbryden, non loin du poste de police de Wester Hailes.

Fox, toujours en train d'informer le procureur général, ne quittait pas Rebus des yeux, prêt à transmettre à madame les nouvelles fraîches.

— Près de Dumbryden, répétait sagement Rebus.

— Il y a autre chose, John…

— Il a sauté, il est tombé ou on l'a poussé ? l'interrompit-il.

— Ce n'est pas ce que je voulais dire. Apparemment, on lui a tiré dessus.

— *Abattu par balle ?*

— Abattu par balle, dit Fox au téléphone, les yeux écarquillés.

— Par balle, confirma Clarke.

Il avait été décidé que le poste de Wester Hailes servirait de base opérationnelle aux enquêteurs, auxquels s'ajouteraient les agents affectés jusque-là à l'affaire Pat McCuskey, dont la priorité avait perdu de son urgence. À leur arrivée au canal, Fox et Rebus purent constater que c'était Clarke qui dirigeait les investigations, accompagnée par la constable Olivia Webster. Abritée sous un grand parapluie noir, elle fit les présentations et Rebus sentit ses cheveux mouillés dégoutter dans ses yeux. Un ruban de scène de crime coupait l'accès au chemin de halage et des badauds se rassemblaient sur la berge opposée. Il n'y avait pas grand-chose à voir dans les environs, hormis des bâtiments industriels et des terrains vagues. La tête planquée sous l'aile, les canards s'abritaient entre les roseaux épais.

— Sinistre, dit Rebus en balayant du regard le paysage.

Le canal était aujourd'hui plus propre que par le passé, malgré les quelques débris flottant à sa surface huileuse et les murs à proximité qui avaient servi de toiles gigantesques aux taggeurs du quartier.

— Des caméras de vidéosurveillance ? demanda Fox.

— Dans la zone industrielle, répondit Clarke. Nous allons les visionner.

— Qu'est-ce qu'il fabriquait par ici ?

— Aux devinettes, toutes les réponses se valent.

— Pourtant, les armes à feu ne courent pas les rues, en ville.

Avec celle ci, ça fera une de plus, en tout cas, dit Clarke.

— Ce que je veux dire, c'est d'où provient-elle ? Quelqu'un doit bien le savoir.

Elle acquiesça. L'air complètement découragé, des agents en uniforme passaient le terrain au peigne fin dans toutes les directions. Malgré leur ciré, Rebus crut en reconnaître un ou deux parmi ceux qu'il avait vus inspecter le périmètre de la propriété des McCuskey.

— Le plongeur va s'amuser, dit-il à Clarke. J'espère que son carnet de vaccination est à jour. Si jamais il a raté un rappel…

— On n'est pas au théâtre, John.

— Tu penses que l'arme se trouve là-dedans ? demanda-t-il en montrant le canal.

— Peut-être.

— Combien de balles ?

— Une seule. Tirée à bout portant, en pleine poitrine.

— Des taches de sang ? demanda-t-il en examinant le chemin sur la berge en contrebas.

— On n'en a pas encore trouvé.

— Donc, c'est l'impact de la balle qui l'a probablement propulsé dans l'eau. Des douilles ?

— Bon sang, John. On vient tout juste de commencer, répondit Clarke, plutôt à cran.

— Il reste un peu de place dans l'équipe ? Malcolm et moi en savons autant sur Saunders que n'importe qui…

— Nous avons déjà un boulot, lui rappela Fox.

— Vous ne croyez pas qu'on pourrait faire d'une pierre deux coups ?

— Il faudrait obtenir l'aval du procureur général.

— Inutile de vous donner cette peine, intervint Clarke. Je ne vous veux ni l'un ni l'autre sur cette enquête.

— L'équipe de plongée est arrivée, annonça un agent derrière le cordon de police.

Clarke alla à leur rencontre, Olivia Webster sur les talons. Rebus releva son imper au-dessus de sa tête pour s'en faire une petite tente et allumer sa cigarette.

— Vous savez pourquoi on ne veut pas de vous ? lui demanda Fox.

— Je crois bien, répondit-il. Le lien avec Summerhall est évident.

Fox hocha lentement la tête, lui aussi était de cet avis.

— Il nous faudra avoir un entretien avec Macari. Maintenant que Saunders n'est plus à l'ordre du jour, toute son affaire est…

Il ravala la fin de sa phrase.

— Tombée à l'eau ? suggéra Rebus.

— Ce qui signifie probablement que j'aurai rejoint les rangs du CID plus tôt que prévu.

— Et toute la police applaudit à grands cris, dit Rebus en tirant sur sa clope.

Clarke revenait vers eux, son parapluie toujours au-dessus de sa tête, les chaussures boueuses.

— Tu as changé d'avis ? demanda-t-il.

— Nous aurons besoin de vos notes, répondit-elle à l'intention de Fox. Tout ce que vous avez sur Saunders.

— Dès que vous aurez réglé ce détail avec le bureau du procureur général, acquiesça celui-ci.

— Je rajouterai ça à ma liste, grogna-t-elle.

— Malcolm serait pour toi un atout précieux, tu sais, proposa Rebus. Et il se trouve justement qu'il est entre deux boulots…

Elle scruta son visage, à chercher l'entourloupe ou à attendre la chute. Elle finit par acquiescer avec raideur.

— Très bien, dit-elle, se préparant déjà à tourner les talons.

— Ne venez pas me dire après ça que je ne vous donne jamais rien, lança-t-il à Fox en lui tapotant le bras.

À la morgue, Clarke et Fox se changèrent avant d'endosser une combinaison de protection, mais arrivée à la porte donnant accès aux salles d'autopsie, Clarke s'immobilisa et regarda Fox.

— Vous êtes sûr de tenir le coup ? lui demanda-t-elle.

— Mon dernier cadavre remonte à bien longtemps.

Retentit soudain une longue plainte quelque part dans le bâtiment.

— La veuve, proposa Fox.

Clarke confirma en silence.

— Changement de plan, lui dit-elle. Vous l'avez déjà rencontrée, essayez de voir si vous pouvez lui tirer les vers du nez.

— Vous craignez que je sois plus une gêne qu'autre chose là-dedans ? dit-il en montrant la porte.

— Je suis sûre que vous vous en sortirez très bien. C'est juste une question de priorités. Le plus utile d'abord.

— C'est vous le patron, Siobhan.

— Merci.

Sur ces mots, elle poussa la porte et disparut dans la salle, lui laissant entrevoir au passage des chariots en inox et des instruments brillants. De retour dans le vestiaire, il ôta sa combinaison et se dirigea vers la salle d'attente où Bettina, la veuve de Saunders, se lamentait, en pleurs, réconfortée par l'amie qui l'accompagnait.

— Ils ne veulent même pas nous rendre ses affaires, se plaignit cette dernière.

— Elles vous seront retournées dès que possible, dit Fox, sans même savoir si c'était vrai ou non.

La morgue consistait en un bâtiment bas anonyme sur Cowgate, un canyon étroit incitant à la claustrophobie qui ne reprenait vie que le soir grâce à ses bars et à ses boîtes de nuit. Il y avait plusieurs années qu'il n'avait pas mis les pieds dans une morgue, les Plaintes n'ayant pas pour fonction première de s'intéresser aux décès inexpliqués. Quand il n'était encore que jeune agent de police affecté à sa ronde quotidienne, il avait assisté à quelques examens *post mortem*, la tête tournée de l'autre côté, en faisant tout son possible pour ne pas inhaler les divers arômes qui émanaient de la dépouille.

— Je m'appelle Fox, à propos, dit-il à l'amie.

— Moi, c'est Taylor – Taylor Craddock.

— Nous nous sommes déjà rencontrés, Bettina, dit-il à la veuve qui avait à ses pieds un grand gobelet de thé toujours intact.

— Je me rappelle, dit-elle en se frottant les yeux entre deux reniflements.

Des taches bleuâtres marbraient ses jointures. Des restes d'anciens tatouages

Craddock expliquait que l'identification du corps avait été traumatisante.

— Il avait l'air en paix, pourtant, Bett, tu es bien obligée de reconnaître qu'il n'a pas souffert…

S'ensuivirent d'autres platitudes, mais Bettina n'en écouta aucune, les yeux rouges et clignant des paupières, concentrée tout entière sur le mur qui lui faisait face. Il était nu à l'exception d'un poster en couleurs, un paysage de bruyères et de nuages joufflus, avec un ciel bleu au-dessus. Fox décida de poser ses prochaines questions à Taylor Craddock.

— Billy ne l'a jamais contactée après sa disparition ?

Elle répondit non de la tête.

— Il s'agit simplement pour nous de reconstituer ses derniers mouvements et d'essayer de savoir pourquoi il s'est comporté comme il l'a fait.

— Ça ne peut pas attendre ? protesta Craddock. Cette femme est en état de choc.

— Je le comprends bien, mais plus vite nous attaquerons ce sujet, mieux ce sera.

— Mieux pour vous ou mieux pour elle ?

Elle commençait à se hérisser. Bettina Saunders posa la main sur le poignet de son amie.

— C'est pas grave, Taylor, lui dit-elle. Cet homme essaie juste de nous aider, ajouta-t-elle en fixant son regard sur Fox. Billy était inquiet à l'idée de devoir repasser devant le tribunal. Inutile de chercher midi à quatorze heures pour comprendre les raisons de sa fuite.

— Sauf qu'il ne s'est pas vraiment enfui, vous serez d'accord avec moi ? poursuivit calmement Fox. Il n'a pas quitté la ville.

— Où serait-il allé ? Il était né et avait grandi à Édimbourg.

— Avait-il des amis tout près ? Près de ce secteur du canal, je veux dire ?

Elle réfléchit un instant et finit par secouer la tête.

— Et il ne vous a jamais appelée ? Pas même un message pour vous dire de ne pas vous tracasser ?

— Rien, répondit-elle, les yeux baissés sur son giron. Mais il était complètement à cran. Quelqu'un lui a téléphoné un matin et c'est comme ça que tout a commencé.

Stefan Gilmour, logique...

Un des assistants de la morgue s'était posté dans l'embrasure de la porte.

— Inspecteur Fox, s'enquit-il. Vous avez une minute ?

Fox fit un sourire d'excuse aux deux femmes, en espérant que son soulagement ne se lisait pas trop sur son visage. L'assistant le conduisit jusqu'à un petit bureau où un sac en plastique transparent était posé sur la table.

— Les affaires du défunt, dit-il. J'ai besoin de votre signature sur la décharge.

Fox examina le contenu du sac, accompagné par un feuillet d'imprimante listant les différents objets. Il s'assura d'abord que tout correspondait.

— Cent cinquante livres en liquide, dit-il.

— N'empêche qu'il dormait dans la rue, à en juger par l'état de ses vêtements.

— Oh ?

— Un peu crades, pourrait-on dire.

— Et ils sont où, à propos ?

— Partis au labo pour analyse… Nous n'avons pas pris un penny de son argent, si c'est ce qui vous tracasse.

Fox secoua la tête.

— Au dernier distributeur où il est passé, il a tiré deux cents livres. Il n'en a pas dépensé beaucoup, ce qui colle parfaitement avec ses nuits à la dure. Le portable a souffert de son séjour dans l'eau ? demanda-t-il en soulevant le sac.

— Il pourrait remarcher si on le laisse sécher.

Il n'y avait pas grand-chose d'autre – un mouchoir, des chewing-gums, les clés de la maison, de la petite monnaie et la carte de retrait de la Bank of Scotland, plus des cartes de fidélité chez Costa Coffee et Tesco.

— Pas de montre ?

— Pas de montre.

Fox vérifia une seconde fois la liste avant d'apposer sa signature au bas du feuillet.

— L'autopsie est terminée ?

— Encore une demi-heure, je dirais. Mais ils ont extrait la balle. Coincée entre deux vertèbres. Il faut que vous datiez.

Fox ajouta la date à côté de sa signature et l'assistant parut satisfait.

— Vous étiez présent au moment de l'identification ? lui demanda-t-il.

L'assistant confirma d'un signe de tête.

— Comment vous a paru la veuve ?

— Rien qui sorte de l'ordinaire. Vous croyez que c'est elle qui a fait ça, crime passionnel et tout ? Il faudrait rechercher les traces de poudre sur ses mains…

— Vous passez trop de temps devant la télé, répondit Fox en le regardant d'un peu plus près.

Le gars haussa les épaules.

— Ce n'est pas très excitant par ici, mais le corps du ministre de la Justice est toujours là. La famille vient le chercher aujourd'hui.

— Une semaine chargée à ce que je vois ?

— On est passés aux infos et tout ça. Mais quand même, pour draguer une fille, dire qu'on travaille ici, c'est pas terrible.

— J'imagine.

— À moins d'être branché gothique, je suppose…

15

— La balle est à la balistique, annonça Clarke à son équipe.

Ils s'étaient rassemblés autour d'elle dans un bureau décloisonné, au premier étage du poste de police de Wester Hailes, et tous se plaignaient de l'exiguïté du lieu – la compétition avait été féroce pour les quelques fauteuils à l'aspect confortable. Il fallait partager les tables de travail et personne n'avait encore déniché de bouilloire. Au dehors, sur Dumbryden Drive, des journalistes attendaient, mais il n'y avait pas foule. Les meurtres par arme à feu avaient beau être rares en Écosse, la disparition d'un chauffeur de taxi ne pesait pas lourd comparée à celle d'un homme politique d'importance. À cela s'ajoutait un facteur non négligeable, le temps déjà peu engageant qui se dégradait d'heure en heure avec la formation d'un nouveau front froid et une pluie omniprésente qui se changeait en grésil. Sans compter que Dumbryden n'était pas exactement un lieu qui aurait mérité qu'on s'y attarde – il suffisait de voir les fenêtres grillagées au rez-de-chaussée du poste de police – et il était inutile d'espérer des conférences de presse dans des hôtels flambant neufs… en tout cas, pas tant qu'ils ne seraient pas construits.

— Je ne peux guère vous en dire plus pour le moment. Il s'agit d'un calibre 9 mm, probablement une arme de poing. Le légiste a remarqué que la balle n'était pas toute neuve mais je ne sais pas bien ce que cela nous apprend… tant que la balistique et le labo ne nous en diront pas plus. Par conséquent, je veux qu'on se concentre sur les mouvements de la victime, depuis la nuit de sa disparition jusqu'à la découverte de son corps dans le canal. Cet homme a dû manger quelque part – son dernier repas a été un sandwich fromage-oignons et un paquet de chips, plus une bouteille d'Irn-Bru…

— Une promo, intervint Olivia Webster. Le genre de truc qu'on trouve dans les boîtes à bouffe ou les supermarchés.

Clarke chercha Fox du regard.

— Des reçus en sa possession ?

Fox secoua la tête avant d'ajouter :

— Mais nous ne disposons pas de ses vêtements – je suppose qu'il pourrait en avoir dans ses poches.

— Vous voulez vérifier ? lui demanda-t-elle, puis, à toute la salle : le porte-à-porte s'impose, en rayonnant à partir du centre. La zone industrielle incluse. Il y aura forcément des bandes de caméras de surveillance et sinon, des gardiens de nuit auxquels nous pouvons parler. Boutiques et stations-service dans les environs – montrez-leur la photo de Saunders.

— Les médias locaux ? demanda quelqu'un.

Elle hocha la tête.

— Journaux et Internet, télé si nous pouvons. Un appel à informations.

— Il pourrait y avoir quelque chose sur son portable, dit Fox. J'en doute, cependant – nous avons déjà contacté son fournisseur d'accès –, mais cela vaut la peine d'y jeter un coup d'œil.

Clarke confirma son accord.

— L'inspecteur Fox ici présent apportait son aide au bureau du procureur général qui désirait intenter une nouvelle action en justice contre William Saunders. Il y a trente ans, Saunders a été inculpé du meurtre d'un dénommé Douglas Merchant, et le dossier de l'accusation s'était effondré à cause de l'incompétence de la police…

— Incompétence ou collusion, précisa Fox.

— Toujours est-il que tous les dossiers relatifs à cette affaire arriveront ici dès que j'aurai obtenu le feu vert d'Elinor Macari. Et comme l'inspecteur Fox est l'expert, ce sera lui qui répondra à vos questions si nécessaire.

— Un bon point de départ, ajouta Fox, serait les policiers de la criminelle responsables du dossier délibérément bâclé contre Saunders. L'un d'eux, Stefan Gilmour, a contacté Saunders par téléphone. Nous l'avons interrogé une fois, mais maintenant qu'un meurtre a été commis…

Clarke avait hoché la tête pendant toute son intervention.

— Il sera convoqué, déclara-t-elle.

— *Le* Stefan Gilmour ? demanda quelqu'un.

— Celui-là même. Le seul que je connaisse, confirma Clarke.

Fox était impressionné.

D'emblée, Clarke avait imposé son autorité au groupe, par sa manière de donner immédiatement une direction parfaitement ordonnée à l'enquête. En laissant toutefois la place à une certaine latitude – juste assez pour que tout un chacun accepte la tâche qui lui incombait en restant détendu. Après quoi, elle se faufila au milieu de l'assistance en direction de la table qu'il partageait lui aussi.

— Vous me les obtiendrez, ces dossiers, auprès du procureur général ? voulut-elle savoir immédiatement.

— Je lui ai passé un coup de fil, répondit Fox. J'attends sa réponse.

— Ou nous pourrions y aller en personne et les emporter…

— Il serait préférable de ne pas la prendre à rebrousse-poil tout de suite – pas à ce stade de la partie.

Clarke sentit qu'il ne se trompait pas.

— Je vais essayer de retrouver sa trace, poursuivit Fox. Vous pensez que tout est lié, n'est-ce pas ?

— Ne rien accepter par principe, mais ne rien exclure non plus.

— Je n'ai pas glané grand-chose auprès de la veuve.

— Vous ne pensiez quand même pas que j'allais vous faire une fleur, j'espère ?

— Je crois que nous savons tous les deux que c'en était une.

— Vous l'aviez déjà rencontrée, ce qui faisait de vous le candidat évident.

Fox acquiesça et décida de laisser tomber le sujet.

— C'est bien qu'on ait retrouvé la balle, dit-il.

— Ainsi que la douille, les interrompit Olivia Webster qui s'avança vers eux en agitant son portable. Elle était dans l'eau.

— Autre chose ?

— Pour l'instant, rien.

— Tout laisse à penser qu'il ne dormait pas dans un lit, ajouta Fox. Peut-être pas très loin de l'endroit où il a été retrouvé.

— La zone industrielle ? suggéra Clarke. Nous pourrions peut-être y faire un saut – après que vous aurez rappelé le bureau du procureur.

Faute d'avoir mieux à faire, Rebus retourna à Gayfield Square, où l'inspecteur-chef James Page devait se contenter d'une équipe réduite au strict minimum. Il bouillonnait, à traîner comme une âme en peine ses aigreurs à chaque pas, sans jamais dévier de sa trajectoire rectiligne depuis son bureau placard jusqu'au fond de la salle du CID avant de faire demi-tour.

— Ce n'est pas parce que je doute des capacités de Clarke, déclara-t-il aussitôt. Elle est parfaitement capable.

— Tout à fait d'accord, répondit Rebus. Mais c'est toujours un peu agaçant quand l'action est ailleurs et qu'on n'est pas sur place.

Il eut droit à un regard incendiaire de Page, incapable de savoir si c'était des paroles de sympathie ou une façon détournée de le mettre en boîte, mais son visage ne trahit rien.

— Je suppose que votre propre petite aventure avec Malcolm Fox vient elle aussi de connaître une fin brutale ? finit par riposter Page.

— Il reste encore quelques petits détails à régler, mentit Rebus en consultant sa montre. D'ailleurs, il faudrait que j'aille jusque là-bas lui donner un coup de main…

— Donc nous pouvons espérer vous voir de retour à votre bureau, frais et dispos, de bonne heure demain matin ?

— Absolument, répondit Rebus en lui offrant un petit salut militaire avant de faire demi-tour.

Une fois dehors, il resta là, sur le parking, à fumer une cigarette. Pas de message sur son téléphone et inutile de regagner le bureau à la Sheriff Court – Fox avait tout bouclé lors de leur départ et il n'avait pas pris la peine de lui demander la clé. Il décida donc d'appeler Stefan Gilmour et eut droit au répondeur. Il raccrocha mais quelques instants plus tard, un message apparut sur son écran. Gilmour : *En réunion. J'ai appris pour S. Ne te fais pas de souci*.

S pour Saunders. Pourquoi était-il censé se faire du souci ? Pour la menace qui pesait sur tous les Saints ou juste sur Gilmour ? Voulait-il lui faire comprendre qu'il ne le rendait pas responsable d'un tel regain d'attention ?

— Bordel de merde, John, marmonna-t-il pour lui-même en écrasant son mégot sous sa semelle.

Il monta dans la Saab et se rendit à Torphichen Place. Le nombre des journalistes avait diminué – peut-être avaient-ils entendu les résultats de l'autopsie. À son entrée, l'inspecteur-chef Ralph le salua d'un signe de tête. L'air perplexe et agité, il ne se ressemblait pas, ce qui expliquait probablement pourquoi il n'avait rien dit en voyant débarquer dans son fief un homme qui n'était pas de la maison. Il régnait dans la salle une atmosphère pesante, presque léthargique, que Rebus reconnut immédiatement, pour l'avoir vécue au cours de tant d'investigations par le passé. Pendant les premières étapes d'une enquête, on se sent porté par l'adrénaline et les contraintes de la procédure, mais si la progression vient à s'arrêter, s'installe alors une inertie sournoise et contagieuse comme un microbe. Tous les coups de téléphone ont été donnés, tous les interrogatoires sont terminés. On ne cesse de passer et repasser en terrain connu, faute d'avoir mieux à faire. Ou alors on se dirige vers des pistes peu prometteuses qui, l'une après l'autre, n'aboutissent qu'à des impasses. Et le tout sape vos forces et votre moral. Et c'est d'autant plus exaspérant que votre équipe a volé en morceaux – il constata que la perte de Clarke et des quelques autres qu'elle avait emmenés avec elle se faisait lourdement sentir. Après tant d'heures d'efforts, des résultats étaient attendus, et espérés. Sans eux, l'estime de soi se dégonflait et le moral des troupes était en berne.

Il lui suffit d'un bref tour d'horizon dans la grande salle pour en être convaincu. Il entra alors dans un bureau plus petit où un constable de la Criminelle, veste sur son dossier et manches de chemise remontées, travaillait en solitaire à un ordinateur. Il vit aussi une bouilloire et demanda s'il pouvait se préparer une boisson chaude.

— À condition que vous glissiez une livre dans la cagnotte, répondit le jeune homme.

Rebus acquiesça en remarquant la boîte à thé en fer-blanc avec une fente dans le couvercle et le mot ARGENT scotché sur le côté. Il brancha la bouilloire et demanda au policier s'il désirait quelque chose.

— C'est moi qui régale, précisa-t-il.

— Café, merci. Un sucre, pas de lait.

Rebus acquiesça de nouveau et se mit au travail. Il fit le tri dans la monnaie qu'il avait dans sa veste puis, dos tourné, saisit la cagnotte qu'il agita une seconde de manière à en remuer le contenu avant de remettre sa monnaie dans sa poche.

— Pas de lait, un sucre, dit-il.

Il plaça le mug sur le coin du bureau et demanda son nom au jeune gars.

— Alan Drake.

— Heureux de faire votre connaissance, dit-il en tendant la main. Je suis John Rebus.

— Je sais.

— On vous a probablement averti de ne pas m'adresser la parole, hein ? Le grand méchant loup et tout ce qui s'ensuit…

— Non, c'est juste… tout le monde vous connaît.

— Vous pouvez ignorer pratiquement tout ce qui a pu se raconter sur mon dos, répondit Rebus.

Il prit son mug et jeta le sachet de thé à la poubelle.

— Vous avez été le mentor de l'inspecteur Clarke, déclara le jeune homme.

— Personne n'est le mentor de Clarke – elle n'a appris qu'une chose de moi et c'est tout ce qu'il ne faut *pas* faire.

Il avait contourné le bureau, curieux de savoir sur quoi le gamin travaillait.

— L'agenda du disparu, lui apprit celui-ci. Son bureau nous a donné un sérieux coup de main…

— Le ministre de la Justice était un homme très occupé, déclara Rebus. Le soir qui a précédé sa mort ? Nous avons quelque chose ?

— Il n'avait pas beaucoup de soirées de libres, lui confirma Drake. Il a regardé deux épisodes d'une série intitulée *Spiral*[1]. Dîner de surgelés et un peu de travail préparatoire pour le lendemain. Il a répondu à une demi-douzaine d'e-mails – personnels et professionnels – et passé quelques coups de fil.

— Je vois que vous disposez de tous les détails, dit Rebus en montrant les tirages d'imprimante.

— Ligne fixe et portable. J'ai les noms de tous ceux qu'il a contactés – textos et conversations.

— Et on interroge ces gens ?

— Parfois uniquement par téléphone.

— Y compris cette personne-ci ? demanda Rebus en tapotant d'un doigt le nom d'Alice Bell.

— Elle partage un appartement avec la petite amie du fils du défunt. Elle étudie l'histoire de l'art et M. McCuskey s'est arrangé pour lui organiser une visite du Parlement ; apparemment on y trouve une belle collection d'œuvres d'art. Vous y êtes déjà allé ?

Rebus acquiesça.

— Il y a des années, peu après son ouverture. Pour raisons professionnelles cependant, mais je ne me

1. Titre anglais de la série française *Engrenages*.

souviens pas d'y avoir vu la moindre peinture… Il y a eu d'autres coups de fil entre eux ?

— Trois ou quatre en l'espace d'un mois.

— Pour régler les détails de la visite ?

— Tout à fait… est-ce que j'aurais raté quelque chose ?

— Pas du tout – vous avez fait du bon travail. Et à qui avez-vous transmis vos conclusions ?

— À l'inspecteur-chef Ralph. J'aurais dû logiquement les donner à l'inspecteur Clarke, mais elle n'est pas ici.

Il releva la tête et croisa le regard de Rebus.

— On lui a réellement confié une enquête sur un vrai meurtre ? lui demanda-t-il.

— On ne sait jamais, fiston… ça aussi, ça peut redevenir une enquête pour meurtre, répondit-il en posant son mug encore à moitié plein sur le rebord de fenêtre le plus proche. Il suffit pour ça de continuer à tamiser… Qui sait ? Vous pourriez tomber sur une pépite…

Rebus passa ce qui restait de l'après-midi déjà avancée à la Bibliothèque centrale, sur le pont George-IV, où une bibliothécaire lui montra comment utiliser le lecteur de microfilms dans la salle Édimbourg. Il s'intéressait aux journaux locaux et aux quotidiens du soir des quatre semaines précédant l'attaque de Billy Saunders sur Douglas Merchant. En vérifiant les dossiers de la police, il n'avait rien vu qui détonnait – hormis la demi-page arrachée au registre des incarcérations provisoires. Il faisait défiler les infos quotidiennes sur le grand écran qui lui faisait face en essayant de ne pas trop se laisser distraire – une tâche difficile devant une telle foison de reportages et de récits qui faisaient renaître tant de souvenirs. Margaret Thatcher envisageait des élections générales pour le mois de juin et Jimmy Savile[1], tête d'affiche d'une campagne publicitaire, vantait les avantages de voyager en train. L'équipe d'Aberdeen, entraînée par Alex Ferguson, avait battu le Real Madrid après prolongations et décroché la Coupe des vainqueurs de coupe. British Leyland avait des problèmes, de même que Timex et Ravenscraig et *Annie* passait au Playhouse – il se souvenait que Rhona et Sammy l'y avaient traîné et qu'il avait pu roupiller tranquille. Une pub pour un livre-promo Kensitas[2] lui évoqua certains cadeaux de Noël que Sammy lui avait offerts grâce aux coupons de cigarettes qu'il lui donnait. Entre-temps, le Balmoral Hotel s'appelait encore le North British et on saisissait des vidéos pirates. Il crut se souvenir d'une pile de cassettes qui étaient passées entre toutes les mains à Summerhall – *Gandhi* avait eu la faveur de beaucoup. Un ordinateur de bureau valait presque autant qu'une voiture neuve et Bowie devait passer à Murrayfield. Jouant de sa position, après force cajoleries, Stefan Gilmour leur avait

1. Sir James Savile, officier de l'Empire britannique anobli en 1990, était un célèbre présentateur de la BBC. Un an après sa mort, survenue en 2011, il a été accusé de milliers d'agressions sexuelles, confirmées par la police.

2. Marque de cigarettes uniquement disponible en Grande-Bretagne, célèbre pour sa chaîne de magasins de cadeaux réservés à ceux qui collectionnaient les coupons dans chaque paquet.

obtenu des billets et il se revoyait, suivant le concert au travers d'un brouillard d'alcool par une soirée de juin grise et mouillée…

Il était sur le point de faire une pause et d'aller dehors griller une cigarette quand il constata que la salle se vidait. Les étudiants débranchaient leur ordi et remballaient leurs sacs. Il s'approcha du bureau et demanda à quelle heure ils fermaient.

— 17 heures, lui répondit-on.

Encore dix minutes. Au lieu de prendre sa pause, il accéléra sa lecture. Il n'avait guère accordé d'attention aux notices nécrologiques, se concentrant plutôt sur les faits divers. Quand soudain il reconnut un nom.

Philip Kennedy.

« Soudainement mais paisiblement à son domicile… Service funéraire… Fleurs de la famille uniquement, s'il vous plaît… »

Phil Kennedy le Petit. Phil l'Anguille. Il revit Stefan Gilmour se frottant les mains à l'annonce de cette nouvelle – une ordure de moins qui ne viendrait plus encombrer leurs corbeilles. À partir de sa date de naissance, il calcula que Kennedy était mort juste avant son quarante-troisième anniversaire. Il avait toujours son visage en mémoire – grêlé, fleuri et moucheté de taches de rousseur. Le genre de visage qu'on voyait habituellement dans les BD pour enfants : juste un peu exagéré, à l'image d'un gamin ayant poussé trop vite. Plein de dents, nerveux et oiseau de mauvais augure. Cambrioleur de son état, toujours armé d'un couteau sur le terrain de ses exploits et foutant une trouille de tous les diables à quiconque se trouvait sur les lieux. Avec, pour spécialité, les vieux et les faibles ; les blocs d'appartements de location censés leur offrir une protection digne de ce nom n'étaient jamais à l'abri d'une de ses visites nocturnes. Le jour du paiement des pensions, il suivait souvent ses victimes depuis la poste jusqu'à leur domicile, repérait les lieux et revenait plus tard, une cagoule sur la tête et, à la main, quinze centimètres de lame bien empoignée. Une femme était morte de peur, une autre s'était fracturé la hanche en tombant et il l'avait abandonnée là, souffrant le martyre et complètement terrorisée pour le restant de ses jours.

Soudainement mais paisiblement à son domicile...

Une certaine justice, peut-être, après tout. Il remonta quelques jours en arrière, sans trouver d'articles relatant la découverte du corps de Kennedy et se mordilla la lèvre. Était-ce Frazer Spence qui avait débarqué un jour d'un pas allègre pour les informer de l'événement ? Et Stefan Gilmour s'était-il vraiment frotté les mains, ravi d'entendre la nouvelle ? Est-ce que Porkbelly se trouvait dans le bureau à ce moment-là ? Comment avait-il réagi ? Sa mémoire lui faisait défaut, il ne se rappelait plus. Mais tous autant qu'ils étaient avaient chopé Kennedy pour le soumettre à un interrogatoire à un moment ou à un autre, et certains avaient témoigné contre lui au tribunal. Il avait passé l'arme à gauche six jours avant le meurtre de Douglas Merchant – leurs cadavres s'étaient peut-être retrouvés dans deux tiroirs contigus de la morgue. Et les paroles du professeur Cuttle qui continuaient encore à résonner dans sa tête... *des tas de voyous qu'on retrouvait morts...* Il se demanda ce qui avait bien pu arriver à Phil l'Anguille. Ne lui revint à l'esprit qu'un seul nom susceptible de lui fournir des réponses. L'homme qui l'avait probablement ouvert en deux sur une table de la morgue…

Il faisait déjà sombre lorsque Fox et Clarke arrivèrent sur les berges du canal pour se faufiler sous le cordon de la scène de crime. La pluie avait finalement cessé, le ciel était clair et la température dégringolait rapidement. Des lampes à arc illuminaient la zone où les plongeurs continuaient à travailler. La douille de la balle avait été récupérée dans l'eau mais l'arme restait introuvable. Après plusieurs heures passées dans la zone industrielle à visionner les diverses bandes des caméras de sécurité, ils en étaient arrivés à la conclusion que Billy Saunders avait dû passer ses nuits dans une allée, avec des cartons aplatis en guise de couverture. Dans l'allée proprement dite, ils avaient retrouvé des reliefs et des emballages de repas confirmant qu'il achetait bien sa nourriture dans un petit supermarché du quartier, dont les bandes de vidéosurveillance étaient en ce moment même examinées. Son portable avait séché et fonctionnait. Maintenant qu'il était rechargé, sa liste d'appels n'avait montré aucun coup de fil de sa part. Il n'en avait reçu que quelques-uns, essentiellement de sa femme et du bureau du procureur général, des messages lui demandant de les contacter.

— Pourquoi ne s'en est-il pas servi ? avait demandé Clarke.

— Il craignait peut être qu'on ne retrouve sa trace ? avait suggéré Fox. Nous disposons de la technologie pour ça.

— Vous voulez dire qu'il avait peur de nous ?

Fox avait répondu par un haussement d'épaules qui n'engageait à rien.

— Avant de disparaître, il a reçu un appel un matin – numéro caché et il a duré en tout et pour tout une demi-minute. Je pencherais pour Stefan Gilmour. En tout cas, ça correspond bien à ce qu'il nous a dit, à Rebus et à moi.

— J'ai besoin que vous me fassiez un rapport complet, Malcolm, tout ce que vous pouvez me dire sur Summerhall et Saunders.

— Y compris sur Rebus ?

— Oui. Je ne veux pas entendre parler de favoritisme, compris ?

— Compris. Me permettez-vous de vous poser une question ?

— Laquelle ?

— Est-ce la première fois que vous dirigez une équipe de Crimes graves ?

— Et si c'était le cas ?

— Rien. Je veux juste vous remercier, grâce à vous, j'ai l'impression de me rendre utile.

— Vous me serez utile quand j'aurai ce rapport.

Ils gravissaient péniblement la berge pour rejoindre le chemin lorsque Clarke s'arrêta subitement et se retourna pour lui faire face.

— Summerhall avait les mains sales, n'est-ce pas ? Ce n'est pas du vent.

Il la regarda droit dans les yeux et elle le vit hocher la tête sans ambiguïté.

— Et John ?

— Je ne suis pas sûr, reconnut-il. Il est possible qu'il ne soit pas du tout impliqué.

— Vous ne dites pas ça simplement parce que c'est mon ami ?

— Nous savons pertinemment l'un et l'autre que Rebus a navigué au plus près du vent – bien plus de fois que nous ne saurions en dénombrer vous et moi. Je suis certain que vous l'avez aidé à se sortir de quelques embrouilles et que vous lui avez sauvé la mise, de la même façon que plusieurs de ses autres collègues au fil des années, dont certains ont payé les pots cassés. Je ne sais pas quel genre d'armure le protège, mais jusqu'à présent, elle a fait son office. Il est possible qu'il ait débarqué à Summerhall avec encore en lui tout l'idéalisme d'un jeune flic. Mais lorsqu'il en est reparti, il avait appris quelques méchantes leçons.

— De Gilmour, Blantyre et Paterson ?

Il acquiesça à nouveau et regarda Clarke relâcher sa respiration, dents serrées, un sifflement plus qu'un souffle.

— La question est de savoir jusqu'à quel point il croit encore à tout ce charabia des Saints et à leurs rituels, ajouta-t-il. Est-ce qu'il va continuer à les couvrir ?

— Une loyauté mal placée, vous voulez dire ? répondit Clarke en hochant la tête à son tour.

Son portable vibra et elle consulta l'écran. Un texto de Laura Smith : *Nous serons quittes si vous me dites où en est l'enquête sur William Saunders.*

— C'est important ? voulut savoir Fox.

— Absolument pas.

— David Galvin ?

— C'est de l'histoire ancienne, répondit-elle avec un regard noir.

Elle détourna vivement la tête, alertée par un cri en provenance du canal. Un des plongeurs était debout avec de l'eau jusqu'à la poitrine. Il agitait quelque chose, un objet petit et sombre entouré de filaments verdâtres et gluants.

— Ça ressemble fort à un pistolet, dit Fox.

Puis il vit un grand sourire de soulagement illuminer le visage de Siobhan Clarke.

JOUR 9

16

Le lendemain matin, Rebus retourna à la maison médicalisée de Colinton. Le professeur Cuttle, apprit-il, n'était pas au mieux de sa forme et le personnel craignait qu'il n'ait pris froid pour être resté trop longtemps dans le jardin.

— Il a reçu des visiteurs l'autre jour, l'informa une soignante. Ils l'ont gardé dehors plus qu'ils n'auraient dû.

— Ah, les gens, vous savez…, sympathisa Rebus d'un air désapprobateur en secouant la tête.

— Il est dans sa chambre, bien au chaud dans son lit. Puis-je vous apporter une tasse de thé ?

Rebus lui répondit que ce serait parfait et la suivit dans un couloir imprégné d'une vague odeur de talc. Elle frappa à une porte et ouvrit.

— Un visiteur pour vous, gazouilla-t-elle.

Elle se recula pour le laisser passer et Rebus la remercia d'un signe de tête avant de refermer délicatement derrière elle.

Il fallut un moment à Cuttle, plus pâle et plus maigre que jamais, pour resituer Rebus dans ses souvenirs.

— Il semblerait que l'inspecteur Fox et moi-même, nous vous ayons gardé trop longtemps dans le froid l'autre jour.

— L'air frais est censé faire du bien, répondit Cuttle avec un haussement d'épaules.

Il lisait un tabloïd en s'aidant d'une loupe.

— Des nouvelles intéressantes ? demanda Rebus en montrant le journal.

— Cet homme tué par balle – apparemment, l'arme a été retrouvée.

Rebus confirma.

— Il est sûr qu'ils ont repêché *une* arme – j'oserais dire qu'au fil des années, ce canal a reçu en dépôt quelques articles d'un intérêt certain.

Il croisa les jambes en essayant de trouver une position confortable sur une chaise mal adaptée à cette fonction.

— Avez-vous jamais eu affaire à des morts par balles ? demanda-t-il.

Cuttle resta songeur.

— Une ou deux fois… la première alors que je n'étais qu'un tout jeune débutant. En ce temps-là, je commençais juste à faire mes armes et le professeur Donner était comme mon maître… Est-ce que ma mémoire me joue des tours ou vous êtes-vous retrouvé un jour avec une balle dans la carcasse ?

— Et heureux de ne pas avoir fini sur une table de morgue, reconnut Rebus. C'était en 1987, je venais d'être promu au grade de sergent, j'avais reçu une balle dans l'épaule.

— Donner et moi-même avons fait l'autopsie du tireur, dit Cuttle en hochant la tête pour lui-même.

— Je suis impressionné que vous vous souveniez d'un tel nombre de corps.

— C'est parce que ce n'était jamais que de simples corps – c'était des êtres humains, chacun avec son histoire, son identité propre.

— Eh bien, j'espérais que vous pourriez m'en dire plus sur l'un d'eux, Philip Kennedy. Il est mort subitement à son domicile à l'âge de quarante-deux ans. La semaine qui a précédé l'arrivée de Douglas Merchant dans votre morgue.

— Mort subite à domicile ? répéta Cuttle comme un écho. Kennedy, Kennedy, Kennedy…, répétait-il en fouillant sa mémoire.

— Répondant aussi au surnom de Phil l'Anguille.

— Ah oui. Il était connu de la police de Lothian and Borders. Je suis pratiquement sûr que le CID a assisté à l'examen *post mortem*. Ils voulaient s'assurer qu'il était bien mort et ne risquait plus de leur glisser entre les doigts.

— CID… vous voulez dire… ?

— L'inspecteur Gilmour, je crois. Et probablement aussi le sergent Blantyre. Blessures à la tête, si je me souviens, et cou fracturé. C'est le professeur qui a joué du scalpel ce jour-là. J'étais de service comme témoin, pour corroboration.

Cuttle s'interrompit, plissant les paupières.

— Qu'y a-t-il ? demanda Rebus.

Mais Cuttle lui signifia que ce n'était rien.

— L'homme avait beaucoup bu et la tête nous tournait à cause des effluves de son estomac, reprit-il

Nouvelle interruption, retour à ses souvenirs.

— Il était cambrioleur, n'est-ce pas ? Effractions avec violences… « *hamesucken* », pour reprendre le vieux terme de la loi écossaise. L'inspecteur Gilmour était ravi d'être débarrassé de lui…

Le portable de Rebus vibrait. Il le sortit et vérifia l'identité de l'appelant : inspecteur-chef Page. Très certainement en train de se demander pourquoi il ne s'était pas présenté à son boulot. Il rangea l'appareil.

— Cet homme, Fox, celui qui était avec vous l'autre jour…

— Oui ?

— Il enquête sur Summerhall ?

— Oui.

— Plus particulièrement sur la mort de Douglas Merchant des mains de William Saunders ?

Rebus acquiesça d'un hochement de tête.

— Alors pourquoi cet intérêt soudain de votre part pour Philip Kennedy ? Vous ne chercheriez pas à noyer le poisson par hasard ?

— Pas du tout.

— Parce que Saunders a été retrouvé mort, c'est bien ça ? Difficile de ne pas faire le lien.

Rebus regarda le vieillard sans tendresse aucune.

— Votre rapport sur l'autopsie de Kennedy serait-il encore disponible quelque part ?

— C'est le professeur Donner qui l'a rédigé, pas moi. Et pour répondre à votre question, j'en doute très fort. Mort accidentelle – le genre de chose qui passe difficilement à la postérité.

— Dans ce cas, je perds mon temps, n'est-ce pas ? dit Rebus en se levant de sa chaise.

— Heureux d'avoir pu vous aider en cela, inspecteur Rebus.

— Sergent, en fait.

— Le même grade qu'en 1987 ? demanda Cuttle avec un sourire glacé.

Sa question fit à Rebus l'effet d'un coup de scalpel.

Déjà qu'il avait dû subir l'humiliation d'un trajet en voiture de patrouille depuis Glasgow jusqu'au poste de police de Wester Hailes, Stefan Gilmour parut encore plus furieux quand il fut conduit sous bonne escorte dans le bâtiment, au milieu de journalistes sidérés et de photographes qui le mitraillaient à tout va.

— La campagne pour le oui va s'en donner à cœur joie, avait-il protesté à qui voulait l'entendre, y compris, en fin de compte, Siobhan Clarke et Malcolm Fox.

Ils s'étaient installés tous les trois dans une salle d'interrogatoire improvisée, avec les appareils d'enregistrement prêts à servir. Ils attendaient l'avocat chic et cher de Gilmour.

— Vous n'êtes pas en état d'arrestation et il n'est donc pas utile que nous vous lisions vos droits, avait cherché à le rassurer Siobhan.

— Cela n'empêche pas, avait-il répondu.

Il ne cessait de jeter des regards en douce à Malcolm Fox, comme s'il s'inquiétait de savoir ce que celui-ci avait pu raconter à Clarke de leur entretien à Glasgow.

Quand finalement l'avocat fit son apparition, il se présenta comme étant Alasdair Traquair et s'excusa pour ce « retard inopiné », avant de tendre à Fox et à Clarke sa carte professionnelle à en-tête en relief. Ses cartes sentaient l'après-rasage au bois de santal.

— C'est un peu le cirque là-dehors, commenta-t-il. Ce n'est pas vraiment engageant – outre que ce quartier de la ville est déjà tellement charmant…

Il posa un calepin relié en cuir noir sur la table, l'ouvrit et dévissa le capuchon d'un stylo-plume avant de consulter sa montre et de noter l'heure.

— Nous commençons, vous voulez bien ? suggéra-t-il.

— Votre client, l'informa Clarke, a déjà été interrogé, de façon plus informelle, à propos de la disparition d'une de ses anciennes connaissances, un dénommé William Saunders. Depuis, M. Saunders a été retrouvé mort et nous avons donc pensé qu'il ne serait pas présomptueux de notre part de vouloir disposer d'un compte-rendu officiel des événements.

— De ce que je peux savoir, inspecteur, articula Traquair d'une voix traînante, il n'y a pas d'événements – uniquement un simple et bref coup de téléphone de M. Gilmour au défunt.

— Est-ce exact, monsieur Gilmour ? demanda Clarke.

Gilmour consulta son avocat du regard avant de répondre.

— C'est exact, dit-il.

— Vous aviez le numéro de téléphone de William Saunders ?

— Il m'aurait été difficile de l'appeler, sinon.

— Comment se trouvait-il en votre possession ? J'avais l'impression que vous aviez perdu contact, tous les deux…

Nouveau coup d'œil à l'avocat qui, d'un simple rictus, autorisa Gilmour à répondre s'il le désirait.

— Ça n'a pas été bien difficile, reconnut Gilmour. J'emploie les services d'une agence.

Il se pencha en avant sur son siège comme pour les mettre dans la confidence.

— Dans les affaires, il est parfois utile d'avoir un avantage sur les personnes avec lesquelles vous traitez.

— Et cette agence vous aide à cet égard ?

Gilmour acquiesça.

— Ce sont des enquêteurs privés. Donnez-leur un nom, un numéro de plaque minéralogique ou l'adresse d'une société et il est sidérant de constater ce qu'ils sont capables de déterrer.

— Qu'ont-ils déterré sur William Saunders ?

— Tout ce que je voulais, c'était un numéro de téléphone.

— Savaient-ils pour quelle raison ?

Gilmour fit non de la tête.

— Écoutez, il n'y a pas vraiment de secrets.

Il posa les coudes sur la table, obligeant son avocat à déplacer légèrement son calepin.

— J'avais entendu dire que le procureur général espérait rouvrir une ancienne affaire dans laquelle se trouvaient impliqués à la fois Billy Saunders et l'unité de la Criminelle que je dirigeais à l'époque. Les maladresses commises pendant l'enquête m'ont conduit à démissionner de la police. Il va sans dire que les partisans du oui cherchent à me salir – n'allez pas croire un seul instant qu'ils ne disposent pas eux aussi de gens chargés de déterrer des saletés sur mon compte.

Nouveau coup d'œil dans la direction de Fox, en mouillant ses lèvres sèches.

— Nous connaissons tous les préférences du procureur général, et son camp sait qu'ils sont loin derrière dans les sondages…

— Vous voulez dire que tout ceci obéirait à des mobiles politiques ?

— Par quelle autre raison sauriez-vous expliquer cet étalage au grand jour, maintenant, comme un fait exprès ?

— Parce que la loi sur l'autorité de la chose jugée a changé.

— Et vous ne pensez pas que le timing de ce fameux changement tombe merveilleusement à pic ? Macari n'avait qu'une seule idée en tête en précipitant les choses pour que la nouvelle loi passe au plus vite : c'est à moi qu'elle en voulait – même un aveugle verrait ça !

Gilmour se laissa retomber dans son fauteuil si violemment que le dossier craqua.

— Avez-vous évoqué ces sujets avec William Saunders ? demanda Clarke.

Gilmour passa la main dans ses cheveux et répondit non de la tête.

— Je lui ai juste demandé ce qu'il allait répondre aux enquêteurs de Macari.

— Et ?

— Et rien, il a aussitôt coupé la communication.

— Vous ne l'avez pas menacé ?

— Absolument pas !

— Ni essayé de le soudoyer d'aucune façon ?

— Ne répondez pas à cela, intervint son avocat, en articulant lentement ses mots.

Après quoi il cessa d'écrire et adressa un sourire radieux à ses interlocuteurs.

— Mon client vous a précisé en détail l'étendue de sa conversation avec William Saunders. Il a pleinement coopéré avec vous. Je ne vois pas en quoi il serait nécessaire de prolonger ce dialogue plus avant.

— L'avez-vous rencontré, monsieur Gilmour ? demanda Clarke.

— Vraiment, inspecteur Clarke, j'insiste…

Traquair avait posé une main sur l'avant-bras de son client comme pour l'avertir de ne pas répondre.

— Je veux le nom de cette agence d'enquêteurs, poursuivit Clarke. Je veux entendre de leur bouche que la seule chose qu'ils vous aient donnée était ce numéro de téléphone.

— Des objections ? demanda Traquair à Gilmour.

— Non, répondit celui-ci en fixant Siobhan sans aménité, avant d'ajouter : John Rebus aura-t-il droit au même traitement ? Être traîné jusqu'ici dans une voiture de patrouille, avec les médias sur les dents, prêts à mordre ? Et aussi Blantyre et Paterson ? Ou suis-je le seul qui vous aidera à passer à la télévision, inspecteur Clarke ?

— Nous aurons besoin des coordonnées de ces fouineurs, dit Clarke à l'avocat en se levant. Et il faudra les avertir qu'ils peuvent nous parler – pas d'écran de fumée en invoquant les « droits du client ».

— Compris, dit Traquair qui referma son calepin avant de revisser le capuchon sur son gros stylo noir.

— Cette agence d'enquêteurs privés, intervint Fox, vous ne l'avez jamais utilisée pour déterrer des saletés contre les partisans du oui ?

Le regard mauvais de Gilmour et de son avocat fut leur seule réponse.

Avant de sortir, Gilmour frappa du poing la porte de la salle, mais ce ne fut qu'après leur départ que Clarke comprit le sens de son geste. Elle montra l'autocollant à Fox. MIEUX ENSEMBLE. VOTEZ NON.

— Cet homme a le sens de l'humour, dit Fox en le décollant d'un ongle. Je me demande à combien se montera la note d'honoraires qu'il vient d'offrir à son avocat.

— Quelle qu'elle soit, il ne rira pas beaucoup. Et, à propos, votre dernière pique avant qu'ils ne sortent ?

— Oui ?

— Elle est digne de Rebus en personne.

— Et c'est une bonne chose, vous croyez ?

Ils retournèrent au bureau et assistèrent au spectacle : un taxi à l'approche, l'avocat et le client qui se fraient difficilement un chemin dans la mêlée, sous les volées de questions, avant de réussir tant bien que mal à s'engouffrer dans le véhicule. Un photographe particulièrement obstiné leur courut après et parvint à prendre quelques clichés supplémentaires par la lunette arrière.

— Ces enquêteurs privés ne nous donneront rien de plus que ce que Gilmour leur dira de nous raconter, la prévint Fox.

Elle était d'accord.

— Pensez-vous que nous l'ayons laissé s'en tirer un peu trop facilement ? demanda-t-elle.

— Non, la rassura Fox. Mais il a raison pour les autres – mériteront-ils la même attention ?

— Aucun d'eux n'a parlé à Billy Saunders.

— Pas sur son téléphone, en tout cas, ajouta Fox, toujours tatillon. Mais la personne qui l'a rencontré sur le chemin du canal ce soir-là n'est pas tombée sur lui par hasard. Le rendez-vous était arrangé d'avance.

— Arrangé comment ?

— Je suppose qu'il reste encore quelques cabines téléphoniques en état de marche dans cette ville.

— Une aiguille dans une botte de foin, dit Clarke.

— Une aiguille dans une botte de foin, confirma Fox.

Une heure plus tard, les membres de l'équipe s'entassèrent dans le bureau pour apprendre de la bouche de Clarke les derniers renseignements relatifs à l'arme à feu retrouvée dans le canal. Elle lisait un tirage d'e-mail envoyé par l'unité de balistique à Glasgow. L'examen ayant été fait dans l'urgence, le rapport n'était pas complet. Mais il comprenait cependant une information cruciale : la balle récupérée sur le cadavre de Billy Saunders avait bien été tirée par cette arme-là.

— Il s'agit, récita Clarke, d'un pistolet Browning L9A1 9 mm qui date probablement du début des années 1950. Arme de service réglementaire de l'Armée britannique jusqu'à très récemment. Apparemment, un grand nombre de ces pistolets se sont perdus dans la nature après la guerre des Malouines. Le numéro de série a été limé et il n'y a aucune empreinte utilisable sur la crosse ou le canon. Il reste trois balles dans le chargeur, qui semblent elles aussi vieilles de quelques décennies. Le pistolet n'a pas été entretenu et il n'avait probablement pas servi depuis longtemps. Précis uniquement à courte distance.

Elle releva les yeux de son papier et se rendit compte que Fox s'était esquivé sans qu'elle le remarque. Les autres membres de l'équipe prenaient des notes ou affichaient un air concentré, le front plissé.

— Des idées s'il vous plaît, dit-elle en balayant du regard les visages qui lui faisaient face.

— Il faut retrouver l'origine de l'arme…

— Quelqu'un doit bien savoir d'où elle vient…

— Peut-être contacter les bases de l'armée de terre de la ville… ?

— Savons-nous vers qui se tourneraient les truands s'ils avaient besoin d'une arme à feu ?

— Est-ce qu'on traite le meurtre comme un assassinat ? Si c'est un pro qui a fait ça, c'est peut-être un ex de l'armée…

— Sauf qu'un pro n'irait pas jeter son arme comme ça, non ? Il la démonterait et s'en débarrasserait par petits morceaux…

— Est-ce que l'arme aurait pu appartenir à la victime… ?

— D'autres examens de labo sont prévus… ?

Clarke, les bras croisés, écouta les diverses hypothèses et libéra ses troupes en répartissant de nouvelles tâches entre ceux qui en avaient besoin. Puis elle partit à la recherche de Fox, qu'elle trouva dans une pièce voisine, occupé à faire le tri parmi des boîtes de chemises.

— C'est quoi, tout ça ? lui demanda-t-elle.

— Les dossiers de Summerhall. Ils sont arrivés ce matin, avec la bénédiction du procureur général.

— Et ?

— Ceci, dit-il.

Il avait trouvé ce qu'il cherchait et posa les documents sur le bureau le plus proche.

— J'y ai pensé quand vous avez parlé des Malouines.

Clarke jeta un œil au rapport. Il était daté d'octobre 1982 et concernait un vétéran qui faisait un peu trop de bruit dans son HLM. Des voisins s'étaient plaints – ce n'était pas la première fois – et des agents étaient arrivés pour régler le problème. Ils avaient trouvé une petite quantité de cannabis dans l'appartement et, posé sur la table basse à la vue de tout le monde, un pistolet Browning.

Clarke s'interrompit et regarda Fox qui hocha la tête et lui fit signe de poursuivre sa lecture. De son nom Laurie Martin, l'ex-soldat avait été finalement inculpé de possession de drogue mais laissé en liberté, avec un simple avertissement et la recommandation de suivre une thérapie.

— J'imagine qu'à l'époque, personne n'avait entendu parler de stress post-traumatique, commenta Fox.

— Est-ce que je rate quelque chose ? demanda Clarke en regardant le verso de sa feuille, resté vierge. Il n'est pas fait état d'une arme dans le procès-verbal d'inculpation.

— Non, répondit simplement Fox.

— Comment ça se fait ?

— Une coïncidence ? proposa-t-il après un haussement d'épaules.

— Vous savez pertinemment que non. Un pistolet, même type et probablement aussi vieux que celui qui a servi à tuer Billy Saunders…, dit-elle en secouant lentement la tête.

— Faudrait-il interroger à nouveau Stefan Gilmour ?

— Ça servirait à quoi ? Je ne vois pas son nom ici, dit-elle en parcourant le rapport d'un coup d'œil rapide. C'est tout ce qu'il y a ? Aucune trace écrite de l'enregistrement de l'arme comme pièce à charge dans les casiers à preuves ? Aucune mention qu'elle ait été présentée au tribunal ?

— Je pourrais encore fouiller un peu plus – les tribunaux ont leurs propres archives…

— Une nouvelle aiguille dans une autre botte de foin, à mon avis.

Elle avait sorti son téléphone et y cherchait un numéro.

— Permettez-moi de deviner, dit Fox.

Rebus était assis dans sa voiture sur Great King Street quand il prit l'appel.

— Salut, Siobhan.

— Où es-tu ?

— Le parking de Gayfield Square, mentit-il. J'essaie de rassembler suffisamment d'énergie pour une heure ou deux en compagnie de l'inspecteur-chef Page.

— Sais-tu que nous avons retrouvé l'arme qui a tiré ?

— Celle qui a servi contre Billy Saunders ? Oui, félicitations, et tout ça…

— Un pistolet Browning, probablement rapporté au bercail après la guerre des Malouines. Ça te rappelle quelque chose ?

— Pourquoi, ça devrait ?

— Le numéro de série a été effacé, si ça peut t'aider à réveiller tes souvenirs.

— Je ne suis pas sûr, je…

— Laurie Martin, John. Ex-armée de terre, et bien du mal à retrouver ses marques chez les civils. Il a été amené à Summerhall par deux agents après un tapage nocturne.

— Attends, c'était quand, ça ?

— Octobre 1982.

— Je n'ai commencé à Summerhall qu'en novembre.

— Le nom de Laurie Martin ne t'évoque rien ?

— Non.

— Il faisait du tapage chez lui, les agents ont frappé à sa porte et trouvé l'arme dans son salon.

— Et puis ?

— À un moment donné, l'arme semble disparaître du paysage. Apparemment, elle n'a même pas été enregistrée comme pièce à conviction.

— C'est aller un peu vite en besogne si tu conclus que c'est bien elle qui a servi à tuer Saunders.

— Et c'est moi qui t'apprends tout ça ? Tu l'ignorais ?

— Parole de scout.

— Est-ce que ça vaut la peine que je mette le sujet sur le tapis avec les autres ?

— Les autres Saints, tu veux dire ?

— Nous avons interrogé Gilmour un peu plus tôt.

— Oh, ouais ?

— Et il s'en tient à sa version des événements.

— C'est son droit, je suppose.

— John…

— Ce n'est pas moi, l'ennemi, dans cette affaire, Siobhan. Quoi qu'il arrive, ne l'oublie pas.

— Qu'est-ce que tu racontes ?

— Je sens bien la patte de Fox derrière tout ça, je me trompe ? Il a lu et relu tout ce qui avait trait à Summerhall et mémorisé jusqu'au moindre détail. Veille à ce qu'il ne te mène pas trop en bateau…

Il coupa la communication et alluma une cigarette, chassant sa cendre par la vitre. Puis il appela Eamonn Paterson.

— C'est John. Tu peux parler ?

— Je n'ai rien sur le feu comme qui dirait, répondit Paterson. Quel est ton problème ?

— Ils ont amené Stefan pour interrogatoire.

— À propos de Billy Saunders ? Rien d'étonnant.

— Petit hic, ils ont l'arme.

— Oui, j'ai entendu ça à la radio.

— Ce que tu n'as pas entendu, c'est qu'ils pensent qu'elle appartenait à l'origine à un soldat du nom de Laurie Martin.

Il attendit une réponse mais n'entendit qu'un grand silence sur la ligne.

— Laurie Martin, c'était avant mon arrivée, mais je me souviens bien du Browning. Tu le gardais dans ton tiroir, mais il lui arrivait parfois de prendre un peu l'air après quelques verres, manière de plaisanter. C'était bien l'arme de Laurie Martin, n'est-ce pas ?

— Cet homme était un héros de guerre, John. Il avait crapahuté de long en large sur ces foutues îles et c'est tout juste si on lui avait dit merci. Ce soir-là, il nous a tout raconté – le sergent des détentions est venu nous chercher pour qu'on l'écoute. Cet homme avait besoin d'un soutien psychiatrique plus qu'autre chose et il n'allait certainement pas en recevoir beaucoup s'il se retrouvait en taule.

— Donc vous avez fait disparaître l'arme ? Mais par malheur, vous avez oublié de l'effacer du procès-verbal d'arrestation.

— Que veux-tu que je te dise, John ?

— Je veux que tu me dises ce qu'il est devenu.

— Le pistolet ? Je n'en ai pas la moindre idée. À notre départ de Summerhall, il avait disparu de mon tiroir.

— Quelqu'un l'avait pris ?

— Je ne sais pas... Mais ils ne réussiront jamais à le relier au meurtre de Saunders, dis-moi ?

— À toi de me répondre. Même s'il s'agit d'une preuve indirecte, aux yeux de Fox, c'est une autre pièce du puzzle qui se met en place. Et désormais, c'est une enquête pour meurtre, Eamonn, alors ne prends pas ça à la légère.

— Je ne suis pas stupide.

— Moi non plus. Il serait sage de ta part de ne pas l'oublier. O.K., changement de sujet : mets-moi au parfum sur Phil Kennedy dit l'Anguille.

— Voilà un nom tout droit sorti des archives, effectivement. Qu'est-ce que Kennedy vient faire là-dedans ?

— À toi de me répondre, encore une fois.

— Il n'y a rien à répondre, il est mort chez lui après une journée de picole. Un faux jeton et une petite merde. On aurait dû le foutre en taule mais ça ne s'est pas passé comme ça. « Non prouvé », a dit le verdict, la seule fois où on a réussi à le présenter devant un tribunal.

Non prouvé... Le verdict « bâtard » dont disposait un jury écossais quand, par manque de preuves, il jugeait que la Couronne n'était pas tout à fait parvenue à le convaincre de la culpabilité du prévenu. Lequel ressortait du tribunal en homme libre, son casier vierge et sans tache. Les mots coinçaient dans la gorge de tous les gars de la Criminelle : *Vous avez failli m'avoir, mais pas tout à fait.* Personnellement, il en avait vu, de ces ordures infâmes, qui sortaient du tribunal à l'issue d'un « non prouvé », arrogants comme des poux, un grand sourire aux lèvres et un clin d'œil au passage à l'adresse de tous les défenseurs de la loi qui avaient passé des centaines d'heures à bâtir leur dossier à charge – un dossier qui, aux yeux du cerveau collectif du jury, ne tenait pas la route.

Bonne chance pour la prochaine, disaient ces sourires et ces clins d'œil.

— Tu as assisté à l'autopsie ? demanda-t-il.

— Non.

— Et Gilmour et Blantyre alors ?

— C'était il y a si longtemps, John. (Un grand silence, comme si Paterson réfléchissait.) Je suis pratiquement sûr que c'était Frazer Spence. Ouais, Frazer a tiré la courte paille ce jour-là.

Menteur, se dit Rebus. *Pourquoi un tel mensonge ?* Le professeur Cuttle lui avait déjà donné les noms – Gilmour et Blantyre –, deux noms que Paterson avait choisi d'ignorer.

— Je ne vois toujours pas ce que Kennedy vient faire dans tout ce bazar, lui disait Paterson.

— Je ne pense pas qu'il y ait sa place, mentit à son tour Rebus.

Mensonge pour mensonge, prends-en un des miens – librement consenti, un échange n'est pas du vol.

Rebus raccrocha, termina sa cigarette et jeta son mégot par la vitre avant de relever la tête vers le dernier étage de l'immeuble en face. Puis il sortit de la voiture et s'avança d'un pas décidé jusqu'à sa porte d'entrée, où il appuya sur la sonnette marquée TRAYNOR/BELL.

— Oui ?

Il reconnut la voix et se pencha plus près de l'Interphone.

— C'est le sergent Rebus, annonça-t-il.

— Jessica Traynor ne veut pas vous voir.

— Ce n'est pas avec elle que je désire m'entretenir, Alice… mais avec vous.

— Qu'est-ce que vous voulez dire ?

— Si Jessica est là-haut, il serait peut-être préférable de descendre jusqu'ici.

— Pourquoi ? Qu'est-ce que j'ai fait ?

— Est-elle au courant pour vous et notre cher disparu le ministre de la Justice ? Et à ce propos, Forbes sait-il que vous voyiez son vieux ?

— Espèce de salaud, dit-elle. Fichez le camp et laissez-nous tranquilles.

— Je ne peux pas, Alice. Tant que je n'aurai pas quelques réponses.

— Juste… foutez le camp !

Un déclic lui apprit que l'Interphone venait d'être coupé. Il se redressa, attendit quelques secondes et battit en retraite jusqu'à sa voiture où il s'installa confortablement à la place du conducteur. Il se préparait à allumer une nouvelle cigarette pour passer le temps quand la porte de l'immeuble s'ouvrit brutalement. Alice Bell, fiévreuse et crispée, les mains serrées, inspecta la rue des deux côtés. En apercevant la Saab, ses yeux s'étrécirent et elle pinça les lèvres d'un air farouche comme pour afficher sa détermination. Lorsque Rebus lui fit signe de le rejoindre, elle s'avança, ouvrit côté passager et monta à bord, puis claqua la portière avec violence.

— Vous êtes méprisable.

— Lorsqu'un membre de l'équipe d'investigation vous a appelée, vous lui avez expliqué que McCuskey vous avait fait visiter les locaux du Parlement écossais. Pour autant que je sache, il a mordu à l'hameçon et n'a pas cherché plus loin. (Un blanc.) J'ai été personnellement moins convaincu et le simple fait de vous voir assise dans cette voiture ne fait que me conforter dans ma première impression. (Un autre blanc, plus long.) Alors voulez-vous me dire… ?

— Vous dire quoi ?

Rebus posa la nuque contre l'appuie-tête, le visage à moitié tourné vers elle.

— Jusqu'ici, les enquêteurs ne se sont intéressés qu'aux coups de fil les plus récents de Patrick McCuskey. Je peux remonter un peu plus loin en arrière et deviner quand tout a commencé…

— Il y a trois mois, finit-elle par répondre. Trois mois et demi.

— Comment vous êtes vous rencontrés tous les deux ?

— Forbes nous a emmenées, Jessica et moi, dans sa maison, et ses parents étaient présents. Lorsque j'ai dit que je m'intéressais à Alison Watt, Pat m'a dit qu'il y avait une toile d'elle au mur dans le bâtiment du Parlement.

Ce fut au tour d'Alice de faire une pause.

— C'est ainsi que tout a commencé, je suppose.

— Forbes et Jessica… ?

— Ils ignorent tout.

— Combien de fois vous êtes-vous retrouvés, lui et vous ?

— Huit fois, répondit-elle, presque fière de pouvoir être aussi précise.

— Chez lui, dans sa maison ?

Elle répondit non de la tête.

— Jamais là-bas, ajouta-t-elle.

— Où alors ?

— Un de ses amis a un appartement sur Holyrood Road et il est très souvent à Londres. (Elle avait commencé à rougir.) Je sais qu'il est beaucoup plus âgé que moi et… et c'est le papa de Forbes et tout, mais…

— Vous n'êtes pas au confessionnal, Alice.

— Vous ne pensez pas…

— Que sa mort ait un rapport avec vous ? dit-il en secouant déjà la tête. Non, sauf si vous me dites le contraire.

— Alors je ne vois pas…

Rebus se tourna sur son siège pour lui faire face.

— J'ai besoin de renseignements, Alice. J'ai besoin de savoir ce qui s'est passé le soir de l'accident de la Golf. Mes tripes me disent que Jessica se sera confiée à vous.

— C'est faux.

— Je crois que vous mentez.

— Non, je ne mens pas !

— Eh bien, si c'est ainsi que vous voulez me la jouer, il est tout à fait possible que je partage votre petit secret avec quelques amis communs – Jessica et Forbes pour commencer, puis l'équipe qui enquête sur la mort de M. McCuskey.

— Vous êtes *ignoble*, dit-elle d'une voix tremblant de fureur, ses yeux lançant des éclairs.

— Je préfère l'expression « dur mais juste ».

— Qu'est-ce qu'il y a de juste dans vos menaces ?

— Écoutez, je vais vous faciliter les choses. Forbes fournissait ses copains étudiants en drogues. Ma théorie est qu'une revente s'est mal passée ce soir-là et qu'il a crashé la voiture en cherchant à prendre la fuite. Après quoi il a continué à cavaler sans même s'arrêter, en abandonnant Jessica à son triste sort. Je vous pose maintenant la question : à votre avis, *ça*, c'est juste ?

— Je ne sais plus que penser.

Elle cilla à plusieurs reprises, comme si elle avait du mal à voir clairement le monde alentour puis, après une profonde inspiration, se ressaisit. Rebus n'était plus pressé, il savait qu'elle ne tarderait pas à lui donner quelque chose.

— Forbes se procure la came dans un bar.

— Du centre-ville ?

Elle secoua la tête.

— Le bar s'appelle le Gimlet. Je crois qu'il se trouve à Gorgie ou tout près.

— Tout près, confirma Rebus. Quel est son contact ? Le propriétaire ? Un dénommé Darryl Christie ?

Elle secouait la tête de nouveau.

— Un des portiers. Deano ? Un nom comme ça.

— Deano, confirma encore Rebus.

— C'est tout ce que je sais.

— Pas de conversations en catimini entre Forbes et Jessica depuis l'accident ? Pas de coups de téléphone étouffés quand elle ne sait pas si vous écoutez ?

— Rien de tout ça, dit Alice Bell en vrillant son regard dans le sien.

— Elle est en haut en ce moment ?

Bell acquiesça.

— Elle est au téléphone avec son père – pour l'enterrement de demain.

— Où est le problème ?

— Son père voulait y faire une apparition et Jessica est en train de le dissuader de venir. Apparemment, il a appelé Forbes et l'a accusé d'avoir failli tuer sa fille. Elle craint qu'il ne fasse une scène... (Son regard se durcit.) C'est vous qui lui avez mis cette idée en tête.

— Nous savons l'un comme l'autre que c'est Forbes qui conduisait, Alice.

Elle avait saisi la poignée et poussait la portière.

— Vous taillez votre chemin comme un soudard, vous savez, sans vous soucier de toutes les vies innocentes que vous blessez au passage. Et je sens bien qu'en plus, vous y prenez votre pied.

Elle était sur le trottoir et il la suivit des yeux alors qu'elle franchissait la rue et entrait dans l'immeuble. Une fois qu'elle eut disparu à sa vue, il remarqua qu'elle avait laissé la portière passager grande ouverte, et impossible de l'atteindre de là où il était assis. Il allait devoir sortir et la refermer de l'extérieur. Un petit règlement de comptes, mesquin mais efficace.

Il ne put qu'admirer la gamine.

17

— C'est vous, Deano ?

— Qui le demande ?

Il était 20 heures et la musique beuglait depuis l'intérieur du Gimlet qui proposait à l'entrée, inscrit à la craie sur un tableau noir, SOIRÉE 80's. Le videur posté à la porte, en polo et long manteau en laine noirs, avait les mains dans les poches et les pieds écartés.

— Sergent Rebus, répondit ce dernier en ouvrant son insigne. Votre patron est là ?

— Pas ce soir.

— Aucune idée de l'endroit où je pourrais le trouver ?

— Non.

Rebus fit mine d'être découragé, à tel point qu'il finit par se gratter la tête en désespoir de cause.

— C'est pas votre soir apparemment, vous n'avez pas de bol, déclara le videur.

— Pas moi, Deano, pas moi, lui répondit Rebus. *Vous*.

Le gars avait cinq centimètres de plus que lui et à peu près la même corpulence, à ceci près que la sienne masquait une musculature tonique et entretenue. Un seul coup d'œil à son cou avait suffi à Rebus pour reconnaître un habitué des salles de gym et les cicatrices qui ourlaient ses deux sourcils étaient parlantes : il avait devant lui un ancien boxeur, qui pratiquait peut-être encore. Ses petits yeux soupçonneux croisèrent les siens.

— Et comment je dois prendre ça ?

— J'avais l'intention de m'entretenir avec Darryl en personne, mais je suppose qu'un simple coup de fil fera l'affaire. Ça remonte à loin nous deux, votre patron et moi. Je me suis dit qu'il serait juste de le prévenir…

Deux habitués venaient d'arriver, des hommes à peine plus jeunes que Rebus.

— Tout baigne, Deano ? dit l'un d'eux.

Deano acquiesça en s'écartant d'un pas de côté pour les laisser passer. Dès que la porte s'ouvrit, Rebus reçut en pleine figure une explosion de Duran Duran accompagné par une voix inconnue que le groupe n'aurait certainement pas remerciée pour son bel effort. La porte se referma et Deano reprit son échange de regards avec Rebus.

— Le prévenir de quoi ? demanda-t-il.

— Quelqu'un se sert du Gimlet pour fourguer de la drogue. Je l'ai dit, je connais Darryl et il n'est pas assez stupide pour faire ça. Je ne prétends pas qu'il refuserait de s'intéresser à cette activité, mais je doute fort qu'il la laisserait s'exercer dans un lieu auquel il est si visiblement lié… Vous voyez où je veux en venir ?

Le videur avait beau faire de son mieux pour rester impassible, il ne put s'empêcher de serrer les poings en changeant la position de ses pieds. Autant de petits tics qui prouvaient à Rebus que le mec commençait à perdre de sa superbe.

— Darryl voudra savoir, insista-t-il. Ça se passe ici même sans qu'il ait donné son aval. Ce qui signifie que vous ne faites pas votre boulot. En fait, la rumeur dit même que celui qui fourgue pourrait bien être un de ses employés, et j'imagine que Darryl sera ravi d'apprendre que l'un de ses hommes risque de faire de lui la cible privilégiée de la brigade des stups. Qui sait ce qu'elle découvrira quand elle se mettra à fouiller la place de fond en comble ?

— Je n'ai pas la moindre idée de ce que vous racontez.

— Dans ce cas, il n'y a aucun problème. Je vais simplement appeler Darryl et le mettre au courant, répondit Rebus en prenant la liberté d'avancer la main et de lui tapoter l'épaule.

— Ça pourrait être un client, lâcha Deano.

— Pardon ?

— Le vendeur de drogue… ça pourrait être un client.

Rebus secoua la tête et essaya de prendre un air inspiré.

— De ce que j'ai entendu dire, ce serait quelqu'un de beaucoup plus proche de la maison. Quelqu'un qui vous ressemblerait comme deux gouttes d'eau.

Il avait le nez collé à son portable et en rajoutait des tonnes en faisant défiler son répertoire.

— Nous y voilà, dit-il, en collant l'appareil à son oreille.

— Attendez une minute, dit Deano.

— Quoi ?

— Posez votre téléphone.

Rebus s'exécuta et attendit que les rouages aient fini de tourner sous le crâne du videur.

— Si vous êtes aussi sûr que c'est moi, pourquoi vous me faites chier comme ça ? Pourquoi vous me dites que vous le savez ?

— Parce qu'il n'est pas nécessaire que Darryl soit mis dans la confidence. Vous m'aidez, je vous aide.

— Je suis l'indic de personne, je suis pas une balance.

— Du calme… ce ne sont pas les secrets de votre patron qui m'intéressent.

— C'est quoi alors ?

— Vous vendez à un jeune gars du nom de Forbes McCuskey.

— Vraiment ? Qui est-ce qui dit ça ?

— Je n'ai pas le temps de jouer, Deano.

Rebus reprit son portable mais le videur lui saisit le poignet.

— O.K., O.K., dit-il en scrutant la route dans les deux directions. Je sais qui est Forbes McCuskey.

— Enfin, une bonne base de départ. Vous êtes au courant de l'accident de voiture ?

Deano parut interloqué et c'était sincère.

— Il a eu un accident ?

— Sa petite amie était avec lui quand c'est arrivé. Sur la route de Kirkliston, de l'autre côté de l'aéroport.

— Et qu'est-ce que ça vient faire avec le reste ?

— Vous ne vous trouviez pas dans les parages, par hasard ?

Deano fit non de la tête.

— Alors comment ça se passe quand Forbes vient vous acheter la came ?

— Il s'arrête là-bas, de l'autre côté de la route, expliqua Deano en montrant l'endroit où était garée la

Saab. Il descend sa vitre, je m'approche, il me dit ce qu'il lui faut et je lui fixe un prix.

— Un pigeon à soigner, j'imagine, bel étudiant friqué et tout le tralala ?

— Je suis réglo, répondit vivement Deano, presque vexé par une telle accusation.

— Vous savez que c'est le fils du ministre de la Justice ? lui demanda Rebus en l'observant le temps qu'il acquiesce. Jamais été tenté de vous servir de ça ?

— Je l'ai appris seulement quand son père est mort. J'ai vu sa photo en première page du journal.

— Vous êtes sûr que vous n'aviez pas fait le rapport avant ça ? Quand même, il y a quelques journaux qui pourraient cracher un bon prix pour une histoire comme celle-là.

— Difficile de leur refiler le bébé sans me dénoncer moi-même.

— C'est pas faux, admit Rebus. Et si jamais Darryl venait à découvrir que vous conduisez vos petites affaires sans son accord…

Deano se raidit et carra les épaules.

— Combien en vendiez-vous à McCuskey ?

— Assez pour qu'il puisse partager avec ses amis.

— Coke ? Ecstasy ?

— Quand il en voulait et la quantité demandée, plus un peu de haschich.

— Et où vous fournissez-vous personnellement ?

Le videur secoua la tête, lentement cette fois, et avec conviction.

— Vous avez eu ce que vous vouliez.

— Fils, je viens tout juste de commencer.

Il fallut un moment à Rebus pour rassembler ses pensées.

— Forbes était freelance ? Il ne travaillait pas pour vous ?

— Non.

— C'est quand la dernière fois que vous l'avez vu ?

— Il y a deux semaines.

— C'est normal ?

— Il a peut-être d'autres choses à penser en ce moment.

— C'est vrai, mais je me demande tous les combien il passait vous voir. Il s'est peut-être trouvé un autre fournisseur.

— Vous croyez que c'est ce qu'il faisait le soir de l'accident ?

Rebus haussa les épaules. Une voiture ralentissait au passage devant le bar, modèle bas de gamme, échappement modifié, avec deux jeunes mecs à l'avant et deux à l'arrière. Hip-hop à fond la caisse. Constatant que Deano avait de la compagnie, ils semblèrent reconnaître le genre de ladite compagnie et s'éloignèrent aussitôt à toute vitesse, la bagnole grondant de tous ses cylindres.

— Possible que vous ayez raté une vente, s'excusa Rebus.

— Ils reviendront, dit Deano. On en a fini ?

— Juste une dernière chose, lui dit Rebus.

Il alluma une cigarette après le refus silencieux de Deano devant le paquet qu'il lui avait proposé.

— Un chauffeur de taxi du nom de Billy Saunders a pris un client ici il y a quatre soirs de ça. Après quoi, plus personne ne l'a revu jusqu'à ce qu'on le retrouve avec une balle dans la poitrine, flottant dans le canal.

— J'ai entendu ça.

— Et j'imagine qu'à ce stade, vous avez été interrogé par la police ?

Le videur hocha la tête.

— Que leur avez-vous dit ?

— J'ai dit que j'ignorais tout de l'identité de son client cette nuit-là, et que je ne savais même pas si un taxi s'était présenté.

— C'est bien ce que je pensais. Mais maintenant, à moi, vous allez me dire la vérité. Voyez-vous, Darryl m'a déjà répondu que c'était vous à la porte ce soir-là. Et qu'un taxi avait été appelé pour conduire quelqu'un d'ici à Niddrie, et c'est à Niddrie que la voiture a terminé sa course. Donc un client de ce pub a pris place à l'arrière du véhicule et il a bien fallu qu'il passe devant vous quand il est parti.

— Je prenais peut-être ma pause à ce moment-là.

Rebus plissa les yeux au travers d'un nuage de fumée de cigarette et se pencha en arrière pour bien montrer qu'il n'en croyait pas un mot.

— Le mensonge fait peut-être partie de vos obligations professionnelles, Deano, mais vous n'êtes vraiment pas doué pour ça. Vous voulez bien réessayer ?

— Et si le taxi était là pour un gars que je connaissais ? Le gars va se retrouver automatiquement soupçonné du meurtre du chauffeur ?

Rebus secoua la tête.

— Saunders avait de gros soucis. Il a abandonné son taxi et dormi deux ou trois nuits à la belle étoile. Personne ne pense qu'il y ait le moindre rapport entre son meurtre et son passager. Nous avons juste besoin de savoir si Saunders a dit quelque chose, s'il semblait à cran ou s'il a pu passer un coup de fil de son portable…

— La réponse est non, dit Deano.

La porte du bar s'ouvrit brutalement pour laisser sortir un couple chancelant, un homme et une femme enlacés l'un à l'autre qui gloussaient comme les ados qu'ils n'étaient plus. Ignorant Rebus et le videur, ils piquèrent droit sur les appartements derrière le Gimlet mais la femme dut s'arrêter en chemin le temps d'ôter ses hauts talons, en se raccrochant désespérément à son homme pour ne pas perdre l'équilibre.

— C'était vous le passager ? demanda Rebus à mi-voix et Deano finit par acquiescer. Une livraison urgente, peut-être ? Ou alors les stocks étaient au plus bas et vous deviez les regarnir ?

— Je lui avais demandé de m'attendre. Cinq minutes, dix max, pas plus. Je lui ai filé un billet de vingt comme acompte. Mais quand je suis ressorti, il avait disparu.

— Connaissait-il la raison de cette course tardive ?

— Non.

— Vous n'aviez jamais utilisé ses services auparavant ?

— Pas que je sache.

— Et il vous a paru aller bien ?

— J'ai passé presque tout mon temps à textoter.

— Quand vous lui avez donné l'argent en lui demandant d'attendre…

— Il s'est contenté de hocher la tête… C'était peut-être ça le plus bizarre. Il n'a pas dit un mot, il avait l'air dans la lune. Il a juste fixé son pare-brise quand j'ai posé les vingt livres sur le siège passager… Hors de question que je raconte ça à quelqu'un d'autre, ajouta-t-il avec un regard lourd à Rebus.

— Il va falloir que j'y réfléchisse.

— Je nierai tout. Ce sera votre parole contre la mienne.

— Je me demande quelle version votre patron choisira de croire, Deano. Il est bien possible que la police soit le moindre de vos soucis.

Rebus traversa la chaussée et rejoignit sa voiture. Il mit le contact et agita la main en direction du videur avant de repartir.

Deano suivit la Saab des yeux jusqu'à l'intersection suivante. Et même quand elle eut disparu, il continua à fixer la chaussée déserte, à croire qu'une chose masquée par le coin de la rue allait surgir subitement et changer sa petite vie bien réglée de fond en comble et pour toujours. En entendant un grondement lointain, il comprit que la voiture hip-hop traînait encore dans le quartier et fit demi-tour pour rentrer au Gimlet. Il savait désormais que son sanctuaire n'était plus qu'une douce illusion et risquait fort de ne pas durer bien longtemps.

— On va finir par croire que tu n'as aucune vie sociale, dit Rebus.

Il avait reconnu l'Astra garée devant son immeuble et Clarke qui s'en s'extrayait péniblement, un sourire las sur le visage.

— Tu ne m'as pas l'air non plus de quelqu'un qui aurait fait la fête, répondit-elle.

— La police ne dort jamais, Siobhan. Mais à ta place, je ferais une exception. Ta charge de travail te monte à la tête ?

— Je ne tiens pas à m'emmêler les pinceaux.

— Statistiquement, les sacs de nœuds ont plus de chance de se produire quand le patron n'a pas eu son compte de sommeil, dit-il en cherchant ses clés. Tu montes ?

— Ton thé, tu peux le faire costaud ?

Rebus la calma d'un petit *t-t-tut* de la langue.

— Lait chaud pour toi, jeune dame. Et je te ramène chez toi ensuite, si tu es trop fatiguée pour conduire…

Il faisait froid dans l'appartement et il monta le thermostat des radiateurs du salon avant de mettre son téléphone à charger et de faire le thé. Clarke alla dans la cuisine et ouvrit le frigo.

— Tu as faim ? lui demanda-t-il.

— Ce que je viens de voir m'a peut-être coupé l'appétit pour de bon, répondit-elle en refermant la porte sur un bout de fromage desséché et des saucisses grisâtres.

— On pourrait se faire livrer de quoi manger.

Mais elle déclina son offre d'un signe de la tête et le regarda sortir les sachets de thé des deux mugs. De retour au salon, elle posa la tête contre le dossier du canapé, les yeux fermés.

— Allonge-toi si tu veux, dit-il en s'installant dans son fauteuil. Ensuite, tu pourras me parler de tes problèmes.

— Comme chez le psy, tu veux dire ? lui souritelle, paupières toujours closes. Je t'en parlerai quand tu m'auras parlé des tiens d'abord.

— Est-ce que j'ai l'air d'un homme à problèmes ?

Elle tourna la tête et le regarda.

— Tu en as, pourtant. À commencer par le pistolet. Tu sais quelque chose, parole de scout ou pas, tu craches le morceau.

Rebus la fixa par-dessus le rebord de son mug.

— Il y avait effectivement un pistolet tout pareil, reconnut-il. Ça n'en fait pas pour autant le même pistolet.

— Pris à un vétéran de l'armée de terre ? Et ensuite quoi ? Il traînait à Summerhall et tout le monde pouvait l'emprunter ?

— En ce qui concerne les Saints, ils repayaient une dette. Ce soldat avait servi son pays et ils ont décidé de lui épargner la prison.

— Ce n'était pas à eux de décider, John.

— Je sais.

— À qui as-tu parlé ? Paterson ? (Il hocha la tête.) Qu'est-ce qu'il t'a dit ?

— L'arme était dans un tiroir de son bureau. Et un jour, juste avant le grand déménagement, elle n'était plus là.

— Seule une poignée de personnes y avaient accès.

— Difficile de savoir si c'était bien la même, non ? dit-il avant d'ajouter devant son regard : Bon, d'accord, il y a de fortes probabilités, sans plus.

— L'individu qui a tiré sur Saunders doit avoir des résidus de poudre sur la peau et les vêtements.

— S'il s'agit d'un ancien flic, il saura comment s'en débarrasser, rétorqua-t-il en agitant les doigts, la main en l'air : Une petite reniflette, inspecteur ?

— C'est dégoûtant, dit-elle, et elle but une gorgée de thé.

— Écoute, je regrette de ne pas t'en avoir parlé. Je voulais vérifier d'abord quelques détails.

— Et donc tu as téléphoné à Paterson et tu l'as prévenu ?

— Je ne l'ai pas appelé pour le prévenir…

— Mais quelqu'un qui ne te connaît pas aussi bien que je te connais pourrait aisément croire le contraire. Je dirige une enquête pour meurtre, John, et la dernière chose dont j'ai besoin, c'est qu'on me mette des bâtons dans les roues.

— Compris.

— Tu as fait l'armée, n'est-ce pas ? Tu as porté un Browning ?

— Treize balles dans le chargeur et on ne savait jamais si l'une d'elles n'allait pas partir toute seule et te blesser à la cuisse ou à la cheville.

— Comment ça ?

— Le cran de sûreté ne méritait pas vraiment son nom. On ne montait jamais une balle dans le canon.

— Mais facile à utiliser, non ? Quelqu'un qui ne se serait jamais servi d'une arme à feu pourrait-il toucher sa cible ?

Il acquiesça et lui demanda comment s'était passé l'interrogatoire de Stefan Gilmour.

— Il a débarqué avec un avocat particulièrement flamboyant, dit-elle.

— Il fallait s'y attendre.

— Ça ne le rend pas moins coupable pour autant.

— J'ai comme l'impression que les médias doivent partager ton avis.

Quand son téléphone tinta, la prévenant d'un message, Clarke consulta l'écran.

— La coïncidence est plus que troublante, dit-elle. C'est justement un membre de la meute. Laura Smith.

— La journaliste criminelle du *Scotsman* ?

— Elle croit que je suis en dette avec elle, confirma Clarke. À cause du tuyau qu'elle m'a donné sur Forbes McCuskey et ses petits trafics.

— Elle serait déjà très contente si tu lui disais que tu as établi le lien entre Summerhall et l'arme du crime.

— Je n'en suis pas encore là. Elle en est où d'ailleurs, l'affaire McCuskey ?

— Tu veux parler du père ou du fils ?

— Des deux, je suppose.

Il se leva et alla jusqu'à la fenêtre en encorbellement. Il l'ouvrit puis s'accroupit et alluma sa cigarette en soufflant la fumée vers l'extérieur.

— J'apprécie le geste, lui dit-elle. Et pour ce qui est des McCuskey…

— En ce qui concerne le cambriolage avec effraction, tu en sais probablement autant que moi.

— Tu as établi le lien avec le fils ?

— Non…

— Ce qui veut dire que tu n'en es plus très loin.

— Rien qu'à ma façon de répondre « Non » ?

Elle lui assura que oui.

— Nous allons donc voir immédiatement si tu m'estimes digne de confiance, attaqua-t-elle.

— J'ai confiance en toi.

— Alors partage, le pressa-t-elle.

— Toi d'abord, lui répondit-il, un doigt en l'air. Comment se débrouille Fox ?

— Il est O.K. L'esprit vif, même s'il est un peu rouillé côté procédure, pour un gars de la Criminelle.

— As-tu confiance en lui ?

— Je crois, oui.

— Même s'il est toujours possible qu'il joue le jeu pour l'équipe de Macari ?

— J'ai confiance en lui, déclara Clarke. Maintenant, à ton tour.

Rebus souffla la fumée dans l'entrebâillement de la fenêtre.

— Forbes McCuskey, c'est du menu fretin. À mon avis, il achète juste assez de came pour la revendre à son entourage immédiat – il doit penser que ça lui donne de l'importance et une certaine envergure. Il se procure la dope auprès d'un videur du Gimlet.

— Le pub de Darryl Christie ?

— Celui-là même. Mais en douce, dans le dos de Christie qui n'est pas au courant. Donc, quand tu interrogeras le portier – il s'appelle Deano, à propos –, fais ça discrètement. Il pourrait nous être utile à l'avenir, ce qui ne risque pas d'arriver si Christie le vire avec pertes et fracas.

— Et pour quelle raison irais-je interroger ce Deano ?

— Parce que c'était lui le passager du taxi de Billy Saunders, il devait aller à Niddrie faire un peu de shopping. Il dit que Saunders ne lui a pas paru particulièrement anxieux. Il était censé l'attendre mais il a disparu.

— Autre chose ?

Rebus lui signifia que non.

— Et tu allais m'apporter tout ça sur un plateau dès demain matin, c'est ça ?

— Naturellement. Et ton thé, il est comment ?

— Je crois que le lait est un peu passé.

— Même passé, parfois il remplit encore son office… Si tu veux laisser ta voiture ici, je peux te ramener chez toi. Je n'ai pas envie que tu t'endormes au volant.

Elle étouffa un bâillement et secoua la tête en même temps.

— Tu sais que ton pote Gilmour connaît bien Owen Traynor ?

— Oui.

— Et ça aussi, tu le gardais pour toi ?

— Bien sûr que non, c'est l'évidence même. Qui te l'a dit ?

— Laura.

— Une dette de plus.

— La flamboyante armure du preux chevalier de la campagne Mieux Ensemble commence à se ternir de plus en plus.

— C'est bien pour ça que je ne vote pas. Mon ex avait fait campagne pour la décentralisation, en 1979. Ça me rendait complètement marteau.

— Mais aujourd'hui, la chance nous est offerte de prendre un nouveau départ, le taquina Clarke.

— Il y a un truc à savoir sur les nouveaux départs, Siobhan…

— Lequel ?

— D'habitude, ça reste du pareil au même, le déguisement en plus.

Assis au chevet de son père, Malcolm Fox repensait au professeur Norman Cuttle, à cet instant précis où il s'était mordu la langue pour ne pas révéler à Rebus que son père était lui aussi dans la même situation, dans une maison de vieux pas très différente de celle de Colinton. Mitch Fox somnolait. Malcolm avait jeté un coup d'œil à la pièce, aux quelques meubles choisis venus de leur ancienne maison, ceux que son père avait décidé de conserver auprès de lui. Tous les autres avaient été répartis entre lui-même et sa sœur Jude, et le reste vendu. Une coulée de salive avait séché et formait une croûte salée sur son menton pas rasé à la peau rouge et endolorie. Il faudrait qu'il en touche un mot au personnel, qui aurait naturellement une réponse toute prête – comme à chaque fois –, mais il la poserait quand même, pour que ces gens sachent bien qu'il prêtait attention à ces détails.

Fox était fatigué mais il voulait attendre que son père se réveille. De cette façon, il pourrait lui dire au revoir comme il se devait. Ils discutaient des derniers exploits du Hearts FC avec, de-ci de-là, un mot sur le temps ou les problèmes du tram. Après un unique ronflement, Mitch cligna des yeux. Il était réveillé.

— J'ai piqué un somme, avoua-t-il.

— Un gage certain de la qualité de ma conversation.

— Passe-moi le verre, tu veux ?

Ce n'était pas du verre, en fait, mais un plastique robuste et translucide qui encaissait les chutes sans se briser. Il restait deux centimètres d'eau tiède dans le fond, que Mitch vida d'une gorgée en faisant non de la tête quand son fils voulut le resservir. Il s'appuya contre ses oreillers et le regarda.

— C'en est fini de ton séjour chez les Plaintes, c'est ça ?

— Plus ou moins.

— Et ils vont te reprendre au CID ?

— Pourquoi ? Tu penses que je ne serai pas de taille ?

— Tu vas en baver.

— Je suis blindé.

— C'est justement là le problème. Tu es tout… sauf blindé. C'est bien pour cette raison que les Plaintes t'allaient comme un gant. Des tonnes de papier plutôt que du sang et des tripes.

— Et c'est reparti pour un tour !

— Quel tour ?

— Ces temps derniers, chaque fois que je passe te voir, tu te sens toujours obligé de remuer le couteau dans la plaie.

— Vraiment ?

— Tu le sais très bien.

Fox s'était levé afin d'arpenter le peu d'espace disponible. Quelques semaines auparavant, il avait reçu une lettre lui signifiant qu'il pourrait économiser de l'argent si son père acceptait de partager sa chambre avec un autre patient de la maison. Il avait été tenté, non parce qu'il ne pouvait se permettre de payer la pension de son père en chambre individuelle, mais juste pour voir l'expression du visage de Mitch – une sorte de petite victoire cruelle.

— Pourquoi souris-tu ? lui demanda son père.

— Tu as toujours de bons yeux, en tout cas.

— Ça ne répond pas à ma question.

— Je me demandais juste si j'allais passer au Chinois avant de rentrer.

— Tu ne te nourris pas correctement.

— Mieux que certains. À propos, tu as vu Jude ?

— Ta sœur aussi se fait du souci pour toi.

— Dis-lui de ne pas se tracasser.

— Elle dit que vous vous êtes fâchés.

— Je lui ai donné cinquante livres la semaine dernière et quand je suis repassé le lendemain, j'ai vu qu'elle avait fait le plein de gnôle et de cigarettes plutôt que de nourriture. Et il ne lui restait plus un penny.

— Elle a besoin qu'on veille sur elle.

— Merci mais non.

— Qui d'autre le fera si ce n'est toi ?

— Tu ne crois pas que j'ai essayé ?

— Oh, tu es doué pour filer de l'argent, mais parfois, ça ne suffit pas.

— Je passe te voir chaque fois que je le peux. Et Dieu seul sait pourquoi, ça se termine toujours de la même façon.

— Je serais un peu rassuré si je savais que les choses allaient s'arranger pour vous deux.

— On se débrouille.

Fox écarta les bras et haussa les épaules.

— J'aimerais pouvoir te répondre que nous sommes tous deux candidats au prix Nobel, mais c'est comme ça.

Le sourire de Mitch était plein d'aigreur.

— Vous avez toujours été comme ça. À tous les deux, vous formiez la paire et ça faisait grimper votre mère au mur.

— Je ne m'en souviens pas.

— Non, bien sûr. Toi, on t'aurait donné le bon Dieu sans confession. Tu portais les sacs de courses, tu mettais la table… Mais si jamais tu faisais une bêtise, tu te dépêchais d'en rejeter la faute sur cette pauvre Judy en mentant comme un arracheur de dents.

— Cet assassinat en règle va durer encore longtemps ? dit Fox en lui montrant bien qu'il consultait sa montre. Il se trouve malheureusement que j'ai rendez-vous, avec un menu à emporter…

— Tu crois vraiment que tu tiendras le coup s'ils te réexpédient au CID ?

— En ce moment, je travaille sur une enquête pour meurtre, et je n'ai encore eu droit à aucun graffiti dans les toilettes.

— C'est déjà quelque chose, j'imagine.

Les paupières de Mitch retombaient et sa bouche s'entrouvrait légèrement.

— Je ferais bien de partir, papa, dit Fox.

Il retourna près du lit et frôla le dos de la main de son père.

— Ça te dirait, une crème glacée en bord de mer ce week-end ?

— Et je rentrerai requinqué par le bon air iodé ?

— À Portobello ? Je crois que je peux te le garantir.

— Et Jude est invitée ?

— Je lui demanderai, dit Fox qui serra une dernière fois la main tachetée et sentit qu'elle le serrait en retour.

JOUR 10

18

Le crématorium de Mortonhall avait rarement connu une telle affluence, mais on ne voyait pas d'alignements de voitures dans les rues avoisinantes : leurs véhicules rangés le long du trottoir, journalistes et équipes de télévision étaient canalisés comme un troupeau mené au corral par des barrières métalliques de l'autre côté de la route, face à l'entrée du crématorium. Le parc de stationnement était plein et tout le monde attendait l'arrivée du corbillard transportant la dépouille de Patrick McCuskey. Rebus doutait fort qu'un dixième seulement de cette foule assisterait aux obsèques de Billy Saunders, et ceux qui y viendraient auraient du mal à remplir les deux premiers rangs de la petite chapelle. Au contraire d'aujourd'hui où, sous un soleil radieux, seuls la famille et les amis proches avaient le privilège de se réunir dans la grande chapelle réservée pour l'occasion, le reste de l'assistance ayant été prié de se cantonner dehors pour rendre ses derniers hommages en plein air. Des haut-parleurs avaient été installés à l'extérieur afin qu'ils puissent suivre le service religieux. Parmi ces gens, certains palabraient encore en se demandant si eux aussi étaient dignes d'avoir une place à l'intérieur, mais leur petit groupe se dissémina à l'arrivée d'une flotte de voitures officielles chargées d'hommes politiques chevronnés de tous bords, des huiles de la police et du Lord Provost d'Édimbourg. Un chauffeur en livrée ouvrit la portière arrière d'une Jaguar et Stefan Gilmour apparut. Il était seul et Rebus se demanda si sa présence n'était pas un message du camp du non, l'occasion pour lui de redorer son blason tant son image risquait d'avoir été écornée après son interrogatoire par la police dans le cadre d'une enquête pour meurtre. La plupart des regards se fixaient sur le Premier ministre et son secrétaire, mais celui de Rebus ne quittait pas Gilmour. En costume sombre tiré à quatre épingles, chemise blanche, cravate noire et lunettes de soleil, il ajusta ses manchettes et boutonna sa veste. Puis il aperçut son ancien collègue. Au contraire des politiques qui entraient dans la chapelle en file indienne, il choisit de prendre la direction opposée et rejoignit Rebus, debout sur le trottoir à côté d'une rangée de bancs couverts. Il le salua d'un signe de tête.

— Qu'est-ce que tu fais ici ? lui demanda-t-il à mi-voix, avant d'ôter ses lunettes et de les glisser dans sa poche.

— Je rends mes derniers hommages, répondit Rebus.

— C'était un homme bien, et je ne parle pas de politique. Vous avez avancé dans l'identification de son meurtrier ?

— Pour autant que je sache, non. Mais il y a eu de petits progrès sur Saunders.

— Oh ?

Les deux hommes faisaient mine de s'intéresser aux portes de la chapelle et à la foule qui s'y pressait.

— L'arme a été retrouvée.

— J'ai entendu.

— Possible que ce soit le Browning que Porkbelly gardait dans le tiroir de son bureau.

— Ce ne sera pas facile à prouver.

— N'empêche que tu risques fort de repasser sur le gril bientôt.

— Comme si j'avais besoin de ça, marmonna Gilmour.

— Le problème, vois-tu, Stefan, c'est que cette arme a disparu à peu près au moment où tu allais te faire virer.

— C'est moi qui ai démissionné, je te rappelle, rectifia Gilmour. En perdant au passage une belle part de ma pension.

— Dans le cas contraire, les Plaintes nous seraient tombées dessus à bras raccourcis.

— Et des lièvres, elles en auraient levé, n'oublie pas ça, John.

— Comment le pourrais-je ?

Gilmour se tourna vers lui pour le regarder de plus près.

— Tu ne penses tout de même pas que c'est l'un de nous qui a tué Saunders, dis-moi ?

— Et pourquoi pas ? À l'époque, nous étions capables de tout ou presque – c'est peut-être encore vrai aujourd'hui, répondit Rebus sans baisser les yeux. On était de mauvais flics, Stefan. C'est ça, la vérité. Et de nous tous, c'est toi qui avais le plus à perdre.

— C'est bien possible, mais je ne l'ai pas tué. Et si je te disais que c'est Frazer Spence qui avait emporté le pistolet chez lui ?

— Je répondrais que tu mens. S'il y a un seul Saint à ne pas être sur la sellette aujourd'hui, c'est bien Frazer.

— Je doute fort que Dod Blantyre ait pu aller jusqu'au canal par ses propres moyens.

— Ce qui laisse Porkbelly, toi et moi – or je sais que ce n'est pas moi.

— Et si ce n'était aucun de nous trois ? Saunders avait fait de la prison, des fêlés, il en avait connu un paquet. Là-dehors, il y a des tas de mecs qui ont pu garder une dent contre lui. Tu présumes que c'est la même arme, mais je n'ai pas entendu l'ombre d'une preuve.

— La fois où tu lui as téléphoné, tu as essayé de l'acheter ?

— J'étais sûr que ça ne marcherait pas. Il aurait pris l'argent et serait revenu me harceler.

— En d'autres termes, il ne t'aurait plus jamais laissé en paix ?

— Exact.

— Un aveu qui n'arrange pas vraiment tes affaires… Qu'est-ce qu'il avait dans sa musette, Saunders ? Qu'est-ce qu'il aurait pu révéler à Macari et à son équipe ? J'ai vérifié de près le registre des incarcérations et il y manque une demi-page la semaine précédant le meurtre de Merchant par Saunders. Ça m'a donné à réfléchir – est-ce que Saunders disposait d'une monnaie d'échange ? Des petits secrets peut-être ? Il vient te voir, te dit qu'il passe un marché – il oubliera tout si, à sa prochaine arrestation, tu te débrouilles pour le laisser filer. Tu ne pouvais pas savoir qu'il allait tabasser un pauvre connard jusqu'à ce que mort s'ensuive et donc, tu as conclu le marché sur une poignée de main.

— Le corbillard arrive, dit Gilmour en montrant les grilles du crématorium.

Une lente procession de véhicules, leurs moteurs presque silencieux. Des gerbes sur le cercueil en guise de linceul, ne laissant entrevoir que les poignées luisantes en laiton et le bois pâle verni. Dans la voiture suiveuse, la veuve et le fils du ministre de la Justice. Le Premier ministre et son secrétaire étaient ressortis de la chapelle pour se poster de part et d'autre de l'entrée, tête baissée et mains jointes comme en prière.

— Rien à dire, Stefan ? murmura Rebus à l'oreille de son voisin.

Tête en arrière et menton relevé, Gilmour suivit le cortège jusqu'à l'arrêt. Le Premier ministre prodigua ses condoléances et une bise à la veuve tout de noir vêtue, une moitié du visage presque entièrement dissimulée derrière d'énormes lunettes noires.

— Simplement que tu commets une erreur, John. À t'entendre, tout laisse à penser que ta décision est prise, tu ne fais plus partie des Saints.

— Permets-moi de te dire une chose, Stefan. J'ai parlé à Porkbelly et il était partant lui aussi pour faire endosser la disparition du pistolet à Frazer, exactement comme toi à l'instant. J'ai vraiment l'impression que vous êtes prêts à chier sur n'importe qui, du moment que vous sauvez votre peau.

— Tu penses peut-être que toi, tu as les mains propres, mais tu te trompes, rétorqua Gilmour. Tu savais qu'on l'avait gardée, cette arme – pourquoi ne pas l'avoir remise à nos supérieurs de l'époque ? Tu te souviens de la salle d'interrogatoire B, la fois où j'ai débarqué et que tu avais les mains autour du cou d'un suspect ? J'ai oublié son nom mais je pourrais le retrouver si nécessaire. La drogue qu'on a déposée exprès pour pouvoir épingler ce barman qu'on n'aimait pas ? Les prostituées qu'on libérait au bout d'une heure une fois qu'elles nous avaient refilé quelques billets ou une promesse ? Les additions de restaurant qu'on ne nous présentait jamais à la fin du repas ? Deux cents cigarettes par-ci, une caisse de malt par-là… Les histoires ne manquent pas, tu es bien d'accord ? conclut-il, ses yeux fouillant les siens. J'ai accepté de porter le chapeau, John, poursuivit-il. Et si je l'ai fait, c'est pour nous tous. N'oublie jamais ça, quand tu seras prêt à ouvrir la boîte de Pandore.

Il se dirigea vers la chapelle, se frayant un chemin avec délicatesse et assurance parmi la foule amassée. Quand il se trouva face à Forbes McCuskey, il lui serra la main et prononça quelques mots. McCuskey tourna la tête et parut reconnaître Rebus. Mais Gilmour continuait d'avancer, sachant quelle chair méritait d'être pressée. Une tape sur l'épaule de la part du Premier ministre, même s'ils étaient adversaires. Un petit signe de la tête du Lord Provost. Un sourire chaleureux du chef constable sur le départ. Puis tout ce beau monde disparut à l'intérieur de la chapelle, accompagné par la musique d'orgue que commençaient à diffuser les haut-parleurs, le signal pour Rebus de battre en retraite vers le jardin du souvenir, où il alluma une cigarette. Il repéra une paire de béquilles dans l'assistance, Jessica Traynor qui gagnait lentement la chapelle, soutenue par Alice Bell. Ni l'une ni l'autre ne remarquèrent sa présence mais à leur arrivée au côté de Forbes McCuskey, Jessica fondit en larmes et posa la tête sur son épaule. Son petit ami lui caressa les cheveux et parut vouloir la réconforter, juste quelques mots, parmi lesquels Rebus crut reconnaître « T'en fais pas ».

T'en fais pas.

Mais c'est Alice Bell qu'il regardait, et non Jessica Traynor.

Rebus arriva au poste de police de Wester Hailes pour constater que Deano venait d'être interpellé et qu'on l'emmenait en salle d'interrogatoire.

— Merci beaucoup, cracha le videur en l'apercevant.

— Dites ce que vous avez à dire et ne vous faites pas de bile, lui conseilla Rebus.

Il montra son insigne à la réception et demanda où se trouvait la salle des enquêteurs de la Criminelle.

— C'est le poste tout entier qu'ils ont envahi, s'entendit-il répondre sèchement.

Il passa la tête à la porte de deux pièces avant de trouver ce qu'il cherchait, les boîtes de Summerhall, posées sur une table dans un petit bureau. L'une d'elles était ouverte, celle qui l'intéressait, probablement. Il reconnut le registre toujours ouvert à la page arrachée avec d'autres feuilles par-dessus et referma la porte sans bruit pour ne pas être dérangé. Il se mit au travail.

À peine quelques minutes plus tard, la porte s'ouvrit sur Malcolm Fox qui en resta médusé.

— Incapable de rester à rien faire, c'est ça ? finit par lâcher Fox.

— Juste un truc que je voulais vérifier.

— Sans que personne ne le sache ?

Rebus s'arrêta de lire et releva la tête.

— Siobhan m'a dit que vous étiez O.K. Je vais voir si elle a raison.

— En me mettant dans la confidence ?

— Phil Kennedy dit l'Anguille, dit Rebus.

Fox plissa les yeux.

— Son nom est dans les dossiers de Summerhall.

— Un petit salaud vicelard qu'on n'a jamais vraiment réussi à mettre derrière les barreaux. Inculpé et présenté devant le tribunal, mais le jury n'a pas été convaincu.

— Un « non prouvé » ? conclut Fox.

— Qui a sacrément hérissé le poil de certains d'entre nous.

— Stefan Gilmour ?

Rebus confirma.

— Une semaine avant que Douglas Merchant soit tué, Kennedy est décédé chez lui, il avait dégringolé les escaliers.

— Une mort naturelle, donc ?

— C'est notre vieil ami le professeur Cuttle qui a procédé à l'autopsie.

Rebus s'interrompit, se remémorant leur conversation.

— Plus exactement, il était là comme assistant. C'est le professeur Donner qui a manié le scalpel…

Nouvelle interruption. Une chose que Cuttle avait dite ? Ou qu'il n'avait pas dite ?

J'étais de service comme témoin, pour corroboration... La tête nous tournait à cause des effluves de son estomac...

— Je suis retourné voir Cuttle, reconnut Rebus. Pour l'interroger sur l'autopsie. Je ne suis pas sûr d'avoir réussi à lui faire cracher tout ce qu'il savait.

— Vous voulez qu'on y repasse ? Avec moi dans le coin du ring, cette fois ?

— Pour soigner mes blessures ? sourit Rebus en jouant le jeu. Vous êtes sûr que Siobhan pourra se passer de vous ?

— Dean Grant l'occupe à plein temps.

— C'est le véritable nom de Deano ? Je n'ai même jamais pensé à le lui demander.

— C'est vous qui avez réussi à le faire parler ? demanda Fox en haussant les sourcils.

— Je peux encore servir.

— Il semblerait, effectivement.

— Pour ce que ça vaut, je doute qu'il ait quelque chose à voir dans la disparition de Saunders.

— Ce qui nous laisse pour seule piste l'enquête sur la double inculpation.

— Donc les liens avec Summerhall, ajouta Rebus. C'est ce que vous faisiez ici ? dit-il en tapotant les papiers sur le bureau. Toujours à chercher ce fameux fil rouge qui vous échappe ?

— Je me contenterais volontiers d'un vulgaire fil en coton, répondit Fox. Alors, on va causer à Cuttle ou pas ?

— Je suppose que c'est faisable, répondit Rebus.

À leur sortie du parc de stationnement fermé par une clôture de bonne taille, Rebus, au volant de la

Saab, tint à prévenir Fox : s'il fallait en croire le personnel, lors de leur précédente visite, ils avaient failli causer une pneumonie à Cuttle.

— C'est vous qui aviez eu l'idée d'aller bavarder dans le jardin ? lui demanda Fox.

— Non, je crois que c'est lui. Je ne peux pas dire que je le lui reproche – enfermé entre ces quatre murs jour et nuit…

— Mon père se trouve dans une maison du même genre, avoua Fox.

— Vous ne m'en aviez rien dit, répondit Rebus en se tournant.

— Je ne voyais pas de raison.

— A-t-il encore toute sa tête ?

— Assez en tout cas pour me charrier chaque fois que je le vois, en me répétant que je gâche ma vie. Vous avez toujours vos parents ?

Rebus secoua la tête.

— Ils ne sont plus là depuis bien longtemps. Et mon frère non plus.

— J'ai une sœur, Jude. Mais ce n'est pas le grand amour…

— Pareil pour moi avec mon frère, à l'époque. Croyez-le ou non, c'était lui la brebis galeuse de la famille ; il a eu des ennuis, il a même fait de la prison.

— Je sais – c'est dans votre dossier.

— C'est vrai, j'oublie toujours que vous travaillez pour les gens de l'ombre.

Il passa la quatrième, les tours d'immeubles de Dumbryden rétrécissant dans son rétroviseur à mesure qu'il accélérait.

— Siobhan a-t-elle réellement dit qu'elle me faisait confiance ?

— Elle a dit que vous pourriez faire l'affaire au bout du compte.

— Je suppose que je dois m'en contenter. Elle est douée pour le métier, vous n'êtes pas de cet avis ?

— En dépit de tous mes efforts, vous voulez dire ?

— Peut-être bien, répondit Fox avec un sourire. Mais ça signifie qu'elle réussira à aller au fond des choses et fera toute la lumière sur le meurtre de Saunders. Ce qui risque d'être fort déplaisant…

— J'ai vu Stefan Gilmour aux funérailles du ministre de la Justice – il est absolument formel, ce n'est pas lui qui l'a tué.

— Ça ne s'est pas fait tout seul, pourtant, il y a bien un coupable. Et Saunders avait vraiment la trouille.

— Mais comment aurait-on pu retrouver sa trace ? Alors qu'il se planquait et dormait à la belle étoile ?

— Ce qui veut dire ? demanda Fox.

— C'est forcément Saunders qui a arrangé le rendez-vous avec son meurtrier, proposa Rebus. Ou alors le tireur l'a appris et s'est invité à la petite réunion.

— Mais pour quelle raison ? Qui devait-il rencontrer d'aussi important ?

Rebus reconnut son ignorance en secouant la tête.

— Qu'est-ce que Siobhan a prévu de faire pour vérifier ce qu'il pouvait trafiquer ? demanda-t-il.

— Interrogatoires des amis et de la famille, courrier, ordinateur et listes d'appels téléphoniques. Nous essayons d'identifier le maximum de ses clients, et même d'interroger les taulards qu'il a pu connaître pendant son séjour en prison.

— De ce côté-là, elle n'a pas oublié grand-chose, apparemment.

— L'inspecteur Clarke n'est pas du genre à laisser passer quoi que ce soit. À un moment, j'avais pensé qu'elle aurait fait un grand agent des Plaintes, mais en revanche, ç'aurait été une grosse perte pour le CID.

— Sous-entendu, ce n'était pas votre cas, ne put s'empêcher de dire Rebus.

— Je croirais entendre mon père…, dit Fox en se tournant vers la vitre et le défilé de boutiques et de bureaux qui passait devant ses yeux.

Tout le restant du trajet, Rebus songea à s'excuser pour sa mauvaise vanne.

Mais il n'ouvrit pas la bouche.

Le professeur Cuttle se sentait un peu mieux. Il avait quitté son lit et regardait la télévision au salon en compagnie de trois autres résidentes, dont aucune n'était suffisamment éveillée pour suivre ce qui se déroulait sur l'écran.

— Encore vous, se plaignit-il en reconnaissant Rebus.

— Vous vous souvenez de moi ? demanda Malcolm. Inspecteur Fox ?

Cuttle acquiesça sans se dérider pour autant.

— Ça va devenir une habitude chez vous ou quoi ? La tournée des vieillards et des infirmes ?

— Juste un ou deux points à éclaircir, lui assura Rebus en tirant un fauteuil libre pour s'asseoir sur l'accoudoir. Si vous vouliez bien vous replonger dans le passé jusqu'à l'autopsie de Phil Kennedy…

— Vous êtes tenace, sergent.

— Désolé, monsieur, dit-il, sans parvenir à y mettre un tant soit peu de conviction. Vous avez déclaré que l'inspecteur Gilmour et le sergent Blantyre se trouvaient dans la salle pendant l'examen du corps ?

— Rien d'inhabituel à ça.

— Personne d'autre du CID n'était présent ? Le sergent Paterson ou le constable Spence ?

Le légiste secoua la tête.

— Et pas non plus de sergent Rebus.

— Je n'étais encore que constable à ce moment-là.

— Et depuis vous en avez gravi, des échelons.

En jetant un coup d'œil de côté, Rebus vit que Fox tirait un plaisir certain à sa mise en boîte… Un prêté pour un rendu.

— Lorsque je vous ai posé la question hier, vous m'avez déclaré que vous n'étiez pas sûr à cent pour cent de la présence du sergent Blantyre ?

— À quatre-vingt-quinze pour cent, déclara Cuttle.

— Mais vous doutiez que nous puissions encore mettre la main sur des rapports papier, n'est-ce pas ?

— Je suppose que la famille du professeur Donner a pu conserver des copies de ces rapports.

— Vous avez l'air sceptique, cependant.

— Ça fait partie du métier, répondit Cuttle avant de s'adresser à Fox : Lorsque le sergent Rebus a jugé bon d'interrompre ma routine quotidienne, je lui ai effectivement dit que je me posais des questions sur son intérêt soudain pour cette affaire. Je me demandais s'il ne s'agissait pas d'une manœuvre de diversion pour vous détourner du meurtre de Merchant.

— Ne croyez pas que l'idée ne m'ait pas traversé l'esprit, monsieur, assura Fox.

— Mais pour en revenir à l'autopsie de Kennedy, insista Rebus, lorsque vous m'avez dit que c'était le professeur Donner qui avait dirigé les opérations ce jour-là, vous avez hésité…

— Vraiment ?

— Comme si un détail vous était revenu en mémoire.

Cuttle regarda ses deux visiteurs l'un après l'autre.

— Le professeur Donner n'est plus ici pour se défendre et je me refuse à dire du mal des morts.

— Il a commis une erreur ?

Cuttle secoua lentement la tête et posa les mains sur son ventre.

— L'incision en Y avait été faite, les côtes écartées. Tout était prêt pour prélever les organes et les peser…

— Oui ?

— Il nous manquait du personnel. L'autopsie avait été accélérée pour une raison inconnue, alors qu'on aurait aussi bien pu laisser le cadavre en attente.

— Pas de technicien ?

Le vieil homme acquiesça.

— Ce qui signifiait que je devais me charger des tâches subalternes – le grouillot de service.

Rebus lutta contre l'envie de saisir le légiste pour le secouer un peu et se contenta d'attendre en serrant les poings.

— À un moment donné, il a fallu que je sorte de la salle parce que le professeur Donner avait absolument besoin d'un clamp qui se trouvait dans une pièce à l'autre bout du bâtiment. Pendant mon absence, l'examen *post mortem* s'est poursuivi.

— La loi écossaise exige qu'il y ait corroboration, donc deux médecins présents à tout moment, dit Rebus.

— Vraiment ? Eh bien, merci pour la leçon.

— Vous le saviez déjà à l'époque, le professeur Donner également.

— Il n'empêche qu'il a choisi de ne pas attendre. À mon retour, l'estomac avait été ouvert et la pièce baignait dans les effluves d'alcool.

— Rien de plus normal chez un gars qui avait fait la bringue, déclara Fox.

— Mais on avait examiné sa bouche et son haleine ne sentait rien. Et l'odeur était… aucune réaction chimique entre l'alcool et les autres produits dans son estomac.

— Vous voulez dire qu'elle était trop fraîche ? demanda Rebus.

— Exactement comme si on venait de verser directement l'alcool à la bouteille, répondit Cuttle.

— Versé à la bouteille ? répéta Rebus comme en écho, les yeux sur Fox. En avez-vous fait la remarque à ce moment-là ?

Cuttle secoua la tête.

— J'étais probablement trop occupé à me poser des questions à propos de ce fichu clamp.

— Pourquoi ?

— Parce qu'en fin de compte, il n'a pas du tout servi. Il est resté là où je l'avais posé tout le temps de l'autopsie. La cause de la mort était évidente – le corps portait des blessures mortelles qui correspondaient bien à une chute. Ce n'était pas une ou deux anomalies qui allaient changer quelque chose à l'affaire.

Rebus réfléchit un moment.

— Vous avez travaillé à de nombreuses reprises avec le professeur Donner… c'est la seule fois qu'un tel incident s'est produit ?

Cuttle contempla ses mains.

— Plus ou moins, finit-il par répondre.

— Plus ou moins ? Et toujours quand le CID de Summerhall était présent ?

Cuttle acquiesça lentement sans dire un mot.

Fox en rajouta un peu, se raclant la gorge avant de poser à son tour une question :

— Diriez-vous que le professeur Donner entretenait des rapports amicaux avec un membre particulier de Summerhall ?

— Il n'est plus là pour se défendre, répliqua Cuttle en relevant la tête.

— Vous vous répétez. En revanche, c'est peut-être pour nous l'occasion de faire preuve d'une plus grande franchise, vous ne pensez pas ?

Cuttle réfléchit un instant et prit une profonde inspiration.

— Je sais que de temps à autre, l'inspecteur Gilmour l'invitait – des dîners, des soirées mondaines, des matchs de boxe…

— Et l'invitation était aussi valable pour vous ?

— Oui, mais j'acceptais rarement.

— Et le professeur Donner, lui ?

— Il connaissait Stefan Gilmour depuis plus longtemps que moi.

— Et le considérait comme son ami, peut-être ?

— Peut-être, reconnut Cuttle.

— Quelqu'un à qui il pouvait rendre un petit service de temps à autre ?…

— Je me refuse à dire du mal d'un mort, répéta une nouvelle fois le vieillard.

— Mais vous savez que cela s'est produit.

Cuttle secouait la tête avec obstination.

— O.K., disons simplement que vous aviez vos soupçons.

— Le professeur Donner était l'un des médecins légistes les plus éminents du pays.

— Qui comme par hasard appréciait les petites sorties en compagnie du CID.

Il se tourna vers Rebus.

— Vous saviez ça ?

— Non.

— Vous êtes sûr ?

— Oui, répondit Rebus, la mâchoire crispée.

Une des dormeuses se réveilla et, se penchant en avant, dit à Cuttle combien il était agréable de le voir avec des visiteurs.

— Ils partent, justement, répondit le vieillard.

— Votre pote Stefan, hein ? dit Fox sur le trajet qui les ramenait à Wester Hailes. Qui étalait son fric et offrait au professeur Donner la tournée des grands ducs…

— Il savait se montrer généreux, répondit Rebus, un peu distrait.

Il se souvenait des soirées au pub : Gilmour qui donnait des pourboires au personnel du bar, même dans le rade le plus infâme. Même chose au restaurant et dans les clubs.

Ça veut dire qu'ils se souviendront de moi, expliquait-il. *Et c'est bon pour le business...*

— Donc ça s'est passé comment, à votre avis ? lui demandait Fox. Une flasque dans la poche revolver ? Ils ont fait sortir Cuttle de la salle le temps de vider son contenu dans l'estomac ouvert pour faire croire que Kennedy avait beaucoup bu ce soir-là ? Une prise de sang aurait vite prouvé le contraire, mais on n'en faisait pas à l'époque.

— Vous voulez dire que ce n'était pas un accident ?

— John, dit Fox en se penchant vers lui. Je crois qu'il s'agit bien d'un meurtre. On l'a balancé au bas des escaliers. Tellement Gilmour en avait gros sur la patate après le verdict de « non prouvé ». Il fallait absolument que ça passe pour une mort accidentelle et heureusement pour lui, il avait un ami légiste à portée de la main... Ça vous semble tenir la route ?

— Vous savez que rien de tout cela ne serait accepté par un tribunal. En fait, ça n'ira même pas jusque-là parce que le bureau du procureur exigera des preuves solides, non pas des théories ou une démolition en règle d'un personnage connu, mais des faits concrets et indéniables. Et je n'en vois aucun jusqu'ici. En plus, je crois deviner qu'à vos yeux, c'est ainsi que Saunders tenait Gilmour à la gorge, sauf que Saunders ne connaissait pas Phil Kennedy.

— Vous êtes sûr de ça ?

— C'est vous qui travaillez sur les dossiers de Summerhall, êtes-vous jamais tombé sur le nom de Phil Kennedy ?

— Nous avons recherché ses amis récents et pas des fantômes de son passé. Mais je pense que si nous donnons tout cela à Siobhan Clarke, elle décidera que l'accumulation de faits indirects va bien au-delà d'une simple théorie.

— Et la démolition en règle d'un personnage public ? Stefan Gilmour est l'image même du mec qui a réussi. Il débarquera avec ses avocats et ses attachés de presse. Vous pouvez prendre les paris dès maintenant : il retournera la situation pour en faire un complot politique. La campagne pour le oui a perdu son meilleur atout, donc son équivalent dans le camp du non doit impérativement dégringoler de son piédestal.

Fox resta un instant silencieux.

— Ça se défend, reconnut-il enfin. Mais ça ne change rien.

Il claqua la main sur le tableau de bord.

— Nous aurions dû enregistrer cet entretien avec Cuttle.

— Nous étions deux, ne l'oubliez pas. Il y a donc corroboration de fait…

19

Siobhan mourait de faim.

Elle s'était rendue au QG de Fettes pour faire un rapport à ses chefs – le futur patron de Police Scotland s'intéressait à l'affaire. Les meurtres par arme à feu n'étaient pas encore monnaie courante dans le pays et il ne voulait pas que son arrivée à la tête de la nouvelle entité policière coïncide avec une augmentation des crimes à main armée.

Elle avait donné rendez-vous à Rebus et Fox dans un bar à burgers situé à côté du complexe de cinémas de Wester Hailes et faisait un sort à un double cheese tout en les mettant au courant de l'interrogatoire de Dean Grant.

— Je suis d'accord avec John, conclut-elle. Ce mec est louche à cent pour cent, mais il ne sait rien qui puisse nous aider concernant Saunders.

— Entre-temps, nous avons déniché de notre côté quelques nouvelles, l'informa Fox.

Il n'avait rien commandé et se contentait de bichonner un thé léger, tandis que Rebus démolissait une portion de rondelles d'oignons poêlées.

— J'écoute, dit Clarke.

Fox lui relata leur conversation avec le professeur Cuttle et ce qui s'était passé lors de l'autopsie. À mi-chemin de son compte-rendu, le portable de Rebus l'avertit d'un appel. Il vérifia l'écran et quitta le box.

— Il faut que je prenne ça, dit-il.

Son téléphone collé à l'oreille, il se dirigea vers la porte.

— Stefan ?

Le ciel s'était couvert, le grésil menaçait. S'il ne vit personne dehors aux tables de pique-nique, il remarqua la queue au guichet du drive-in et, au-delà, la foule des banlieusards qui gagnaient les sorties de la ville. Certains avaient fini leur journée.

— J'ai appris que vous aviez amené au poste le videur d'un pub qui fourgue de la dope, lui annonça Gilmour.

— Les nouvelles vont vite, répondit Rebus, en tentant de dégager du pouce un fragment d'oignon entre deux dents.

— Il fait un bien meilleur coupable à tous égards, tu ne crois pas ?

— Nous ne sommes pas de cet avis.

— Un petit effort pourrait faire toute la différence.

— Tu veux que je colle le meurtre de Billy Saunders sur le dos du premier candidat qui me paraît remplir les conditions requises ?

— C'était bien comme ça, jadis, John : vider les rues des raclures à n'importe quel prix.

— Les choses ont changé, Stefan. Mais puisque je t'ai au bout du fil, laisse-moi te poser une question.

— Fais vite, j'ai une veillée mortuaire qui m'attend.

— Qu'est-ce que j'ai appris à propos de Phil Kennedy l'Anguille ?

— Je doute que tu aies entendu quoi que ce soit à propos de cet étron. Il est mort il y a des lustres.

— La semaine qui a précédé le décès de Douglas Merchant, en fait.

— Vraiment ?

— Je crois me souvenir que tu t'es frotté les mains de joie quand tu l'as appris.

— Rien de surprenant.

— Ce qui m'a surpris, moi, c'est d'apprendre que son autopsie avait peut-être été trafiquée.

— Trafiquée ?

— Tu avais toujours sur toi une flasque d'alcool dans ta poche arrière…

— Et elle est toujours au même endroit en cet instant. Qu'est-ce que tu racontes, John ?

— Je veux dire que tu t'es débrouillé pour t'assurer que le décès de Philip Kennedy serait imputé à un accident d'ivrogne.

— C'est une grave accusation. Que dit le professeur Donner ? Non, attends, il n'est plus de ce monde, n'est-ce pas ?

— Mais Dod Blantyre est toujours vivant ; il était avec toi quand tu as sorti ta flasque.

— Tu as picolé ou quoi, John ? Si ça continue, tu vas bientôt me parler d'éléphants roses.

— Le verdict de « non prouvé » t'est monté à la tête, n'est-ce pas ? C'est pour cette raison que tu t'es rendu au domicile de Kennedy…

— Continue à divaguer, mon pote.

— A-t-on jamais été de vrais potes, toi et moi ?

— Nous étions plus que ça, nous étions les Saints de la Bible d'Ombre.

— Mais la Bible d'Ombre était l'exemplaire du Code pénal écossais qu'on nous remettait. Un gros truc noir avec une couverture en cuir et des vis en laiton. Et on crachait dessus avant de bien frotter pour qu'il ne reste plus de salive. Je croyais que c'était une sorte de serment mais je me trompais – on disait tous que les règlements pouvaient aller au diable, parce qu'on savait mieux que tout le monde. C'était nous autres, sur le terrain…

— Et nous y étions, absolument.

— Et c'était une Bible d'Ombre parce que ce n'était pas tout à fait la parole de Dieu – elle avait été rédigée en comité et trop de gens avaient mis la main à la pâte, sous-entendu, il était inutile de s'en préoccuper.

— Nous obtenions des résultats, si tu veux bien t'en souvenir.

— Nous obtenions des résultats, certes, mais à quel prix, et il me semble qu'on est toujours en train de le payer.

— Alors comment se fait-il que je ne m'en sente pas plus mal ? demanda Gilmour.

— Parce qu'en ce qui te concerne, il n'y a personne d'autre, personne qui compte en tout cas. Tant que ton argent te rapporte encore plus d'argent, le reste du monde peut aller se faire voir.

Rebus entendit un gloussement sans chaleur au bout de la ligne.

— Et me voici pourtant aux funérailles d'un adversaire.

— Étrange le nombre de tes adversaires qui finissent par y laisser la vie.

Le silence s'éternisa et ce fut Gilmour qui le rompit.

— J'y retourne, dit-il.

— Jouis de ta liberté, Stefan. Il est bien possible qu'il ne t'en reste plus beaucoup…

Rebus coupa son portable et retourna dans le box où Clarke, son repas terminé, pressait une main sur son estomac.

— Si méchant que ça ? lui demanda-t-il.

— J'ai mangé trop vite, expliqua-t-elle en étouffant un renvoi.

— Alors, que penses-tu de la théorie de Malcolm ?

Elle les regarda tous les deux et haussa les épaules.

— Quelques faits concrets solidement établis ne seraient pas de refus.

— Je ne te dirai pas le contraire, confirma-t-il.

Clarke regardait Fox.

— Parce que je ne suis pas certaine que ces nouveaux éléments nous rapprochent beaucoup de l'identité du tueur de Billy Saunders. D'un autre côté, ce n'est peut-être pas ce qui importe vraiment à vos yeux, c'est peut-être toujours Summerhall, votre préoccupation première.

— Je ne vois pas vraiment de distinction entre les deux et je ne suis pas sûr que John la fasse lui non plus.

— Et pour en revenir à McCuskey ? intervint Rebus. L'un de vous sait-il si l'enquête est toujours au point mort ?

— Pour autant que je sache, répondit Clarke. Ralph en devient chèvre. Et toi, tu es toujours convaincu que c'est lié à cet accident de voiture, n'est-ce pas ?

— La coloc de Jessica couchait avec lui, déclara-t-il.

— Quoi ?

— Alice Bell. Elle avait une liaison avec le père de Forbes.

— Forbes était au courant ?

— Je n'en suis pas sûr. Alice dit que non.

— Et Jessica ?

— Idem.

— Et c'est ça qui aurait pu arriver ? Ils roulent en voiture et tombent sur le duo ?

— C'est sûr qu'à leur place, j'aurais écrasé le champignon, dit-il. Mais Alice refuse d'en parler.

— Tu crois que ça vaudrait la peine d'insister un peu ?

Le visage de Rebus disait non. Il se tourna vers Fox.

— Je suppose que vous allez en informer l'inspecteur-chef Ralph dans tous les cas de figure ? De cette façon, vos miches seront couvertes si ça se révèle important.

Fox pesa la question un instant avant d'acquiescer. Rebus revint à Clarke.

— Alors c'est peut-être ce que tu devrais faire toi aussi.

— Ma priorité reste Saunders, John, répondit-elle avant de consulter sa montre. Ce qui signifie qu'il faut que je rentre et que je remue mon petit monde. À coups de fouet au besoin.

— Il serait peut-être sage de t'arrêter d'abord à une pharmacie, lui dit-il en montrant son estomac. Un sachet de sels hépatiques devrait résoudre le problème.

— Je te promets d'y réfléchir, répondit Siobhan Clarke.

Ce soir-là, Rebus remonta Arden Street sur toute sa longueur en quête d'une place de stationnement et finit à Marchmont Crescent. Maudissant sa déveine, il boucla la Saab et traversa Marchmont Road en s'arrêtant chez Margiotta pour quelques courses avant de rentrer chez lui. Tout en haut d'Arden Street, il vit une silhouette affalée dans une entrée d'immeuble et se rapprocha : c'était Forbes McCuskey. Le jeune homme portait encore son costume de cérémonie mais sa cravate avait disparu, ses trois premiers boutons de chemise étaient défaits et son plastron portait des taches de liquide. Il avait allumé une cigarette et tenait encore entre deux doigts ce qui en restait, le filtre et deux centimètres de cendres. Rebus lui donna un coup de pied dans les chaussures.

— Allez, allez, debout !

Les yeux s'ouvrirent après un clignement, vitreux, incapables de faire le point.

— C'est ici que vous habitez ? lui demanda Rebus.

Rassemblant ce qu'il lui restait de forces, le jeune McCuskey tourna la tête pour examiner la porte en détail.

— Ça y ressemble, bafouilla-t-il.

— Un verre de vin de trop, c'est ça ? Ou auriez-vous goûté à un échantillon de votre marchandise ?

Il se pencha et tenta de le remettre debout. Un grand échalas, quasiment pas de viande sur les os. Sa veste était abîmée, ses chaussures aussi.

— Comment êtes-vous arrivé là ?

— Je n'ai pas conduit, protesta McCuskey.

— Mais vous étiez au volant ce soir-là, pas vrai ?

— Fallait que je me sauve.

— Qui était à vos trousses ?

Mais sa tête s'affaissait déjà et ses yeux se refermaient.

— Je vais vous aider à entrer, dit Rebus en lui fouillant les poches à la recherche d'une clé.

— À quoi vous jouez ?

Rebus tourna la tête vers l'auteur de la question et vit deux jeunes gars du même âge que Forbes plantés là, chargés de sacs d'épicerie.

— Vous lui faites les poches ?

— C'est votre colocataire ? demanda Rebus. Je l'ai trouvé comme ça, complètement éteint. Je cherchais juste la clé pour ouvrir la porte.

— Il est allé à l'enterrement de son père, répondit l'un. Laissez, on va se charger de lui.

— Vous êtes sûrs ?

McCuskey battit des paupières à nouveau.

— Policier, dit-il.

— Tu veux qu'on appelle la police, Forbes ? demanda le même gars en regardant Rebus d'un air soupçonneux.

— Il vous dit que c'est moi, le policier, expliqua Rebus.

Les deux étudiants soutenaient leur copain et il recula d'un pas.

— J'ai également un message à lui faire passer, quand il sera redescendu sur terre. Dites-lui que sa carrière de petit dealer est terminée, Deano ne le fournira plus.

— Je ne sais pas de quoi vous parlez.

— Je n'en doute pas une seconde. Mais dites-lui quand même.

Il jeta un coup d'œil dans l'un des sacs.

— Un gros paquet de nachos et un pot de salsa ? Autant vous faire tatouer « malbouffe » sur le front…

Il arrivait à la porte d'entrée de son immeuble quand il fut surpris par un coup d'avertisseur derrière lui. Une Range Rover Evoque blanche s'était arrêtée au beau milieu de la chaussée et la vitre teintée du conducteur descendait doucement. Il reconnut Darryl Christie au volant, qui le regardait fixement.

— Toujours dans le même vieil appartement ? lui demanda-t-il. Pour le côté chic, il vous reste encore des échelons à gravir.

— Et vous ? rétorqua Rebus. Toujours sous le même toit que maman ?

— Appartement de luxe avec terrasse, dernier étage, de l'autre côté des Meadows, rectifia Christie. Vous avez un moment ?

— Tout juste.

— Alors montez.

Rebus contourna la voiture et monta à bord, posant son sac de courses à ses pieds. Christie descendit Arden Street et prit à droite.

— Nous allons à un endroit précis ?

— C'est juste que j'aime rester en mouvement. Ça rend les écoutes plus difficiles.

— Vous êtes un peu jeune pour souffrir de fantasmes paranoïaques.

— Et le mec qui est là-bas ? De quoi souffrait-il ?

— Il revient d'une veillée funèbre.

— Je crois que je l'ai reconnu.

— C'est le fils du ministre de la Justice. Alors, que puis-je pour vous, Darryl ?

— Un de vos collègues a emmené un de mes portiers pour interrogatoire.

— Oui ?

— C'est la seconde fois qu'on l'interroge, et donc cela a éveillé ma curiosité.

— Vous n'avez aucune raison d'être curieux – c'est vous-même qui nous avez dit que Dean Grant était de service ce soir-là. Nous voulions juste savoir s'il avait vu l'individu qui est monté dans le taxi.

— Et ?

— Pourquoi ne pas lui poser la question vous-même ?

— C'est ce que j'ai fait.

— Qu'a-t-il répondu ?

— Il est payé pour régler les problèmes, pas pour en créer.

— Ce qui colle plutôt bien avec ce qu'il nous a raconté – il n'a rien vu. Un peu difficile à croire, étant donné qu'il était à la porte et tout, et donc, il a fallu revoir ça avec lui une seconde fois, en détail et en profondeur.

Rebus étudia la réaction de Christie. S'il acceptait son explication, Deano conserverait son boulot et pourrait éventuellement se convaincre qu'il devait quelque chose à Rebus, une dette qu'il lui rembourserait dans l'avenir. La Range Rover était arrivée aux feux de Buccleuch Street et Christie mit son clignotant à droite, puis à droite encore. Ils faisaient un circuit et bouclaient la boucle. Une fois franchis les ralentisseurs de Melville Terrace, ils seraient quasiment revenus à leur point de départ. En attendant que la circulation se dégage, Rebus ne put s'empêcher de regarder vers le site jadis occupé par le poste de police de Summerhall. Et lui était là, trente ans plus tard, toujours à partager son oxygène avec des bandits. Cependant, Darryl Christie semblait incarner un changement certain. Il était jeune et ambitieux, c'est un fait, et vénal aussi, mais il était également intelligent, pas simplement comme les gars de la rue, rusé mais calculateur et astucieux. C'était tout sauf une tête brûlée et comme il manquait de poids et de surface, il avait trouvé d'autres voies pour réussir.

— Le seul hic, lui disait-il, c'est que l'intérêt du CID est mauvais pour les affaires, et les affaires étant ce qu'elles sont en ce moment…

— Ne me dites pas que vous souffrez de ce passage à vide ?

— L'économie est dure pour tout le monde, monsieur Rebus. Les adversaires ne manquent pas et quand le marché se rétrécit, ils essaient d'en trouver de nouveaux, même s'ils doivent pour cela empiéter sur d'autres secteurs.

— Des guerres de territoires ? On essaie de vous obliger à vider les lieux ?

— Peut-être pas encore tout à fait.

— Mais vous le sentez venir ?

Il vit Darryl acquiescer lentement et posa sa question :

— Un accident de voiture s'est produit il y a un peu plus d'une semaine, là-bas près de Kirkliston. En milieu de soirée. Nous avons quelques théories.

— Oui ? fit Darryl.

— La première, des gamins qui se croyaient en formule un.

— Et l'autre ?

— Le conducteur revendait un peu de drogue ici même à Édimbourg. Il avait un fournisseur local, mais à mon avis, il a dû vouloir se montrer trop gourmand ou alors il avait pour ambition de remonter la chaîne alimentaire.

— Se trouvait-il à proximité de Livingston ?

— C'est possible, dit Rebus en regardant le profil de Christie.

— Sauf qu'il y a quelqu'un qui s'est installé un peu plus loin… Pas d'origine, non, il vient de Glasgow, mais là-bas, il s'est mal démerdé… pas réussi à faire son trou – si vous me pardonnez l'expression. Il a déménagé et pris ses quartiers par ici, Ayrshire, Lanarkshire…

— Et maintenant Livingston ? Mais c'est tout à fait *votre* coin, ça, Darryl.

— Certains estiment que la compétition peut être saine.

Il gardait les yeux sur la route quand il ne vérifiait pas ses rétroviseurs, à chaque changement de direction, il mettait d'abord son clignotant et s'arrêtait toujours aux panneaux cédez le passage. Rebus avait cru voir en Fox un conducteur prudent, mais il était loin du compte, Darryl le devançait de cent coudées.

— Il vend de la drogue ? demanda Rebus.

— Il débute, je crois. Vous me rendriez service si vous le retiriez de la partie pour quelque temps, dit Christie avec un mince sourire. Il s'appelle Rory Bell.

— Je suis trop occupé en ce moment pour faire des fleurs à des gangsters, répondit Rebus.

— Alors, il est peu probable que vous me soyez utile.

Il mit son clignotant en prévision de son arrêt au bas d'Arden Street et pour la première fois, se tourna vers son passager.

— L'inspecteur Clarke croit-elle que je risque d'utiliser à nouveau les services de Dean Grant à l'avenir ? Qu'il vous ait dit quelque chose ou pas, il ne fait plus partie du personnel. Marchandise avariée, monsieur Rebus – il n'a plus sa place dans la dure économie d'aujourd'hui, et c'est la vérité.

Rebus ouvrit la portière et sortit en emportant son sac de courses, tandis que Darryl Christie s'éloignait, parfaitement concentré sur la route devant lui, comme s'il avait oublié jusqu'à l'existence de son passager,

— Eh bien…, marmonna Rebus, dents serrées. Désolé pour ça, Deano.

— Je voulais simplement vous remercier, dit Fox.

Il était assis en compagnie de Siobhan Clarke dans un restaurant italien bruyant, non loin du sommet de Leith Walk. La soirée commençait à peine mais un bus entier venait de débarquer pour profiter du menu spécial servi aux amateurs de théâtre avant qu'ils ne se dirigent vers le Playhouse.

— De quoi ? demanda Clarke.

— D'avoir glissé un mot en ma faveur à Rebus.

— J'ai fait ça, moi ? dit-elle en fronçant les sourcils.

— J'étais O.K. selon vous, lui avez-vous dit.

— Et pour cela, je mérite une invitation à dîner ?

— Vous ne pouvez pas vous nourrir que de cheeseburgers.

— Inutile de me le rappeler, fit-elle en se frottant exagérément l'estomac.

Elle s'arrêta dès que les boissons furent sur la table – un grand pinot grigio pour elle et pour lui, un jus de tomate.

— Il y a longtemps que vous êtes au régime sec ? lui demanda-t-elle.

— Suffisamment pour savoir qu'il ne peut en être autrement. Avez-vous jamais tenté de convaincre John d'arrêter ?

— Une ou deux fois. Mais il a l'air de tenir le coup.

— Je crois que le terme est « alcoolique opérationnel ».

— Alors que vous… ?

— Mon passé m'a prouvé que j'étais *non* opérationnel de ce côté-là… Ça ne signifie pas pour autant que je l'envie. Le fait de pouvoir continuer à boire est plus un mal qu'un bien, qu'il le sache ou non.

— Vous lui avez parlé ?

Il fit non de la tête.

— À quoi bon ? Mais je vois bien qu'il est inquiet. Non pas à cause de la boisson, mais pour son boulot. Il se demande combien de temps il lui reste.

— Et sans le boulot…

— Que lui reste-t-il ? compléta Fox avec un haussement d'épaules.

— Et vous, Malcolm ? Que vous reste-t-il ?

— Mon père et ma sœur. Plus mon équipe des Plaintes. On continue à se voir.

— Mais votre retour au CID risque de mettre un peu de distance entre eux et vous, non ?…

Il acquiesça.

— Et je sais que je dois faire mes preuves. Personne ne va me faire confiance d'emblée. Mais beaucoup d'autres avant moi sont passés par là – ce n'est donc pas impossible.

Clarke confirma d'un hochement de tête. On leur apporta leurs plats et ils mangèrent en silence pendant quelques minutes, accompagnés par un bel éclat de rire à la table des fêtards.

— Il est rassurant de voir qu'il existe un autre monde là-dehors, dit-il. Il est parfois trop facile de se laisser étouffer par le travail.

— Mais cela étant dit…

Il la regarda en souriant.

— Vous souhaitez parler de l'enquête ?

— Je voudrais votre avis : est-il possible qu'il existe un lien ? Dean Grant vend de la drogue à Forbes McCuskey. C'est aussi l'un des derniers à avoir vu Saunders vivant. Saunders et le père de McCuskey sont morts tous les deux.

— Et Summerhall ?

— Le lien avec Saunders est évident mais pas avec McCuskey, à moins que je ne rate quelque chose.

— Stefan Gilmour, dit Fox.

— Parce qu'il appartenait à l'équipe adverse dans la lutte pour l'indépendance ?

Elle continua à réfléchir en mastiquant lentement.

— Sauf que je ne sens aucune animosité entre les deux hommes – loin de là. Tous ceux que nous avons vus disent qu'ils avaient beaucoup de respect l'un pour l'autre.

— C'est peut-être une façade, proposa Fox.

— Je ne crois pas, dit-elle en secouant la tête.

— Vous voulez regrouper l'enquête avec celle de Ralph pour n'en faire qu'une seule ?

— Je ne sais pas. Mais si vous deviez prendre le pari, c'est toujours Summerhall votre candidat ?

— Oui, répondit Fox. Mais en même temps, j'aimerais que Nick Ralph sache lui aussi que le père de Forbes McCuskey couchait avec Alice, l'amie de son fils.

— L'épouse aurait pu soupçonner quelque chose ?

— Il serait peut-être bon de lui poser la question.

— Je devrais téléphoner à Nick, vous croyez ?

— Je le ferais, à votre place.

— Et si Alice Bell nie ?

— Eh bien, elle niera.

— Comment John est-il parvenu à lui faire avouer une chose pareille ? demanda Clarke, les yeux plissés, plongée dans ses réflexions.

— Cet homme a effectivement des qualités, reconnut Fox en tendant la main vers son jus de tomate, la table des amateurs de théâtre entamant au même moment un refrain d'*Oliver !* C'est une grosse affaire, ajouta-t-il devant le visage préoccupé de Clarke, incapable de penser à autre chose. Mais vous vous débrouillez comme un chef.

— Merci.

— Je ne vous passe pas de pommade en disant ça.

— Je sais.

Une des femmes parmi les vocalistes frôla leur table en se rendant aux toilettes.

— Oh, un premier amour, quel rêve, gloussa-t-elle.

— Si seulement elle savait, commenta Fox.

— John, fit Maggie Blantyre en ouvrant de grands yeux quand elle le reconnut.

Il était debout devant la porte du bungalow, le col remonté pour se protéger d'une bourrasque de grésil.

— Je peux entrer ? lui demanda-t-il.

— Je débarrassais la vaisselle du dîner..., répondit-elle après une hésitation.

Elle recula, ouvrit un peu plus la porte et il entra dans le couloir.

— Est-ce que tu as quelqu'un pour t'aider ?

— M'aider ?

— Pour Dod.

— Il y a une personne qui vient pour le coucher et elle repasse le lendemain matin.

— Et c'est tout ?

— Plus, il ne veut pas. Tiens, donne-moi ton manteau. Il y a un problème ?

— J'ai pensé que ce serait sympa de faire un saut.

— Si j'avais su que tu venais..., dit-elle en se tapotant le visage.

— Tu es très bien, lui assura-t-il alors qu'elle posait son manteau sur la rampe de l'escalier. Dod n'est pas au lit, j'espère ?

— Dans son fauteuil, répondit-elle en s'avançant vers le salon. Il regarde la télé pendant que je fais la vaisselle. Tu veux une tasse de thé ?

— Un thé serait parfait. Je vais juste le saluer.

Elle acquiesça et battit en retraite vers la cuisine tandis qu'il entrait dans le salon. Dod Blantyre occupait son fauteuil habituel, dans la même tenue que lors de sa précédente visite, mais avec une serviette à thé tachée autour du cou.

— Je me disais bien que je connaissais cette voix, dit-il.

— Bonsoir, Dod.

— Enlève-moi ça, tu veux bien ? lui demanda Dod en montrant sa serviette d'une main tremblante.

La pièce sentait le ragoût de bœuf. Rebus dénoua la serviette qu'il posa sur l'accoudoir du fauteuil et vit, sur une table à roulettes tout à côté, une carafe de liquide.

— Tu veux boire ? lui demanda Rebus.

— Un double whisky si c'est toi qui régales, répondit Blantyre en tentant de tordre sa bouche en un sourire.

— Je croyais que c'était ta tournée, sourit à son tour Rebus.

— Qu'est-ce qui t'amène, John ?

— Je me demandais comment tu allais.

— Je fais tout mon possible pour ne pas mourir – pas tout de suite. Je constate que Stefan se reçoit une belle volée de bois vert de votre part.

— C'était débile de sa part de téléphoner à Saunders, lui confirma Rebus.

— Mais ce n'est pas un crime.

— Peut-être pas.

— Ils ne m'ont pas encore interrogé, mais je sais que ça les démange.

Rebus acquiesça.

— Toi aussi ?

— Ainsi que Porkbelly.

— Es-tu venu ici pour t'assurer que nos petites histoires concordent ?

— Je suis ici parce que…

Rebus s'interrompit en voyant Maggie pousser la porte, précédée par un plateau chargé d'une théière et d'une assiette de biscuits.

— Du lait ? demanda-t-elle.

— Oui, mais pas de sucre.

Devant le Spitfire et le logo d'Airfix[1] qui décoraient son mug, il se rappela soudain :

— Tu montais des maquettes, jadis, non ? demanda-t-il à Dod.

— Tout à fait.

— Je me souviens maintenant, tu en avais deux sur ton bureau à Summerhall.

— Il passait des heures là-dessus, intervint Maggie Blantyre. Il laissait traîner ses minuscules pots de peinture à travers toute la maison et il fallait toujours que tout soit absolument parfait, jusqu'au moindre détail.

— Tout comme le travail de police, pas vrai, John ?

— Tout comme, confirma Rebus.

— J'aimerais que tu nous laisses seuls une minute, s'il te plaît, dit Blantyre à son épouse.

— Encore ce Saunders, j'imagine ?

— Moins tu en sauras, mieux ce sera.

Elle hésita. Vit la serviette à thé tachée, et la ramassa.

— Je serai dans la cuisine, dit-elle sèchement en sortant d'un pas raide.

---

1. Marque de maquettes.

Rebus but une gorgée de son thé et s'assit en coin sur le canapé, au plus près du fauteuil de Dod.

— Que sait-elle au juste ? lui demanda-t-il.

Blantyre réussit à secouer la tête.

— Et toi, que sais-tu ?

— Parle-moi de Philip Kennedy.

— Tu voudrais bien éclairer ma lanterne ?

— Phil l'Anguille. On a réussi à le mener devant le tribunal mais le verdict a été « non prouvé ». Et juste après ça, on l'a retrouvé mort à son domicile, le cou brisé.

— Oui, et alors ?

— Et tu as assisté au *post mortem*.

— Voyez-vous ça…

— Au dire du professeur Norman Cuttle.

— Nom de Dieu. Il vit toujours ?

— Et sa mémoire n'a pas pris une ride. Il se souvient que toi et Stefan étiez présents. Après quoi le légiste en chef – le professeur Donner – a inventé une excuse pour lui faire quitter la salle et à son retour, l'estomac de Kennedy était ouvert et Stefan y avait vidé une flasque de whisky. Pourquoi avoir fait une chose pareille, Dod ? Tu étais là, donc je présume que tu connais la réponse.

— Et Stefan en dit quoi ?

— Stefan estime que je devrais m'occuper de mes oignons – sauf que justement ce sont mes oignons.

— Kennedy était un fumier de première, John.

— Je ne te contredirai pas là-dessus. Mais Stefan l'a tué et a voulu maquiller le meurtre en accident. C'était peut-être un accident, effectivement, je ne dis pas qu'il avait l'intention de le pousser dans l'escalier.

Mais c'est arrivé et il s'est dépêché de couvrir ça au plus vite. Il a probablement dû laisser une ou deux bouteilles vides sur les lieux mais s'est vite rendu compte que l'autopsie prouverait immédiatement que la victime n'avait rien bu. Donner était un de ses potes et ne crachait pas sur un petit cadeau de temps à autre. Ce n'était pas le cas de Cuttle, c'est pour ça qu'il fallait l'occuper ailleurs pour que ça marche.

Rebus s'interrompit et se pencha en avant.

— Mais *toi*, tu étais présent. Donc tu sais comment les choses se sont passées.

— Tu vas un peu vite en besogne, John.

— Je n'étais pas Saint depuis assez longtemps pour être mis dans le secret. Mais d'une façon ou d'une autre, Saunders a découvert la vérité : il pouvait donc se permettre de tuer Merchant sachant qu'il vous tenait, Stefan et toi, parce que vous lui deviez une fière chandelle. Trente ans plus tard, comme il risquait une nouvelle fois de se retrouver en taule, il n'a pas du tout apprécié et n'aurait pas hésité une seconde à passer un marché avec le procureur en révélant ce qu'il savait. Le problème, c'est que Stefan ne pouvait pas le laisser faire une chose pareille…

Blantyre essayait de secouer la tête, ses épaules tressautaient.

— Tu te souviens du pistolet, Dod ? demanda Rebus. Celui qui appartenait à Laurie Martin ? Les enquêteurs sont désormais au courant de l'affaire et ils pensent que l'arme récupérée dans le canal est bien celle qui a servi à tuer Billy Saunders. La boucle est joliment bouclée, tu ne trouves pas ? Le pistolet disparaît du tiroir de Porkbelly et le voilà qui réapparaît comme par magie trente ans plus tard…

Blantyre fixait Rebus d'un regard lourd, les paupières en berne. Le silence s'étira un long moment jusqu'à ce qu'il le rompe.

— Tu te souviens de ta promesse, John ? Ce fameux soir, dans le pub ? Le serment que tu as juré de respecter ?

Les années s'effacèrent d'un coup. Il se souvenait, effectivement, comme s'il y était. Un bar de Buccleuch Street, non loin de Summerhall. Le repaire des Saints. Il n'était pas du tout sûr que le proprio eût apprécié la chose mais il faisait contre mauvaise fortune bon cœur. L'endroit baignait dans la fumée et les jurons, embaumé par des relents d'urine chaque fois que quelqu'un ouvrait la porte des toilettes. Un vendredi soir, probablement, la salle bondée, les clients au coude à coude au comptoir, et il revenait à la table avec les boissons pour tout le monde. Lorsque Dod Blantyre était apparu à sa gauche en lui proposant de l'aider à porter les verres, non sans lui avoir au préalable empoigné l'avant-bras en se penchant au plus près, ses lèvres frôlant son oreille.

Je suis au courant pour toi et Maggie. Et ça s'arrête là, maintenant, tout de suite. Est-ce que c'est bien compris ?

Il avait acquiescé sans mot dire. Avant que cette même voix ne se remette à gronder.

Encore une chose – estime-toi heureux que je ne te casse pas la gueule, mais pour ça, il y a un prix à payer. Quoi qu'il advienne parmi les Saints, on n'en parle jamais, on ne cafte jamais – O.K. ?

Nouvel acquiescement silencieux. La bouche ouverte, incapable de sortir un mot. Les verres de whisky qu'il lui prend des mains – doses habituelles – et qu'il apporte à la table en coin. Où les attendent Gilmour, Paterson et Frazer Spence, tout sourires, le visage luisant de sueur.

À nous...

Un pour tous...

Allez, Johnny Boy, cul sec... qu'est-ce qui t'arrive ? T'as une tronche de déterré...

— Je me souviens, dit-il, dans le salon de la maison surchauffée, les yeux fixés sur cet homme qui ne connaissait plus un moment de répit, cet homme qui allait mourir bientôt.

— Une promesse est une promesse, John, dit Blantyre en voyant son regard tourné vers la porte. Ne t'en fais pas, elle ne le sait pas. Il n'y a que toi et moi ici.

— Qu'est-ce que je dois comprendre ? Qu'il est juste de couvrir un meurtre, c'est ça ?

— Personne n'a parlé de meurtre, tu l'as dit toi-même : Kennedy aurait parfaitement pu dégringoler les escaliers. Nous n'avons besoin que d'une chose, ton silence.

Rebus se leva, reposa son mug encore à moitié plein sur le plateau et se tourna face à Dod Blantyre qui tentait de rassembler ce qui lui restait de forces, les mains agrippées aux accoudoirs de son fauteuil, à croire presque qu'il essayait de se remettre sur ses jambes.

— Je m'en vais, je connais le chemin, lui annonça Rebus.

— Nous méritons mieux que ça de ta part, John – tous autant que nous sommes.

Mais Rebus secouait la tête en sortant du salon. Il avait enfilé son manteau lorsque Maggie sortit de la cuisine.

— Une cigarette dans l'arrière-cour ? lui proposa-t-elle.

— Il faut que je parte.

— Qu'est-ce qui ne va pas ? Qu'est-ce qu'il t'a raconté ?

— Rien, Maggie – on m'attend, c'est tout.

Elle eut un geste vers lui mais il se détourna et ouvrit la porte d'entrée, heureux de retrouver l'air froid et les bourrasques de vent.

— John ? appela-t-elle en le voyant descendre l'allée vers la grille. John ?

Il leva une main et la salua sans la regarder.

On n'en parle jamais, on ne cafte jamais…

Allez, Johnny Boy…

Ça s'arrête là, maintenant, tout de suite…

— On ne saurait mieux dire, marmonna-t-il pour lui-même en montant dans sa voiture.

Lorsque son portable vibra, il sut que c'était Maggie. Sans même le sortir de sa poche pour vérifier, il tourna la clé de contact et démarra.

JOUR 11

20

— J'ai beau savoir qu'il n'en est rien, dit Malcolm Fox, mais maintenant que les dossiers de Summerhall ne sont plus sous clé, on pourrait facilement se méprendre. Il n'est pas encore 8 h 30 et on dirait que vous en profitez pour fouiller à votre gré.

Il ôta manteau et écharpe trempés de pluie puis les secoua du mieux possible.

Rebus était déjà au poste de Wester Hailes depuis plus d'une heure, installé devant une table de bureau, les boîtes de dossiers à portée de main.

— Bonjour, dit-il en regardant Fox suspendre ses vêtements mouillés.

Le café à emporter qu'il avait acheté en chemin dans une station-service était presque fini, mais le peu qui restait complètement froid.

— Peut-être existe-t-il une raison cachée à votre présence ici chaque fois que je n'y suis pas ? poursuivit Fox en se frottant les cheveux pour les sécher.

— Ça, c'est de la conscience professionnelle, ajouta une nouvelle voix.

Siobhan Clarke venait d'apparaître dans l'encadrement de la porte, une liasse de documents serrée contre sa poitrine.

— C'est peut-être que tu m'as gagné à ta cause, répondit Rebus.

— Que veux-tu dire ? lui demanda-t-elle en entrant dans la pièce.

Rebus tapota les feuilles posées devant lui sur le bureau.

— Admettons que tu aies raison et que Saunders ait bien été tué par un des Saints. De ce que j'ai pu voir là-dedans, nous n'en trouverons pas la preuve à Summerhall. Certains procès-verbaux ont pu être trafiqués ou on les a fait disparaître. Au mieux, nous mettrons le doigt sur quelques anomalies de procédure et divers autres détails qui passeront aisément pour des erreurs administratives.

— O.K.

— Et si nous allons demander à Stefan Gilmour de nous donner son emploi du temps le soir du meurtre… n'oublie pas que nous avons affaire à un pro, tu peux parier qu'il se sera couvert de tous les côtés et nous offrira un alibi à toute épreuve.

— Alors que nous reste-t-il ? demanda Fox, appuyé contre un coin du bureau.

Le regard de Rebus alla de l'un à l'autre.

— Le meilleur moyen serait peut-être de nous attaquer aux autres. Ça a marché par le passé. Si Gilmour a accepté de se saborder professionnellement, c'est précisément pour empêcher les Plaintes de s'attaquer au reste des Saints.

— Nous embarquons Paterson et Blantyre ? devina Clarke.

— Et vous les faites suer à grand feu, en faisant bien comprendre à Gilmour que vous avez l'intention de les inculper tous les trois. Primo, énonça-t-il en levant un doigt, Blantyre était présent à l'autopsie lorsqu'elle a été trafiquée, et il n'en a jamais rien dit. Et deuzio (un autre doigt en l'air), tout ce temps, Paterson avait le pistolet dans le tiroir de son bureau. Deux arguments solides qui justifient amplement que vous l'informiez de votre décision, à savoir les faire tomber tous les trois.

— Et vous croyez vraiment que cela suffira pour qu'il passe aux aveux ? demanda Fox, très sceptique.

— Avec tout ce qu'il a à perdre ? ajouta Clarke.

— Vous ne le saurez pas si vous ne tentez pas le coup, répondit Rebus.

— Et toi, tu seras où quand ça se passera ? lui demanda Clarke en le fixant.

— Je connais ma place, Siobhan, je ne risque pas d'être dans les parages.

— Et si l'un d'eux t'implique dans cette histoire ?…

— Ce sera à vous de décider si je mens ou si je dis la vérité.

— Et vous, qu'en pensez-vous ? demanda-t-elle à Fox.

— Je doute fort que ça marche, répondit celui-ci, mais pour l'instant, je ne vois pas ce qu'on peut faire d'autre.

Clarke tourna les talons et sortit de la pièce.

— Concrètement, c'est une possibilité à envisager, absolument, dit Fox à Rebus. Il faut que vous sachiez cependant que cela risque de vous retomber dessus.

— Je peux vivre avec cette idée, dit Rebus, dos collé à son fauteuil. Mais comment avons-nous fait pour passer au travers sans jamais nous faire choper ? demanda-t-il en tapotant du doigt les feuilles du dossier.

— La plupart des journalistes qui auraient pu y mettre leur nez pouvaient être achetés ou réduits au silence, et pas de réseaux sociaux susceptibles de diffuser les protestations, proposa Fox avec un haussement d'épaules. Ça vous va comme ça ?

— Plein dans le mille, je dirais. Plus on en faisait sans que ça nous retombe dessus, plus on se lâchait en prenant toutes les libertés…

— La conscience vous taraude ?

— Allez vous faire foutre, Malcolm, répondit Rebus, sans animosité, presque gentiment.

— Vous êtes sûr de ne pas venir mettre votre grain de sel quand nous interrogerons vos potes ?

— Je n'en ai pas encore terminé avec l'accident de Jessica Traynor.

— Toujours dessus ?

— J'ai un nouveau nom à vérifier d'un peu plus près – Rory Bell. Un truand qui apparemment sévit dans le West Lothian.

— C'est le même nom que la colocataire de Jessica, fit remarquer Fox.

— Quoi ?

— Le nom de famille de la coloc, ce n'est pas Bell ?

— Il est relativement fréquent.

— Vous avez probablement raison, dit Fox qui gagna la fenêtre en mettant les mains dans ses poches de pantalon. Mais depuis que j'ai commencé à vous fréquenter d'un peu près, j'ai l'impression de voir des conspirations partout – conspirations, connexions et coïncidences. Vous croyez que ce fichu temps va bientôt se mettre au beau ?

Mais Rebus ne l'écoutait plus.

— Vous avez le bonjour de l'inspecteur Clarke, dit Rebus à Laura Smith.

— Elle me doit un service, rétorqua Smith.

— Elle le sait, c'est pourquoi c'est elle qui régale.

Ils se trouvaient dans un vaste café moderne au bas de Holyrood Road, en face des bureaux du *Scotsman*. Bois brut, journaux du matin et comme clients, le personnel de l'immeuble voisin où était installée la BBC. On pouvait aussi y manger, mais Smith ne désirait qu'un *latte*, le plus grand qu'on pût lui servir. Rebus en revanche s'était offert un croissant et il en prit un morceau qu'il trempa dans son cappuccino avant de le glisser dans sa bouche.

— Très français, dit-elle.

— Jamais été là-bas.

— Vous n'êtes jamais allé en France ? répéta-t-elle, incrédule.

— Ni ailleurs non plus, je dois dire, précisa-t-il en mastiquant avant d'avaler. Comme champ d'expériences, l'Écosse m'a toujours suffi.

— Et c'est vrai que nous vivons une période intéressante.

— Vous pensez qu'avec l'indépendance, votre poste passera à la trappe ?

— Je doute qu'en l'espace d'une nuit, on serait débarrassé du crime.

Elle sourit et touilla son *latte*.

— Ce serait beaucoup espérer, je le reconnais.

— Vous m'avez dit que vous cherchiez des renseignements ? demanda-t-elle pour entrer dans le vif du sujet.

Rebus acquiesça.

— Je présume qu'Albert Stout, c'était bien avant vous ?

— Je n'étais même pas née quand il était au sommet de sa gloire.

— À l'époque, à l'heure du déjeuner, les reporters criminels fréquentaient les mêmes pubs que nous. Ils nous offraient un coup ou deux à boire et nous leur racontions nos petites histoires, pas forcément vraies d'ailleurs.

— Aujourd'hui, c'est café et croissants, dit-elle. Je ne suis pas sûre que nous ayons gagné au change…

— Je m'intéresse à un dénommé Rory Bell, dit Rebus, un sourire de circonstance aux lèvres. Le connaissez-vous ?

— J'ai effectivement entendu parler de lui, reconnut-elle, les yeux plissés. Et j'y gagne quelque chose, moi, dans cette affaire ?

— C'est bien possible, si vous êtes patiente. Tout dépend de ce que vous pourrez me dire.

— Il a une bonne trentaine d'années. Il faisait le gros bras pour un gang de Glasgow quand il a voulu se mettre à son compte, mais on l'a vite persuadé qu'il vivrait plus longtemps s'il se délocalisait. Le Lanarkshire était encore trop près. Aux dernières nouvelles, il avait monté boutique à Livingston.

— Et il y fait quoi ?

— Sécurité. Et si certains commerçants refusent ses services, il est tout à fait possible qu'ils en supportent les conséquences, genre cambriolage ou incendie criminel.

— Sympa.

— Il possède également des parts dans une compagnie de transports de poids lourds. L'année dernière, un des chauffeurs a été pris en flagrant délit de contrebande, une cargaison de cigarettes *duty free*.

— Et il a répondu à la cour qu'il avait décidé de faire ça tout seul, sans l'aide de quiconque et sans mettre personne dans la combine ?

Elle acquiesça et but une gorgée de *latte*, en la savourant.

— Plusieurs remorques en attente d'être déchargées ont également disparu corps et biens, le bruit a couru qu'un des tracteurs de Bell pouvait en être responsable. Ce qui colle parfaitement avec le reste.

— Mais je présume qu'il n'est jamais passé devant un tribunal ?

Elle fit non de la tête, en l'étudiant par-dessus le rebord de son mug géant.

Je ne vous livre pas toutes ces infos par simple bonté d'âme.

— J'avais compris… Il y a déjà eu du grabuge entre Bell et Darryl Christie ?

— Apparemment, ils se débrouillent comme des chefs, tous les deux. Pour l'instant, ils se reniflent à bonne distance, sur la pointe des pieds, sans jamais s'affronter bille en tête. Le domaine de Christie, c'est les bars et les clubs, et Bell n'a pas encore ses entrées dans ce secteur. Sauf qu'il a commis un impair quand il a essayé de vendre ses services de sécurité à un pub de Falkirk… Un détail lui avait échappé : le bar en question appartenait à Christie mais il l'a appris trop tard, toutes les vitrines avaient déjà été démolies.

Ce qui expliquait la petite contrariété de Christie, et peut-être aussi la raison pour laquelle il tenait à ce que Rebus connaisse le nom de son concurrent.

— J'ai l'impression que vous avez l'œil qui brille, d'un coup.

— Ça doit être un début de cataracte, expliqua Rebus. Bell vient bien de Glasgow, vous êtes sûre ?

— C'est là-bas qu'il est apparu dans le collimateur pour la première fois.

— Mais il est né là-bas ? Il y a grandi ?

— Il faudrait que je vérifie.

— Pourriez-vous faire ça pour moi et me rappeler ? dit-il en lui tendant sa carte.

— Je n'aime pas beaucoup que les choses se passent entre nous à sens unique, dit-elle, la carte entre deux bouts de doigt.

— Voyez plutôt ça comme une deux-voies réduite à une seule pour travaux – il y aura bientôt un feu vert sur la vôtre, ne désespérez pas.

La porte du bar s'ouvrit brutalement et une femme plus jeune que Smith de quelques années inspecta la salle avant de se diriger vers leur table, sans quitter la journaliste des yeux.

— Ton téléphone est coupé, lui dit-elle, en reprenant son souffle.

— Je suis en réunion, répondit Smith en montrant Rebus.

— Il faut absolument que tu voies ça, lui annonça-t-elle en tournant son écran d'iPad. Ça date d'il y a une heure mais c'est déjà repris partout sur Internet.

— Des chatons en train de jouer ? Des bébés qui se cassent la figure ?

— Que dirais-tu d'une veuve en furie ?

La jeune femme toucha l'écran et une vidéo s'afficha. Rebus se leva et s'approcha pour mieux voir. Les images tremblotaient, probablement prises par le portable d'un passant. Il crut reconnaître les bâtiments de l'université sur Buccleuch Place avec, au fond, les édifices beaucoup plus laids de George Square. Le clip ne dura que quinze ou vingt secondes mais il n'eut aucun mal à reconnaître la veuve, Bethany McCuskey. Avec le son monté à fond, ses joyeux qualificatifs ressortaient avec un accent américain marqué pendant qu'elle s'en prenait à une jeune femme, dont le sac de livres tomba par terre pendant l'attaque.

— Sale pute ! Espèce de foutue petite traînée !

Suivaient les cris de la victime tandis qu'elle tentait de se défendre contre les coups. Puis le regard incendiaire de McCuskey en direction de celui ou celle qui filmait, avant qu'elle ne tourne les talons pour rejoindre une petite voiture de sport gris argent.

Le clip prit fin et Laura Smith regarda Rebus en faisant de grands yeux.

— La veuve du ministre de la Justice, déclara-t-elle.

Il ne put qu'acquiescer.

— Mais qui attaquait-elle ? demanda l'assistante.

— Aucune idée, répondit Smith.

Rebus s'éclaircit la gorge.

— Vous qui vous plaigniez tant du feu qui vous bloquait, il est fort possible qu'il vienne de passer au vert, dit-il. Cette jeune femme est la colocataire de Jessica Traynor.

— Jessica Traynor ? Vous voulez parler de la petite amie de Forbes McCuskey ?

La journaliste criminelle ouvrait désormais les yeux comme des soucoupes.

— Mon Dieu, vous croyez vraiment… ?

Elle s'était retournée vers l'écran et sans même regarder Rebus, lui demanda s'il avait un nom.

— Pas de nom, mentit-il.

Rory Bell et Alice Bell à deux minutes d'intervalle, Laura Smith aurait aussitôt flairé quelque chose, une chose dont lui-même ne savait pas encore si c'était une douce illusion ou la simple réalité.

— Si Pat McCuskey couchait avec une amie de son fils, échafaudait déjà l'assistante, l'affaire redevient intéressante et ça risque de tout faire redémarrer.

— C'est bien possible, reconnut Smith en se levant, prête à partir.

— Vous n'oublierez pas ? Les antécédents de Rory Bell ? lui fit Rebus avec un signe de tête vers la carte de visite. Mon e-mail est inscrit au dos.

Elle acquiesça distraitement et le remercia pour le café.

— C'est l'inspecteur Clarke qui régalait, lui rappela-t-il.

Mais elle était déjà en route vers son bureau, son acolyte dans son sillage. Il se leva à son tour et appela Siobhan sur son portable.

— Je suis déjà au courant, dit-elle en décrochant. J'ai parlé à Nick Ralph hier soir et je lui ai tout dit pour Alice Bell.

— Et il s'est aussitôt dépêché d'en informer la veuve, soupira-t-il en contemplant le plafond.

— Je sais ce que tu penses, John. Toi, tu aurais gardé ça pour toi. Mais nous ne pouvons pas savoir d'avance ce qui sera pertinent dans une enquête…

— Mais parfois, on peut deviner. C'est Malcolm, n'est-ce pas ? Il t'en a persuadée ?

— Il n'a pas eu besoin – c'est ce qu'il fallait faire. Écoute, je dois y aller.

Elle lui raccrocha au nez et il balança son portable sur la table. Alice Bell comprendrait immédiatement – il était le seul à avoir deviné qu'elle avait une liaison avec McCuskey et il était le seul à qui elle l'avait avoué. La chaîne commençait avec lui et se terminait par l'agression de la veuve. Il n'obtiendrait plus rien d'Alice Bell, dorénavant. D'un autre côté, si cet incident créait un fossé entre elle et Forbes – et Jessica – peut-être accepterait-elle de révéler des choses. Peut-être…

Mais les révéler à lui ? À l'homme responsable de tout ça ? Pas l'ombre d'une chance.

— Tu l'as bien cherché, John, se dit-il.

Et tout ça parce qu'il avait fait confiance à Clarke et à Fox, leur avait tout déballé. Jurant à mi-voix, il attrapa son téléphone et sortit.

Rebus se rendit à Gayfield Square où il trouva la constable Esson à son bureau et James Page dans son placard à balais, en pleine conversation téléphonique, qui le salua de sa main libre avant de noter quelque chose sur un papier.

— Alors, ça roule ? demanda-t-il à Esson.

— C'est mort, répondit-elle en relevant la tête de son ordinateur. Et vous ?

— Il semblerait que le diable ne fasse jamais relâche.

— Vous avez vu la vidéo ?

— De Veuve McCuskey ? Absolument.

— Soixante-quinze mille visionnages pendant la première heure, dit-elle en ouvrant YouTube à la page concernée. Ça a presque doublé depuis et les commentaires vont bon train.

Elle lui montra sur l'écran l'endroit où regarder et fit défiler les messages.

— Ils ont le nom d'Alice Bell, dit-il.

— Et les interprétations ne manquent pas. La tendance générale semble être du côté de la veuve trompée.

— Mais personne ne sait avec certitude si elle a été *effectivement* trompée.

Regard interloqué d'Esson.

— En ligne, ça n'a aucune importance. Si les gens avaient des torches, Alice Bell serait déjà grillée à point. Et ça, ce n'est que la partie visible de l'iceberg : si elle est sur Facebook ou Twitter, elle va s'en prendre plein la figure, et ce ne sera pas des câlins. Je me sens vraiment désolée pour elle. D'un autre côté…

— Oui ?

— Eh bien, il ne vous paraît pas évident désormais que McCuskey cachait des secrets ? Ça pourrait redonner un coup de fouet à l'enquête. Je ne dis pas que la pauvre Alice a quelque chose à voir là-dedans, mais peut-être qu'une maîtresse bafouée…

— *Bafouée* ? Vous vous êtes remise aux romans de Barbara Cartland ou quoi ? En tout cas, je suis heureux de constater que votre clavier est bien chaud…

— Oh ?

— Je veux que vous vérifiiez un nom pour moi : Rory Bell.

— Un rapport quelconque ? fit Esson, les lèvres pincées.

— Probablement pas. Il magouille dans le West Lothian. J'avais demandé à une journaliste d'y jeter un œil, mais depuis, j'ai dû descendre très bas dans sa liste de priorités.

Esson avait déjà tapé le nom dans la barre de recherche.

— Date de naissance ? Des détails qui pourraient rétrécir le champ ?

— Il a entre trente et quarante ans, il a bossé un moment à Glasgow comme casseur de gueules.

— Donc il a un casier ?

— La journaliste m'a dit qu'il n'avait jamais été condamné, mais ça vaut la peine de vérifier.

— Je vais voir ce que je peux trouver.

— Vous êtes une star.

Deux minutes plus tard, Page termina son coup de téléphone et émergea de son cagibi en regardant alentour.

— Où est John ? demanda-t-il à Esson.

Il a fallu qu'il parte, s'excusa-t-elle.

— J'étais pourtant persuadé qu'il n'était plus à la retraite, mais ça ne saute pas aux yeux quand je vois son rythme de travail… Qu'est-ce qui vous occupe aujourd'hui ?

— Diagnostics et analyses, répondit gaiement Esson, sachant parfaitement l'effet de ces mots sur son chef.

Elle ne se trompait pas. Page se creusa un instant les méninges et lui dit de poursuivre avant de regagner son placard en refermant la porte derrière lui.

Christine Esson se permit un petit sourire.

Le déjeuner de Rebus consista en un chausson à la viande hachée de chez Greggs qu'il mangea dans sa Saab, moteur en marche et chauffage à l'avenant. Il brossa les miettes sur ses vêtements avant de répondre à son portable qui sonnait.

— Tout ça, c'est ta faute, n'est-ce pas ? lui demanda Maggie Blantyre.

— C'est toujours comme ça, d'habitude.

— Ils sont venus interroger Dod. Un passage sur le gril dans les règles. En disant que la prochaine fois, ça se déroulera peut-être au poste. Ils ont refusé que je reste dans la pièce. Hier soir, tu as fichu le camp comme un voleur, mais Dod a refusé de m'expliquer pourquoi. Mais j'ai bien vu qu'il n'était pas dans son assiette. Et maintenant ça – *c'est ta faute*.

— Je regrette que tu en sois aussi convaincue.

— Alors dis-moi que je me trompe.

— Qui est venu chez toi ? Les inspecteurs Clarke et Fox ?

— Je crois. Apparemment, c'était la femme le patron.

— C'est Clarke. Elle dirige une enquête pour meurtre, Maggie. L'arme qui a servi est peut-être celle qu'on conservait jadis dans un tiroir à Summerhall, et ils vont interroger tout le monde là-dessus.

— Y compris toi ?

— Y compris moi. Et nous n'aurons pas tous droit à une visite à domicile.

Silence sur la ligne, suivi par un soupir de défaite.

— Tout ça me paraît tellement injuste.

— Et leur visite l'a secoué ?

— Il est complètement à cran.

— C'est lui qui t'a demandé de m'appeler ?

— Non.

— Et les autres – Porkbelly et Stefan ? Je présume qu'il ne peut pas téléphoner sans ton aide…

— Seigneur, John, tu essaies de me tirer les vers du nez, c'est ça ? Je t'appelle parce que je suis dans le trente-sixième dessous et toi, tout ce que tu fais, c'est jouer au foutu détective ? dit-elle en criant presque. Eh bien merci, et de rien – je suis sûre que Dod sera touché par ta totale indifférence.

— Maggie, tu sais que je ne voulais pas…

Mais il n'y avait plus personne au bout de la ligne. Son écran lui apprit que la communication avait été coupée et lui demandait s'il avait envie de rappeler.

— Un coup de pouce du hasard serait le bienvenu, lui confia-il avant de faire signe à la contractuelle qui s'approchait alors qu'il se préparait à partir.

Devant le poste de police de Wester Hailes, les reporters étaient moins nombreux, blottis dans leurs voitures et buvant des boissons chaudes. Pas de camionnettes de prise de son, pas de caméras. En pénétrant dans le bâtiment, la première personne qu'il vit fut Alice Bell, assise à côté de la réception, l'air d'en vouloir au monde entier. Elle se mit debout d'un bond en le reconnaissant.

— Je sais, lui dit-il, en essayant de l'apaiser du geste, les paumes en avant. Et je suis sincèrement désolé. Mais notre boulot est de découvrir pourquoi McCuskey est mort, ce qui implique de reconstituer le puzzle de sa vie privée. Que cela vous plaise ou non, vous êtes une de ces pièces.

— Elle m'a attaquée, protesta-t-elle.

— Je le sais, vous allez bien ?

Visiblement, il lui manquait une poignée de cheveux et son cou comme son visage portaient des éraflures et des estafilades.

— On me traite plus mal qu'une chienne, et vos collègues veulent savoir si je porte plainte.

— Et vous allez le faire ?

Elle secoua la tête.

— Alors pourquoi êtes-vous ici ?

— J'attends l'inspecteur-chef Ralph. Il est en réunion ou quelque chose comme ça.

— Tout se passera bien, Alice. Dites-leur simplement la vérité, combien de fois vous avez vu McCuskey, ou s'il vous a paru inquiet.

— Des confidences sur l'oreiller, vous voulez dire ?

— Y a-t-il quelqu'un que je puisse appeler ? Votre mère ou votre père ?

— Ils sont tous les deux décédés.

— Désolé de l'apprendre. Quelqu'un d'autre qui pourrait rester avec vous ?

— Il est peu probable que Jessica et Forbes y consentent, vous ne croyez pas ? gémit-elle.

— Vous leur avez parlé ? lui demanda-t-il en faisant la grimace.

— Pour leur dire quoi ? répondit-elle en secouant la tête.

— Quelqu'un de la famille que je pourrais appeler ?

— Ça s'arrangera. (Un long silence, avant d'ajouter, la voix dure :) Vous avez déjà fait suffisamment de dégâts comme ça, vous ne pensez pas ?

L'inspecteur-chef Ralph apparut dans une embrasure de porte, salua Rebus de la tête puis présenta ses excuses à Alice Bell pour son retard, avant de la conduire vers un couloir.

— Il y a une sortie qui donne sur le parking, lui expliquait-il. Cela nous évitera ensuite d'aller nourrir les chacals.

— Avec ce qu'il me reste sur la carcasse, c'est tout juste s'ils pourront picorer, dit la jeune femme en lançant par-dessus son épaule un dernier regard plein d'amertume vers Rebus.

Lequel les suivit des yeux avant de se diriger vers la salle des Crimes graves. Fox était debout derrière un bureau.

— Vous venez de rater votre pote, informa-t-il Rebus.

— Pas tout à fait, je suis tombé sur elle au rez-de-chaussée.

— Non, dit Fox en secouant la tête, je vous parle d'Eamonn Paterson. Nous venons de l'interroger et il est reparti il n'y a pas vingt minutes.

— Aujourd'hui, les cadeaux du ciel, même petits, je ne crache pas dessus, dit-il en s'affalant dans le fauteuil libre.

— Vous avez vu Alice Bell, donc ?

— Elle était absolument ravie que je l'aie balancée.

— Elle aurait dû se présenter spontanément. Elle se serait peut-être épargné toutes ces avanies.

— Il jouait à quoi, Ralph, en allant tout raconter à la veuve ?

Fox haussa les épaules.

— Votre pote Paterson ne nous a pas beaucoup aidés, à propos.

— Et je me suis laissé dire que vous étiez déjà passé voir Dod Blantyre.

— Une nouvelle fois, sans grands résultats. Mais nous nous y attendions – tout est entre les mains de Stefan Gilmour désormais, si toutefois vous ne vous êtes pas trompé sur son compte.

— Mais qu'est-ce que Ralph faisait ici, à propos ?

— Réfléchissez un instant, répondit Fox en s'appuyant au dossier de son fauteuil.

— Je ne vois pas bien, dit Rebus après un temps de silence.

— Il se renseignait auprès de Siobhan à propos de la soirée où Jessica a crashé sa voiture. Non loin de la maison des McCuskey. Peu de temps après, la maison est cambriolée et McCuskey meurt. Et l'on apprend qu'il avait une liaison avec la colocataire de Jessica… Vous ne trouvez pas que tout cela constitue un cercle plutôt restreint ? En particulier si vous enlevez Forbes McCuskey du scénario pour le remplacer par Alice Bell.

Rebus fit non de la tête.

— Je ne vois pas ça comme ça, dit-il.

— Eh bien, l'inspecteur-chef Ralph a estimé que la question méritait d'être posée.

— Et comment Siobhan a-t-elle répondu ?

— Je lui ai dit moi aussi que je ne voyais pas les choses comme ça, répondit l'intéressée depuis l'entrée de la pièce, les bras croisés, l'air découragée et lasse. C'est gentil à toi de passer nous voir, John. Ça signifie qu'on va pouvoir se débarrasser de toi.

— Tu parles de quoi là ?

— De ton interrogatoire officiel, naturellement. Sinon, on pourrait penser que tu as droit à un traitement de faveur.

— Une chose que nous ne pouvons pas nous permettre, dit Rebus.

— Nous ne pouvons pas, en effet, confirma Clarke.

21

— J'ai besoin d'un avocat ? demanda Rebus.

Ils étaient assis tous les trois autour d'une table dans la salle d'interrogatoire. Fox avait sorti un autre de ses calepins à lignes – vierge pour l'instant – tandis que Clarke semblait se satisfaire de fixer Rebus, les bras croisés.

— Tu penses qu'il t'en faut un ? lui demanda-t-elle.

— Je suis certain que Stefan Gilmour vous prêterait le sien, ajouta Fox.

— Rien que pour mettre les choses au clair, demanda Clarke, peux-tu définir les relations qui existaient entre toi et Philip Kennedy ?

— Le mec ressemblait à un personnage de dessin animé mais il n'avait rien d'un plaisantin ; il adorait foutre la trouille aux petites vieilles et leur voler tout ce qu'elles possédaient.

— Ça ne répond pas tout à fait à ma question.

— C'était un mauvais et mon boulot était de le mettre à l'ombre – c'était ça, notre relation.

— Et comme le laisse suggérer son surnom, Phil l'Anguille, vous n'êtes jamais parvenus à le coincer.

— Ce n'est pas faute d'avoir essayé.

— Frustrant pour vous, j'imagine, ajouta Fox.

— Très, admit Rebus.

— L'idée ne vous est jamais venue de lui coller sur le dos une accusation forgée de toutes pièces ?

— Personnellement ? Non.

— Mais d'autres collègues… ?

— Il va falloir leur poser la question.

— Ils te l'auraient dit, tu ne penses pas ? Après tout, tu étais un « Saint » toi aussi ?

— Une nouvelle recrue.

— Malgré tout… (Clarke s'interrompit.) Et en ce qui concerne William Saunders et Douglas Merchant : des liens entre vous ?

— Lâche-moi un peu, Siobhan.

— Qu'est-ce qui te fait croire que tu l'as mérité ?

— Tu m'as volé ma réplique, lui dit Rebus avec un sourire fatigué. Peut-être que je devrais demander des dommages et intérêts.

— Aussitôt que nous en aurons terminé avec nos questions, rétorqua-t-elle. Maintenant, pourquoi ne pas me dire ce que tu sais à propos du pistolet…

Quarante minutes plus tard, il fut autorisé à partir. Il sortit et alluma une cigarette dans le parc de stationnement sur le côté du bâtiment, séparé des journalistes par la clôture et la grille fermée. À un moment, voyant Fox qui le regardait depuis une fenêtre à l'étage, il lui adressa un petit salut ironique de la main, qui le fit disparaître aussi vite.

L'accident de la Golf avait-il réellement un rapport avec la mort du ministre de la Justice, Alice Bell faisant le lien entre les deux événements ? Il tournait et retournait ces hypothèses dans sa tête quand son portable l'avertit d'un message : Christine Esson l'informait qu'elle avait des infos.

— Vous êtes un sale garnement, lui dit-elle quand il l'appela.

— Comment ça ?

— Mon petit doigt me dit que vous saviez qu'il existait un lien.

— Entre Alice Bell et Rory Bell ? Je vous assure que je l'ignorais.

— C'est son oncle. La mère d'Alice est décédée il y a six ans – cancer, apparemment. Et ensuite son père a eu un accident de voiture.

— Un accident de voiture ?

— Je sais, étrange coïncidence. Il y a trois ans de ça, et il est mort des suites de ses blessures.

— Où l'accident a-t-il eu lieu ?

— Sur l'A81, près de Port of Menteith.

— Ça ne m'avance pas beaucoup.

— Vu le nom, on pourrait penser que c'est sur la côte, mais en fait, c'est à l'ouest de Stirling, en direction de Loch Katrine.

— La géo, c'était votre point fort à l'école ?

— Dix secondes sur Google, corrigea-t-elle.

— Donc c'est vrai, la famille d'Alice Bell est bien originaire de Sterling ?

— Rory y est né. Il a quitté l'école à seize ans et peu de temps après, il est parti s'installer dans l'ouest. Pas de casier judiciaire à proprement parler, mais il est passé bien près plus d'une fois.

— Est-ce qu'Alice avait de l'argent ?

— Son père ne lui a pas laissé grand-chose, il était boucher et partait voir un de ses fournisseurs. Une camionnette arrivant en sens inverse a voulu doubler dans un virage et lui est rentrée dedans de plein fouet.

— Faisant d'Alice une orpheline à seize ans. Autre chose sur tonton Rory ?

Il l'écouta mais n'en apprit guère plus que ce que lui avait dit Laura Smith. Il remercia néanmoins Esson et raccrocha, en se posant des questions. Alice était-elle proche de son oncle ? Peut-être lui glissait-il quelques billets de temps à autre pour l'aider à payer ses études. Malgré l'absence de blessures après le choc, aurait-elle pu se trouver dans la voiture de Jessica le soir de l'accident ? Était-elle du genre à paniquer et à s'enfuir ? Il en doutait fort – elle serait restée auprès de son amie, elle aurait appelé une ambulance. À moins qu'il n'y ait eu dans la Golf quelque chose que les autorités ne devaient voir en aucun cas. Il se rappelait le coffre – fermé quand le premier agent sur les lieux avait pris ses photos, mais ouvert le lendemain matin lorsque l'épave avait été treuillée sur le plateau de la remorque…

Il rappela Esson et lui demanda de trouver deux numéros de téléphone, celui de l'agent en question et celui du ferrailleur. Bryan Hall, le policier en uniforme, lui assura avec véhémence que personne n'avait tenté d'ouvrir le coffre de la Golf tout le temps qu'il était resté là. Le propriétaire de la casse fut moins accommodant.

— Reece se taille à 17 heures tapantes, aboya-t-il. Vous voulez lui parler, venez ici avant.

Reece Bairstow, vérifia Rebus dans son calepin quand le propriétaire raccrocha.

— Eh, pourquoi pas ? se dit-il.

Il écrasa son mégot et gagna sa voiture.

La casse étant située aux abords de Broxburn, il prit la route de l'aéroport d'Édimbourg. La radio l'informa que la crise économique ne s'améliorait pas et que la situation de certains autres pays européens devenait de la folie pure. Chypre, Portugal… personne ne semblait savoir comment tout ça finirait. Il passa à une station locale : un débat en direct auquel participaient les auditeurs avec, pour thème, la question de savoir comment une Écosse indépendante pourrait rester dans l'OTAN si elle se débarrassait de ses bases de missiles nucléaires. Deux minutes plus tard, sentant monter sa tension, il glissa un CD dans le lecteur. Le deuxième album des Spooky Tooth.

— C'est mieux, se dit-il.

La casse était fermée par une clôture grillagée dont une partie était doublée par une barrière de plaques en tôle ondulée, le tout surmonté par trois rangs de fil de fer barbelé, et des panneaux indiquaient la présence de caméras en circuit fermé et de chiens de garde. Pour preuve, le berger allemand qui se leva et montra les crocs en voyant la Saab pénétrer dans l'enceinte. Un collier clouté autour du cou et attaché à une longueur de grosse corde graisseuse, il veillait sur le bureau, monté de bric et de broc avec des restes de bois de construction et de plaques en métal. L'homme qui en sortit reconnut immédiatement le flic en Rebus, de la même façon que celui-ci identifia le mec comme un ancien taulard, à voir les tatouages bleuâtres à l'encre passée que révélaient ses manches de chemise remontées, le genre d'œuvres d'art que s'infligeaient les détenus faute d'avoir mieux à faire et qui se résumaient pour l'essentiel à des mots aux lettres tremblotées et à des chardons bizarroïdes.

— Il s'appelle comment, le chien ? demanda Rebus.

Trapu, presque bossu, le crâne pointu chauve et huileux, le proprio plissa les yeux et finit par répondre :

— Boris.

Le berger allemand dressa les oreilles.

— Vous pensez que cette corde est assez solide ?

— Vaudrait mieux pour vous, répondit le gars avec un sourire édenté. C'est vous le flic qui a téléphoné ?

— Sergent Rebus. Je n'ai pas bien saisi votre nom.

— Eddie Duke. J'ai dit à Reece que vous vouliez lui causer et devinez quoi ? Il a décidé de pointer plus tôt.

— Il est parti ?

— Eh ouais.

L'air profondément déçu, Rebus tendit le bras vers un compacteur, à soixante mètres de là.

— Alors ça doit être son jumeau que je vois là-bas, non ? Vous savez, Reece, je l'ai déjà rencontré.

Pris au dépourvu, le proprio fit grise mine puis, glissant deux doigts dans sa bouche, lâcha un coup de sifflet strident. Reece Bairstow releva la tête et vit son patron qui lui faisait signe de s'approcher.

— Vous m'avez beaucoup aidé, dit Rebus. Croyez bien que je ne l'oublierai pas.

Il s'avança et, à mi-chemin, rejoignit Bairstow qui défaisait ses gants un doigt après l'autre avant d'en libérer ses mains et de le saluer d'un rictus crispé.

— Vous vous souvenez de moi ? lui demanda Rebus.

— La Golf VW à la sortie de Kirkliston ? La bagnole est là-bas, dit Bairstow en hochant la tête en direction d'un mètre cube de métal compressé, déjà surmonté d'une autre épave.

— Vous n'avez pas chômé.

— J'aime quand c'est comme ça.

Bairstow s'était planté devant lui, ses brodequins écartés de presque un mètre, les épaules en arrière.

— Des problèmes, Reece ? lui demanda Rebus.

— Non.

— Votre posture dit le contraire.

Bairstow baissa les yeux et essaya de se décontracter, piétinant le sol sur place et dénouant quelques muscles.

— Qu'est-ce que vous voulez ? demanda-t-il.

— Je veux savoir ce que vous avez pris dans la voiture.

Le bonhomme se contenta de le fixer dans les yeux.

— Rien, finit-il par répondre.

— Vous voulez bien me la refaire, celle-là ?

— Je vous l'ai dit.

— Pas bien compliqué d'ouvrir le coffre de la voiture – la clé était toujours sur le contact. Mais quand on a débarqué sans prévenir, vous avez fait semblant d'être très occupé et vous avez oublié de refermer le coffre.

Rebus s'interrompit et s'avança d'un pas.

— Désormais, il ne s'agit plus d'une erreur de conduite, Reece. Possible que ce soit lié à un meurtre. Et tous ceux qui nous cachent des trucs finiront par en payer le prix, au bout du compte.

Il tourna la tête vers le cabanon du proprio.

— Je prends le pari que votre patron n'appréciera pas beaucoup de nous voir revenir jour après jour pour vous interroger. Probable qu'il ait lui aussi quelques petits trucs à cacher…

Les narines frémissantes, Bairstow respirait par à-coups, le visage maussade.

— Je vous l'ai dit, répéta-t-il.

— Effectivement, acquiesça lentement Rebus. Mais ce n'est pas la dernière fois que vous nous verrez ici, moi ou quelqu'un dans mon genre – loin de là. Je suppose que je ferais mieux de prévenir votre patron.

Tournant les talons, il repartait d'où il était venu quand il entendit des bruits de pas derrière lui et la voix de Bairstow lui demandant d'attendre une minute. Il s'arrêta et attendit que le gars le dépasse et se plante en face de lui.

— Et si quelqu'un prend un truc dans une épave, est-ce qu'il risque des ennuis ? Un truc de rien, je veux dire, qui à son avis ne devait intéresser personne ?

Rebus fit semblant de réfléchir à la question avant de hausser les épaules sans s'engager.

— Et si vous me montriez, proposa-t-il.

Bairstow passa les doigts dans sa barbe en pesant le pour et le contre.

— Très bien, dit-il, en rajustant sa casquette de base-ball. C'est par là.

Il conduisit Rebus derrière le cabanon où plusieurs voitures étaient garées. Dans le lot, une Land Rover vert olive dont Bairstow ouvrit l'arrière pour en sortir un objet qu'il lui tendit.

— Un pied-de-biche, dit Rebus en le prenant pour le soupeser.

— Pratiquement neuf, ajouta Bairstow. L'étiquette du prix est encore dessus.

— Acheté chez B&Q, constata Rebus.

— Pas vraiment qualité pro.

— Mais vous avez décidé de le piquer quand même.

Bairstow baissa les yeux.

— Et c'est tout ce que vous avez pris ?

— Il n'y avait rien d'autre.

— Rien dans l'habitacle de la voiture ?

— Je vous ai dit.

— Et quand vous avez ramené la Golf ici… j'imagine que vous l'avez désossée ? Des surprises ?

L'homme fit non de la tête.

— Rien que ça ? demanda Rebus en levant le pied-de-biche.

— Rien que ça, confirma Bairstow. Et si vous voulez mon avis, il n'a pas servi plus d'une ou deux fois…

— Une ou deux fois, d'accord… mais sur quoi ? demanda Rebus.

Sa question resta sans réponse.

Alice Bell enfonça la clé dans la serrure, la tourna pour libérer le verrou, poussa la porte et écouta le silence avant d'entrer. Elle referma derrière elle et s'avança dans le couloir sur la pointe des pieds en retenant son souffle. Elle avait réfléchi à un autre refuge possible, en pure perte. Elle n'avait rien… rien d'autre que ça.

— Tiens… tiens…, s'exclama mollement Forbes en la voyant apparaître dans le salon. Si c'est pas la Putain de Babylone…

Il était assis sur le canapé, le visage impassible, Jessica à son côté, sa cheville foulée posée en travers de ses cuisses, son portable tenu à deux mains comme si elle venait tout juste d'écrire un texto.

— Je suis désolée, dit Alice, en rougissant jusqu'à la racine des cheveux.

— D'avoir ouvert les cuisses à mon vieux ? C'est à ma mère que tu devrais présenter tes excuses.

— Elle a préféré m'arracher les cheveux à pleines poignées.

— Peux-tu le lui reprocher ? Seigneur Jésus, Alice…

— Tu veux que je m'en aille ? demanda-t-elle en regardant Jessica

C'est Forbes qui choisit de répondre, d'une voix plus forte :

— Bien sûr qu'elle veut que tu partes, dit-il.

— C'est à moi qu'elle a posé la question, rétorqua l'intéressée.

Elle fit la grimace en soulevant sa jambe des cuisses de Forbes et se tourna vers sa colocataire.

— Tu as vu ? demanda-t-elle à Alice en inclinant l'écran de son portable vers elle.

Alice s'avança d'un pas : une page Facebook, pleine de haine contre elle.

— Et Twitter n'est pas beaucoup mieux, ajouta Jessica avec sympathie.

Les larmes se mirent à couler, Alice pressant ses mains sur ses yeux comme pour leur faire barrage. Elle recula maladroitement jusqu'au fauteuil où elle s'assit, tête baissée, les épaules agitées de sanglots.

— Je regrette, je regrette, tellement, tellement… Oh mon Dieu, mon Dieu…

McCuskey s'était levé et faisait les cent pas, sous le regard de Jessica qui le surveillait de crainte qu'il ne saute à la gorge d'Alice.

— Elle est déjà une paria, lui dit Jessica. Je doute que tu parviennes à lui faire moitié aussi mal que tous ces trolls, ajouta-t-elle en lui agitant son portable sous le nez.

— C'est un foutoir, dit-il, presque pour lui-même. Ou plutôt, un foutoir de plus, encore un.

— Apparemment, nous devenons experts en la matière, dit Jessica.

— Et tout ça à cause d'elle, dit-il en montrant d'un doigt vengeur Alice qui continuait à dévider sa litanie d'excuses.

— Assieds-toi, dit calmement Jessica, et réfléchissons un peu à ce que nous devons faire.

Il finit par s'asseoir et écouta, et peu après, Alice écouta elle aussi.

Ce soir-là, Rebus était chez lui, dans son fauteuil, quand on sonna. Il se leva, se frotta le visage à deux mains pour lui redonner un semblant de vie et releva la tête de lecture de *Hard Nose the Highway*[1], avant d'aller dans l'entrée. Il appuya sur le bouton de l'Interphone et demanda qui était là.

— Stefan. Il faut qu'on parle.

— Alors tu montes, dit Rebus en déverrouillant à distance la porte d'entrée.

Il laissa le battant entrouvert et retourna dans son salon en se demandant ce que le millionnaire allait en penser.

1. Disque de Van Morrison, 1973.

Dès qu'il eut franchi le seuil, Gilmour inspecta les lieux.

— Je pensais que tu aurais fait l'effort de redonner un coup de peinture, conclut-il.

— C'est ce que j'ai fait, effectivement, il y a dix ans de ça.

— J'ai souvenir que c'était beaucoup plus accueillant quand Rhona était la maîtresse de maison. À propos, comment va-t-elle ?

— Bien.

— Une fille, c'est ça ?

— Tout à fait, dit Rebus. Tu veux boire quelque chose ?

— Ça va, je te remercie.

— Assieds-toi alors.

Rebus se réinstalla dans son fauteuil. Une cigarette s'était éteinte dans le cendrier et il la ralluma, plissant les yeux pour se protéger de la fumée.

— Je ne reste pas, lui dit Gilmour. J'ai eu deux réunions et là, je repars vers l'ouest.

— J'imagine que tu es au courant pour Porkbelly et Dod ?

Gilmour acquiesça, les mains dans les poches de son manteau, toujours en tenue d'homme d'affaires prospère, costume, cravate, chaussures étincelantes trop neuves pour être déjà cassées.

— Elle est censée m'impressionner, cette persécution des Saints ? Tu estimes que tu n'es plus dans la tente désormais et que tu peux pisser à l'intérieur[1] ?

1. Reprise d'un jugement du président américain Lyndon B. Johnson sur Edgar Hoover.

— Je ne suis nulle part, Stefan. C'est l'inspecteur Clarke qui dirige.

— À ce que j'entends dire, elle était sous tes ordres jadis. Qu'est-il arrivé ?

— Tu as ordonné à tes espions de se renseigner sur mon compte ? Vaudrait mieux leur dire qu'ils sont mal informés.

Gilmour continuait à examiner la pièce.

— Je pourrais te trouver mieux que ça, tu sais. Un dernier étage avec terrasse dans The Grange peut-être…

— Si je joue le jeu, tu veux dire ? Et que je fasse danser Clarke et son équipe comme des marionnettes ?

— Tu vis dans le passé, John, que tu habites toujours cet appartement en est la preuve. Mais Rhona ne reviendra pas, n'est-ce pas ? Il est temps pour toi d'envisager ton avenir, enfin, ce qu'il en reste.

— J'ai une constitution de bœuf, répondit Rebus.

— Il n'empêche que d'ici dix ou vingt ans, tu seras de l'histoire ancienne. Il faut que tu penses à ce que tu vas laisser à ta fille.

— Si tu es venu ici pour me soudoyer, fixe une somme, c'est tout.

Gilmour sembla réfléchir un instant et secoua la tête.

— On ne peut pas t'acheter, John. En plus, tu prendrais un pied terrible à refuser ma proposition, alors je ne t'offrirai pas ce plaisir… Mais j'ai quelque chose pour toi.

— Ah ouais ?

Gilmour haussa les épaules.

— Ce n'est pas grand-chose. Tu prends ou tu laisses.

— Je suis tout ouïe.

Gilmour ôta les mains de ses poches et les croisa devant lui.

— Ce vieux pistolet, celui qui excite tous les esprits en ce moment…

— Oui ?

— C'est Dod qui l'a piqué dans le tiroir de Porkbelly… Penses-y, tu veux bien ? Parce que la dernière fois que j'ai vu cette arme remonte à trente ans, et elle était glissée dans la ceinture de Dod Blantyre.

— Tu me débites à nouveau des salades, Stefan ?

Nouveau haussement d'épaules de Gilmour.

— Je le voulais pour moi, ce pistolet, et Dod le savait. Mon dernier jour à Summerhall, j'ai ouvert le tiroir pour le prendre mais Dod a rigolé : il a fait mine de me gronder d'un doigt en tapotant sa veste, pour bien me montrer qu'il m'avait battu sur le fil.

— Il aurait pu le remettre après ton départ.

— Il va falloir que tu lui poses la question. Mais dis ça à ta chef ; à l'époque, j'ai morflé pour toute l'équipe parce que je le méritais. Mais pas cette fois-ci, pas cette fois, non.

— Mais tu as bien balancé Phil Kennedy, l'Anguille, au bas de l'escalier ?

— Pas l'escalier, John, et ce n'est pas moi.

— Alors dis-moi ce qui est arrivé. Et laisse tomber les salades sur la Bible d'Ombre. Quelqu'un a tué Billy Saunders et ils ne feront rien pour éviter que tu portes le chapeau. Si tu ne veux pas que cela se produise, j'ai besoin de savoir.

Gilmour réfléchit. En fin de compte, il s'installa au bord du canapé et se pencha en avant, les coudes sur les genoux. Rebus écrasa sa cigarette et se pencha à son tour, comme pour bien signifier que rien de ce qui serait dit ne quitterait cette pièce.

— Que vas-tu faire de ce que je vais te dire ? lui demanda Gilmour.

— Je ne sais pas bien, avoua Rebus.

— Je ne témoignerai jamais devant un tribunal, ni au cours d'un interrogatoire officiel, d'ailleurs.

Rebus acquiesça, lentement.

— Eh bien, poursuivit Gilmour, tapotant le bout de ses doigts l'un contre l'autre le temps de prendre sa décision, si tu veux savoir, c'était Porkbelly. Il en avait sa claque et il fallait absolument qu'il se remue, il voulait se défouler. Nous avons embarqué Kennedy, il buvait dans un pub du côté de Haymarket. Sans motif ni raison, pour le plaisir, et sans penser plus loin.

— Vous étiez en rogne contre le verdict de « non prouvé » ?

— Je ne voulais plus le voir dans ma ville. Et le meilleur moyen, c'était de lui foutre une trouille de tous les diables pour qu'il se taille. Porkbelly était d'accord. Il l'a collé en cellule et lui a gueulé dessus en lui mettant le marché en main avant de le laisser mijoter dans son jus.

— Son nom était inscrit sur le registre des incarcérations ?

— Il a fallu faire disparaître ça ensuite, acquiesça Gilmour.

— Il est mort à Summerhall ?

— Porkbelly l'a un peu tabassé. Un coup de poing a fait voler Kennedy par-dessus le dossier de sa chaise et il s'est fracassé la tête et… Au début, on a cru qu'il était inconscient, mais au fond de toi, tu sais, non ?

— Vous ne pouviez pas permettre qu'on le retrouve ainsi ?

— Ensanglanté, avec des traces de coups ? Fourré dans une cellule sans raison valable ? Non, il fallait absolument le sortir de là.

— Et donc, vous l'avez ramené chez lui où vous l'avez abandonné au pied de l'escalier.

— C'est à peu près ça.

— Ensuite, il a fallu s'assurer que le rapport d'autopsie mentionne une grosse quantité d'alcool dans son organisme. Dod et toi présents, en compagnie du professeur Donner.

— Il était préférable de garder Porkbelly en dehors de ça. Le pauvre était en état de choc.

— Comment se fait-il que je ne me souvienne de rien ?

— On ne te connaissait pas suffisamment pour te mettre dans le coup.

— Mais Donner a joué le jeu, lui.

— Un vieux queutard, marié mais ne se refusant pas une call-girl de temps à autre.

— Le tout arrangé par toi ?

— Inclus dans le service, dit Gilmour en prenant une profonde inspiration avant de se remettre debout.

— Attends un peu, lui dit Rebus. Comment Billy Saunders l'a-t-il appris ?

— Allons, John, ce n'est pas une équation insoluble.

Il fallut néanmoins une minute à Rebus pour la résoudre.

— Il se trouvait dans une des cellules ? finit-il par proposer. Il a entendu ou vu ce qui s'était passé ? Une deuxième raison pour arracher la page du registre…

Gilmour fit mine d'applaudir avec enthousiasme avant de remettre les mains dans les poches de son manteau.

— Donc, qui a abattu Saunders ?

— Je n'en ai pas la moindre idée, répondit Gilmour. En fait, tout dépend s'il s'agit bien de la même arme, tu ne crois pas ?

Il tourna les talons, sur le départ.

— Tu devrais dire tout ça à Clarke, lui conseilla Rebus. C'est la seule manière de laver ton nom.

— Je n'ai nul besoin de laver mon nom, John, il me suffit de savoir que je n'ai rien à voir avec ça. Et je suis un Saint, ne l'oublie pas – défenseur de la foi et tout ça.

— Jusqu'à la mort ?

— Je n'irais peut-être pas aussi loin.

— Tu as plein d'argent, Stefan. Tu peux prendre l'avion et disparaître quand tu veux.

— Dans un pays sans traité d'extradition ?

Il sourit, comme s'il pesait les avantages et les inconvénients.

— Comme un vieux truand de jadis, et je passerai mon temps à surveiller mes arrières ? Ce n'est pas mon style, John. En outre, j'ai une bataille sur les bras, au cas où tu ne l'aurais pas remarqué.

— La campagne pour le non ? C'est ça, la raison de tes réunions ?

Gilmour acquiesça, avec gravité.

— Je prends pour acquis que nous pouvons compter sur ta voix ?

— Je ne prendrais rien pour acquis si j'étais toi, Stefan.

— Dommage, répondit Gilmour en se dirigeant vers l'entrée, Rebus sur ses talons. Des nouvelles de l'affaire McCuskey ? reprit-il.

— Elle est au point mort.

— Donc l'implication d'Owen Traynor n'est plus de mise, j'imagine ?

— Pour autant que je sache.

— C'est probablement une bonne chose. Je me suis laissé dire que son dernier montage financier a pris le bouillon, avec des créanciers et le fisc sur le sentier de la guerre. Ce mec est un brûlot, John…

— Dis-moi, Stefan, tu connais apparemment un certain nombre d'hommes d'affaires douteux, tu aurais déjà croisé sur ta route un certain Rory Bell ? Il est côte ouest, ou il l'était.

— Il installe des systèmes d'alarme et fournit des vigiles ? Je connais le nom, répondit Gilmour en s'arrêtant à la porte. Je crois qu'un de mes potes l'a mentionné il y a un moment et justement, je suis tombé dessus ce soir, je parle du pote – John McGlynn. Tu veux que je vous mette en contact, tous les deux ? ajouta-t-il, son portable déjà à la main.

— Si ce n'est pas trop te demander, répondit Rebus.

— Ça devient un peu gênant, non, tu ne trouves pas, John ? sourit Gilmour. Toi qui me demandes un service ? Ta dette envers moi va encore augmenter, non ?

Sans attendre la réponse, il passa le coup de fil.

— Directement sur messagerie, dit-il, puis : Salut, John. C'est Stefan. Tu es probablement très occupé, mais un vieux flic de ma connaissance cherche des infos sur Rory Bell. Tu pourrais peut-être l'obliger. Il est au…

Il regarda Rebus, lequel récita son numéro de mobile que Gilmour répéta avant de couper la communication.

— John est installé à Glasgow mais la chance pourrait te sourire, il est de ce côté-ci pour un ou deux jours.

— Et il est honnête ?

— En or massif, répondit Gilmour. Je ne traîne pas exclusivement avec des mecs douteux. Il y a longtemps que je ne suis plus à la Crim.

Il ouvrit la porte.

— Les trucs que je t'ai racontés à propos de Phil l'Anguille et Porkbelly, tu ne sais vraiment pas ce que tu vas en faire ?

— Sincèrement, non.

— Je peux espérer que tu me tiendras au courant quand tu auras pris ta décision ?

— Après quoi, on sera quitte ?

— Après ça, répondit Gilmour, le regard dur, je ne veux plus jamais te revoir. Que ce soit bien clair entre nous.

Sur quoi, il franchit le seuil en laissant la porte entrouverte. Rebus entendit le bruit de ses pas décroître dans l'escalier, ferma la porte et regagna le salon. Il remit la face deux de Van Morrison et s'assit. Le disque dura bien vingt minutes mais il n'écoutait pas vraiment.

JOUR 12

22

Rebus partit travailler le lendemain matin complètement dans le « coaltar », comme aurait dit son père : il ne vit rien du monde qui l'entourait et quand il sortit de la Saab, se rendit compte que le parking lui était étranger – rien de familier aux environs, impossible d'y retrouver ses marques. Dans la zone fumeur, un sergent en uniforme tirait sur sa pipe.

— Qu'est-ce qui vous amène ici ? demanda-t-il.

C'est seulement à cet instant que la lumière se fit : il avait roulé jusqu'au poste de police de St Leonard où il ne travaillait plus depuis bien longtemps, là où on lui avait présenté Siobhan Clarke, là où s'était forgée leur relation professionnelle.

— Une réunion, répondit-il.

Il se dirigea vers l'entrée, peu enclin à laisser croire au flic qu'il devenait sénile. Une fois dans le bâtiment, il prit son temps, fit semblant de consulter ses textos sur son portable et, une fois la voie libre, regagna le parking pour remonter dans la Saab en se demandant où aller.

C'était peut-être le vrai problème, justement : Clarke se trouvait à Wester Hailes, aux prises avec le meurtre Saunders ; à Torphichen, Nick Ralph dirigeait l'enquête

McCuskey. Et lui, Gros-Jean comme devant ? La seule chose qui l'attendait à Gayfield Square était un James Page toujours à cran et des paperasses à trier. Lorsque son téléphone sonna, il espéra en croisant les doigts que son interlocuteur lui donnerait quelques idées.

C'était Christine Esson au bout du fil et, effectivement, elle lui proposa une occupation.

— Le patron veut savoir où vous êtes, il a un boulot pour vous.

— Dites-lui que je suis en chemin.

— Et c'est vrai ?

— Oh, femme de peu de foi. Je serai là dans dix minutes.

— Vous n'avez pas vu le sac de nœuds au rond-point Conan Doyle ? Je vais lui dire quinze minutes pour ne pas courir de risques.

— Vingt livres que je suis là en dix.

— Oh ouais ? Vous êtes garé dehors, c'est ça ?

— Je suis à St Leonard, dit-il en répétant son pari.

— Top chrono… maintenant, dit Esson, après un rapide calcul.

— Ça marche.

Il n'était pas assez bête pour s'engager vers North Bridge et Leith Walk et choisit de traverser Holyrood Park pour ressortir de l'autre côté, où il emprunta Abbey Hill et Royal Terrace en évitant le plus gros des embouteillages. Il grimpa les marches deux à deux et se retrouva devant le bureau d'Esson en onze minutes et demie.

— Belle tentative, lui concéda-t-elle.

— Un billet de dix et ce sera bon, répondit-il en tendant la main.

— John ! aboya Page. Ici, tout de suite !

— Je reviens, avertit-il Esson qui ne lui offrit qu'un petit sourire satisfait pour tous ses efforts.

— Vous appelez ça être à l'heure ? dit Page en le voyant entrer.

Il était à son bureau derrière son ordinateur portable ouvert.

— J'ai dû faire un saut à St Leonard, expliqua Rebus.

— Et pour quelle raison ?

— Une course pour Siobhan. Mais me voici, et donc, que puis-je pour vous ?

— Une autre petite course, j'imagine. Vous saviez qu'on avait sorti un corps des Leith Docks hier après-midi ?

— Non.

— Adulte, sexe masculin. L'autopsie est dans une heure.

— Mort suspecte ?

— J'espère qu'elle nous le confirmera.

— Par « nous », je présume que vous parlez de moi ?

Page acquiesça.

— Il y a des choses que je devrais savoir ? Vous avez un nom pour le macchabée ?

— Je ne crois pas.

— Et c'est moi que vous avez choisi plutôt que Esson, Ogilvie ou n'importe quel autre flic parce que… ?

— Écoutez, ce n'est pas bien compliqué, être présent à l'examen *post mortem* et revenir faire votre rapport. Je sais que c'est beaucoup moins glorieux qu'un meurtre par balle ou que la mort d'un ministre du Parlement écossais, mais cela fait quand même partie de la riche tapisserie de la vie.

Il replongea dans son ordinateur et, d'un geste bref des doigts dans sa direction, lui signifia que l'entretien était terminé.

De retour dans le bureau principal, Rebus vit qu'Esson prenait sur elle pour ne pas éclater de rire.

— Vous auriez pu me prévenir, nom d'un chien, grogna-t-il.

— C'est vous qui étiez pressé, lui renvoya-t-elle aussi sec. En outre, je me suis laissé dire qu'un nouveau légiste officiait ; possible que ça mette un peu de piment dans l'affaire.

— Oh, la morgue… c'est la rigolade assurée, répondit-il en appuyant sur les mots. Vaudrait mieux tenir mes gains prêts pour quand je reviens…

— Vous arrivez trop tard, lui apprit l'assistant. Nous avons dû avancer l'autopsie d'une heure.

Il connaissait bien cette morgue pour y être venu souvent : au rez-de-chaussée, une vaste zone de stockage au sol en béton régulièrement nettoyé au Karcher. Un mur entier doublé de tiroirs métalliques sur glissières où l'on plaçait les cadavres, plus une salle moins grande pour les scénarios plus sinistres. Les camionnettes pouvaient entrer en marche arrière par une porte d'accès directement depuis le parc de stationnement, permettant ainsi de garder le public dans l'ignorance des fonctions premières du bâtiment. Laboratoires et salles d'autopsie étaient regroupés à l'étage, à côté des bureaux du personnel, d'une pièce avec baie vitrée d'où on pouvait suivre le déroulement des opérations et d'une salle d'attente pour les proches de la famille.

— Elle doit être en train de téléphoner son rapport au moment où nous parlons.

— Elle ?

— Le professeur Quant.

— Il serait possible de lui dire un mot ?

L'assistant lui montra la volée de marches.

— Elle est attendue ailleurs dans vingt minutes, précisa-t-il.

Mais Rebus était déjà parti.

La porte était entrouverte mais il frappa malgré tout. Quant avait déjà quitté sa combinaison réglementaire et finissait son entretien au téléphone.

— Vous êtes le sergent Rebus ? lui demanda-t-elle.

— C'est bien moi.

— Je disais justement à l'inspecteur-chef Page…

— Que vous aviez dû avancer l'autopsie.

— J'ai un cours qui m'attend, dit-elle en consultant sa montre.

— Je pourrais vous déposer, je suis en voiture.

— À pied, j'irai plus vite – c'est juste à côté de McEwan Hall.

— Je vous accompagne, alors.

Elle le fixa sans détour, deux grands yeux bleus aux cils chargés de mascara encadrés par une épaisse chevelure rousse tombant juste sous ses épaules. Elle avait entre quarante et cinquante ans, estima-t-il, peut-être un peu plus. Pas de bagues à ses doigts, mais c'était peut-être pour des raisons professionnelles. Le dos de ses mains était rose, certainement à cause du récurage en règle qu'elle leur avait infligé.

— Pour que vous puissiez me mettre au courant, expliqua-t-il.

— Très bien, dit-elle.

Elle rassembla ses papiers dans un vaste sac en cuir puis enfila son manteau posé sur le dossier d'une chaise. Il dut résister pour ne pas l'aider.

— À supposer bien sûr qu'il y ait du nouveau, se sentit-il obligé de préciser.

— J'essaie de trouver du temps pour un second examen plus tard dans la journée, si je réussis à dénicher un autre médecin qui accepte de m'aider.

— Oh ?

Elle inspectait l'espace confiné et s'assurait de ne rien avoir oublié.

— C'est un cas bizarre, dit-elle.

— Il ne s'est pas noyé alors ?

— Il était déjà mort à son entrée dans l'eau. La question est : depuis combien de temps ?

Devant le regard qu'il lui lança, elle poursuivit :

— Je pense à plusieurs mois. Voire peut-être des années.

— Des années ?

— Passées en position assise, à voir comment les os se sont soudés.

— Professeur, nous parlons d'un squelette, là ?

— Il y a de la peau, mais elle est complètement momifiée. Difficile d'en dire plus pour l'instant. Le corps n'a probablement pas séjourné dans l'eau plus de deux jours – la marée n'arrive pas vraiment jusqu'au dock, donc il est pratiquement certain que c'est là qu'on s'est débarrassé du cadavre, ce ne sont pas les vagues qui l'y ont déposé.

Elle se plongea dans ses réflexions.

— C'est à peu près tout ce que j'ai pu dire à l'inspecteur-chef Page. Vous êtes sûr de vouloir m'accompagner ?

— J'en suis sûr, répondit-il en lui ouvrant la porte.

Ils montèrent depuis le Cowgate jusqu'à Chambers Street et il eut un peu de mal à suivre son rythme.

— C'est donc vous, le célèbre Rebus ? demanda-t-elle.

— Vous devez me prendre pour quelqu'un d'autre.

— Je ne crois pas. Vous avez connu les professeurs Gates et Curt ?

— J'ai travaillé avec eux pendant des années.

— Il me semble que c'est le professeur Curt qui a parlé de vous. Il a été mon prof, il y a longtemps maintenant. Vous étiez la vedette de quelques-uns de ses récits d'ancien combattant.

Ils longeaient le musée et elle lui demanda s'il l'avait visité.

— Pas depuis sa réouverture.

— Vous devriez.

— Êtes-vous certaine de ce que vous avancez à propos de ce cadavre, professeur Quant ?

— Je m'appelle Deborah. Et je dois reconnaître que pour l'instant, j'ai plus de questions que de réponses.

— Rien qui permette d'identifier le corps ?

— Il était nu quand on l'a sorti de l'eau. Pas de tatouages ni de cicatrices visibles. Cheveux clairs, un mètre soixante-quinze. J'estime qu'il devait peser soixante-dix-huit à quatre-vingts kilos – un petit bedon. Quelqu'un du labo sera présent lors du second examen. Des fibres étaient restées collées au cadavre. Je dirais qu'on l'avait enveloppé dans quelque chose.

Elle s'arrêta de marcher.

— J'ai lu un cas similaire quelque part… un mari qui ne pouvait supporter de se séparer de sa femme, alors il l'a laissée dans le fauteuil où elle était morte en refusant l'accès de la pièce à tout le monde pendant presque cinq ans.

— Vous pensez que c'est ce qui est arrivé ici ?

— Tout ce que je sais, c'est qu'il n'y a pas de signes apparents de violences.

— Qui a repéré le corps ?

— Un joggeur. L'histoire classique, il a d'abord cru que c'était un sac d'ordures.

Elle s'était remise à marcher, quittant Chambers Street sur la gauche pour prendre Bristo Place.

— Nous y sommes presque, dit-elle en consultant à nouveau sa montre. Et pour une fois, je vais commencer à l'heure.

— Vous enseignez à la faculté de médecine ?

Elle acquiesça.

— Vous allez refaire tout ce chemin jusqu'à la morgue pour récupérer votre voiture ?

— Oui, reconnut-il, récompensé de sa peine par un sourire. À quelle heure est prévue la seconde autopsie ?

— Si je trouve un assistant, 16 h 45. Je vous verrai là-bas ?

— Avec un peu de chance.

Ils se trouvaient sur Teviot Place, à l'entrée du bâtiment où elle devait officier. Elle lui tendit la main, qu'il serra. Une main fine dont il sentit les os sous la peau. Puis elle s'engagea sous l'arche et disparut.

— Des putains de momies, maintenant, marmonna-t-il, prêt à rebrousser chemin.

Son portable sonna et il décrocha.

— Pourquoi n'est-ce jamais simple avec vous, John ? lui demanda Page.

— Je n'ai pas demandé à venir ici.

— À ce que m'a dit le professeur Quant, nous avons à tout le moins une mort suspecte.

— C'est ce qu'elle m'a dit à moi aussi.

— Vous l'avez vue, donc ? On m'a dit que c'était un beau brin de femme.

— On vous a mal informé, répondit Rebus.

Il coupa la communication et fouilla ses poches à la recherche de ses cigarettes.

Ils étaient convenus de se retrouver à l'heure du déjeuner et Rebus s'était installé à une table d'angle dans un pub de Raeburn Place. Aussitôt entré, Eamonn Paterson alla se chercher une pinte de lager, Rebus refusant de la tête la bière qu'il lui proposait.

— C'est quoi, ce machin ? lui demanda son ex-collègue en montrant le liquide vert émeraude posé sur la table.

— Jus de citron vert et soda, Siobhan Clarke ne jure que par ça, répondit Rebus.

— Moi aussi, je jurerais si tu me déposais ça devant le nez, dit Paterson en se plongeant dans la lecture du menu. Tu manges quelque chose ?

— Merci, c'est bon, répondit Rebus.

— On passe tout de suite aux choses sérieuses, c'est ça ? dit Paterson.

Il reposa le menu et but une gorgée de bière.

— Le problème, Porkbelly, c'est que je suis au courant pour Phil Kennedy.

— Ah ouais ?

Rebus hocha lentement la tête sans quitter son ami des yeux.

— Tu l'avais installé sur une chaise en cellule et tu le travaillais au corps. Il se claque la tête au sol et c'est fini pour lui. Pour couvrir tes miches, le cadavre est transporté jusqu'à son domicile et disposé au bas de l'escalier. Une fois le fragment de page compromettant arraché du registre, personne ne saurait plus jamais rien – sauf que Billy Saunders avait tout entendu depuis la cellule voisine.

Le verre toujours intact à la main, Paterson fixait la table comme s'il voulait en mémoriser le grain et ses motifs. Finalement il renifla et se frotta le nez sans réussir à croiser le regard de Rebus, choisissant plutôt de s'attarder sur la fenêtre, les murs et le personnel au comptoir, autrement plus passionnants.

— Ouais, dit-il enfin, étirant la syllabe aussi longtemps qu'il le put avant d'oser affronter Rebus en face. C'est par Saunders que tu l'as appris ? Il l'avait écrit quelque part ?

— Peu importe comment je l'ai appris.

— On peut toujours nier, tu sais. Il n'y a aucune preuve.

— Tu as raison.

— Et c'était vraiment un accident, si on peut appeler ça comme ça.

— Mais le travail de camouflage qui a suivi n'a rien eu d'un accident. Tout a été planifié quasiment jusqu'au dernier détail.

— Quasiment ?

— Le registre des incarcérations et la présence de Billy Saunders dans les parages. Il passe un marché : tu vas te décarcasser pour faire en sorte qu'à sa prochaine inculpation, il s'en sorte libre comme l'air. Or, il savait très précisément ce qu'il allait faire : tabasser Douglas Merchant à mort. Et si tu refusais de l'aider, il raconterait ce qui était arrivé à tout le monde et il n'y aurait pas que ta tête sur le billot : Gilmour et Blantyre étaient dans la même galère, plus le professeur Donner et aussi Magnus Henderson, très certainement – difficile de traficoter le registre des incarcérations à l'insu du sergent responsable.

— Magnus Henderson est mort, John. Le professeur Donner est mort. De même que Saunders, et notre vieil ami Dod Blantyre n'a plus longtemps à vivre. Pose-toi un peu la question : qu'est-ce que tous ces vieux secrets – *quels qu'ils soient* – iront accomplir aujourd'hui ?

— Probablement pas grand-chose, admit Rebus. Mais un homme est mort abattu par balle, de sang-froid, aujourd'hui. Tu vas me dire que ça aussi n'a aucune importance ?

— Si, c'est important, dit Paterson. Bien sûr que c'est important.

— Sais tu ce qui est arrivé au pistolet, Porkbelly ?

Paterson réfléchit à la réponse et trouva un peu de courage dans une gorgée de bière.

— J'ai toujours pensé que Stefan l'avait piqué, on n'a plus jamais revu l'arme après son départ de Summerhall. Quand ses affaires ont commencé à bien marcher, ajouta-t-il avec un sourire plein de tristesse, je me suis demandé s'il ne la sortait pas au cours des réunions pour obtenir les signatures nécessaires sur les documents adéquats.

— C'est une idée, dit Rebus.

— Oui, mais tu es loin d'être convaincu. Tu sais, si on t'a gardé en dehors de tout ça, c'était notre façon de te protéger.

— Me protéger ?

— Moins tu en savais, mieux c'était.

— Et Frazer Spence, il était dans le coup, lui ?

— À l'époque, tu n'étais encore qu'un apprenti, John ; Frazer avait fait ses classes, lui.

— Sous-entendu, vous ne me faisiez pas confiance ?

— On ne savait pas comment tu allais réagir.

— Merci beaucoup, dit Rebus en repoussant sa boisson trop colorée. Tu dis que c'est Stefan qui a le pistolet, donc, pour toi, c'est lui qui a tiré sur Billy Saunders, non ?

— Je ne dois pas être le seul à le penser.

— Tu ne l'es pas – ça n'en fait pas la vérité pour autant.

— Et tu crois vraiment que la vérité est indispensable ? Une petite histoire convaincante ne suffirait pas ? Je suis prêt à parier qu'en ce qui concerne Fox, n'importe lequel d'entre nous ferait l'affaire.... Et c'est pour ça qu'on devrait lui refiler Frazer.

— Plus Stefan et toi essayez de vous servir de Frazer, plus je me rends compte à quel point les Saints, c'était de la foutaise. Et n'oublie pas une chose : Frazer fourguait des tuyaux par-ci par-là à Albert Stout, mais jamais il n'a rien révélé sur Stefan ou le reste du groupe. Pas une seule fois. Il a emporté dans la tombe toutes les saletés qu'il connaissait et voilà que toi, tu le proposes pour le grand sacrifice.

Paterson n'eut rien à répondre. Il reprit son verre et le reposa sans rien boire.

— Nous sommes vieux, John. Tu crois que je ferais les trucs que j'ai pu faire à Summerhall sachant ce que je sais aujourd'hui ? Tous les soirs, dans mon lit, je repense aux hommes que nous étions à l'époque. Mais ces versions-là de nous-mêmes n'existent plus.

— Sauf pour celui qui a tué Billy Saunders. Et ce n'est pas Frazer Spence le meurtrier.

— Stefan ne risque pas d'avouer.

— La rencontre avec Saunders a forcément été arrangée d'avance, il doit en exister des traces quelque part. Peut-être sur des caméras de surveillance, peut-être sur un téléphone. Siobhan ne lâchera pas l'affaire tant qu'elle n'aura pas fouillé dans les moindres recoins.

— Eh bien, je lui souhaite bonne chance, dit Paterson en se levant. La prochaine fois que je te verrai, ça risque d'être à l'enterrement de Dod – tu en as conscience, non ?

Il jeta un dernier regard au contenu du verre de Rebus.

— Boisson sans alcool et respect du règlement à la lettre… Qui l'aurait cru ?

Rebus regarda son collègue d'autrefois s'éloigner. Une légère claudication – peut-être que sa hanche faisait des siennes. Et le dos un peu voûté aussi. Mais fut un temps où Paterson savait effrayer son monde, usant de sa carrure pour intimider les suspects, le visage soudain durci laissant suggérer que la violence n'était pas exclue. Rebus le voyait très bien en train de faire basculer Phil Kennedy de sa chaise en l'expédiant à terre. Ce n'était peut-être pas allé plus loin. Mais en même temps, devant la tête de Kennedy reposant sur le béton froid, la tentation aurait été grande de l'agripper par les cheveux et de la fracasser une seconde fois pour faire bonne mesure. Il gardait l'image de Stefan Gilmour se frottant les mains l'une contre l'autre comme s'il cherchait à les laver, il se souvenait de ses propres arrivées au CID, lorsque les conversations s'arrêtaient ou changeaient de sujet.

Moins t'en savais, mieux c'était…

Tu n'étais encore qu'un apprenti…

— Ce n'est plus le cas, se dit Rebus pour lui-même en se dirigeant vers le comptoir pour commander un whisky.

23

— Merci d'accepter de me rencontrer, dit Rebus en échangeant une poignée de main avec John McGlynn.

Plus jeune qu'il ne l'aurait cru, McGlynn portait sous son costume sur mesure un simple T-shirt noir au col en V. Il avait accepté de le recevoir dans le hall du Balmoral Hotel, sur Princes Street.

— Je ne peux vous consacrer que quelques minutes, s'excusa-t-il aussitôt.

— Je n'aurai probablement pas besoin de plus.

Ils s'installèrent dans les fauteuils disposés près de la réception. McGlynn faisait l'effet d'une pile électrique débordant d'énergie, les yeux sans cesse en mouvement, toujours à l'affût.

— Stefan m'a dit que vous vous intéressiez à Rory Bell, attaqua-t-il d'emblée.

— Je ne sais pas grand-chose de lui.

— Je peux vous demander pourquoi il est apparu sur votre radar ?

— Je crains que non.

— Je ne peux pas dire que ça me surprenne, répondit McGlynn après réflexion. Quelques entreprises ont pris le risque de lui déplaire quand il a tenté de leur vendre ses services.

— J'ai entendu les rumeurs. C'est ce qui vous est arrivé ?

McGlynn secoua la tête.

— Il est venu me voir pour me demander un service, en fait. Il y a deux ans de ça, je dirais. Je possède plusieurs parcs de stationnement à Glasgow et Bell était intéressé. Sauf qu'il était exclu que je m'associe avec lui – ou qu'il s'approche de près ou de loin de ma société. Mais visiblement, je l'avais mis en appétit. Peu de temps après, il s'est offert deux immeubles de parkings. Un près de l'aéroport d'Édimbourg et l'autre à Livingston.

— L'aéroport ?

McGlynn acquiesça.

— Aurais-je éveillé votre intérêt ?

— Ce n'est peut-être rien du tout, ou alors une ouverture possible.

Près du lieu de l'accident de la Golf… Les amis de la nièce de Bell qui quittent la route…

— Serait-ce un vrai rien du tout, ou la version policière d'un petit rien et d'une ouverture ?

McGlynn souriait.

— Dois-je vraiment répondre ?

— Pas vraiment.

— D'autres infos sur Rory Bell que vous souhaiteriez partager avec moi ?

— Il nous a fichu une paix royale, à moi et aux miens, je détesterais que cela risque de changer simplement parce que je vous ai parlé.

— Cela n'arrivera pas.

— Si je suis ici, c'est uniquement à cause de Stefan.

Rebus hocha lentement la tête.

— Il y a longtemps que vous le connaissez ?

— Quelques années.

— Vous vous entendez bien avec lui ?

— Je ne peux pas me plaindre, répondit McGlynn en consultant sa montre.

— Ces temps derniers, il y a eu un peu de mauvaise publicité autour de son nom ; vous croyez qu'il s'en remettra ?

— C'est Stefan Gilmour, les balles rebondissent sur lui.

McGlynn se remettait debout, il tendit la main à Rebus.

— Dois-je comprendre que sa cuirasse commence à présenter des défauts ?

— Ce qui risquerait de créer une curée générale ?

— Les affaires sont les affaires, monsieur Rebus. Les fauves ne manquent pas là-dehors…

Sur un salut de la tête, il se dirigea vers le restaurant, fut salué à son tour d'une petite courbette par un membre du personnel. Rebus pour sa part sortit du Balmoral par la grande entrée, là où il avait garé sa voiture. Les travaux du tram s'étendaient partout de ce côté-ci aussi de Princes Street et il prêta une oreille distraite aux lamentations du portier en livrée en fumant une cigarette.

— Ce lieu mérite mieux, lui dit ce dernier. Une capitale, cette ville ? C'est ce qu'on est en train de lui faire subir qui est un crime capital.

— Alors dites-moi qui je dois arrêter, lui suggéra Rebus.

— Et ça servirait à quoi ? C'est trop tard, les dégâts sont faits.

— Je ne dis pas le contraire, lui répondit Rebus.

Il déverrouilla sa portière et monta à bord de la Saab.

Il préférait Glasgow à Édimbourg, même s'il avait choisi de ne vivre ni dans l'une ni dans l'autre. C'était en partie à cause des gens – ils étaient trop nombreux et la plupart ne faisaient que passer. Ensuite, l'étroitesse des rues où on se sentait devenir claustrophobe. Leur distribution n'obéissait à aucune logique jusqu'à l'entrée dans New Town, mais même alors, le GPS était inutile à cause des travaux sur les chaussées et des déviations. Peu importait le temps qu'on se donnait pour aller quelque part, le trajet durait immanquablement plus longtemps que prévu.

Aujourd'hui, il conduisait une petite camionnette blanche, joliment anonyme. Elle était vide, mis à part une salopette, quelques outils de base et un pot de peinture d'un litre. Arrivé à destination, il trouva à se garer et sortit avant d'enfiler sa salopette bleue. Il vit le nom sur l'interphone et appuya sur un autre bouton. Quelqu'un le fit entrer sans même lui demander ce qu'il désirait. Ça, c'était Édimbourg, typique : les gens vaquaient à leurs petites affaires et ne s'intéressaient pas aux autres. Il gravit les escaliers, s'arrêta sur le palier et colla l'oreille à la boîte aux lettres. Aucun signe de vie à l'intérieur.

Il lui avait fallu un moment pour trouver l'endroit. La Golf avait été immatriculée à une adresse de Londres, au nom de Traynor. Après quoi, lors de l'enterrement, le fils McCuskey avait été pris en photo avec sa petite amie, dont les médias disaient qu'elle s'appelait Jessica Traynor. À partir de là, ç'avait été un jeu d'enfant.

Il regarda alentour : la fenêtre de toit au-dessus de sa tête, couverte d'un grillage et de fientes d'oiseaux, l'intérieur de l'immeuble aux murs couleur crème sans le moindre graffiti, la porte vert pâle. Vert pâle, c'était parfait. Il s'accroupit et ôta le couvercle de son pot à l'aide d'un tournevis. La peinture était rouge mais plus claire qu'il n'aurait voulu – pas tout à fait couleur sang. Se reculant d'un pas pour éviter les éclaboussures, il était prêt à délivrer son message.

À la morgue, le même assistant lui apprit qu'une fois encore, l'autopsie avait été avancée.

— Ils étaient censés commencer à 16 h 45, protesta Rebus qui n'eut droit pour toute réponse qu'à un haussement d'épaules.

Plutôt que d'interrompre le cours des choses, il s'installa devant la baie vitrée, sur les bancs inconfortables disposés là, séparé de l'événement par des panneaux de verre. Il avait toujours voulu se renseigner sur la présence de ces bancs, qui pouvaient accueillir une bonne douzaine de personnes, mais jamais il n'avait vu autant de monde assister à une autopsie.

Deborah Quant le remarqua et le salua d'un petit geste de l'instrument qu'elle tenait à la main. Elle portait une combinaison et un masque, tout comme son compagnon. Certainement le spécialiste de la police scientifique dont elle lui avait parlé. Au fond de la salle, un assistant remplissait des sachets et les étiquetait. La procédure était rigoureuse, tout était enregistré et le micro transmettait les explications à un haut-parleur au plafond, au-dessus de sa tête.

— Nous avons été contraints de commencer plus tôt, dit Quant à son intention. Le professeur Thomas ici présent est anthropologue en médecine légale. Il doit assister à un dîner à Glasgow.

Sans savoir qui était le visiteur, le professeur Thomas salua Rebus d'un signe de la tête. Il paraissait jeune – plus jeune même que Quant. Il demanda à un second assistant de prendre des clichés de près d'un carré de peau. Le cadavre gisait sur le ventre et Rebus distingua les cheveux clairs et les plis de peau couvrant le squelette.

— Difficile de savoir à combien de temps avant la mort remontent les blessures, dit Thomas.

— Le professeur Thomas, expliqua Quant, de nouveau à l'intention de Rebus, a trouvé des marques d'hématomes. Rien qui aurait causé une blessure mortelle, sauf s'il y avait des organes vitaux dessous… Je les avais ratées la première fois.

— Il est facile de les confondre avec la lividité, la rassura Thomas.

— La mort remonte à deux ou trois ans, dit Quant en le regardant en face. Une empreinte d'ADN pourrait suffire, mais il faudrait consulter tous les dossiers de personnes disparues – pour tout le Royaume-Uni.

— Du menu fretin, donc, marmonna Rebus, sachant qu'elle ne pouvait l'entendre.

Elle le vit néanmoins et sourit, devinant ce qu'il avait en tête. Il tapota d'un doigt le haut de son bras.

— Des traits caractéristiques ? demanda-t-elle à son collègue.

— Pas de tatouages. Pas de cicatrices. Pas de signe d'opération chirurgicale. La dentition serait un autre moyen de l'identifier. Travail standard des dentistes de la Sécu. Des cals aux mains qui suggèrent un travail manuel. Ou tout simplement du bricolage s'il aimait ça. Un ongle incarné au pied gauche, mais difficile de savoir s'il a été traité ou non. Rien de bien excitant dans l'estomac ou les poumons. Probablement fumeur modéré. Ce qui aurait pu finir par le tuer.

Rebus fit mine de se trancher la gorge avec un couteau imaginaire.

— Mort suspecte ? demanda Quant.

— Le fait est qu'il n'est guère resté dans l'eau plus d'un jour ou deux, alors qu'il était mort depuis plusieurs années. Donc que la mort soit suspecte ou pas, il y a des questions qui demandent des réponses.

Quant se retourna vers Rebus une nouvelle fois.

— Le corps a été enveloppé dans une sorte de lainage – peut-être une couverture de voyage, nous avons des fibres bleu et rouge. Elle lui couvrait le torse et les jambes juste au dessus des genoux. Il a fallu obligatoirement qu'elle soit disposée peu de temps après la mort pour que la peau adhère aux fibres. Une fois que l'atrophie s'est installée, l'épiderme est moins conciliant.

Rebus acquiesça lentement puis fit mine de boire un verre. Quant plissa le front.

— Était-il buveur ? demanda-t-elle.

Son collègue releva la tête mais Rebus secouait la sienne en la montrant du doigt.

— Oh, dit-elle. Non, désolée, je suis prise ensuite.

— Trop prise pour assister à un dîner à Glasgow, ajouta le professeur Thomas, un peu dépité.

Rebus haussa les épaules et articula les mots « Juste une idée ».

Elle acquiesça et se remit au travail.

La nuit était tombée lorsque Siobhan Clarke et Malcolm Fox arrivèrent au canal. Une idée de Fox : essayer de déterminer la séquence des événements. Ils s'étaient garés dans la zone industrielle avant de remonter à partir de l'allée où Billy Saunders avait dormi.

— Mais nous ne savons pas avec certitude s'il s'agit du bon endroit, protesta Clarke en boutonnant son manteau pour se protéger des rafales qui semblaient descendre tout droit de l'Arctique.

— Effectivement, répondit Fox. Mais il voulait un rendez-vous à proximité, un endroit où il connaissait un peu le terrain. Une fois sur le chemin de halage, il aurait aisément remarqué quiconque se serait avancé d'une direction ou de l'autre.

— Il ne faisait pas confiance à la personne qu'il devait retrouver ?

— Peut-être pensait-il qu'elle viendrait avec des renforts.

— Stefan Gilmour et les Saints ?

Fox se contenta de hausser les épaules. Ils remontaient péniblement le talus et le canal était mal éclairé. Les seules lumières dignes de ce nom provenaient des lampadaires au-delà de la rive opposée, derrière une barrière, en bordure de la route.

— Quelqu'un aurait pu surveiller à partir de là, proposa Clarke.

— Surveiller, oui. Mais rejoindre le pont le plus proche et revenir ensuite ici… le trajet à pied demande cinq à six bonnes minutes.

Clarke croisa les bras.

— Et Saunders a été abattu de très près. Donc, qu'il ait eu ou non confiance en son visiteur, il lui a permis de s'approcher.

— Suffisamment pour qu'ils puissent se parler.

— Parler ou écouter, réfléchit Clarke. Dites-moi si un détail quelconque vous incite à penser que nous devrions exclure Stefan Gilmour du tableau…

— Eh bien, Stefan Gilmour n'est pas un homme facile à joindre. Son numéro n'est pas dans l'annuaire, au contraire de George Blantyre et Eamonn Paterson.

— Vous avez vérifié ? demanda Clarke.

Il répondit par un hochement de tête.

— Et Rebus ?

— Anciennement dans l'annuaire.

— C'était bien un rendez-vous arrangé, vous êtes d'accord ? dit-elle après réflexion.

— Difficile d'envisager les choses autrement.

— Et la personne qui est venue retrouver Saunders ne pouvait pas être à l'origine de leur rencontre ?

— Encore une fois, je ne vois pas comment elle aurait pu l'organiser, puisqu'il n'existait aucun moyen de le contacter, lui.

— À moins que le plan n'ait été mis sur pied avant sa disparition.

— C'est vrai, admit Fox. Mais je ne pense pas que les choses se soient passées de cette façon.

— Apparemment, vous avez réfléchi au problème, dit Clarke en le regardant de plus près.

— J'ai essayé de penser comme un enquêteur de la Criminelle, répondit-il avec un mince sourire.

— Et ?

— Cet homme était terrifié, au point qu'il a abandonné sa voiture dans un autre secteur de la ville, bien éloigné de l'endroit où il comptait se terrer. Les hôtels sont exclus et il ne peut se reposer sur d'éventuels amis. Pour être en sécurité, il doit dormir à la dure, à la belle étoile. Il ne peut pas utiliser son compte bancaire ni son portable – il serait trop facile de retrouver sa trace et dans tous les cas de figure, on saurait qu'il est toujours vivant. Pour la même raison, il ne peut pas contacter sa femme pour lui dire qu'il est sain et sauf. Mais il faut absolument qu'il voie quelqu'un et le moyen le plus facile, c'est que ce soit lui qui appelle pour organiser le rendez-vous.

— La cabine téléphonique la plus proche est presque à trois kilomètres.

— Mais il y a une station-service. Grâce aux caméras de surveillance, nous savons qu'il y achetait de quoi manger.

— Sauf que le téléphone réservé au public ne fonctionne plus depuis presque quinze jours.

— Une chose qu'il n'a pu apprendre qu'en essayant de s'en servir.

Elle comprit où Fox voulait en venir.

— Les membres du personnel le connaissaient. L'un d'eux a pu lui prêter son portable.

— Je sais bien qu'on les a interrogés. Mais savons-nous seulement si on leur a posé les bonnes questions ou si on leur a montré une photo ressemblante de Saunders ?

— Ça vaut la peine de retenter le coup ?

— Je crois.

— Et nous ne nous raccrochons pas à des bouts d'allumettes, là, Malcolm ?

— Peut-être.

— Stefan Gilmour est capable d'avoir fait ça, n'est-ce pas ? poursuivit-elle en contemplant les eaux du canal, sombres et huileuses, ne laissant rien deviner même en plein jour de ses profondeurs.

— Aucun doute dans mon esprit, répondit Fox. Vu la façon dont il a bâti son empire, il ne s'embarrasse pas de prisonniers.

— Je me souviens d'avoir lu un jour qu'un magnat des affaires qui a réussi voit le monde de la même façon qu'un psychopathe.

— Je ne dis pas que Stefan Gilmour est un psychopathe.

— C'est juste un homme aux ambitions encore inabouties qui protège ses réussites.

— Vous croyez qu'un expert-psychologue pourrait nous aider à le coincer ?

Clarke secoua la tête.

— Contentons-nous de ce que nous savons.

— Ce qui veut dire ?

— Nous suivons des pistes, Malcolm. En commençant par votre station-service.

Les seuls clients à leur arrivée étaient deux taxis garés à côté de la boutique, dont les chauffeurs bavardaient à l'intérieur en buvant un café au distributeur.

Fox se dirigea droit sur eux et présenta sa carte de police.

— L'un de vous connaîtrait-il Billy Saunders ?

— On savait qui c'était, dit l'un d'eux.

— Il travaillait pour la concurrence, ajouta l'autre.

— Vous vous arrêtez toujours à la même station-service ?

— Plus ou moins, on essaie, répondit le premier.

— On fait le plein, ça rompt la monotonie ?

— C'est ça.

— Est-ce que Saunders faisait la même chose ici ?

Le second secoua la tête.

— Lui, c'était la station de Powderhall, pour autant que je sache.

— Vous ne l'avez jamais vu ici ?

Réponse négative des deux chauffeurs. Il les remercia et alla jusqu'au comptoir.

— Ça cogite bien, là-haut, le complimenta Clarke à mi-voix.

— Saunders conduisait un radio-taxi, il aimait faire la nuit – les stations-service étaient un peu sa maison.

Il sortit de nouveau sa carte de police et la montra à l'employé.

— Vous avez été interrogé à propos de William Saunders ? lui demanda-t-il.

Le jeunot derrière le comptoir n'avait pas quitté l'école depuis bien longtemps : un visage grêlé par une acné méchante et d'épais cheveux noirs qui donnaient l'impression d'avoir été mis en forme au sécateur avec l'aide d'un pot de gel. Il reconnut qu'il avait déjà parlé à la police.

— Vos collègues également ?

Le jeune gars acquiesça.

— Tous ?

— Sauf Patrick, je suppose.

— Patrick ?

— Il est en vacances à Ibiza.

— Tant mieux pour lui. Quand est-il parti ?

— Il y a six jours. Il a fini son poste à 18 heures et à 20 heures, il était dans l'avion.

Fox se tourna vers Clarke. Elle aussi avait fait ses calculs.

— Donc il travaillait ici le jour où William Saunders a été tué ? vérifia Fox.

— Je suppose, reconnut le jeunot en déglutissant, son regard allant de l'un à l'autre des deux inspecteurs. Il n'a pas d'ennuis, j'espère ?

— Les policiers auxquels vous avez parlé, ils le savaient ça, non ?

— Je crois que je leur ai dit. Quelqu'un a bien dû leur dire.

Fox hocha la tête, pensant néanmoins : l'a dit ou peut-être pas… Clarke avait du mal à masquer sa consternation – un membre de son équipe avait peut-être merdé.

— Il faut que nous parlions à Patrick, disait Fox. Avez-vous un numéro où le joindre ?

Le jeune gars secoua la tête. Les chauffeurs de taxi le saluèrent d'un geste en partant et regagnèrent leur véhicule.

— Il va falloir que vous demandiez à mon patron, répondit le jeunot en leur rendant leur salut.

— Nous ferons ça. Vous-même, avez-vous jamais vu M. Saunders ?

Nouveau signe de dénégation.

— Vous êtes toujours au même poste ?

— Non, mais j'ai fait les nuits pendant quelques semaines.

— Il n'est jamais venu ici à ce moment-là ?

— Je me rappelle pas.

Fox acquiesça lentement. Le téléphone payant était sur le mur à côté des toilettes et le panneau informant la clientèle que l'appareil était hors d'usage consistait en un simple Post-it rose, facile à rater si on n'y regardait pas de près.

— Autre chose ? demanda l'employé à Clarke.

— Rien que ça, répondit-elle en déposant un Bounty sur le comptoir.

— Et aussi le numéro de téléphone de votre patron, ajouta Fox tandis que le jeune employé scannait la barre de friandise. Celui qui est réservé aux urgences, nous devons le contacter ce soir…

Une fois dehors, tout en défaisant l'emballage, Clarke dit à Fox que le coup de fil pouvait attendre le lendemain matin. Il confirma d'un signe de tête et retourna au poste de Wester Hailes où elle pourrait récupérer sa voiture. Le parking était quasiment vide, l'équipe avait bouclé pour la journée. Les heures supplémentaires étaient autorisées, mais Clarke avait bien du mal à garder son équipe occupée au-delà des heures normales. Elle semblait fatiguée. Fox en revanche, était complètement requinqué.

— À demain matin, dit-il en la voyant défaire sa ceinture et ouvrir la portière.

— Excellent travail, ce soir, Malcolm. Merci.

— De rien, lui assura-t-il avec un sourire.

Il parcourut quatre cents mètres sur son itinéraire de retour avant de se ranger contre le trottoir. Il sortit son portable et fouilla ses poches à la recherche du bout de papier que lui avait donné le gars de la station-service.

Forbes et Jessica avaient quitté l'appartement pour la journée : Jessica s'était débrouillée avec l'aide d'une canne et ils avaient pris des taxis en évitant au maximum marches et escaliers. Elle avait besoin de prendre l'air pour se remettre en mémoire qu'une ville vivait et existait au-delà des limites confinées de son logement. Un café, un restaurant, un banc dans un parc pour finir par un bar – et ils étaient de retour dans Great King Street, à gravir lentement mais sûrement l'escalier en direction d'un bruit étrange, celui d'une brosse en plein récurage entrecoupé de sanglots.

À genoux sur le palier, un seau d'eau savonneuse à côté d'elle, Alice brossait la porte pour essayer d'en enlever la peinture rouge. Les larmes avaient séché sur ses joues. Des éclaboussures écarlates maculaient le mur mais elle avait apparemment déjà lessivé le sol en pierre.

— Nom de Dieu, c'est quoi, ce truc ?

— C'était comme ça quand je suis rentrée, expliqua Alice, hors d'haleine. Ta mère et ses amies… toute cette haine en ligne…

Avec force gestes, Jessica signifiait à Forbes d'aider Alice à se remettre debout.

— Tu crois que ce sont elles les responsables ? demanda-t-elle.

— Qui d'autre ? répondit Alice en la fixant droit dans les yeux.

— Tu le sais aussi bien que moi, dit Jessica. Nous le savons tous les trois. Allez, tu rentres. Forbes va se charger du nettoyage.

— Tout de suite ?

— Après. On doit d'abord régler le problème.

Ils rentrèrent tous les trois au salon, Alice s'essuyant les mains sur son T-shirt déjà bon à jeter.

— Il faut que tu lui téléphones, lui dit Jessica.

— Mais il va forcément…

— Savoir que c'était toi, confirma Jessica d'un hochement de tête en finissant sa phrase à sa place. Mais peut-être qu'il nous lâchera – pour l'instant, il n'y a que Forbes et moi, d'accord ? Et tu es la seule qui puisse faire quelque chose.

— Donc la peinture ne m'était pas destinée ? demanda Alice.

— Va l'appeler, dit Jessica.

— Mon téléphone est dans ma chambre…

Alice alla le chercher, hésita et finit par s'asseoir sur son lit, totalement désemparée. Elle sentait la sueur se refroidir dans son dos. Comment pourrait-elle lui parler ? Que ferait-il, aussitôt qu'il saurait ? Et à *elle*, que lui ferait-il ? Elle frissonna des pieds à la tête et, son portable collé à l'oreille, trouva la force de regagner le salon.

— Ça ne répond pas, dit-elle dès son entrée.

Jessica elle aussi était au téléphone, mais c'est Alice que Forbes regardait de tous ses yeux d'un air inquiet.

— Qui… ? commença Alice pour s'interrompre aussi vite.

La réponse, elle la connaissait. Elle se lisait sur le visage de Forbes, aussi parlant qu'un livre ouvert…

JOUR 13

24

Christine Esson lui ayant fourni les adresses des parkings de Rory Bell, Rebus prit la direction de l'aéroport le lendemain matin. Il suivit les panneaux de l'A8, la route de Glasgow, et se retrouva juste au nord du village de Ratho où, en baissant sa vitre, il eut droit à une bouffée de relents de lisier de porc. À quatre cents mètres à peine, un avion montait dans le ciel dans un grondement de réacteurs. Le parc de stationnement affichait des tarifs spéciaux pour les longues durées et proposait des navettes jusqu'à l'aéroport toutes les demi-heures. Il s'y engagea et prit le ticket que lui proposait l'automate à l'entrée. La barrière se leva et il parcourut le rez-de-chaussée au ralenti, ignorant ce qu'il devait chercher. Les données dont il disposait ne menaient pas bien loin : l'accident de Jessica s'était produit près d'ici, elle était l'amie de la nièce du propriétaire du parking, lequel propriétaire était moins recommandable qu'il n'aurait dû, et à tout cela s'ajoutait le pied-de-biche flambant neuf… Autant d'éléments disparates, sans lien apparent, aussi n'était-il sûr de rien. Une guérite était occupée par un employé en uniforme et le niveau inférieur était à moitié occupé par des véhicules du genre qu'affectionnaient les cadres supérieurs : BMW, Audi, deux Jaguar et une Mercedes. Il remonta la rampe vers l'étage et constata qu'il n'y avait plus grand monde. En passant devant une Range Rover au pare-brise couvert de poussière, il se demanda si son propriétaire jouissait de longues vacances au soleil, loin d'ici. Le niveau suivant était complètement vide, de même que le dernier étage en plein air, sans toit pour protéger les emplacements délimités au sol. Le parking devait rarement faire le plein, se dit-il, mais, d'un autre côté, c'était de l'argent facile – une seule personne pour gérer le tout et des charges d'exploitation plus que réduites.

Il arrêta la Saab tout en haut et sortit fumer une cigarette face aux pistes de l'aéroport, où un avion d'EasyJet en livrée orange se préparait à atterrir. Jessica avait eu son accident un peu plus loin vers l'ouest… mais si son point de départ ce soir-là avait été ce parc de stationnement, elle et Forbes étaient en train de s'éloigner de la ville. Pour rejoindre la maison des McCuskey ? Possible. S'il avait eu un meilleur sens de l'orientation, il aurait pu distinguer la propriété et le terrain alentour, mais les choses étant ce qu'elles étaient, il ne vit qu'une campagne à motifs de patchwork et, au-delà, des collines aux sommets enneigés.

— Tout va bien, là-haut ?

Une voix amplifiée aux résonances métalliques. Il regarda autour de lui et vit un poteau de bonne hauteur avec, à son sommet, un haut-parleur et une caméra qu'il salua du geste avant de remonter dans la Saab. Il approchait de la sortie quand l'employé sortit de sa cabine et se posta devant la barrière pour lui dire un mot. Rebus baissa sa vitre.

— Tout va bien ? lui demanda le gars, visage grêlé, dentition irrégulière, et deux yeux laiteux qui le regardaient avec méfiance.

— J'ai oublié quelque chose, expliqua Rebus. Il faut que je retourne au bureau.

— Vous êtes monté jusqu'au toit ?

— Pourquoi ? Il y a une loi qui l'interdit ?

— Peut-être, répondit l'employé en examinant l'intérieur peu reluisant de la Saab.

Rebus glissa son ticket dans la machine.

— Il doit y avoir une erreur, dit-il en voyant l'afficheur. Six livres cinquante ?

— C'est le minimum. Ça vous laisse quatre heures.

— Je ne suis même pas resté quatre minutes.

— Le système est automatisé, je n'y peux rien, lui expliqua le gars, sans dissimuler son plaisir de le voir aussi déconfit.

— Vous voulez me dire que vous ne pouvez pas regagner votre guérite et m'ouvrir la barrière ?

— Et c'est moi qui me ferais remonter les bretelles par la société ?

— Six cinquante, quand même…

Il eut droit à un haussement d'épaules.

— Rory ne sera pas très content quand je lui raconterai ça.

— Rory ?

— Votre patron, expliqua Rebus, cherchant en vain dans les yeux laiteux une étincelle révélatrice. C'est lui le propriétaire du parking.

— Je fais juste mon boulot.

— O.K., d'accord… mais dites-moi : ces caméras, elles enregistrent ce qu'elles voient ?

— Pourquoi vous voulez savoir ? Vous êtes de la police ? demanda-t-il après hésitation.

— Si on veut. Alors, elles enregistrent ou pas ?

— La machine efface automatiquement l'enregistrement toutes les quarante-huit heures.

— Et il y a toujours un être humain de service ?

— Toujours.

— Donc, si je vous donne une date et une heure approximative… ?

— Pour quoi faire ?

— Peu importe.

L'employé se raidit en croisant les bras.

— Pour ça, il faudra aller voir la direction.

— C'est-à-dire Rory Bell ?

— Je vous ai dit, je n'ai jamais entendu parler de lui.

— Donc vous avez affaire à qui ?

— Au bureau de Livingston.

— Là-bas aussi, il y a un immeuble de parkings, vous y travaillez également ?

— Adressez-vous à la direction.

— C'est ce que je vais faire, comptez sur moi. Et maintenant, vous voulez bien me laisser sortir ?

— Oui, une fois que vous aurez réglé votre dû.

Le gars tourna les talons et regagna sa guérite. Tout en jurant, Rebus fouilla ses poches à la recherche de monnaie avant de comprendre que la machine n'acceptait que les cartes de crédit. Il en glissa une dans la fente, entra son code et appuya sur le bouton « Reçu ».

Livingston.

La base de Rory Bell.

Qui y possédait également un autre parc de stationnement.

Et…

La conductrice arrivée la première sur le lieu de l'accident de Jessica, ce soir-là… Ne rentrait-elle pas chez elle, revenant de Livingston après le travail ? Aussi, au lieu de reprendre la route qui devait le ramener en ville, il s'enfonça dans les terres en direction de Newbridge, et de là gagna la M8. Il ne lui fallut pas longtemps pour rejoindre Livingston, mais une fois parvenu à destination, il se trouva confronté à un puzzle géant digne des Mensa, construit presque entièrement autour de ronds-points. Livingston était née dans les années 1960, une de ces « villes nouvelles » d'Écosse dont les architectes, grands adorateurs des cercles sur leurs plans, manifestaient également une passion incongrue pour le mot « Almondvale[1] » qui semblait s'afficher comme par magie chaque fois qu'il cherchait sa destination : boulevard, chemin, avenue et allée, tous étaient baptisés Almondvale. Sans oublier au passage les Parkway[2] et les Crescent, ni le sempiternel stade de football où jouait l'équipe locale. Finalement, il s'avoua vaincu et s'arrêta pour poser la question à un piéton, lequel le dirigea vers un immeuble de parkings, sauf que ce n'était pas le bon. Plutôt que de prendre un ticket, il laissa la Saab à l'extérieur, trouva la cabine de la sécurité et demanda son

1. *Almond* : « amande » et *vale* : « vallée » ou « vallon ».

2. Parkway : « chemin du parc » ; *crescent* : littéralement « croissant », souvent une rue en arc de cercle.

chemin. L'employé put l'aider et il le remercia. Dix minutes plus tard, il s'engageait dans un parking sur quatre niveaux – le dernier étant le toit. Aucun signe de vie dans la guérite pourtant éclairée. Le rez-de-chaussée était complet, des mamans avec leurs enfants y chargeaient des sacs dans leur voiture, de retour du centre commercial tout proche. Au premier, le nombre de véhicules était moins important et diminuait encore à l'étage suivant. Le toit quant à lui était complètement vide, comme dans le parking précédent. Il y repéra le même système de surveillance, haut-parleur et caméra, descendit à l'étage inférieur, et sortit de la Saab après s'être rangé le long d'une Citroën sale garée à l'opposé d'un véhicule bâché. L'emplacement voisin était vide mais devant les mottes de terre, feuilles et emballages de friandises qui traînaient par terre, il aurait volontiers pris les paris : une voiture avait séjourné là un long moment et n'avait quitté le parking que tout récemment. Il examina la Citroën d'un peu plus près : sa vignette était vieille d'un an, donc non valide, et des détritus similaires jonchaient le sol sous les roues. D'un doigt, il traça une ligne claire sur son flanc et put constater l'épaisseur de crasse accumulée. Il s'avança ensuite vers la voiture qui lui faisait face et, soulevant la bâche, découvrit un morceau de carrosserie rouge.

— À quoi vous jouez, nom de Dieu ?

L'homme qui s'avançait vers lui d'un pas décidé portait le même uniforme que M. Dents-pourries au parking de l'aéroport, mais il n'était pas du même calibre : ex-militaire, peut-être, et à voir son allure, toujours capable de s'offrir une marche forcée. Bras massifs et musclés, poings serrés, menton en avant, le crâne rasé et une oreille à laquelle il manquait un bout de lobe.

— Je suis un peu en avance pour ma réunion, répondit Rebus. Alors je passe mon temps comme je peux.

— Vous foutez pas de ma gueule, cracha le gars.

— O.K., fit Rebus, un peu hérissé. Alors je fais quoi, selon vous ?

— Je sais pas mais vous restez pas là, ça c'est sûr, dit l'autre en lui empoignant l'avant-bras.

— On pourrait classer ça dans les voies de fait, mon pote.

— Ah ouais ? Et ça, tu le classes dans quoi ?

Le coup de poing qu'il reçut dans l'estomac obligea Rebus à ployer les genoux et il sentit la main qui venait de le frapper fouiller son manteau puis sa poche intérieure de veste d'où elle sortit sa carte de police.

— Sergent, voyez-vous ça ? Sergent inspecteur Rebus ? O.K., maintenant, je connais ton nom, mon pote. Et si tu signales ça, on aura un petit entretien tous les deux. Alors réfléchis-y à deux fois.

Le mec lui remettait le portefeuille dans la poche quand Rebus trouva assez de force pour tenter de riposter. Du coude, l'homme bloqua sans difficulté son swing et resserra sa prise sur son avant-bras. Puis il le lâcha et recula d'un pas.

— C'est quand tu voudras, papy, dit-il.

— Je pourrais appeler une voiture de patrouille, elle sera ici dans deux minutes.

— Je te crois – mais n'oublie pas ce que *moi*, je t'ai dit. La prochaine fois, tu ne seras plus simplement à bout de souffle.

Flash-back, bien des années auparavant, vers les salles d'interrogatoire : il se revit face à des suspects trop coriaces qu'il fallait ramollir et repensa aux pratiques de l'époque, croche-pieds ou « chutes » accidentelles. Aujourd'hui, les rôles étaient inversés, c'était lui le punching-ball, et il eut beau réfléchir, les choix qui lui restaient n'étaient guère engageants. Il pouvait bien sûr appeler des renforts et le gorille serait arrêté, interrogé et inculpé – oui, mais à quoi bon ? Car il venait d'apprendre quelque chose, une chose qui valait presque la brève douleur ressentie et sa honte mal digérée. Fut un temps, il lui aurait rendu coup pour coup, à ce mec.

Fut un temps.

— Je reviendrai, se résigna-t-il à dire, pour finir.

— Vaudrait mieux que tu te fasses accompagner par Terminator, la prochaine fois, lui répondit son agresseur avec un rictus en coin en le voyant regagner sa Saab à pas mesurés. J'ai ton numéro de plaque. Ce qui veut dire que j'ai aussi ton adresse quand je veux.

Rebus conduisait d'une main, l'autre appuyée sur son estomac aussi souvent que possible : malheureusement, il en avait besoin pour changer de vitesse, ce qui arrivait bien trop souvent à son gré – tous ces foutus ronds-points encore une fois. Il s'arrêta dans un fast-food et but un jus d'orange à bulles. Il avait la gorge sèche, son cœur battait la chamade. Quand son portable sonna, il songea une seconde à l'ignorer, mais décida de prendre l'appel en voyant le nom de Page s'afficher sur l'écran.

— J'arrive, dit-il.

— D'où ?

— Encore une course.

— Pour Siobhan Clarke ? Il faudrait peut-être que je lui demande de confirmer.

— C'est votre droit, répondit-il en aspirant bruyamment son liquide glacé à la paille.

— Je viens de parler au professeur Quant à propos de notre flottant. C'est une bonne chose que le professeur Thomas soit venu l'aider, nous avons une mort suspecte sur les bras, voire peut-être un meurtre, je crois bien.

— Un meurtre ? J'en doute fort après ce que j'ai vu au cours de la seconde autopsie.

— N'empêche.

— Écoutez, je sais parfaitement ce que vous êtes en train de faire – autour de vous, tout le monde semble diriger une vraie enquête, digne de ce nom, et donc, vous voulez la vôtre, vous aussi. Mais le bureau du procureur vous renverra à Gayfield Square en rigolant doucement si vous vous pointez là-bas avec ce que vous avez dans la musette. Aucune preuve matérielle pour appuyer vos dires.

— Il y a des hématomes.

— Moi aussi, j'en ai quelques-uns. Je ne pense pas vraiment que j'en mourrai.

— Vous allez bien ?

— Nickel.

— Et je peux compter sur votre arrivée imminente ?

— Absolument.

— Donc, à votre avis, que faisons-nous du flottant ?

— Pour commencer, il serait peut-être bon de cesser d'utiliser ce terme. Ensuite, vous établissez une liste de personnes disparues, en remontant aussi loin qu'il est nécessaire. Il avait la peau blanche, des cheveux clairs. Nous connaissons sa taille et sa corpulence. Un appel à information serait une bonne idée ; diffuser son signalement un peu partout.

— D'accord.

— C'est Christine Esson l'experte, elle saura où commencer.

— Merci, John.

— Quand vous voulez, patron.

— Combien de temps avant que vous soyez ici ? Vingt minutes ? Une demi-heure ?

— Dès que je peux. Parole de scout.

— Mais nous savons l'un et l'autre que vous n'avez jamais été scout.

— Vous avez découvert mon plus grand secret, avoua Rebus. Pardonnez-moi de dire ça, mais je vous sens plus guilleret.

— La nouvelle est venue d'en haut : Gayfield Square ne sera pas rayé de la carte.

— Vous m'en voyez ravi.

— Ouais, et moi aussi. Mais d'ici peu, vous ferez très certainement quelque chose pour me redonner des aigreurs.

— L'espoir fait vivre !

Rebus coupa la communication et massa une nouvelle fois son estomac. Il avait un petit détour à faire avant de rejoindre Gayfield Square. Et quelques grosses questions à poser… des questions qui exigeaient des réponses.

Great King Street avait fait son plein de voitures des deux côtés de la chaussée, hormis à une de ses extrémités délimitée par une ligne jaune unique où il se gara en plaçant l'affichette POLICE sur le tableau de bord. Il était tout près de Drummond Place et son espace vert au centre, protégé par de hautes grilles et dont l'accès n'était autorisé qu'à ceux qui possédaient une clé de propriétaire. Il revint sur ses pas jusqu'à la porte qui l'intéressait et appuya sur la sonnette de l'appartement marqué TRAYNOR/BELL.

— Oui ? demanda la voix crachotante de Forbes McCuskey.

— Sergent Rebus. J'ai besoin de vous parler.

— Il n'y a rien pour vous ici.

— Laissez-moi entrer sinon je vous jure que je défonce la porte à coups de pied.

S'ensuivit un silence, avant que le vibreur ne résonne, libérant la porte qu'il poussa pour s'attaquer aux escaliers. Le sang battait à ses oreilles lorsqu'il arriva au dernier étage, mais il n'avait pas eu à s'arrêter pour reprendre son souffle. La porte de l'appartement étant fermée, il frappa sur le panneau et constata que sa paume portait des traces rosâtres. En y regardant de plus près, il comprit que le bois avait été maculé de peinture puis essuyé. La personne qui s'était chargée du nettoyage avait fait de son mieux, mais le sol en pierre était taché lui aussi. Finalement le battant s'ouvrit et Forbes McCuskey apparut sur le seuil.

— Je fais une collecte pour l'UVF[1], dit Rebus en présentant sa paume.

1. Ulster Volunteer Force : groupe paramilitaire protestant d'Irlande du Nord, dont l'emblème était une main rouge.

— Jessica dit que c'est de l'intimidation. Elle estime que je devrais téléphoner à un avocat.

— Vous voulez que je vous prête mon portable ? dit Rebus en le lui tendant. Je me fiche bien de ce que vous allez faire, Forbes. Et je peux comprendre que vous ayez la trouille, ajouta-t-il en montrant les marques de peinture sur le sol. Vous avez eu des visiteurs. Ils sont peut-être également allés jusque chez vous. En s'attendant à vous y trouver, vous, et non votre père… Puis-je entrer ?

— Nous ne voulons pas de vous ici.

— Peut-être pas, mais je crois que vous avez besoin de moi. Sinon, comment allez-vous faire pour vous débarrasser de tonton Rory, l'oncle d'Alice ?

— Seigneur…

L'exclamation lui parvint d'une embrasure de porte au-delà du couloir.

— Salut, Alice, dit-il, même s'il ne la voyait pas. Ainsi donc, vous avez réussi à vous rabibocher avec Forbes et Jessica ? Je suppose que vous ne pouviez pas faire autrement, vous étiez bien obligés de vous serrer les coudes tous les trois, sinon il y avait trop à perdre.

Il s'adressa à Forbes McCuskey :

— Je viens d'aller faire une petite visite au parking de Livingston. Là où vous avez amené Jessica pour qu'elle jette un œil. C'est très certainement Alice qui a dû manger le morceau par inadvertance, un peu tard dans la nuit après une soirée – un ou deux verres voire une taffe de trop. L'effrayant tonton d'Alice et une bagnole dont il lui avait parlé. Avec quelque chose dans le coffre peut-être ? Et pour aller y voir de plus près, un pied-de-biche était indispensable.

Il s'interrompit un instant, sans quitter des yeux le jeune homme.

— Est-ce que je chauffe, fiston ?

— Dis-lui de s'en aller !

Une voix différente, plus forte, presque hystérique : Jessica Traynor.

— La bande est au complet, dit Rebus avec un sourire. Genre réunion de crise, pourrait-on dire ? Comment se fait-il qu'Alice ne puisse pas tout simplement en discuter avec tonton Rory ?

— C'est impossible, plus maintenant ! s'écria Alice Bell.

Rebus essaya d'entrer dans le couloir mais McCuskey était déterminé à l'en empêcher.

— Revenez quand vous aurez un mandat, dit-il d'un air décidé.

— À ce moment-là, il sera peut-être trop tard, Forbes. Vous avez vu ce qui est arrivé à votre père ?

— Nous ne savons pas ce qui est arrivé !

— Mais nous pouvons toujours échafauder une théorie qui tienne la route, rétorqua Rebus. Vous êtes tous trois étudiants, les théories, vous connaissez, donc je pars du principe que vous avez déjà tiré quelques conclusions logiques… Et je constate que ces gens continuent à vous foutre une trouille de tous les diables alors même que je suis là, devant vous. Oh, à propos, Alice, mes compliments ! Me mettre sur la piste du dealer de Forbes, quelle belle idée ! Je devine que vous vouliez m'empêcher de me concentrer sur l'accident, et je dois reconnaître que pendant un moment, j'ai mordu à l'hameçon.

— C'est toi qui lui as dit ? s'écria Forbes.

— J'étais bien obligée !

Rebus entendit la porte sur la rue s'ouvrir et se refermer – un voisin de retour chez lui, ses pas crissant sur le sol comme un papier de verre.

— Vous avez besoin de moi. Vous devez me dire ce qui s'est passé, insista-t-il.

Les grandes résolutions du jeune homme semblaient fondre comme neige au soleil devant l'imminence du danger : il savait qu'à tout instant, son univers risquait de s'effondrer.

— Allez-vous-en, se contenta-t-il de répondre, l'air de plus en plus résigné.

— Qui d'autre sera là pour vous aider, Forbes ? s'obstina Rebus en écartant les bras pour bien faire passer le message.

— Eh bien, il y aura toujours moi.

Il tourna la tête en direction de la voix et vit Owen Traynor s'engager sur le palier. Jessica sortit à son tour en claudiquant, l'écarta de son chemin et se jeta dans les bras de son père. Owen Traynor lui caressa doucement les cheveux et fixa Rebus sans ciller.

— Vous pouvez ficher le camp maintenant, lui dit-il. Il faut que je parle à ma fille et à ses amis.

— Vous ne pouvez pas vous mêler de ça, l'avertit Rebus.

— Me mêler de quoi ? demanda calmement Traynor en ouvrant de grands yeux innocents.

— Ce n'est pas votre problème ni votre combat.

Traynor, un bras autour des épaules de Jessica, força le passage et la repoussa vers l'appartement.

— Tout ira bien, inspecteur, dit Traynor. Ferme la porte, Forbes. Merci, tu seras gentil.

McCuskey eut la délicatesse d'afficher un air contrit en repoussant le battant, au nez d'un Rebus impuissant qui continua obstinément à secouer la tête jusqu'à ce qu'il entende résonner l'écho du verrou Yale dans le vide de la cage d'escalier. Jurant à mi-voix, il sortit un mouchoir de sa poche et entreprit d'essuyer la peinture sur sa main.

À son arrivée à Gayfield Square, il trouva Christine Esson en plein travail devant son ordinateur.

— Personnes disparues, l'informa-t-elle quand il s'approcha pour regarder l'écran par-dessus son épaule. Il y en a des tonnes, et c'est à vous que je le dois. Merci infiniment.

— Ce n'est pas ma faute si c'est vous la reine des nouvelles technologies d'information.

— À en juger par les photos de l'autopsie, il nous faudrait plutôt un archéologue.

— Il serait peut-être bon aussi de recenser le nombre de tombes récemment pillées, lui répondit-il avec une tape sur l'épaule, avant de s'installer à son propre bureau.

Il avait vérifié les dégâts infligés à son estomac grâce au miroir des toilettes. L'hématome commençait à se former, mais sinon, rien de bien grave, pas de blessure digne de ce nom, seul son orgueil avait souffert. De ce qu'il avait pu voir des voitures du parking, aucune n'avait été forcée au pied-de-biche. Restait la grande absente, celle qui avait récemment quitté son emplacement. Drogue, certainement, se dit-il. C'était l'explication la plus évidente. Était-ce Forbes McCuskey qui l'avait volée ? Il se fait repérer par les caméras de surveillance, le garde de sécurité se réveille et lui beugle dessus dans le haut-parleur et il fout le camp en compagnie de Jessica Traynor, en quatrième vitesse. Mais la barrière de sortie les aurait arrêtés. Et l'automate n'acceptait que les cartes de crédit. Conclusions : grâce aux caméras, Rory Bell aurait disposé de leurs visages, de la marque de la voiture et de sa plaque d'immatriculation. Pas bien difficile dès lors de remonter jusqu'à eux. En particulier si la carte de crédit de Forbes McCuskey était enregistrée à l'adresse du domicile de ses parents…

Mais l'arrivée d'Owen Traynor, désormais joueur à part entière, compliquait les choses. S'il passait un marché avec Rory Bell, toute l'enquête passait à la trappe – et les pièces à conviction également. Il devait réagir, faire quelque chose. Un coup d'œil au cagibi de Page lui apprit que son chef s'était envolé.

— Où est passé M. Heureux ?

— Il essaie de persuader les échelons supérieurs de l'autoriser à organiser une conférence de presse. Il tient absolument à ce que le monde entier voie Toutankhamon d'un peu plus près.

— Vous savez combien de temps il restera absent ?

— Je crois qu'il est passé chez lui changer de chemise – toujours sur son trente et un pour les huiles.

Rebus réfléchit aux possibilités qui lui restaient. L'inspecteur-chef Ralph à Torphichen : il pouvait lui apporter tout ce qu'il avait appris. L'enquête McCuskey n'avait pour l'instant abouti qu'à des impasses, peut-être l'accueillerait-il à bras ouverts ?

D'un autre côté, en termes de preuves concrètes solidement établies, qu'avait-il à lui offrir ? Trop peu, sans doute même pas assez pour justifier un mandat qui autoriserait une perquisition du parking. Nick Ralph commencerait par organiser un nouvel interrogatoire des trois étudiants, ceux-ci s'en tiendraient presque à coup sûr à leurs réponses précédentes et la peinture sur la porte pourrait s'expliquer comme une mauvaise blague. Sans compter qu'ils avaient préféré faire confiance au père de Jessica plutôt qu'aux enquêteurs du CID.

Un choix qu'il pouvait difficilement leur reprocher.

Il devait fouiller plus profond avant d'aller à Torphichen. Il fit le tri parmi les papiers relatifs à Rory Bell et les classa avant d'allumer son ordinateur et de démarrer sa recherche Google personnelle.

Il lui fallut une heure pour repérer ce qu'Esson avait laissé passer, ou qu'elle avait rejeté comme détail sans importance. Le père d'Alice Bell avait trouvé la mort deux ans auparavant lorsque sa voiture avait été heurtée par une camionnette dont le chauffeur s'appelait Jack Redpath. L'homme avait été inculpé pour conduite dangereuse… mais l'affaire n'était jamais arrivée devant le tribunal. Ou plutôt si – c'est le prévenu qui ne s'était pas présenté, il avait pris la fuite.

Telles étaient les conclusions du journal local qui avait couvert l'accident. L'article n'en disait pas plus. Rebus décrocha son téléphone et réussit à joindre un policier de Central Region, lequel le mit en contact avec un agent qui se souvenait de l'histoire.

— Le mec était divorcé et vivait dans un taudis, il risquait aussi de perdre son emploi, et de faire un séjour en prison. Il a fourré dans sa voiture les quelques affaires que sa femme n'avait pas prises et a disparu du paysage.

— Vous avez essayé de le retrouver ?

— Nous avons fait tout notre possible.

— Mais il n'est jamais réapparu ? demanda Rebus en se grattant le dessous de la mâchoire. Vous avez dans vos archives les caractéristiques de la voiture qu'il conduisait ? Sa marque et son numéro d'immatriculation ?

— Bon Dieu, lui répondit le flic, c'est Indiana Jones qu'il vous faut.

— Peut-être bien mais c'est vous que j'ai, pour l'instant. Ce n'est pas si vieux, deux ans, c'est vraiment si difficile que ça ? Plus aussi une photo ou un signalement de Redpath, et savoir s'il était fumeur ou non.

Il se tourna vers Esson toujours plongée dans son ordinateur, la tête en appui sur une main, le coude sur la table. Rebus donna à l'agent de police son numéro de portable et son e-mail, raccrocha, remplit la bouilloire et la mit en marche.

— De l'eau chaude, c'est bien ça ? demanda-t-il à Esson. Pas de thé en sachet ni de café en granules.

— C'est ça, confirma-t-elle.

— La chance vous sourit ?

— Il y a beaucoup de gens qui jouent la fille de l'air.

— Des raccourcis possibles ?

— Il existe des organisations, avec des sites Web, des comptes Facebook et Twitter… Vous avez quelque chose ? lui demanda-t-elle en se tournant vers lui.

— Peut-être.

— Et vous le gardez pour vous ?

— Encore un petit moment.

Il versa l'eau chaude et lui tendit le mug avant de se préparer un thé. Mais au lieu de le boire, il se rendit aux toilettes et se contempla longuement dans le miroir. Il y avait une certaine logique derrière tout ça, non ? Un truc qu'on gardait caché dans un parc de stationnement longue durée, où personne ne viendrait même jamais regarder. Un mot, un indice lâchés par inadvertance à Alice, laquelle n'avait pu résister au plaisir d'en parler à ses deux amis. Ils forcent le coffre, ils sont repérés, ils prennent la fuite. Dès lors, il fallait aussi déplacer la voiture, sinon s'en débarrasser.

Pas avec son contenu, mais séparément.

Deux ans depuis que Jack Redpath s'était enfui.

Ou qu'il ne s'était pas enfui.

Il s'était fait choper.

Et sa chambre avait été vidée pour faire croire qu'il avait pris la tangente.

Des cals aux mains, les marques d'un travail manuel. Redpath, profession plâtrier.

Rebus se passa de l'eau sur la figure et s'essuya à l'aide d'une poignée de serviettes en papier.

L'anthropologue de la police scientifique saurait, il saurait à quoi peut ressembler un cadavre après deux années passées dans un coffre de bagnole. Une chose en revanche dont lui était sûr : pour placer un corps dans un coffre, il fallait l'installer en position de fœtus.

Facile de se tromper ensuite en pensant qu'il était resté en position assise tout ce temps.

Son téléphone sonna. Il ne reconnut pas le numéro.

— Oui ?

C'était l'agent de police de Central.

— Ford Escort bleu nuit, vieille de huit ans. Avant ça, il conduisait un truc plus sportif, mais le règlement du divorce a résolu le problème.

L'homme commença à lire le numéro de plaque, mais Rebus lui demanda de ne pas quitter, retourna dans la grande salle du CID et attrapa stylo et feuille de papier.

— Vous voulez bien répéter, s'il vous plaît ? dit-il en notant ce qu'il lui dictait.

— Je vous ai aussi envoyé par e-mail sa photo anthropométrique, poursuivit le flic.

— C'était pas si compliqué après tout, non ? Est-ce qu'il fumait ?

— Dix par jour. Et maintenant, ai-je le droit de retourner à un vrai travail ?

— Avec ma bénédiction.

Rebus posa son téléphone à côté de l'ordinateur, ouvrit sa boîte e-mail, cliqua sur le fichier joint et appela Christine Esson. Elle étudia le visage, les vues de face et de profil. Les particularités physiques étaient détaillées sous le cliché.

— Taille, 1,72 mètre, récita-t-elle. Poids, soixante-dix-sept kilos. Yeux gris, cheveux clairs…

Elle retourna à son bureau et revint avec les photos de l'autopsie.

— Alors qui est-ce ? demanda-t-elle.

— Vous diriez qu'il s'agit de la même personne ?

— C'est possible.

— Pas plus que ça ?

Elle haussa les épaules.

— Je crois que c'est lui, dit-il. Il est resté dans un coffre de voiture avant d'être balancé dans les docks.

— Deux ans dans un coffre, vous voulez dire ?

Il acquiesça.

— Alors où est passée la voiture ?

— La voici, dit-il en montrant sa feuille de papier. Une Ford Escort bleue vieille de huit ans.

Il repensa aux voitures dans le parking à étages. Non, aucune correspondance. La Ford avait probablement fait la route jusqu'aux docks avec son colis toujours à bord. Ensuite, on s'en était débarrassé. Il décrocha son téléphone et appela la police routière.

— Vous avez eu des voitures abandonnées ces derniers jours ? Une vignette très certainement périmée depuis un an ou plus.

Il décrivit l'Escort de Jack Redpath et attendit.

— Vous croyez qu'elle est toujours là avec une collection de PV ? demanda Esson.

— Dans le meilleur des cas.

— Et au pire ?

Il haussa simplement les épaules. On lui dit que l'information risquait de demander un peu de temps – il fallait joindre les contractuels.

— Dès que vous pouvez, s'il vous plaît, dit-il en laissant ses coordonnées avant de raccrocher.

— Maintenant, ne reste plus qu'à attendre, dit-il à Esson.

— Vous peut-être, mais moi je sors, lui annonça-t-elle. C'est l'heure du déjeuner au cas où vous ne l'auriez pas remarqué. Vous voulez que je vous rapporte quelque chose ?

— Peut-être un sandwich ou un petit pain-saucisse, dit-il en fouillant sa poche en quête de monnaie.

— C'est moi qui invite, lui dit Esson. Un sandwich, c'est probablement plus sain.

— Alors ce sera le petit pain.

Elle leva les yeux au plafond et enfila son manteau. Il se rappela aussitôt Deborah Quant faisant la même chose et son envie de l'aider, un geste qu'il avait réfréné. Lorsqu'il lui avait suggéré de prendre un verre, elle ne l'avait pas envoyé sur les roses brutalement. D'un autre côté, il n'avait pas de numéro où la joindre, hormis celui de la morgue.

Il sortit sur le parking fumer une cigarette et se rappela soudain qu'on risquait de le rappeler d'une seconde à l'autre. Après trois ou quatre bouffées, il moucha le bout de sa clope et la remit dans le paquet. À son arrivée en haut de l'escalier, comme de bien entendu, il entendit la sonnerie mais elle s'arrêta dès son entrée dans le bureau. Il jura dents serrées, s'assit et attendit. Esson revint et lui remit un sac en papier dont l'absence de taches de graisse était parlante : elle avait ignoré sa requête. La baguette contenait une salade de jambon.

— J'ai l'impression d'être dans un spa bio de remise en forme, marmonna-t-il, non sans dévorer le sandwich à belles dents.

Quand le téléphone sonna, il décrocha aussitôt.

— Je croyais que vous étiez pressé, dit l'agent de la police routière.

— Je le suis.

— Alors pourquoi n'avez-vous pas décroché un peu plus tôt ?

— Un besoin naturel, répondit-il. Alors qu'est-ce que vous avez ?

Il écouta un moment.

— Emportée à la casse ? répéta-t-il à l'intention d'Esson. Hier ? dit-il en reprenant son stylo. Vous savez dans quelle casse ?

Il commença à noter les détails avant de s'arrêter.

— Oui, je la connais, précisa-t-il. Merci.

Il coupa la communication et repassa aussitôt un autre coup de fil. Personne au bout de la ligne. Jurant encore et toujours, il fourra son portable dans sa poche et se leva.

— Qu'est-ce que je dis au chef quand il sera de retour ? lui demanda Esson.

— Que son élégance vestimentaire m'a subjugué et rempli d'une telle honte que je suis parti faire quelques achats.

Elle sourit et le salua de la main quand il se dirigea vers la sortie. Puis elle se leva à son tour et s'installa à sa place, sans oublier son sandwich aux crevettes. Elle étudia la photo de Jack Redpath, toujours à l'écran de l'ordinateur.

— Peut-être bien, se dit-elle. Mais seulement peut-être.

Elle fixait la porte par laquelle il venait de sortir. Elle avait beau ne pas le connaître depuis longtemps, elle savait cependant qu'il était doué pour ce genre de choses, à l'image d'un limier auquel on donne une piste à renifler avant de lui laisser faire ce qu'il sait faire mieux que personne. Remplissages de formulaires, protocoles et réunions de budget, ce n'était pas son truc, ça ne l'avait jamais été et ne le serait jamais. Sa connaissance d'Internet était rudimentaire et ses talents en société affligeants. Mais elle mentirait à

James Page et paierait les pots cassés s'il fallait. Parce que Rebus était un spécimen de flic qui n'était plus censé exister, une espèce rare et protégée, dont les jours étaient comptés.

Et les flics comme lui allaient lui manquer le jour où, effectivement, ils auraient tous disparu.

C'était la casse où avait été conduite la Golf de Jessica Traynor. Le même berger allemand se redressa et montra les crocs lorsque Rebus descendit de sa voiture. Eddie Duke sortit de sa cahute et le calma aussitôt.

— Boris ! La ferme !

Avant de montrer la Saab :

— Laissez-la où elle est. On est un peu en retard sur notre planning, mais on s'y attaque dès qu'on peut.

— Je suis mort de rire, répliqua Rebus, comme s'il n'avait jamais rien entendu de plus drôle de toute son existence. J'ai essayé de vous téléphoner.

— Je vous l'ai dit, on a du boulot.

Il montra Reece Bairstow aux commandes du compacteur qui écrasait ce qui restait de vie à sa dernière victime, accompagné par les derniers soupirs d'agonie de la carcasse de métal, de plastique et de verre. Remarquant une plaque d'immatriculation posée contre le mur à côté du chien de garde, Rebus s'avança et la ramassa, ignorant les grondements de la bête.

— Cette voiture-ci ? demanda-t-il.

— Elle bloquait une rue à Granton. De toute évidence abandonnée.

— Et elle se trouve… ?

Nouveau geste en direction du compacteur.

— Il y a un problème ? demanda Eddie Duke.

Granton : sur la côte, non loin de Leith. Rebus laissa tomber la plaque et se dépêcha vers la machine en hurlant qu'on l'arrête, suivi par le patron qui répétait sa question. Bairstow s'exécuta. Une odeur d'huile se dégageait du compacteur où la Ford Escort bleue, désormais réduite à un tiers de sa taille, ne risquait plus de transporter de passagers.

— Vous l'avez désossée ? demanda Rebus aux deux hommes.

Bairstow consulta son patron du regard avant de répondre.

— Elle avait été complètement nettoyée, dit-il.

Nettoyée était un bien grand mot, même réduite à un tas de ferraille, l'Escort était toujours recouverte d'une épaisse couche de poussière, bien visible.

— Elle est restée garée un long moment, non ? À votre avis ? demanda Rebus.

Bairstow acquiesça.

— Et le coffre ?

— Je n'ai rien pris.

— On a enlevé les pneus et les jantes, ajouta son patron. Quelques circuits électriques aussi. Le moteur était pratiquement fichu…

— Je veux que vous la sortiez de là, commanda Rebus. Une équipe de scène de crime passera l'examiner.

— Pour quoi faire ?

— Débrouillez-vous comme vous voulez mais dégagez-la du compacteur, c'est tout. Mettez une bâche dessus et n'y touchez plus.

— Ça empestait là-dedans, vous savez, reconnut Bairstow. Banquette arrière et coffre.

— Et le coffre a été facile à ouvrir ?

— La fermeture était démolie. Comme si quelqu'un s'était servi d'un…

— Oui ? fit Rebus sans le quitter des yeux.

— D'un pied-de-biche, dit Bairstow, comprenant enfin la raison pour laquelle Rebus voulait conserver les restes de l'Escort.

Assis derrière son bureau à Torphichen, Nick Ralph écouta le récit de Rebus bras croisés, une moue dubitative aux lèvres.

— C'est un peu mince, John, dit-il après avoir réfléchi une minute.

Dès son entrée dans le poste, Rebus s'était dirigé droit sur lui.

— Puis-je vous parler ? lui avait-il demandé sans préambule.

— Vous, je vous ai déjà vu, avait répondu Ralph, et Rebus s'était présenté.

Ralph se balançait doucement dans son fauteuil sans dire un mot et le fixait droit dans les yeux.

— Très mince, finit-il par dire en rompant le silence.

Rebus se contenta de hausser les épaules sans rien ajouter.

— Vous dites que ce Bell a tué Redpath pour se venger, c'est ça ?

— Oui.

— Après quoi, il garde le cadavre pendant deux ans dans un parking ? Le fils de Pat McCuskey le découvre et Bell se lance à ses trousses ?

— C'est ce que je pense.

— Et c'est à moi que vous apportez ça et non à l'inspecteur-chef Page…

— Ce n'est pas lui qui a la charge de l'affaire McCuskey, monsieur. Et si je peux me permettre d'être franc, votre enquête semble être au point mort et les nouvelles pistes que je viens de vous apporter devraient vous permettre de sortir de l'impasse.

— Voyez-vous ça, répondit Ralph en se raidissant.

Il prit une profonde inspiration, décrocha son téléphone et demanda qu'on envoie une équipe de scène de crime chez le ferrailleur.

— Et le parc de stationnement ? suggéra Rebus.

Mais Ralph avait déjà raccroché.

— Chaque chose en son temps, John. Nous devons d'abord convoquer les étudiants et entendre ce qu'ils ont à nous dire.

— Ils n'auront rien à dire.

— Il faut le faire malgré tout. Après quoi, nous pourrons nous entretenir avec Rory Bell. Si les choses se sont bien passées comme vous le dites… est-ce que Pat McCuskey s'est fracassé le crâne en essayant de fuir ?

— C'est une possibilité, sinon il a pu vouloir se battre, ses agresseurs l'ont jeté au sol et il s'est cogné à la cheminée.

— Mort accidentelle, donc ?

— Plutôt homicide involontaire. Plus entrée par effraction. Les chefs d'accusation contre Bell ne manqueront pas, vous pouvez me croire.

— Si toutefois nous trouvons quelque chose de significatif dans le coffre de l'Escort.

Rebus accepta son argument avec un haussement d'épaules.

— Bon, dit Ralph.

Il se leva, mettant un terme à l'entretien, et lui tendit la main.

— Nous vous tiendrons au courant, dit-il.

— Je pourrais peut-être assister les techniciens de scène de crime.

Mais Ralph fit non de la tête.

— Je ne suis pas de ceux qui oublient un service rendu, John, si c'est ce qui vous inquiète.

— Je ne suis pas inquiet.

— Dans ce cas, dès que nous apprendrons quelque chose, je vous fais signe.

Il tendit de nouveau la main et cette fois, Rebus la serra.

Il dut attendre 17 h 30 pour avoir des nouvelles.

Il avait passé son temps à consulter son portable toutes les demi-heures, vérifiant qu'il était bien chargé et captait un signal. Lorsque finalement il se mit à sonner, il faillit le faire tomber tant il avait hâte de répondre.

— Rebus, dit-il.

— John, c'est Nick Ralph.

— Oui, monsieur ?

— Les nouvelles ne sont ni bonnes ni mauvaises. On a bien retrouvé des fibres et le labo va vérifier si elles correspondent à celles qui restaient sur le corps retiré des docks. Mais ce n'est quand même pas une science exacte.

— Rien d'autre ?

— L'équipe a parlé de l'odeur qui imprégnait la voiture – des relents de pourriture, mais cela ne suffira pas à convaincre un jury.

— Mais il s'agit bien de la voiture de Jack Redpath ?

— Oui, tout à fait. Et il y a des chances que vous ayez raison, le gars sorti des Leith Docks risque fort d'être Jack Redpath. C'est pour cette raison que j'ai suggéré à votre patron de contacter un membre de la famille et de demander un échantillon d'ADN – ce ne sera pas absolument concluant s'il n'a pas de jumeau parfait, mais nous saurons au moins si nous sommes sur la bonne piste.

— Vous avez parlé à James Page ?

— Par simple politesse. (Un temps de silence.) Mais cela m'a permis de découvrir que vous ne lui aviez rien dit après notre entretien. J'espère que je n'ai pas commis d'impair.

— Pas du tout, répondit Rebus en regardant alentour.

Christine Esson avait fini sa journée, comme quasiment tous ceux qui travaillaient dans le bâtiment. Il se demanda si Page était en chemin, bouillant d'indignation et fort de son bon droit.

Réponse : Oui.

Il était là, dans l'embrasure de la porte, le visage écarlate, ses yeux lançant des éclairs.

— Quand on parle du diable…, dit Rebus au téléphone avant de couper la communication.

Page s'avançait vers lui.

— Comment osez-vous ! explosa-t-il. Le flottant, c'était *mon* affaire !

— Ce n'est pas un flottant… Si je ne me trompe, il s'appelle Jack Redpath et il est directement lié au meurtre de McCuskey et à quelques autres.

— Tout cela me revenait de droit, à *moi*, afin que *je* puisse décider de ce qu'il fallait en faire.

— Accordé, dit Rebus. Mais vous étiez pris, un peu trop occupé à vous refaire une petite beauté pour les caméras et les huiles à l'étage. Je me suis donc retrouvé seul gradé dans la place et j'ai pris les décisions qui m'incombaient.

— Vous l'avez fait exprès, pour vous venger, il n'y a pas d'autre raison ! Nettoyez-moi votre bureau et foutez le camp d'ici. Allez donc demander un boulot à votre bon ami de Torphichen Place. Ou peut-être connaissez-vous quelqu'un à Wester Hailes. Votre seul espoir, c'est qu'on veuille encore de vous quelque part, parce qu'ici, une chose est sûre : vous êtes indésirable !

— Ç'a été un plaisir, répondit Rebus.

— En aucun cas, je vous rassure. Tout le monde m'avait prévenu : Rebus est un électron libre ; il est hors normes ; on ne peut pas lui faire confiance ; sa date de péremption est dépassée. Absolument *tout le monde* m'a dit ça, et pire encore. Posez-vous donc cette question : combien de postes de police dans cette ville vous auraient donné votre chance ? Pas simplement une deuxième chance, mais une sixième, une septième, une huitième ? Je l'ai fait parce qu'au fond de moi, je pensais que vous étiez un bon flic – policier jusqu'à la moelle, un flic à l'ancienne, comme ceux dont j'entendais toujours parler sans jamais en croiser un sur ma route.

Page s'interrompit, l'incendie venait de s'éteindre. En fait, il lui parut las et… oui… sincèrement déçu.

— Désolé de vous avoir laissé tomber, lui dit Rebus.

— Apparemment, vous êtes passé maître en la matière.

— Je ne dirai pas le contraire, et vous aviez dit également que j'allais vous redonner des aigreurs avant longtemps. Pour ce que ça vaut, l'inspecteur-chef Ralph sait que c'est votre enquête. Il me l'a dit lui-même.

— Il n'y était pourtant pas obligé, si ?

— Non. Mais il a un bon fond.

Confronté à cette vérité, Page hocha lentement la tête puis regagna son placard à balais et ferma la porte. Il la rouvrit quelques instants plus tard et posa sur le sol une caisse en carton qu'il fit glisser jusqu'au bureau de Rebus.

— Pour vos affaires personnelles, dit-il. Je veux que vous ayez vidé les lieux d'ici dix minutes.

La porte se referma de nouveau. Rebus resta assis sans bouger durant trente secondes puis se leva et alla chercher la caisse. Une fois qu'il l'eut posée sur sa table, il se rendit compte qu'elle était inutile. Des affaires personnelles, il n'en avait quasiment pas, son séjour au CID avait été trop bref pour qu'il accumule quoi que ce soit.

— Bordel de merde, John, qu'est-ce que t'as encore foutu ? marmonna-t-il pour lui-même.

Il contempla la porte de Page, comme pour se convaincre à toute force d'aller y toquer, faire amende honorable et demander sa grâce et une nouvelle chance.

Une seule, rien qu'une seule.

— Ça risque pas…

Forbes McCuskey coupa la communication.

— C'était la police, annonça-t-il aux trois autres personnes présentes dans l'appartement de Jessica.

Alice Bell était à sa table de travail, son ordinateur portable allumé, à mi-chemin d'une dissertation à laquelle elle n'avait pas touché depuis des jours et qu'elle n'avait aucune envie de terminer. Sur le canapé, Jessica jouait avec son flacon de pilules. Quant à Owen Traynor, il était planté sur le seuil, les manches de chemise remontées, les mains dans les poches.

— Quelle police ? demanda-t-il.

— L'inspecteur-chef Ralph – il est chargé de l'enquête concernant mon père.

— Qu'est-ce qu'il veut ?

— Il dit qu'il a besoin de nous voir – moi, Jessica et Alice.

— A-t-il dit pourquoi ?

— Non.

— C'est fini pour nous, dit Jessica d'une voix tremblante.

— Inutile d'avoir peur de la police, la rassura son père. Ils n'ont rien sur vous, parce que vous n'avez rien fait.

Il les regarda tour à tour, pour s'assurer d'avoir toute leur attention.

— Nous nous en tenons à notre plan et vous me laissez me charger de tout.

Il s'adressa ensuite à Forbes.

— Quand Ralph désire-t-il vous voir ?

— Demain matin, à la première heure, au poste de Torphichen Place.

— Pas de problème, alors. La situation sera réglée bien avant, affirma-t-il.

Se rendant compte soudain qu'il s'était arrêté devant elle, Alice Bell releva la tête et vit qu'il lui tendait son téléphone portable.

— Refais-moi le numéro de tonton Rory une nouvelle fois, tu veux bien, petite ?

Une fois le numéro composé, il lui prit le mobile et le colla à son oreille… D'abord la sonnerie, puis la voix de Rory Bell, un peu surpris.

— C'est moi, dit Owen Traynor. Alors ne compliquez pas les choses cette fois et ouvrez vos oreilles…

25

— C'était le deuxième choix sur la liste de Siobhan.

Rebus releva les yeux. Depuis sa table en coin dans l'arrière salle de l'Oxford Bar, il voyait deux fumeurs par la fenêtre et se préparait justement à aller les rejoindre. Sauf que Malcolm Fox était maintenant devant lui, les mains dans les poches, un petit sourire sur le visage.

— Le premier étant… ?

— Arden Street.

— Et vous y êtes allé ?

— Je n'étais pas d'accord avec son classement, répondit Fox en secouant la tête.

— Je dois m'attendre à une engueulade, c'est ça ? lui demanda Rebus. Parce que si c'est le cas, croyez-moi, je ne suis pas d'humeur.

— Que diriez-vous d'un verre, plutôt ?

Fox lui montra sa pinte quasiment vide et Rebus y réfléchit à deux fois, essayant de deviner ce que ce mec avait derrière la tête.

— IPA, finit-il par dire.

Fox regagna le comptoir tandis que Rebus fourrait cigarettes et briquet dans son manteau. Le bar était tranquille – milieu de semaine, milieu de soirée. Une soirée folk était prévue pour plus tard, mais il aurait vidé les lieux depuis longtemps. Sa voiture était dehors et il savait ce qui l'attendait s'il devait souffler dans le ballon. Il passa la main dans ses cheveux et souffla bruyamment, affalé, les coudes sur la table.

— Tenez, dit Fox en déposant devant lui une nouvelle pinte de bière.

Lui avait pris une boîte de Coca et un grand verre de glace pilée.

— À votre santé.

— Vous allez aux AA ? lui demanda Rebus en le regardant vider son Coca, la glace crépitant au contact du liquide.

— Plus maintenant.

— Et vous êtes capable d'entrer dans un pub sans vous laisser tenter ?

— La tentation est toujours là, dit Fox en prenant une chaise. Après tout, je ne suis qu'un humain – en dépit de tout ce que vous pouvez penser. On dirait que la journée a été rude, ajouta-t-il en levant son verre.

— C'est Siobhan qui vous a envoyé jouer au bon Samaritain ?

— Pourquoi ? Il vous en faut un ?

— Vous n'êtes donc pas au courant ? Page en a sa claque de ma petite personne. J'ai soulevé quelques lièvres dans l'affaire McCuskey et mes infos lui revenaient de droit, mais j'ai choisi de les refiler à Ralph et à son équipe.

— Oh.

— J'aurais cru que Page se serait dépêché de lui téléphoner la bonne nouvelle, dit Rebus sans le quitter du regard.

— Je ne pense pas que Siobhan soit au courant.

— Alors pourquoi êtes-vous ici ?

— L'affaire Saunders.

— Je peux m'attendre à un nouvel interrogatoire dans les règles, c'est ça ?

Il but une gorgée de bière, garda son verre à la main et continua à fixer Fox droit dans les yeux.

Les coudes en appui contre le rebord de la table, celui-ci se pencha en avant pour s'expliquer.

— C'est Saunders qui a organisé la rencontre avec son tueur. Il a voulu utiliser le téléphone de la station-service mais l'appareil était en panne. Le gamin qui était derrière le comptoir l'avait reconnu pour l'avoir vu acheter à plusieurs reprises de quoi manger. Donc, lorsque Saunders lui a offert un billet de dix pour pouvoir utiliser son portable, le môme a accepté. Saunders lui a promis que son appel serait local et il est allé dehors passer son coup de fil. La communication a duré exactement six minutes et demie.

— C'est sacrément précis.

— J'ai pu consulter les listes et ça m'a pris pratiquement la journée. J'ai l'heure exacte à laquelle l'appel a été passé. Pas tout à fait trois heures avant que Saunders soit tué.

— C'est ce que j'appellerais du vrai travail d'enquêteur, le complimenta Rebus en lui portant un toast silencieux. Alors permettez-moi de deviner – il a appelé Stefan Gilmour ?

Fox fit non de la tête.

— Un numéro d'Édimbourg, une ligne terrestre. Comme le numéro est dans l'annuaire, Saunders n'a eu aucun mal à le trouver.

— Eamonn Paterson ?

Nouveau signe de tête : ce n'était pas Paterson.

— George Blantyre, déclara Fox.

— Dod ? fit Rebus, surpris, les sourcils froncés.

— Saunders lui a parlé pendant six minutes et demie.

Rebus se souvenait des paroles de Stefan Gilmour : *Le vieux pistolet... C'est Dod qui l'a piqué...*

— Vous voulez me faire croire qu'un homme incapable de sortir de son fauteuil tout seul est parvenu à se traîner jusqu'à un chemin de halage en bordure d'un canal à l'autre bout de la ville ?

— C'est peu probable, je suis d'accord. Mais il y a une autre explication...

Il laissa sa phrase en suspens, sachant que Rebus comprendrait vite.

Celui-ci se mordilla la lèvre inférieure puis étira le cou en arrière pour contempler le plafond : ils avaient beau le repeindre régulièrement, il restait toujours une patine de nicotine à la surface.

— Nom de Dieu, finit-il par lâcher. Alors pourquoi n'êtes-vous pas là-bas ?

— J'ai pensé que vous aimeriez m'y accompagner.

— Une idée de Siobhan ?

Fox secoua la tête.

— La mienne en fait. Mais il a fallu que je la convainque.

— Pourquoi reste-t-elle à l'écart ?

— Elle est en réunion avec les chefs, pour tout leur exposer en détail.

Fox finit son Coca et montra la pinte de bière.

— Vous avez l'intention de la vider ou vous préférez garder la tête claire ?

Rebus regarda son verre, le repoussa et se leva.

Ils sonnèrent à la porte du bungalow de Murrayfield et attendirent que Maggie Blantyre vienne leur ouvrir : T-shirt blanc et pantalon de survêt gris informe, le visage quasiment sans maquillage.

— Est-ce qu'on peut entrer ? demanda Rebus d'une voix peu engageante.

— John…, dit-elle en portant la main à sa joue. Si j'avais su…

— Nous avons besoin de te parler, Maggie. Je te présente l'inspecteur Fox… de la Criminelle, ajouta-t-il aussitôt, suscitant un mince sourire de reconnaissance de la part de son collègue.

— C'est à quel sujet ?

— Je crois que tu sais, répondit-il en s'engageant d'autorité dans le couloir.

— Il ne vous faut pas un mandat ou quelque chose ? demanda-t-elle, interloquée.

— Tu veux que j'aille en chercher un ?

— Je ne comprends toujours pas la raison de votre présence ici.

Mais elle s'était écartée et fit entrer Fox avant de refermer la porte.

— Dod fait un petit somme dans son fauteuil.

— C'est à toi que nous avons besoin de parler, Maggie.

Il n'y avait pas à se tromper sur son regard et il eut l'impression qu'elle avait compris qu'il savait.

— Et si on allait dans le jardin ? lui dit-il avant de s'adresser à Fox en lui montrant le salon : Vous pouvez tenir compagnie à Dod ?

Fox allait protester mais s'exécuta en faisant contre mauvaise fortune bon cœur. Rebus emmena Maggie dans la cuisine immaculée et sortit sur la terrasse. Il alluma une cigarette et lui en offrit une, qu'elle refusa.

— C'est toi qui as parlé à Billy Saunders, déclara-t-il sans ambages. Il a téléphoné ici, à la maison, et j'imagine que c'est toujours toi qui décroches. Inutile de nier, nous avons les relevés qui l'attestent. Il savait que Stefan lui réservait un chien de sa chienne et il avait la trouille, n'est-ce pas ? Pour autant, cela ne l'aurait pas empêché de témoigner contre les Saints – n'importe quoi pour sauver sa peau et ne pas retourner en prison.

Il tirait sur sa cigarette mais sa main tremblait, sans qu'il sache bien pourquoi.

— Donc je lui ai parlé, à cet homme… et puis après ?

— Mais tu n'as pas fait que ça, Maggie…

Il laissa planer un silence, le temps que les mots fassent leur chemin, jusqu'à ce que Maggie explose.

— Vous et vos foutus Saints ! Dod n'a plus que ça à la bouche. Plus que jamais, il vit dans le passé – peut-être parce qu'il n'a plus d'avenir. Et voilà que ce mec débarque, prêt à raconter à qui veut l'entendre que Dod était un assassin, qu'il avait couvert un meurtre et s'en était tiré blanc comme neige.

— Ce n'est pas Dod qui a tué Phil Kennedy.

— Mais il était là ! Il a aidé les autres à sortir le cadavre de la cellule, et tout le reste.

Elle fixa l'horizon du jardin et parut y voir quelque chose.

— Bouge pas, lui dit-elle.

Il la suivit malgré tout jusqu'à l'abri de jardin, la vit ouvrir la porte et se mettre à fouiller dans le noir, entre et derrière des pots de peinture et des outils qui ne servaient plus.

— C'est là que tu gardais le pistolet ? lui demanda-t-il.

— Dod croyait que je l'avais détruit. C'est ce que je lui avais dit. De la même façon que j'étais censée avoir jeté ça aussi.

Elle lui tendit un exemplaire bien abîmé du *Scots Criminal Law*, le code pénal écossais, reconnaissable entre tous, avec sa couverture en cuir, ses dorures ternies et ses vis en laiton. Les pages étaient humides, leurs coins cornés.

— La Bible d'Ombre, dit-il en la tournant entre ses mains avant de frotter l'emplacement où ils avaient tous craché pour cimenter leur loyauté à la cause.

— C'est juste un foutu livre, rien de plus, dit Maggie. Mais pour Dod, c'était plus que ça. Vous tous, vous aviez une telle importance à ses yeux et lui, il allait finir ses derniers jours sur cette terre en spectateur impuissant, pendant qu'on en arrachait les pages, l'une après l'autre, sans rien pouvoir faire.

— Est-ce que tu avais vraiment l'intention de lui tirer dessus ? demanda Rebus d'une voix douce.

Elle acquiesça, des larmes plein les yeux.

— Si je l'ai fait, c'est pour vous tous, parce que Dod ne pouvait pas.

— Tu n'es pas obligée de leur dire tout ça. Dis-leur simplement que le pistolet est parti d'un coup, par accident. Ton doigt a peut-être glissé, ou alors c'est lui qui a essayé de s'en emparer…

— Des mensonges, John, encore et toujours, hein ? Qu'est-ce qu'il va faire sans moi ? dit-elle en se tournant vers la maison.

— Il y a quelqu'un que tu peux appeler ?

— Là, tout de suite, tu veux dire ?

— Il va falloir que tu nous accompagnes, Maggie.

Elle réfléchit un moment.

— Son neveu a toujours été très gentil.

— Alors appelle-le.

Elle hocha la tête.

— Le téléphone est dans la cuisine.

— Viens, on rentre.

Il essaya de passer le bras autour de ses épaules mais elle se libéra aussitôt, en lui arrachant le livre des mains. Elle cracha dessus puis s'essuya la bouche d'un revers de la main. Il le lui reprit gentiment et la conduisit dans la maison.

Pendant qu'elle téléphonait, il alla dans le salon, au milieu duquel Fox attendait, toujours debout. Dod Blantyre était réveillé et voulut savoir ce qui se passait.

— Où est Maggie ? exigea-t-il de savoir.

— Elle est au téléphone. Nous devons l'emmener au poste.

— Non !

Dod essayait tant bien que mal de se lever de son fauteuil, les jambes flageolantes, incapable de maîtriser les mouvements de sa tête.

— Il n'y a rien que tu puisses faire, Dod. Ton neveu va venir s'occuper de toi.

Mais Blantyre était tombé à genoux. Avec l'aide de Fox, Rebus parvint à le remettre dans son fauteuil, au moment où sa femme réapparaissait, son manteau sur le bras.

— Oh, mon Dieu ! dit-elle en portant sa main à sa bouche.

— Ne me laisse pas, Maggie, l'implora Blantyre. Elle n'a rien fait, dit-il à Rebus.

— Nous devons quand même l'interroger, répondit celui-ci d'une voix étouffée.

— Non, ça sert à rien ! Ça sert à rien !

— Laisse-moi cinq minutes avec lui, dit alors Maggie en agrippant le bras de Rebus. Allez m'attendre dans la voiture, je vous rejoins, ajouta-t-elle, le regard suppliant. Juste quelques minutes.

Rebus se tourna vers Fox, hocha la tête et les deux hommes sortirent de la maison. Une fois dehors, sur l'allée, Fox lui demanda si elle était passée aux aveux.

— Pratiquement, répondit Rebus.

Il tenait toujours la Bible d'Ombre à la main et Fox lui demanda s'il s'agissait bien de ce qu'il croyait. Rebus acquiesça. Fox déverrouilla la voiture et ils s'y installèrent.

— J'envoie un message à Siobhan, dit-il en sortant son portable… Je sais que ça doit être difficile pour vous, John. Et je me suis posé des questions sur ce que j'aurais fait si un collègue proche était allé trop loin.

— Vous l'auriez embarqué malgré tout, je me trompe ?

— Peut-être, dit Fox en se concentrant sur la rédaction de son texto. Probablement, finit-il par avouer. Mais il y a vingt ou trente ans… En ce temps-là, la partie se jouait différemment, comme vous ne cessez de me le répéter, vous autres, les anciens.

— Bon Dieu, Malcolm, vous n'êtes quand même plus de première jeunesse !

Fox lui répondit par un rictus et termina son texto.

— Alors, dites-moi… pour ce qui est de vous et de Mme Blantyre ?

— Quoi, ce qui est de nous ?

— Vous avez éprouvé le besoin d'aller causer en privé tous les deux, ce qui m'incite à penser qu'il y a un passé là-dessous.

— Voyez-vous ça ?

— Je sais lire les gens et leurs réactions, John. Il le faut bien.

— Eh bien, cette fois, vous vous trompez.

— Vraiment ?

Le portable de Fox l'avertit qu'il venait de recevoir une réponse et il vérifia l'écran.

— Siobhan nous attendra à Wester Hailes… Mais elle dit…

— Que je ne peux pas participer à l'interrogatoire ? devina Rebus.

— Vous êtes trop proche, John.

Rebus accepta, d'un hochement de tête, et se tourna vers le bungalow.

— On va attendre encore longtemps comme ça ? lui demanda Fox.

Qu'est-ce qu'il va faire sans moi ?

Ne me laisse pas, Maggie…

— Et merde ! dit Rebus en ouvrant sa portière pour s'élancer au petit trot vers la maison.

La porte d'entrée était fermée, verrouillée par une serrure Yale. Il se mit à la cogner du poing avant de réaliser que Fox était à côté de lui. Il essaya d'ouvrir le battant d'un coup de talon puis tenta un coup d'épaule.

— Tous les deux en même temps, dit Fox.

Le panneau de bois finit par se fendre, la porte céda et Rebus se précipita dans le salon : penchée au-dessus de Dod, Maggie fourrait des cachets dans la bouche de son mari en même temps que dans la sienne. Des antalgiques apparemment, à voir les emballages vides. Les larmes coulaient sur leurs deux visages. Il la tira en arrière et glissa un doigt en crochet entre ses lèvres. Fox de son côté s'occupait de Dod, balançant au sol les cachets qui restaient.

— Je ne peux pas te laisser faire, disait Rebus à Maggie effondrée, pleurant et gémissant. Je suis désolé, je ne peux pas.

Fox était au téléphone et demandait une ambulance. Maggie sanglotait, le visage dans la moquette, et Rebus à genoux à côté d'elle lui caressait les cheveux. Quand il se retourna, il vit Dod Blantyre qui le regardait au travers de ses propres larmes. Fox lui demandait l'adresse, qu'il puisse la transmettre au standard. Il la lui donna et tenta de se relever, avec bien du mal.

Rebus était affalé dans la salle d'attente des urgences du Royal Infirmary. La rangée de sièges en plastique dur fixée au sol n'était pas vraiment prévue pour des séjours de longue durée. Fox, de son côté, alimentait en pièces un distributeur de boissons automatique. Dans deux box adjacents, quelque part derrière le bureau de la réception, on examinait le mari et la femme. Fox revenait avec deux petits cafés dans des tasses en plastique lorsque Siobhan arriva. Elle alla s'asseoir à côté de Rebus.

— Quel foutu truc, dit-elle.

— Je ne te le fais pas dire.

— Encore heureux que tu aies été là.

Le regard qu'il lui lança constituait déjà une réponse en soi.

— Si nous n'avions pas été là, ça ne serait jamais arrivé.

— Je sais que ça n'a rien de facile, John…

Fox tendit un café à Rebus et demanda à Siobhan si elle en voulait un elle aussi.

— Un thé, peut-être, répondit-elle en suivant des yeux Fox qui retournait au distributeur en fouillant ses poches à la recherche de monnaie.

— C'est toi qui as envoyé Malcolm, dit Rebus. C'est lui qui en avait besoin ou c'est moi ? Il faut que je te prévienne, je ne suis pas un patient facile mais comme thérapeute, je suis pire.

— Malcolm n'a pas besoin de thérapie. C'est lui qui a fait tout le boulot pour remonter jusqu'à ce numéro de téléphone et j'ai pensé qu'il méritait d'être là à la fin.

— Donc tu n'essayais pas de tenir tes distances ?

— Que veux-tu dire ?

— Tu as peut-être été présente à un trop grand nombre de mes foirages. Et te voilà aujourd'hui ma supérieure en grade, et tu diriges comme une grande une enquête criminelle… Une façon de me faire comprendre que je ne suis plus que de l'histoire ancienne ?

— Loin de moi cette pensée.

— Tu es sûre ?

— Absolument.

— J'aimerais bien te croire.

Il s'interrompit lorsque Fox revint avec son thé, qu'elle prit en marmonnant un vague « Merci » avant de lui demander s'il y avait du neuf.

— Ni l'un ni l'autre ne sont plus en danger, l'obligea Fox. Et John a déjà entendu Mme Blantyre reconnaître qu'elle avait tiré sur Saunders.

— Accidentellement, précisa Rebus. Je t'ai expliqué comment ça se passait avec les Browning, ajouta-t-il en fixant Clarke droit dans les yeux, comme s'il la mettait au défi de le contredire.

— Mais elle l'avait quand même sur elle quand elle est allée au canal… et elle a fini par le pointer sur sa victime.

— Pour lui faire peur, de façon que les derniers mois qui restent à son mari ne se passent pas dans une salle d'interrogatoire ou en détention provisoire.

— On croirait entendre son avocat, dit-elle en se tournant vers Fox. À votre avis, le procureur général sera satisfait, non ?

Fox haussa simplement les épaules et Clarke se plongea dans la contemplation de son thé, le dos voûté.

— Regardez-nous, tous les trois, dit-elle. Une enquête bien bouclée et pas un de nous ne s'en trouve plus heureux pour autant.

Fox voulut s'asseoir et souleva le gros livre que Rebus avait laissé là. Il le posa sur ses genoux et Clarke réussit à en distinguer le titre sur la couverture.

Scots Criminal Law.

JOUR 14

26

— Ça va ? demanda Fox.

— Sûr. Et merci de bien vouloir m'accompagner.

— Vous pensez vraiment que ma présence s'impose ? demanda-t-il.

— Vous avez du répondant et j'ai besoin d'un costaud, lui répondit Rebus avec un petit regard en coin.

— Ce n'est donc pas pour mon intelligence ni pour ma beauté, si je comprends bien ?

Ils étaient dans la Saab et Rebus se concentra sur la route, destination Livingston.

— Des nouvelles ? demanda-t-il.

— On les a gardés une nuit, ni l'un ni l'autre n'ont réussi à avaler beaucoup de cachets. Maggie Blantyre sera interrogée officiellement cet après-midi.

— Et son mari ?

— À une date qui reste à déterminer, lorsque nous aurons son certificat médical. En tout état de cause, elle s'en tient à son scénario : Saunders a tenté de lui arracher l'arme et le coup est parti.

— Vous croyez ça ?

— Je n'en suis pas sûr.

— Des preuves concrètes qui prouveraient le contraire ?

— Vous savez bien qu'il n'y en a pas, répondit Fox, surpris par la question. Mais elle ira malgré tout en prison, même le meilleur avocat du pays ne pourrait l'empêcher.

— Et c'est bien le meilleur qu'elle aura.

— Ah ?

— J'ai parlé à Stefan Gilmour hier soir quand je suis rentré. Il fera tout ce qu'il faut pour ça.

— Que saviez-vous au juste ?

— Je savais que Phil Kennedy était mort dans une cellule du poste et que toute l'affaire avait été étouffée.

— Du peu que j'ai entendu de la bouche de George Blantyre, il est prêt à en endosser toute la responsabilité.

— Vraiment ?

— Il dit qu'il a poussé Kennedy de sa chaise. Il a d'abord cru qu'il était inconscient avant de constater qu'il ne respirait plus. Après quoi, il a emporté le cadavre dans la maison et s'est arrangé pour faire croire que Kennedy était ivre et qu'il avait fait une chute dans l'escalier.

— Il a agi seul ?

— C'est ce qu'il prétend. Il ne lui reste plus longtemps à vivre, alors qu'est-ce qu'il a à perdre ?... On dirait bien que Stefan Gilmour et Eamonn Paterson vont pouvoir respirer tranquilles, même si nous savons que les choses ne se sont pas passées comme ça.

— Va-t-on inculper Dod ?

— J'ai le sentiment que l'enquête va traîner des pieds délibérément et laisser la nature suivre son cours.

— Quel foutoir. Avez-vous informé le procureur général ?

— J'essaie de décider de ce que je vais lui dire.

— Ce n'est pas bien compliqué, non ? Vous lui dites ce que vous savez.

— Ce qui ne représente même pas la moitié de ce que je soupçonne.

— Elle ne risque pas de vous remercier, si vous lui apportez des informations impossibles à prouver.

Fox hocha la tête comme s'il était d'accord et étudia les alentours.

— Ça en fait, des ronds-points, dites-moi. Et sans GPS, je suis impressionné.

— Nous y sommes presque.

Ils arrivèrent à la barrière du parking et Rebus prit sagement son ticket à la machine. En passant devant la guérite de la sécurité, il put constater que son agresseur n'était pas de service. Un autre uniforme avait pris sa place, plus maigre et plus âgé.

— Peut-être que je n'aurai pas besoin de vos services, après tout, dit-il en s'engageant sur la rampe vers l'étage.

Une fois au troisième niveau, il se rangea et commença à jurer.

— Qu'est ce qu'il y a ? demanda Fox.

— Ils ont déplacé les voitures.

— Quelles voitures ? voulut savoir Fox devant la vaste dalle de béton vide.

— Exactement. Lorsque je suis venu ici hier, il y avait deux véhicules, couverts de poussière et abandonnés. Il y en avait eu un troisième, qui n'était déjà plus là, car le cadavre de Jack Redpath se trouvait dans le coffre. Ils ont largué le corps dans les docks avant d'abandonner la voiture pour qu'elle finisse à la casse.

— O.K., dit Fox.

Il plissait le front et essayait de se concentrer de son mieux pour suivre.

— Mais deux autres voitures se trouvaient ici, l'une d'elles couverte d'une bâche.

Il sortit et s'avança vers les deux emplacements vides, Fox sur les talons.

— Regardez ! Hier, il y avait plein de feuilles et de merdouilles. La voiture était là depuis des mois, voire même des années… Pourquoi vous souriez ?

— J'aime bien le mot merdouilles – mon père l'utilise.

— En tout cas, tout a été balayé, jusqu'au plus petit débris.

— Du travail d'expert.

— Les voitures servaient à stocker des marchandises, des trucs qu'il fallait impérativement garder à l'abri des regards trop curieux.

— Et pour ça, un parc de stationnement est l'endroit idéal ?

— Un niveau que personne n'utilise jamais, des caméras en circuit fermé et un garde de sécurité.

— O.K., donc vous pensez qu'il y avait d'autres cadavres dans ces voitures ?

— Je n'en ai aucune idée, répondit Rebus tout en réfléchissant. Ça ne peut être qu'Owen Traynor. Il rencontre Rory Bell et ils discutent de ce qui est arrivé. Traynor sait que nous risquons de venir y regarder d'un peu plus près et persuade Bell de déplacer les voitures.

— Traynor ?

— Le père de Jessica. Il est beaucoup plus futé que Bell. Même après que Forbes et Jessica ont vu ce qui se trouvait dans le coffre, il a fallu un moment à Bell pour se décider à faire disparaître la voiture et le cadavre. Traynor débarque en ville pour exiger une trêve et demande à Bell s'il y a autre chose que la police risque de trouver si elle vient inspecter les lieux…

— Vous êtes venu ici hier…

— Et la nouvelle s'est vite propagée, donc, il était impératif de se débarrasser des voitures garées là.

— Et ils les ont déplacées où ?

— Comment le saurais-je ? Mais le coup de balayette, c'est le genre de détail que Traynor n'oublierait pas.

Il se gratta la tête.

— Elles sont peut-être planquées dans un garage quelconque. Je doute qu'il les ait laissées dans le parking de l'aéroport – trop visible.

— Elles sont de quelle marque, ces voitures ?

— Une Citroën, c'est sûr ; l'autre était bâchée, je ne sais pas, elle était rouge, c'est tout ce que je peux dire.

— Vous n'avez pas relevé les numéros des plaques ?

— J'ai été interrompu par un coup de poing dans l'estomac.

— Quoi ?

— Le gorille de la sécurité a changé depuis hier.

— Et c'est pour ça que vous aviez besoin d'un costaud pour vous accompagner ?

— Oui.

— J'en suis presque flatté. Pourquoi ne pas avoir signalé l'incident ?

— Il y a des choses qu'on préfère garder pour soi.

— Du genre, avoir le dessous dans une bagarre ?

— Ai-je jamais dit qu'il avait été meilleur que moi ? Vous devriez voir dans quel état il est. C'est peut-être d'ailleurs pour ça qu'il ne s'est pas présenté au boulot aujourd'hui.

— Je vous crois sur parole.

Ils se dirigeaient vers la sortie lorsque Fox lui demanda s'il était utile d'interroger le nouveau garde. Rebus secoua la tête. En glissant sa carte de crédit dans la machine, il fit part à Fox de ses réflexions à propos du soir où la Golf s'était crashée.

— Lorsque Forbes et Jessica ont forcé le coffre au pied-de-biche, ils étaient surveillés par les caméras et le garde a dû débouler en quatrième vitesse, sauf qu'ils en avaient vu suffisamment pour ne pas vouloir s'attarder…

— Oui ?

— Mais il n'y a qu'une sortie et la machine n'accepte que les cartes de crédit. Forbes était au volant, c'est donc lui qui a payé.

— Ce qui signifie que les autres disposaient de tous les renseignements nécessaires… ce qui les aurait conduits à Patrick McCuskey ?

— Aucun signe du jeune Forbes et donc ils retournent sa chambre pour lui faire passer le message.

— Et l'agression sur le père ?

Rebus prit un air songeur et haussa les épaules sans donner de réponse.

Ils s'arrêtèrent à une station-service pour faire le plein. Dans la boutique, Rebus acheta un paquet de cigarettes, Fox une bouteille d'eau.

— La plus belle arnaque du moment, lui lança Rebus en le voyant boire une gorgée.

— J'étais sur le point de vous dire la même chose, répondit Fox en montrant le paquet de Silk Cut.

Ils regagnaient la Saab quand Fox lui posa une question :

— En parlant de ces voitures : vous croyez qu'ils auraient été assez stupides pour s'en débarrasser de la même façon que la Ford de Redpath ?

— Je n'en suis pas sûr.

— L'Escort a bien fini à la ferraille, non… ?

Rebus s'immobilisa, la main sur la poignée de la portière.

— Vous pensez qu'ils auraient pu…

Plutôt que de formuler sa question, il monta dans la Saab et appela la casse de Broxburn. Il s'attendait à la voix d'Eddie Duke au bout du fil, mais ce fut Reece Bairstow qui décrocha.

— C'est l'inspecteur Rebus. J'ai besoin d'un petit service.

— Rien ne change à ce que je vois.

— Si vous préférez expliquer à mes collègues la petite affaire du pied-de-biche, Reece…

Soupir sur la ligne.

— Alors, c'est quoi, ce service ?

— La liste des casses les plus proches de Livingston.

— Nous exceptés, vous voulez dire ?

— Oui.

— Il n'y en a pas.

— Pas une seule ?

— Il n'y a que nous. Alors je peux retourner au boulot ?

— Dès que vous aurez répondu à une dernière question.

— Laquelle ?

Rebus prit une profonde inspiration.

— Deux voitures, la première une Citroën avec une vignette périmée, l'autre une berline de taille moyenne couleur rouge…

— Oui ?

— Vous ne les auriez pas vues par hasard ?

— Elles sont arrivées hier soir.

Rebus cligna plusieurs fois des paupières.

— Dites-moi qu'elles ne sont pas encore passées au compacteur.

— J'allais m'y mettre, justement. Mais mon petit doigt me dit que vous ne voulez pas que ça se produise.

— Exactement, dit Rebus. Nous serons là dans vingt minutes. Personne ne touche à ces véhicules d'ici là, compris ?

— Ça commence à devenir rengaine, marmonna Bairstow en raccrochant.

— Je vous dois un grand coup à boire, dit Rebus à Fox.

— J'ai tout ce qu'il me faut, merci, répondit celui-ci en lui montrant sa bouteille d'eau.

Eddie Duke avait emmené Boris le chien de garde chez le vétérinaire.

— Un gros bobo bien méchant, j'espère, dit Rebus en apprenant la nouvelle.

Bairstow expliqua que les bagnoles étaient arrivées quasiment à l'heure de la fermeture. L'une – une Renault rouge – était plus propre que l'autre, mais les deux conducteurs ne dirigeaient pas l'opération.

— Il y avait une autre voiture, celle dans laquelle tout le monde est reparti ensuite. C'est le mec au volant qui a fait la causette et payé en liquide.

— À quoi ressemblait-il ? demanda Rebus.

— Un mètre quatre-vingts, je dirais, cheveux noirs courts, avec le front qui se dégarnit en V.

Rebus n'avait vu de Rory Bell que des photos, mais il l'aurait décrit de la même façon.

— Pas de nom ? demanda-t-il.

— J'en ai pas entendu.

— Qu'est-ce qu'il conduisait comme voiture ?

— Une BMW X5 flambant neuve. Noire, vitres teintées.

— Vous n'auriez pas relevé le numéro d'immatriculation par hasard ?

Bairstow fit non de la tête.

— Elle était pas personnalisée ni rien

Ils se trouvaient devant les deux véhicules. Rebus reconnut la Citroën – la ligne de crasse qu'il avait tracée du doigt était toujours là et la bâche qui couvrait la Renault était visible par la lunette arrière.

— Et les deux conducteurs ? demanda-t-il.

Bairstow les décrivit. L'un d'eux était presque certainement le garde du parking à étages, le mec qui lui avait laissé en cadeau un hématome de la taille d'une assiette à thé.

— Ils ont laissé les clés ?

Bairstow fouilla dans son bleu et les lui tendit.

— Vous avez jeté un coup d'œil à l'intérieur ? voulut savoir Rebus.

Bairstow fit non de la tête.

— Vous êtes sûr ?

— Absolument.

— Nous allons donc ouvrir les deux coffres et voir ce qui s'y trouve encore.

Ils déverrouillèrent la Citroën en premier. Une vague odeur d'huile. Des chiffons y traînaient et Rebus en porta un à ses narines.

— Votre avis ? lui demanda Fox.

— Ils ont servi à envelopper quelque chose. Des armes peut-être.

— Des armes ? répéta le mécano, le visage blanc comme un linge.

Rebus souleva le tapis du coffre mais ne trouva rien, hormis une roue de secours. Entre-temps, Fox avait ouvert une des portières arrière et tâtonnait sous les sièges.

— Vous avez des sachets en plastique ? demanda-t-il.

— Dans le bureau, répondit Bairstow.

— Allez m'en chercher.

Une fois le mécano à bonne distance, Fox dit à Rebus qu'il leur faudrait une équipe de police scientifique.

— Entièrement d'accord. Vous avez trouvé des choses ?

— Je vous montre ça dans une minute.

Rebus ouvrit la portière conducteur et tendit le bras pour atteindre la boîte à gants. Vide, sauf des ampoules de rechange. Le plancher était propre et il n'y avait rien non plus dans les vide-poches. Bairstow revint avec des sachets en plastique transparent, de ceux qu'utilisent les employés de banque pour les pièces de monnaie. Fox en enfila un sur sa main, le replia sur ce qu'il avait trouvé et tendit le tout à Rebus. Une cartouche de fusil de chasse, intacte.

— Boum, dit Rebus avec une tape dans le dos de son collègue.

Il prit la seconde clé à Bairstow et déverrouilla la Renault. Une nouvelle fois, rien de bien évident dans le coffre, mis à part un peu de poudre, blanche et fine.

— Un sachet a dû craquer, je pense, dit Rebus.

— Ou alors quelqu'un a voulu goûter, ajouta Fox.

Rebus la toucha du bout d'un doigt avant de s'en frotter les gencives.

— Ça brûle un peu, dit-il.

— J'ai pas… si j'avais su…, lâcha Bairstow, les yeux comme des soucoupes. Ils vont me tuer, pas vrai ? conclut-il en tremblant comme une feuille.

— Votre nom n'apparaîtra même pas, Reece, ne vous en faites pas, le rassura Rebus.

Il prit son portable. Le signal était faible mais il réussit à joindre Torphichen et demanda à parler à Nick Ralph en précisant :

— Je sais que vous entendez probablement ça chaque fois, mais je vous garantis qu'il s'agit *vraiment* d'une urgence.

Lorsque Ralph finit par arriver au bout du fil, Rebus lui exposa en détail leurs dernières découvertes.

— Bell se trouve dans une BMW X5 noire aux vitres teintées. Il faut impérativement arrêter la voiture. Il y a de fortes chances qu'elle transporte du premier choix dans son coffre. Plus quelques faisandés à l'avant.

Fox roula les yeux au ciel devant le mauvais jeu de mots, mais Rebus lui répondit silencieusement, du bout des lèvres, « Faudra vous y faire », avec un clin d'œil en prime.

— Il nous faut également, poursuivit-il à l'intention de Ralph, un mandat de perquisition pour l'immeuble de parkings de Livingston. Et il y a urgence à cause des bandes de vidéosurveillance : elles nous seront utiles mais elles s'effacent automatiquement au bout de quarante-huit heures. Nous devons mettre la main dessus avant, elles montreront probablement le transfert du contenu des coffres dans la BMW.

— Je m'en occupe, John. Et aussi une équipe de police scientifique à la casse ?

— Absolument. Recherche d'empreintes et d'autres traces possibles.

— Et vous êtes sûr d'avoir réglé le problème avec l'inspecteur-chef Page ?

— Il est d'accord avec moi, monsieur. Tout concourt, c'est bien la même affaire.

— Alors je me mets au boulot. Et merci, John.

— Oui, monsieur. Oh, à propos, avez-vous convoqué les trois étudiants pour interrogatoire ?

— Ils étaient censés être ici à 9 heures. On leur a téléphoné, un agent est même passé à l'appartement de Mlle Traynor… sans succès.

— Ils font profil bas.

— Comme vous l'aviez prévu. D'autres tâches que vous voudriez me confier avant que je ne m'attelle à celles-ci ?

— Non, monsieur.

Rebus coupa la communication et tapota son menton du portable.

— La boucle est bouclée ? lui demanda Fox.

— Pas tout à fait, décida Rebus. Mais à vous de décider si vous voulez aller jusqu'au bout. Possible que ça éclabousse un peu.

— Je pourrai toujours nettoyer ensuite, répondit Fox en haussant les épaules.

— On commence à apprécier le CID, inspecteur ?

— J'y trouve des attraits certains, je dois l'avouer.

Toutes les places de parking sur Great King Street étant prises, Rebus se gara de nouveau le long de la ligne jaune. Il avait prévenu Fox : une petite conversation avec Owen Traynor s'imposait. S'il n'était pas là, avec un peu de chance, Jessica ou Alice Bell pourraient leur dire où le trouver.

— Alice savait que le cadavre se trouvait dans le coffre de l'Escort ? demanda Fox.

Rebus acquiesça.

— La manière qu'avait choisie son tonton de lui prouver qu'il s'occupait d'elle.

— Autrement plus original qu'une carte d'anniversaire avec un billet de dix livres à l'intérieur.

Tout à fait, reconnut Rebus.

Il pressa la sonnette. Pas de réponse. Il réessayait quand Fox le tira par la manche.

— Ce ne serait pas… ?

Il pointait le doigt vers un 4 x 4 noir garé de l'autre côté de la rue. Vitres teintées. BMW X5. Pas de ticket de parking, mais une contravention sous l'essuie-glace, les contractuels étaient passés par là.

— Vous voulez que je téléphone à la fourrière ? demanda Fox.

Rebus fit oui de la tête et essaya d'ouvrir le coffre. En vain, il était verrouillé. Collant son nez à la vitre, il ne vit rien sur la banquette arrière. Pas de boîtes, pas de sacs.

— Il faudrait que quelqu'un monte la garde en attendant l'arrivée de la cavalerie, dit-il lorsque Fox termina son coup de fil.

— Et vous laisse monter à l'étage tout seul ? fit Fox en secouant la tête. Si Rory Bell est bien dans l'appartement, ses sbires risquent de s'y trouver également. Et ils font quoi, à votre avis ?

— Dans le meilleur des cas, ils tiennent un conseil de chefs, avec Owen Traynor. Des palabres à la mode indienne.

— Et au pire ?

— Je n'ai pas vraiment envie d'y penser.

— De toute façon, personne ne répond, dit Fox.

Ils s'approchaient de l'immeuble quand une voisine en sortit, poussant une bicyclette devant elle. Fox piqua un sprint et lui tint la porte. La femme le remercia d'un sourire en mettant son casque.

— Merci à vous, répondit-il en faisant entrer Rebus.

Ils gravirent les trois étages en silence et, une fois sur le palier, purent constater que la porte de Jessica

Traynor n'était pas complètement fermée. Rebus l'entrouvrit un peu plus et prêta l'oreille.

Silence.

Deux centimètres de plus : il voyait le couloir.

Aucun signe de vie.

Il poussa la battant et entra, en criant :

— Il y a quelqu'un ?

Le parquet verni craquait à chacun de ses pas tandis qu'il s'avançait doucement le long des vélos de Jessica et d'Alice. La porte ouvrant sur le salon n'était pas complètement fermée elle non plus et il poussa le battant. Owen Traynor était assis dans un fauteuil, la nuque en appui contre la têtière, en bras de chemise ballant de part et d'autre des accoudoirs, le visage pâle, comme un drogué en plein trip.

— Monsieur Traynor ? demanda Rebus en regardant alentour.

Pas l'ombre d'un étudiant, pas de Rory Bell.

— J'en étais sûr. Je savais que j'allais vous revoir, dit Traynor, la bouche sèche, la voix un peu brisée.

— Des problèmes ? lui demanda Rebus.

— Peut-être.

— Jessica et Alice ?

— Je les ai envoyées ailleurs. Et aussi Forbes.

— De manière à pouvoir discuter avec Rory Bell en toute tranquillité ?

Le regard de Traynor n'était plus aussi flou mais il décida de ne pas répondre, ses doigts battant un rythme silencieux sur les côtés de son siège. Rebus se tourna vers Fox, lui signifia d'inspecter les lieux et s'accroupit devant le fauteuil.

— Vous savez, ça n'a servi à rien de déplacer les voitures du parking. Nous les avons récupérées.

— Je n'en veux pas à Alice, même si elle m'a dit que je devrais – après tout, c'est elle qui a entraîné Forbes et Jessica.

Entendant un couinement de pneus en bas dans la rue, Rebus se leva, alla à la fenêtre et vit les toits de deux voitures de patrouille, leur gyrophare en marche.

— Nous avons eu une longue discussion, tous les quatre, disait Traynor, bien plus pour lui-même qu'à l'intention de son visiteur. Pour faire un peu la lumière sur tout ça. Alice aimait vraiment beaucoup Forbes mais il appartenait à Jessica. C'est pour cette raison qu'elle a commencé à sortir avec son père, elle a pris ce qui s'en rapprochait le plus. C'est juste des gamins, vous savez ? Ils ne savent pas toujours ce qu'ils font. Forbes a dit qu'il regrettait d'avoir abandonné Jessica le soir de l'accident. Il a couru jusque chez ses parents pour aller chercher du secours mais il n'a trouvé personne. À son retour, Jessica était déjà partie aux urgences…

— John ?

C'était la voix de Fox, sur le seuil.

— Salle de bains, dit-il.

Rebus prit le couloir et trouva Rory Bell, gisant dans le tub en porcelaine blanche, toujours habillé, le cou tordu en un angle bizarre, les yeux vitreux grands ouverts. Il fouilla ses poches et en sortit un trousseau de clés de voiture. Voyant qu'une jambe de pantalon s'était retroussée sur un mollet imberbe à la peau pâle, il tira un peu de tissu pour le couvrir, comme s'il voulait ajouter un soupçon de dignité à cette scène sinistre.

Une scène qui serait photographiée, passée à la poudre pour des empreintes éventuelles, examinée en détail par une équipe de techniciens spécialisés. Des techniciens qu'il allait devoir appeler. Le cœur cognant dans sa poitrine, il regagna lentement le salon. Owen Traynor n'avait pas bougé.

— Nul n'a le droit d'effrayer ma fille comme ça, Rebus. S'il tient à la vie.

— Personne ne l'accompagnait ?

Traynor fit non de la tête.

— C'était nous deux ou rien… en tête à tête, sans personne, c'est moi qui l'avais exigé.

— Ça s'est passé hier soir ? Tard, dans la nuit ? Et vous êtes resté assis là depuis ?

— Et où aurais-je pu aller ?

Rebus se tourna vers Fox.

— Vous pouvez faire monter deux uniformes ?

Fox acquiesça et quitta la pièce. Rebus retourna à la fenêtre.

— Maintenant, il ne peut plus lui faire de mal, psalmodiait Traynor. J'ai fait en sorte que tout le monde soit en sécurité.

— Lorsque mon collègue reviendra, intervint Rebus d'une voix calme, on vous lira vos droits. Voulez-vous appeler Jessica d'abord et lui expliquer ce qui est arrivé ?

— Ça n'a pas été bien difficile, vous savez. Presque trop facile – il ne lui restait plus de forces à cet homme. Et c'est comme si ce n'était pas moi, je regardais de loin ce qui se passait, comme un spectateur. Loin, ailleurs…

Vous devriez appeler votre fille.

— C'est fait, il y a une heure de ça, peut-être. Elle a dit qu'elle voulait venir m'aider. Elle a dit qu'elle allait cacher le cadavre, ou s'en débarrasser d'une manière ou d'une autre. Mais ça aurait servi à quoi, hein, dites-moi ?

— À rien, répondit Rebus. Au bout du compte, à rien du tout.

— J'ai bien pensé à me suicider, vous savez.

— Jessica sera heureuse que vous ne l'ayez pas fait.

— C'est elle, c'est elle la seule chose qui m'en ait empêché.

Il rejoignit Rebus à la fenêtre.

— C'est la voiture de Bell ? demanda-t-il.

— Oui.

— Qu'est-ce qu'elle a de si intéressant ?

— Nous espérons le découvrir. L'homme que vous avez tué n'était pas un saint, monsieur Traynor.

— Je ne peux pas dire que j'aie rencontré beaucoup de saints dans ma vie.

— Moi non plus, avoua Rebus.

Une fois sorti de l'immeuble, il se servit de la clé de Rory Bell pour ouvrir le coffre de la BMW.

— Nom de Dieu, dit Fox, le souffle coupé.

Deux fusils à pompe et des cartouches. Un sac fourre-tout rempli de sachets de poudre blanche. D'épaisses liasses de ce qui ressemblait à de la fausse monnaie. Plus un ordinateur portable, des Rolex, un collier et une broche – le butin du cambriolage au domicile de McCuskey.

— Si je devais en croire ce que je vois, réfléchit Fox à haute voix, je dirais qu'Owen Traynor à rendu service au reste du monde.

— Heureusement que vous n'êtes pas croyant, répondit Rebus, en refermant le coffre, prêt pour l'arrivée des techniciens de scène de crime.

— Vous m'avez l'air bien guilleret, tous les deux, dit Siobhan Clarke en les voyant entrer dans le poste de police de Torphichen Place.

Elle les attendait, afin qu'ils puissent faire tous ensemble leur rapport à l'inspecteur-chef Ralph.

— Comment va Maggie Blantyre ? lui demanda Rebus.

— En état de choc.

— Et Dod ?

— Son neveu est apparemment à la hauteur. Entretemps… (Elle fixa Malcolm Fox.) le procureur général veut un long débriefing… Philip Kennedy, Billy Saunders, Summerhall…

Fox fit de son mieux pour ne pas chercher Rebus du regard.

— Il n'y a guère de faits avérés solidement étayés. Tout se résume ou presque à des faisceaux de preuves indirectes.

— Alors dites-lui ça, conclut-elle en ouvrant la marche.

À leur entrée dans son bureau, Nick Ralph se leva et leur serra la main avant de leur faire signe de s'asseoir.

— Nous avons arrêté les gorilles de Rory Bell, leur annonça-t-il. Ils se trouvent dans les salles d'interrogatoire 1 et 2. Étant donné les charges qui pèsent sur eux, je crois qu'au moins l'un des deux finira par nous expliquer leur petite visite au domicile du ministre de la Justice. Au vu des résultats, nous avons tous de quoi être fiers, à l'exception peut-être de l'inspecteur-chef Page.

Il se concentra sur Rebus tout particulièrement.

— Je sais que les prises de bec n'ont pas manqué entre lui et vous, mais il y aura un boulot qui vous attendra quelque part. Entre-temps, j'espère que vous avez tous les trois prévu de fêter ça.

— Et c'est Police Scotland qui régale ? demanda Clarke.

— J'en doute fort, nous sommes censés faire des économies, vous vous souvenez ?

— Alors ce sera probablement une pâtisserie de chez Greggs et une bouteille de limonade.

— Tant que ce n'est pas pendant les heures de bureau, sourit Ralph avec un signe de la main vers la porte pour leur signifier que l'entretien était terminé.

Au lieu de quitter le poste immédiatement, Rebus partit à la recherche de la salle d'interrogatoire qui l'intéressait. Il entra, s'identifia auprès des policiers qui interrogeaient le garde du parc de stationnement de Livingston. L'homme n'était plus en uniforme. En blouson de camouflage et pantalon assorti, il croisait les bras, le regard mauvais. Assis à côté de lui se trouvait un avocat, un quidam tristounet et rabougri qui tenait un stylo-bille bon marché au-dessus d'un bloc à lignes. Rebus demanda aux inspecteurs s'il pouvait disposer de deux minutes en compagnie du suspect. Ils n'eurent pas vraiment l'air d'apprécier sa demande mais devant son obstination, finirent par quitter la pièce. L'avocat resta, ce qui ne gênait Rebus en rien. Il appuya les phalanges contre le rebord de la table et se pencha au-dessus du mec qui l'avait frappé.

— Tu te souviens de moi ? lui demanda-t-il.

— Vous voulez me coller un pain, allez-y.

— Devant ton avocat ? Non, j'aurai le plaisir de te voir dans le box des accusés. La seule chose qui puisse t'aider, c'est que tu balances ton patron. À ce moment-là, tu auras toi aussi l'impression de recevoir un coup dans le bide, mais tu finiras par t'allonger, parce que tu y gagneras une condamnation réduite. Mais tout le temps que tu passeras au trou, les autres taulards sauront ce que tu as fait. Ils sauront que tu as mangé le morceau. Et cette douleur au creux du ventre sera toujours là, elle ne te lâchera plus jamais…

Il se redressa et reporta son attention vers l'avocat.

— Ne vous épuisez pas trop à la tâche, lui dit-il en tournant les talons.

Ce soir-là, de retour chez lui, il ne restait qu'une seule place de parking disponible dans la rue, à côté d'une Range Rover Evoque. Il descendit de voiture en même temps que Darryl Christie de la sienne.

— J'ai appris, pour Rory Bell, lui dit Christie.

— Il n'essaiera plus d'annexer de nouveaux territoires, reconnut Rebus.

— Je me suis également laissé dire que vous aviez participé à sa chute.

Christie lui tendit la main… que Rebus fixa un long moment jusqu'à ce que le jeune homme laisse retomber son bras.

— Que cela vous plaise ou non, je suis en dette avec vous. Dès que vous aurez besoin d'un service, je serai au bout du fil.

— Très bien, répondit Rebus.

Il verrouilla sa voiture, se dirigea vers son immeuble et s'immobilisa devant la porte, sa clé à peine enfoncée dans la serrure. Il tourna la tête vers Christie.

— Elle est sérieuse, votre proposition ?

Épilogue

À 16 heures tapantes le lendemain après-midi, réglé comme une horloge, Peter Meikle sortit de l'officine de bookmaker située sur Clerk Street. La déception qui se lisait sur sa figure augmenta d'un cran quand il repéra Rebus.

— Encore ?

— Encore et toujours.

— Et si je dis non ?

— C'est la dernière fois, Peter. Fais cette dernière balade avec moi et ça s'arrêtera là.

— Promis ?

— Croix de bois, croix de fer.

Meikle s'installa dans la Saab à la place du passager et attacha sa ceinture.

— Holyrood Park ? devina-t-il.

— Holyrood Park, confirma Rebus en mettant son clignotant pour s'engager dans la circulation. C'était il y a bien longtemps, n'est-ce pas ? S'est-il seulement passé une seule journée sans que ça revienne te hanter ?

— Je n'ai pas tué Dorothy.

— Mais bien sûr que si, tu l'as tuée. Et dans le temps, il y aurait eu moyen de régler ça autrement

– pour la police, je veux dire. Mais les choses ont changé.

— Vous aimez quand même toujours intimider les gens.

— Pourquoi ? C'est ce que je suis en train de faire, tu crois ? Mais je ne te claque pas la tête contre le mur, non ? Et je n'essaie pas de t'entuber avec de fausses preuves ou des dépositions falsifiées. Il n'y a que nous deux, ici, et on part ensemble pour une petite balade, un petit entretien à cœur ouvert.

Ils se dirigeaient vers la Commonwealth Pool. Aux feux à gauche et ils entreraient dans Holyrood Park.

— Il s'est passé des choses récemment, poursuivit Rebus, des choses qui m'ont fait réfléchir. Les bons ne sont jamais complètement bons et les méchants jamais complètement méchants. (Il haussa les épaules.) Je sais qu'il n'y a rien de bien neuf dans ce que je te raconte, mais il existe un point où les deux catégories se rencontrent, et c'est là que ça devient intéressant. C'est comme si nous étions tous debout sur le même tapis, sans nous préoccuper une seconde du motif. Est-ce que ça te paraît sensé, ce que je dis ?

— À vos oreilles peut-être, mais vous avez dû picoler.

— Oh, un whisky, c'est tout, Peter. Appelle ça le courage du lâche.

— Qu'est-ce que vous allez faire ? demanda Meikle en se tournant vers lui.

— Nous roulons juste en voiture, répondit Rebus avec un sourire glacé.

Effectivement. Ils s'engageaient dans les lacets au pied de Salisbury Crags, avec, sur la gauche, la zone résidentielle de Dumbiedykes, puis ils longèrent Holyrood et prirent à droite à St Margaret's Loch pour attaquer la montée vers Arthur's Seat. Meikle savait où ils allaient s'arrêter – face à la grille qui conduisait à Willowbrae, comme lors de leur précédente excursion. Une autre voiture y était garée et ils se rangèrent derrière elle.

— Nous n'avons pas beaucoup de temps devant nous, Peter, dit Rebus qui consulta sa montre en coupant le contact. Tu as transporté son corps jusqu'ici, n'est-ce pas ? Tu l'as enterré quelque part, à proximité. As-tu retrouvé ton portable, à propos ?

— J'ai presque passé une demi-heure à fouiller les buissons.

Rebus hocha la tête avec satisfaction.

— Ton mariage battait de l'aile, des disputes en veux-tu en voilà. Les voisins le savaient, la sœur de Dorothy le savait. Dorothy était allée la voir en lui disant qu'elle était terrifiée à l'idée de ce que tu pourrais lui faire si elle essayait de boucler ses valises. C'est peut-être d'ailleurs ce qu'elle faisait quand tu es rentré à l'improviste. Ou peut-être que tu la tabassais et elle avait décidé qu'elle en avait assez. Les choses ont pu se passer de bien des façons, Peter, mais la seule qui ne colle pas avec le reste, c'est qu'elle ait sauté dans le premier train ou bus et quitté la ville pour des pâturages plus verts.

— Vous faites complètement fausse route.

— Tu crois ? Très bien, tu l'auras voulu, dit Rebus en tapotant les mains sur le volant.

— Hein ?

— J'aurai fait ce que j'ai pu.

Rebus appuya sur l'avertisseur et les portières de la voiture garée devant eux s'ouvrirent. Deux hommes en descendirent. Le premier était Darryl Christie, le second une créature énorme au crâne rasé qui avait probablement pris le relais de Dean Grant.

— C'est quoi, ça ? demanda Peter Meikle, la main serrée sur la poignée de sa portière comme pour empêcher qu'on l'ouvre de l'extérieur.

— C'est ici que nous nous disons au revoir.

— Mais c'est Darryl Christie, balbutia Meikle.

— Darryl a une dette envers moi, Peter, et j'ai décidé que c'est toi qui effacerais l'ardoise. Et maintenant, tu sors.

— Quoi ?

— Tu accompagnes ces messieurs, lui dit Rebus en montrant l'Evoque. Je suis trop vieux et trop fatigué. Tout ce que j'aurais été capable de te faire dans le temps, eux le peuvent toujours. Après quoi, ce qui t'attend, c'est un joli petit coin tranquille. Pour ce qui restera de ta carcasse.

— Vous ne pouvez pas faire ça !

— Et pourquoi pas ?

— C'est vous, la police !

Rebus se pencha vers lui, le visage comme un masque.

— Je suis un flic des années 1980, Peter, je n'ai rien du nouveau modèle chic et choc à la mode, plein d'empathie et de bons sentiments. Et maintenant, sors de ma putain de bagnole !

Lorsque Meikle, les yeux écarquillés, regarda par la vitre, il vit Christie et l'homme monstre qui attendaient. Malgré tous ses efforts, la portière s'ouvrit brutalement et Rebus, toujours bon Samaritain, lui vint en aide en défaisant sa ceinture de sécurité.

— Non ! supplia-t-il tandis qu'on le tirait de force hors de la Saab.

Au passage, il perdit un de ses mocassins bon marché qui tomba sur le plancher. Les deux hommes le traînèrent jusqu'à l'Evoque et le fourrèrent sans ménagement sur la banquette arrière, où le garde du corps s'installa à côté de lui. Rebus descendit sa vitre, alluma une cigarette et vit Darryl Christie refermer sa portière avant de s'éloigner. La voiture disparut dans un virage et son portable sonna.

— Salut, Siobhan, dit-il. Toujours partante pour ce soir ?

— On ne pourrait pas trouver un lieu plus salubre que l'arrière salle de l'Ox ?

— Tu sais que sinon, j'annule tout ?

— Bon, d'accord, soupira-t-elle. 20 h 30 ?

— Possible que je sois là le premier.

— Tu es déjà en route, c'est ça ?

— Pas tout à fait. Malcolm vient, c'est sûr ?

— Il dit qu'il attend ça avec impatience.

— Le proprio du bar risque de ne pas être du même avis s'il se contente de boire du Coca.

— Oui, mais oserais-je dire qu'à nous deux, nous saurons compenser sa sobriété, tu ne crois pas ?

— Ose, ose.

Rebus se permit de sourire en chassant ses cendres par la vitre.

— Tu es quelque part en plein air, j'entends le vent ?

— Je prends le frais.

— Les quelques semaines à venir risquent d'être délicates. On va te poser des tas de questions.

— Je serai prêt.

— On pourrait peut-être comparer ensemble nos notes respectives ?

— Tu es sûre que ce n'est pas contre les règles établies ?

— Je suppose que si. Mais nous avons de la chance, Malcolm sera là pour nous garder dans le droit chemin.

— C'est toujours le meilleur de tous les chemins, Siobhan.

— J'ai appelé Laura Smith et je l'ai mise au courant. Je me suis dit qu'elle méritait au moins ça.

— Tu ne peux jamais savoir à quel moment tu auras besoin d'une journaliste dans ton camp. Je te verrai ce soir.

— Et ensuite, tapas au Café Andaluz ?

— Un ou deux verres, et ce sera tout pour moi.

— D'autres projets, c'est ça ?… Ne me raconte pas que tu as un rencart.

— Ne viens surtout pas me dire que je suis trop vieux.

— C'est qui ?

— Ne suis-je pas autorisé à avoir une vie privée ?

— Tu sais que je vais continuer à fouiner.

— Je te verrai ce soir.

— Ton plus beau costard. Et ne l'emmène pas dans un truc bon marché…

Il souriait quand il coupa la communication.

Il ne quitta pas son rétroviseur des yeux le temps de finir sa cigarette. Puis il sortit de la Saab et prit un objet posé sur la banquette arrière. Fouetté par les rafales de vent, il arracha méthodiquement, une à une, les pages de la Bible d'Ombre en les laissant s'envoler avec les bourrasques haut dans le ciel. Il venait d'en finir, ne lui restait plus que la couverture entre les mains, lorsque l'Evoque fit sa réapparition, avançant au ralenti, pour s'arrêter au même emplacement. Les trois hommes en sortirent, le monstre soutenant Peter Meikle le temps que Darryl Christie s'approche de Rebus.

— Il va vous montrer, dit-il. Tout de suite, si vous voulez.

Rebus ouvrit la portière de la Saab, jeta ce qui restait de la Bible d'Ombre et ramassa le mocassin de Peter Meikle.

Du même auteur
aux Éditions du Masque :

NOM DE CODE : WITCH
DOUBLE DÉTENTE
DU FOND DES TÉNÈBRES
LA COLLINE DES CHAGRINS
UNE DERNIÈRE CHANCE POUR REBUS
TRAQUES
CICATRICES
FLESHMARKET CLOSE
L'APPEL DES MORTS
EXIT MUSIC
PORTES OUVERTES
PLAINTES
LES GUETTEURS
DEBOUT DANS LA TOMBE D'UN AUTRE
TELS DES LOUPS AFFAMÉS

PAPIER À BASE DE FIBRES CERTIFIÉES

Le Livre de Poche s'engage pour l'environnement en réduisant l'empreinte carbone de ses livres. Celle de cet exemplaire est de :
450 g éq. CO_2
Rendez-vous sur www.livredepoche-durable.fr

Composition réalisée par PCA

Imprimé en France par CPI
en août 2017
N° d'impression : 3024269
Dépôt légal 1re publication : septembre 2017
LIBRAIRIE GÉNÉRALE FRANÇAISE
21, rue du Montparnasse - 75298 Paris Cedex 06

75/3766/0